Beth O'Leary

Piso para dos

Traducción de
María del Mar López Gil

Papel certificado por el Forest Stewardship Council®

Título original: *The Flatshare*
Primera edición: junio de 2019

© 2019, Beth O'Leary Ltd
© 2019, Penguin Random House Grupo Editorial, S. A. U.
Travessera de Gràcia, 47-49. 08021 Barcelona
© 2019, María del Mar López Gil, por la traducción

Printed in Spain – Impreso en España

ISBN: 978-84-9129-306-4
Depósito legal: B-7766-2019

Compuesto en Arca Edinet, S. L.
Impreso en Liberdúplex,
Sant Llorenç d´Hortons (Barcelona)

SL93064

Penguin
Random House
Grupo Editorial

Para Sam

FEBRERO

1

Tiffy

Algo hay que reconocerle a la desesperación: te hace tener mucha más amplitud de miras.

La verdad es que le encuentro sus ventajas a este apartamento. El moho tecnicolor de la cocina desaparecerá restregando, al menos a corto plazo. Cambiar el mugriento colchón resultará bastante barato. Y desde luego cabría esgrimir el argumento de que los hongos que están creciendo detrás del inodoro le imprimen un ambiente fresco y campestre al lugar.

Gerty y Mo, sin embargo, no están desesperados, y no están intentando ser positivos. Yo describiría sus expresiones como «horrorizadas».

—No puedes vivir aquí.

Esa es Gerty. Está de pie con las botas de tacón juntas apretándose los codos con fuerza, como ocupando el menor espacio posible en señal de protesta por el mero hecho de estar aquí. Lleva el pelo recogido en un moño bajo, ya con las horquillas para poder ponerse fácilmente la peluca de letrada que utiliza en el juzgado. Su expresión sería cómica si no fuera porque el asunto que nos ocupa es mi vida real.

—Debe de haber otro sitio al alcance de tu presupuesto, Tiff —dice Mo con gesto preocupado, asomando del armario, tras examinar la caldera. Con la telaraña que ahora le cuelga de la barba, parece aún más desaliñado que de costumbre—. Este es aún peor que el que vimos anoche.

Busco con la mirada al agente de la inmobiliaria; menos mal que no nos oye porque está fumando en el «balcón» (el techo combado del garaje del vecino, que no ha sido diseñado para caminar por encima ni mucho menos).

—No pienso ir a ver otro cuchitril de estos —señala Gerty, y mira la hora. Son las ocho de la mañana; tiene que estar en el Juzgado de lo Penal de Southwark a las nueve—. Por fuerza debe haber otra opción.

—Seguro que podríamos hacerle un hueco en el nuestro —sugiere Mo, más o menos por quinta vez desde el sábado.

—En serio, ¿quieres hacer el favor de dejarlo ya? —replica Gerty con brusquedad—. Esa no es una solución a largo plazo. Y de todas formas tendría que dormir de pie. —Me lanza una mirada exasperada—. ¿No podrías ser más baja? Si midieras menos de uno ochenta te podríamos meter debajo de la mesa del comedor.

Adopto un gesto de disculpa, pero la verdad es que preferiría quedarme aquí antes que en el suelo del minúsculo y escandalosamente caro apartamento en el que Mo y Gerty invirtieron a medias el mes pasado. Hasta ahora nunca habían vivido juntos, ni siquiera cuando estábamos en la universidad. Me preocupa que eso desemboque en el fin de su amistad. Mo es desordenado y despistado y tiene la curiosa habilidad de ocupar una enorme cantidad de espacio a pesar de ser relativamente poco corpulento. Por su parte,

Gerty ha pasado los últimos tres años viviendo en un apartamento impecable, tan perfecto que parecía diseñado por ordenador. Me cabe la duda de cuál de los dos estilos de vida se impondrá sin que el oeste de Londres vuele por los aires.

El principal problema, no obstante, es que para apañarme durmiendo en el suelo de alguien lo mismo daría que volviera al piso de Justin. Y, desde las once de la noche del jueves, he decidido oficialmente descartar esa opción. He de seguir adelante, y he de apalabrar algún sitio para no poder echarme atrás.

Mo se frota la frente y se hunde en el mugriento sofá de piel.

—Tiff, podría prestarte...

—No quiero que me prestes dinero —atajo, más bruscamente de lo que pretendía—. Mira, necesito solucionar este asunto esta semana sin falta. O esto o compartir piso.

—Querrás decir compartir cama —señala Gerty—. ¿Puedo preguntar por qué tiene que ser ya? No es que no me alegre. Es solo que hace nada estabas apoltronada en ese apartamento esperando la siguiente ocasión en la que el innombrable se dignara dejarse caer por allí.

Sorprendida, hago una mueca. No por su comentario —a Mo y Gerty nunca les cayó bien Justin, y sé que les revienta que yo siga viviendo en su casa, a pesar de que él casi nunca está allí—; es que no es propio de Gerty sacarle a colación tan abiertamente. Después de la bronca descomunal en la que terminó la cena de los cuatro para hacer las paces, desistí en mi intento de que todo el mundo congeniara y simplemente dejé de hablar de él a Gerty y Mo de una vez por todas. Las viejas costumbres nunca mueren: incluso tras la ruptura todos hemos seguido evitando mencionarle.

—¿Y por qué tiene que ser tirado de precio? —continúa Gerty, haciendo caso omiso de la mirada de advertencia de Mo—. Ya sé que te pagan una miseria, pero, en serio, Tiffy, cuatrocientas libras al mes es imposible en Londres. ¿Te has parado a pensar en todo esto seriamente?

Trago saliva. Noto que Mo me observa fijamente. Ese es el inconveniente de tener un amigo terapeuta: Mo es básicamente un profesional de leer el pensamiento, y da la impresión de que nunca desconecta sus superpoderes.

—¿Tiff? —dice él con delicadeza.

Ay, maldita sea, no voy a tener más remedio que enseñárselo. No me queda otra. Rápidamente y del tirón, es la mejor manera: como quitar una escayola, zambullirse en agua fría o decirle a mi madre que he roto algún adorno del aparador del salón.

Cojo mi teléfono y busco el mensaje de Facebook.

Tiffy:
Estoy tremendamente decepcionado por tu comportamiento de anoche. Te pasaste por completo de la raya. Es mi casa, Tiffy: puedo presentarme allí cuando se me antoje, con quien se me antoje.

Esperaba que estuvieras más agradecida por permitirte que te quedaras. Sé que nuestra ruptura ha sido dura para ti; sé que no estás preparada para marcharte. Pero si crees que eso significa que puedes empezar a «poner ciertas normas», entonces ha llegado la hora de que me pagues los tres últimos meses de alquiler. Y de ahora en adelante también vas a tener que pagar la mensualidad. Patricia dice que te estás aprovechando de mí, viviendo en mi casa prácticamente gratis, y, a pesar de que siempre he dado la cara por ti, después de

*la escena de ayer no puedo evitar pensar que a lo mejor
tiene razón.*

    Besos,

    Justin

Al volver a leer esa frase, «te estás aprovechando de mí», se me revuelven las tripas, porque en ningún momento fue esa mi intención. Simplemente no me di cuenta de que, cuando se marchó, esta vez iba en serio.

Mo es el primero en terminar de leerlo.

—¿Se «presentó» allí de nuevo el jueves? ¿Con Patricia?

Miro hacia otro lado.

—Tiene su punto de razón. Se ha portado francamente bien al permitirme quedarme allí tanto tiempo.

—Qué extraño —dice Gerty con tono sombrío—. Siempre he estado convencida de que le gustaba retenerte allí.

Aunque parezca mentira, yo tengo más o menos la misma sensación. Como todavía sigo en el piso de Justin, no hemos pasado página del todo. O sea, en todas las demás ocasiones, al final ha vuelto. Pero… el jueves conocí a Patricia. A la auténtica, guapísima y de hecho bastante agradable mujer por la que Justin me ha dejado. Hasta ahora jamás había existido otra mujer.

Mo me agarra de una mano; Gerty me coge de la otra. Nos quedamos así, ignorando al agente de la inmobiliaria que ha salido por la ventaba para fumar, y me concedo un momento para llorar, solo un lagrimón resbalando por cada mejilla.

—En fin, el caso es que —digo en tono animado al tiempo que aparto las manos para secarme los ojos— tengo que mudarme. Ya. Aunque quisiera quedarme y arriesgarme a que él volviera a aparecer con Patricia, no puedo permitirme el alquiler, le debo una pasta a Justin, y la verdad es que no quiero pedir dinero prestado a nadie, las cosas como son, estoy bastante cansada de no costearme mis propios gastos, así que... sí. O esto o compartir piso.

Mo y Gerty se cruzan la mirada. Gerty cierra los ojos con una mueca de resignación.

—Bueno, está claro que aquí no puedes vivir. —Gerty abre los ojos y extiende la mano—. Déjame ver ese anuncio otra vez.

Cierro el mensaje de Justin para buscar el anuncio del piso compartido colgado en Gumtree y le paso mi teléfono.

Habitación doble en apartamento soleado en Stockwell, 350 libras de alquiler al mes, facturas incluidas. Disponibilidad inmediata, mínimo seis meses.

El apartamento (y la habitación/cama de matrimonio) es para compartir. Tengo veintisiete años, trabajo de noche en cuidados paliativos y paso fuera los fines de semana. Solo utilizo el apartamento de 9:00 a 18:00 de lunes a viernes. ¡El resto del tiempo es todo tuyo! Perfecto para alguien que trabaje de 9:00 a 17:00.

Para verlo, ponte en contacto con L. Twomey (datos más abajo).

—No se trata solo de compartir piso, Tiff, es compartir cama. Compartir cama es *raro* —dice Mo con preocupación.

—¿Y si L. Twomey es un hombre? —pregunta Gerty.

Para eso ya estoy preparada.

—No pasa nada —digo tranquilamente—. No es que vayamos a coincidir en la cama al mismo tiempo..., ni siquiera en el apartamento.

Me incomoda que esto se parezca al pretexto que puse para quedarme en casa de Justin el mes pasado, pero qué le vamos a hacer.

—¡Dormirías con él, Tiffany! —exclama Gerty—. Todo el mundo sabe que la primera regla de compartir piso es no dormir con los compañeros.

—No creo que la gente se refiera a este tipo de arreglo —puntualizo en tono irónico—. Mira, Gerty, a veces, cuando se habla de «dormir» con alguien, a lo que realmente se refiere uno es a…

Gerty se queda contemplándome inexpresiva.

—Ya, gracias, Tiffany.

La risita de Mo se corta en seco cuando Gerty lo fulmina con la mirada.

—Yo diría que la primera regla para compartir piso es asegurarte de que haces buenas migas con el compañero antes de mudarte —señala él, consiguiendo así astutamente que la airada mirada de Gerty se dirija hacia mí de nuevo—. Especialmente en estas circunstancias.

—Como es lógico, primero conoceré a L. Twomey. Si no congeniamos, lo descartaré.

Al cabo de unos instantes, Mo asiente y me da un apretón en el hombro. Nos sumimos en el tipo de silencio que se impone después de una conversación tirante: medio agradecidos por el hecho de que se haya zanjado, medio aliviados por haber salido bien parados.

—Estupendo —dice Gerty—. Estupendo. Haz lo que tengas que hacer. Mejor será que vivir en un cuchitril de estos. —Enfila hacia la puerta y se gira en el último momento para dirigirse al agente de la inmobiliaria cuando este vuelve a entrar desde el «balcón»—. ¡Y tú —le vocea— eres una lacra de la sociedad!

Él da un respingo cuando ella cierra de un portazo.
Hay un largo e incómodo silencio.

Él apaga el cigarrillo.

—¿Qué, te interesa? —me pregunta.

Llego pronto al trabajo y me dejo caer en mi silla. Mi mesa es lo más parecido a un hogar que tengo en este momento. Es un refugio de objetos artesanales a medio hacer, de cosas que han demostrado ser demasiado pesadas para cargarlas en el autobús y de maceteros colocados de tal manera que puedo ver a la gente acercarse antes de que averigüen si estoy o no sentada a la mesa. Mi jardinera vertical goza de gran admiración entre el resto del personal *junior* por ser un inspirador ejemplo de diseño de interiores. (En realidad la idea es elegir plantas del mismo tono que tu pelo —en mi caso, pelirrojo— y agazaparte/salir corriendo cuando ves que alguien se acerca con determinación).

Mi primera tarea del día es reunirme con Katherin, una de mis autoras favoritas. Katherin escribe libros sobre labores de punto y ganchillo. Van dirigidos a un público minoritario, pero ahí está la gracia de Butterfingers Press: nos encanta el público minoritario. Estamos especializados en libros de manualidades y bricolaje. Sábanas *tie-dye*, coser tus propios vestidos, hacerte una tulipa de ganchillo, construir todos tus muebles usando escaleras de mano…, cosas por el estilo.

Me encanta trabajar aquí. Esta es la única explicación posible al hecho de que lleve tres años y medio de editora adjunta, cobrando por debajo del salario de subsistencia londinense, y de que no haya movido un dedo para cambiar la situación, por ejemplo, solicitando un puesto en una editorial que realmente obtenga beneficios. Gerty suele reprocharme que me falta ambición, pero en realidad no se trata de eso. Es que me encantan estas cosas. De pequeña me pasaba el día leyendo, o retocando mis juguetes para adaptarlos a mi gusto: tiñéndole el pelo a Barbie, tuneando mi excavadora JCB... Y ahora me gano la vida con la lectura y las manualidades.

Bueno, no es que me dé para mucho, pero me mantengo. Lo justo para pagar impuestos.

—Te lo digo yo, Tiffy, el ganchillo va a ponerse de moda como lo hicieron los cuadernos de colorear para adultos —me dice Katherin tras acomodarse en nuestra mejor sala de reuniones y ponerme al corriente del plan para su próximo libro. Me fijo en el dedo con el que apunta hacia mí. Llevará unos cincuenta anillos en cada mano, pero todavía me queda averiguar si alguno de ellos es de compromiso o de boda (imagino que, de ser así, tratándose de Katherin habría más de uno).

Katherin es excéntrica en un grado que roza sin sobrepasar el límite de lo aceptable: una trenza rubia pajiza, uno de esos bronceados que de alguna manera se conservan bien con el paso de los años y un sinfín de anécdotas sobre allanamientos de morada y mearse sobre cosas en los años sesenta. En sus tiempos fue una auténtica rebelde. Se niega a llevar sujetador incluso hoy en día, cuando los sujetadores son bastante cómodos y en general las mujeres hemos renunciado a combatir contra el poder porque Beyoncé ya se encarga por nosotras.

—Buena idea —comento—. Igual podríamos añadir un subtítulo que incluya la palabra *«mindfulness»*. Es un libro que trabaja bastante la consciencia, ¿no? ¿O la inconsciencia?

Katherin suelta una carcajada.

—Ay, Tiffy. Qué trabajo tan absurdo tienes. —Me da unas palmaditas en la mano cariñosamente y a continuación coge su bolso—. Cuando veas al chico ese, Martin, le dices que solo daré la clase en el crucero si cuento con una joven y glamurosa ayudante.

Refunfuño. Sé dónde quiere ir a parar. A Katherin le gusta meterme en estos berenjenales: por lo visto, para cualquier clase necesita una modelo de carne y hueso con el fin de enseñar a tomar las medidas sobre la marcha al diseñar un conjunto, y una vez cometí el tremendo error de ofrecerme para la tarea en vista de que ella no encontraba a nadie. Ahora soy su primera opción para todo. Los del Departamento de Comunicación están tan desesperados por embarcar a Katherin en eventos de este tipo que han empezado a suplicarme a mí también.

—Esto es pasarse de rosca, Katherin. No pienso ir de crucero contigo.

—¡Pero si es gratis! ¡La gente paga un dineral por eso, Tiffy!

—Solo vas a embarcar para la travesía a la isla de Wight —le recuerdo. Martin ya me ha informado—. Y cae en fin de semana. No trabajo los fines de semana.

—No es trabajo —insiste Katherin al tiempo que amontona sus notas y se las guarda en el bolso sin orden ni concierto—. Es una bonita excursión en barco con una de tus amigas un sábado. —Hace una pausa—. Yo —aclara—. Somos amigas, ¿no?

—¡Soy tu editora! —exclamo, y la echo de la sala de reuniones con cajas destempladas.

—¡Piénsatelo, Tiffy! —grita por encima del hombro, sin inmutarse. Ve a Martin, que enseguida enfila directamente hacia ella desde las impresoras—. ¡No pienso hacerlo a menos que me acompañe, Martin! ¡Con ella es con quien tienes que hablar!

Y acto seguido se marcha, dejando a su paso el vaivén de las mugrientas puertas de cristal de nuestra oficina.

Martin se vuelve hacia mí.

—Me gustan tus zapatos —señala, con una sonrisa encantadora. Me da escalofríos. No aguanto a Martin, de Comunicación. Dice cosas como «Vamos a implementarlo» en las reuniones y chasca los dedos para llamar a Ruby, que es ejecutiva de Marketing pero a quien al parecer Martin considera su ayudante personal. Solo tiene veintitrés años, pero ha decidido que si consigue aparentar más edad avanzará con mayor rapidez en su implacable carrera para ascender, de modo que siempre adopta ese espantoso tono jocoso y trata de sacar a relucir el golf con el director ejecutivo.

No obstante, los zapatos son de verdad maravillosos. Unas botas de color morado de estilo Dr. Martens, pintadas con lirios blancos, a lo cual dediqué casi todo el sábado. Mis dotes artísticas y creativas se han acelerado desde que Justin me dejó.

—Gracias, Martin —digo mientras intento refugiarme en mi mesa de despacho con disimulo.

—Leela me comentó que estás buscando piso —añade Martin.

Titubeo. No estoy segura de a dónde va a ir esto a parar. Intuyo que a nada bueno.

—Hana —una mujer de Marketing que siempre se burla de mi concepto de la moda— y yo disponemos de una habitación libre. A lo mejor lo has visto en Facebook, pero he pensado que igual sería conveniente comentártelo, ya sabes, en vivo y en directo. Es una cama individual, pero, bueno, supongo que en este momento no será una pega para ti. Como somos amigos, Hana y yo acordamos que podíamos alquilarla por quinientas libras al mes, facturas aparte.

—¡Qué amable por tu parte! —contesto—. Pero lo cierto es que acabo de encontrar piso. —Bueno, más o menos. Prácticamente. Ay, Dios, ¿si L. Twomey me rechaza tendré que vivir con Martin y Hana? Paso cada día laborable con ellos y, francamente, con eso ya tengo bastante. No estoy segura de si mi determinación (de por sí vacilante) de marcharme del piso de Justin podrá resistir la idea de Martin persiguiéndome para cobrar el alquiler y Hana viéndome cada mañana con mi pijama de *Hora de aventuras* con lamparones de gachas de avena.

—Ah. De acuerdo, bien. Pues tendremos que buscar a otra persona. —La expresión de Martin se vuelve astuta. Ha olido mi sentimiento de culpa—. Podrías compensármelo acompañando a Katherin a ese…

—No.

Lanza un suspiro exagerado.

—¡Por Dios, Tiffy! ¡Si es un crucero gratis! ¿Acaso no vas de crucero cada dos por tres?

Antes iba de crucero cada dos por tres, cuando mi maravilloso y actual exnovio me llevaba. Navegábamos de isla en isla bajo el sol del Caribe en una vorágine de romanticismo y felicidad. Recorríamos ciudades europeas y después volvíamos al barco para disfrutar de un sexo increíble en nuestra diminuta litera. Nos dábamos atracones en el bufé libre y luego nos tumbábamos en la cubierta y contemplábamos cómo las gaviotas planeaban en círculos sobre nosotros mientras charlábamos tranquilamente sobre nuestros futuros hijos.

—Ahora paso —respondo, y alargo la mano hacia el teléfono—. Si me disculpas, tengo que hacer una llamada.

2

Leon

Mientras la doctora Patel está recetando los medicamentos para Holly (la niña con leucemia), me llaman por teléfono. Inoportuno. Muy inoportuno. A la doctora Patel no le hace gracia la interrupción, y lo deja claro. Al parecer ha olvidado que yo, como enfermero del turno de noche, también debería haberme ido a casa a las ocho de la mañana, y, sin embargo, todavía sigo aquí atendiendo a enfermos y a especialistas cascarrabias como la doctora Patel.

Por supuesto, corto el sonido. Tomo nota mentalmente de escuchar el buzón de voz y cambiar el tono de llamada por otro menos indiscreto (este se llama Jive y es demasiado *funky* para un ambiente hospitalario. No es que el *funk* no tenga cabida en entornos de enfermos, lo que pasa es que no siempre es apropiado).

Holly: ¿Por qué no has respondido? ¿No es de mala educación? ¿Y si era tu novia, la del pelo corto?

Doctora Patel: Lo que es de mala educación es no poner el móvil en silencio durante la ronda por los pabellones.

Aunque lo que más me sorprende es que quienquiera que fuera lo llame a esta hora.

Una mirada en mi dirección, medio de irritación, medio de burla.

Doctora Patel: Puede que te hayas dado cuenta de que Leon no es muy parlanchín, Holly.

Se inclina hacia ella con gesto de complicidad.

Doctora Patel: Uno de los administrativos tiene una teoría. Dice que Leon dispone de un número limitado de palabras para cada turno, y cuando llega esta hora del día se le han agotado por completo.

No me digno contestar.

Hablando de novia con el pelo corto: todavía no le he comentado a Kay lo del tema de la habitación. No he tenido tiempo. Además, estoy retrasando un enfrentamiento inevitable. Pero he de llamarla esta mañana sin falta.

La noche ha ido bien. El dolor del señor Prior remitió lo suficiente como para que pudiera empezar a hablarme acerca del hombre del que se enamoró en las trincheras: un galán de pelo oscuro llamado Johnny White con una mandíbula prominente de estrella de Hollywood y los ojos brillantes. Pasaron un verano cargado de tensión, romanticismo y calamidades de guerra y luego se separaron. Johnny White fue trasladado al hospital afectado de neurosis de guerra. Jamás volvieron a verse. El señor Prior podría haberse metido en un buen lío (la homosexualidad molestaba bastante entre los militares).

Yo estaba cansado, el efecto del café había languidecido, pero me quedé con el señor Prior al terminar el turno. El hombre nunca recibe visitas y le encanta conversar cuando se encuentra en condiciones. No conseguí librarme de una de sus bufandas (con esta van catorce) al término de la conversación. Hay un límite al número de veces que puedo rechazarlas y el señor Prior teje tan rápido que me pregunto por qué se molestó nadie en poner en marcha la Revolución Industrial. Casi seguro que le cunde más que a las máquinas.

Escucho el buzón de voz después de comer salteado de pollo peligrosamente recalentado viendo la repetición de *Masterchef* de la semana pasada.

Buzón de voz: Hola, ¿L. Twomey? Ay, mierda, si no puedes responder... Siempre hago lo mismo con los buzones de voz. Vale, pues voy a dar por sentado que eres L. Twomey. Me llamo Tiffy Moore y llamo por el anuncio de Gumtree, por lo de la habitación. Mira, mis amigos opinan que es raro lo de compartir cama, aunque sea en horarios diferentes, pero, si tú no tienes inconveniente, yo tampoco, y la verdad es que haría prácticamente cualquier cosa por un apartamento en el centro de Londres al que pueda mudarme enseguida por ese precio. [Pausa]. Ay, Dios, cualquier cosa no. Hay montones de cosas que no haría. No soy... No, Martin, ahora no, ¿es que no ves que estoy al teléfono?

¿Quién es Martin? ¿Un niño? ¿Acaso esta charlatana con acento de Essex pretende meter a un niño en mi apartamento?

El mensaje continúa: Perdona, es mi compañero de trabajo, que quiere que vaya a un crucero con una señora de mediana edad para dar una charla a jubilados sobre ganchillo.

No es la explicación que esperaba. Es mejor, eso por descontado, pero suscita muchos interrogantes.

Y sigue: Oye, ¿me devuelves la llamada o me mandas un mensaje si la habitación sigue disponible? Soy superordenada, ni me verás, y, como todavía tengo la costumbre de cocinar doble ración para la cena, si te gusta la comida casera puedo dejarte las sobras.

Me da su número. Me acuerdo de apuntarlo justo a tiempo.

La mujer es muy pelma, sin duda alguna. Y el simple hecho de que sea mujer puede fastidiar a Kay. Pero solamente han llamado dos personas más: una me preguntó si tenía algo en contra de los erizos (respuesta: no, a menos que vivan en mi casa) y la otra sin lugar a dudas traficaba con drogas (no estoy prejuzgando: me las ofreció durante la llamada). Si pretendo seguir pagando a Sal sin ayuda de Kay, necesito trescientas cincuenta libras extra al mes. Es la única solución. Además, en realidad nunca veré a la pelma. Solo estaré en casa cuando la pelma esté fuera.

Le escribo un mensaje:

Hola, Tiffy. Gracias por tu mensaje. Sería genial conocerte y concretar lo del apartamento. ¿Te viene bien el sábado por la mañana? Saludos, Leon Twomey

Un mensaje de una persona agradable, normal y corriente. Aunque me pica la curiosidad, reprimo el impulso de preguntarle por el plan del crucero de Martin.

Ella responde prácticamente al instante:

¡Hola! Me parece genial. Entonces, ¿a las diez en el apartamento? Bs

¡Mejor a las nueve, o me quedaré dormido! Hasta entonces. La dirección está en el anuncio. Gracias. Leon

Hala. Listo. Fácil: trescientas cincuenta libras al mes que prácticamente me he embolsado ya.

Ahora, a contárselo a Kay.

3

Tiffy

Bueno, como es natural, me pica la curiosidad y lo busco en Google. Leon Twomey es un nombre bastante peculiar, y lo localizo en Facebook sin necesidad de recurrir a las maquiavélicas técnicas de espionaje que reservo para los nuevos escritores que pretendo birlarles a otras editoriales.

Es un alivio comprobar que no es mi tipo para nada, cosa que sin duda simplificará las cosas: si Justin llegara a conocer a Leon en un momento dado, por ejemplo, no creo que lo considerara una amenaza. Es de tez morena, con una melena espesa y rizada lo bastante larga como para recogérsela detrás de las orejas, y demasiado desgarbado para mí. De esos larguiruchos que son todo codos y cuello. No obstante, parece un tío majo: en todas las fotos sale con esa dulce sonrisa ladeada que no resulta intimidatoria o siniestra en absoluto, aunque, de hecho, si observas una foto con esa idea en mente todo el mundo empieza a dar la impresión de ser un asesino de los de hacha en mano, así que trato de apartar ese pensamiento de mi cabeza. Parece simpático e inofensivo. Y eso es bueno.

Sin embargo, ahora sé inequívocamente que se trata de un hombre.

¿De veras estoy dispuesta a compartir cama con un hombre? Compartir cama incluso con Justin a veces era un trago, y eso que manteníamos una relación. Su lado del colchón se hundía por el centro y, como no siempre se duchaba al llegar a casa del gimnasio antes de acostarse, había una especie de... tufillo a sudor en su parte del edredón. Yo siempre me aseguraba al cien por cien de colocarlo del mismo lado para que no me tocara la zona sudada.

Pero, bueno, son trescientas cincuenta libras al mes. Y él nunca va a estar ahí.

—¡Tiffany!

Levanto la cabeza de un respingo. Mierda, es Rachel, y sé lo que quiere. Quiere el manuscrito de *Amasa y arrasa,* el puñetero libro que llevo ignorando todo el día.

—No intentes escabullirte a la cocina o fingir que estás al teléfono —dice desde lo alto de mi muro de plantas. Este es el problema de tener una amiga en el trabajo: le cuentas tus triquiñuelas cuando sales de copas con ella y estás medio piripi y luego te quedas sin defensas.

—¡Has cambiado de peinado! —exclamo. Es una estratagema a la desesperada para cambiar de conversación, aunque es verdad que hoy lleva un pelo muy chulo. Se ha hecho trencitas, como siempre, pero esta vez los pequeños mechones llevan llamativas cintas turquesas entrelazadas al estilo de los cordones de los corsés—. ¿Cómo has logrado trenzarlo así?

—No intentes distraerme con el tema con el que sabes que elegiría presentarme a un concurso de la tele, Tiffany

Moore —dice Rachel, dando golpecitos en la mesa con sus impecables uñas de lunares—. ¿Cuándo vas a entregarme ese manuscrito?

—Es que necesito… un poco más de tiempo… —Tapo las hojas que tengo delante para que no vea los números de las páginas, que son de un solo dígito.

Ella me mira con recelo.

—¿El jueves?

Asiento con vehemencia. Sí, ¿por qué no? A ver, a estas alturas es totalmente imposible, pero proponer el viernes suena mucho mejor cuando lo dices el jueves, así que ya se lo diré entonces.

—¿Y tomamos algo mañana por la noche?

Me quedo callada. En vista de mi inminente deuda, en teoría esta semana iba a portarme bien y a no gastar ni un céntimo, pero mis salidas nocturnas con Rachel son siempre geniales y, francamente, me vendría fenomenal divertirme un poco. Además, el jueves no estará en condiciones de discutir conmigo por este manuscrito si tiene resaca.

—Hecho.

El Borracho n.º 1 es de los expresivos. De esos borrachos a los que les gusta abrir los brazos a lo grande, independientemente de lo que pueda haber justo a su izquierda o derecha (de momento, eso ha incluido una gran palmera artificial, una bandeja de chupitos de sambuca y una modelo ucraniana relativamente famosa). Cada movimiento es exagerado, hasta los pasos básicos, es decir, adelantar el pie izquierdo, adelantar el pie derecho, repetir. El Borracho n.º 1 hace que andar parezca bailar *Los pajaritos*.

El Borracho n.º 2 es de los traicioneros. No hace el menor gesto mientras te está escuchando, como si la carencia de expresión reflejara claramente lo sobrio que está. Asiente alguna que otra vez, y de modo bastante convincente, pero no parpadea lo bastante. Sus intentos de fijarse en tus tetas son mucho menos sutiles de lo que él se piensa.

Me pregunto qué opinarán de mí y de Rachel. Han venido a por nosotras de cabeza, pero eso no es algo positivo necesariamente. Cuando estaba con Justin, si salía de fiesta con Rachel él siempre me recordaba que muchos hombres ven «chica estrambótica» y piensan «desesperada y a tiro». Tiene razón, como de costumbre. Yo de hecho me pregunto si les resulta más fácil ligarse a las chicas estrambóticas que a las del tipo animadora dicharachera: eres más accesible, y nadie da por sentado que ya tienes novio. Lo cual, ahora que lo pienso, probablemente sea otra razón por la que a Justin no le hacían gracia mis salidas nocturnas con Rachel.

—O sea, ¿libros para aprender a hacer tartas? —pregunta el Borracho n.º 2, haciendo gala de sus dotes de atención y el estado sobrio mencionado anteriormente. (Vamos a ver, ¿qué sentido tiene tomar chupitos de sambuca si tu única intención es aparentar que no te has pasado la noche bebiendo?).

—¡Sí! —dice Rachel—. O a montar estanterías o a hacerse la ropa o…, o…, ¿a ti qué te gusta hacer?

Ha bebido lo bastante como para encontrar atractivo al Borracho n.º 2, pero intuyo que su única intención es entretenerle para que me lance a por el Borracho n.º 1. De los dos, está claro que me decanto por el Borracho n.º 1: para empezar, es lo bastante alto. Este es el primer reto. Yo mido un metro ochenta y, aunque no tengo inconveniente en salir con hombres más bajos, por lo visto a los tíos les suele molestar que les saque más de un par de milímetros. Por mi parte, ningún problema: no me interesan los que se fijan en ese tipo de cosas. Es un filtro práctico.

—¿Que qué me gusta hacer? —repite el Borracho n.º 2—. Me gusta bailar con mujeres guapas en garitos con copas a un ojo de la cara. —De pronto esboza una sonrisa que, aunque un poco más lánguida y torcida de lo que seguramente pretendía, de hecho es bastante atractiva.

Intuyo que Rachel opina lo mismo. Me lanza una mirada calculadora —vaya, pues no está tan borracha— y me doy cuenta de que está tanteando la situación entre el Borracho n.º 1 y yo.

Miro al Borracho n.º 1 también y hago mis propios cálculos. Es alto, con una bonita anchura de hombros y canas incipientes en las sienes, lo cual de hecho le da un toque bastante sexi. Calculo que rondará los treinta y tantos; atenuando las luces o entrecerrando los ojos, podría ser un poco el Clooney de los años noventa.

¿Me gusta? Si así fuera, podría acostarme con él. Cuando estás soltera puedes hacerlo.

Qué raro.

No me he planteado acostarme con nadie desde que rompí con Justin. Cuando estás soltera y no practicas sexo recuperas un montón de tiempo, no tanto el tiempo concreto que se tarda en hacerlo como el tiempo que dedicas a depilarte las piernas, a comprarte lencería bonita, a preguntarte si el resto de las mujeres se hacen la cera en las ingles, etcétera. Es una auténtica ventaja. Por supuesto, está la abrumadora carencia de uno de los aspectos fundamentales de tu vida de adulta, pero sí que cunde mucho el día para las gestiones.

Obviamente tengo presente que rompimos hace tres meses. Sé que en teoría puedo acostarme con otros. Pero... no puedo evitar pensar en lo que opinaría Justin. En cuánto se enfadaría. Puede que técnicamente tenga carta blanca para ello, pero..., ya me entiendes. Carta blanca blanca... En mi fuero interno, todavía no.

Rachel lo pilla.

—Lo siento, tío —dice al tiempo que le da palmaditas en el brazo al Borracho n.º 2—. Lo que a mí me gusta es bailar con mi amiga. —Anota su número en una servilleta (a saber dónde ha conseguido ese boli, esta mujer es maga) y de repente mi mano está en la suya mientras nos abrimos paso hasta el centro de la pista de baile, donde la atronadora música me retumba en el cráneo y está a punto de reventarme los tímpanos.

—¿Qué tipo de bebedora eres tú? —pregunta Rachel mientras agitamos el trasero de forma bastante inapropiada al ritmo de un clásico de Destiny's Child.

—Soy un poco... reflexiva —le contesto a voz en grito—. Demasiado analítica para acostarme con ese hombre tan agradable.

Alarga la mano para coger un chupito de la bandeja de una de esas camareras que dan vueltas pidiéndote que pagues cosas a un ojo de la cara y le da algo de suelto.

—Entonces eres del tipo «no lo bastante» borracha —señala, y me da el chupito—. Puede que seas editora, pero a ninguna borracha se le ocurre soltar la palabra «analítica».

—Editora adjunta —le recuerdo, y me trinco el chupito. Un *jägerbomb*. Es curioso cómo algo tan absolutamente repugnante, cuyo regusto te da náuseas al día siguiente, puede saber delicioso en una pista de baile.

Rachel se pasa la noche atiborrándome de copas, ligando con toda la morralla que hay a la vista para ponerme a tiro a los más interesantes. Diga lo que diga, estoy bastante achispada, así que no le doy muchas vueltas: se está comportando como una amiga fuera de serie. La noche transcurre en un torbellino de gente bailando y bebidas de colores chillones.

No empiezo a preguntarme qué está pasando esta noche hasta que llegan Mo y Gerty.

Mo tiene la expresión de un hombre al que han citado de improviso. Tiene la barba un poco apelmazada, como si se la hubiera aplastado al dormir en una postura rara, y lleva puesta una camiseta muy gastada que me suena de la universidad, aunque ahora le queda un poco más apretada. Gerty, como de costumbre, despide una belleza altanera, sin maquillar y con el pelo recogido en la coronilla en un moño de bailarina; como nunca se maquilla y va impecable a todas horas, cuesta dilucidar si tenía previsto venir. Lo mismo en el último momento se ha puesto unos tacones ligeramente más altos para combinar con los vaqueros de pitillo.

Se están abriendo paso por la pista de baile. Mi sospecha de que Mo no tenía previsto venir se confirma: no baila. Si Mo entra en una discoteca, el baile está garantizado. Entonces, ¿por qué se han presentado aquí en mi salida improvisada con Rachel un miércoles por la noche? Ni siquiera la conocen demasiado; solo han coincidido de copas en algún que otro cumpleaños o en la típica fiesta de inauguración de alguna casa. De hecho, Gerty y Rachel mantienen un discreto tira y afloja por el liderazgo, y cuando nos juntamos todos por lo general acaban enzarzadas.

¿Es mi cumpleaños?, me pregunto atontada. ¿Vendrán a darme una sorpresa con una emocionante noticia?

Me vuelvo hacia Rachel.

—¿Qué...?

—A la mesa —dice, señalando hacia los reservados del fondo del local.

Gerty disimula relativamente bien su enfado por verse obligada a cambiar de rumbo precisamente cuando se ha abierto paso con gran esfuerzo hasta el centro de la pista.

Percibo malas vibraciones. No obstante, como me encuentro justo en el mejor momento del colocón, estoy dispuesta a borrar los pensamientos que me inquietan con la esperanza de que hayan venido a decirme que he ganado unas vacaciones de cuatro semanas en Nueva Zelanda o algo por el estilo.

Pero no.

—Tiffy, no sabía cómo decirte esto —comenta Rachel—, así que esta es la mejor idea que se me ha ocurrido. Emborracharte, recordarte lo que se siente al ligar y luego llamar a tu equipo de apoyo. —Me agarra ambas manos—. Tiffy. Justin se ha prometido.

4

Leon

La conversación sobre el apartamento no salió como anticipaba en absoluto. Kay se puso hecha una furia. Parecía disgustada ante la idea de que otra persona duerma en mi cama aparte de ella. Pero si ella jamás se pasa por mi casa. Odia las paredes verde oscuro y los vecinos mayores; «Pasas demasiado tiempo entre gente mayor» forma parte de su cantinela. Siempre estamos en su casa (paredes gris claro, vecinos jóvenes y guais).

La riña acaba en un cansino callejón sin salida. Ella pretende que quite el anuncio y que cancele el acuerdo con la mujer de Essex; yo me mantengo en mis trece. Es la mejor idea que se me ha ocurrido para conseguir dinero fácil cada mes, a menos que me toque la lotería, lo cual no puede tenerse en consideración como factor en una planificación financiera. No quiero volver a pedir prestadas esas trescientas cincuenta libras. Precisamente fue ella quien lo dijo: no era bueno para nuestra relación.

Pero, si ha llegado hasta aquí, entrará en razón.

Una noche larga. Holly no podía dormir; jugamos a las damas. Ella levanta los dedos y los hace revolotear sobre el tablero como si fuera un hechizo antes de tocar una ficha. Por lo visto es un truco mental: consigue que el contrincante se fije en hacia dónde se dirige en vez de concentrarse en su siguiente movimiento. ¿Dónde aprendió estos trucos una niña de siete años?

Hago la pregunta.

Holly: Leon, eres bastante *cádindo*, ¿a que sí?

Quiere decir «cándido». Probablemente hasta ahora nunca lo había pronunciado en voz alta, solo lo había leído en sus cuentos.

Yo: Tengo mucho mundo. Gracias, Holly.

Me mira con condescendencia.

Holly: No pasa nada, Leon. Eres demasiado agradable. Apuesto a que la gente te pisotea como un felpudo.

Seguro que oyó eso en alguna parte. Es probable que por boca de su padre, que viene a verla en semanas alternas con un sobrio traje gris oscuro y trae consigo golosinas pésimamente elegidas y tufo a humo de cigarrillos.

Yo: Ser agradable es bueno. Puedes ser fuerte y agradable. No tienes que ser una cosa o la otra.

De nuevo esa mirada condescendiente.

Holly: Mira, es como… Kay es fuerte; tú, agradable.

Extiende las manos con un ademán, como diciendo: «Así es la vida». Me quedo de piedra. Ignoraba que supiera el nombre de Kay.

Richie llama por teléfono justo cuando entro en casa. Tengo que echar una carrera para llegar hasta el aparato —sé que será él, siempre es él— y me doy un cabezazo con la lámpara baja de la cocina. Es lo que menos me gusta de este magnífico apartamento.

Me froto la cabeza. Cierro los ojos. Escucho atentamente la voz de Richie para tratar de detectar temblores e indicios que indiquen cómo se encuentra realmente, y también por el mero hecho de oír al Richie real, vivo, que respira, que aún está bien.

Richie: Cuéntame una buena historia.

Cierro los ojos con más fuerza. Entonces, no ha tenido un buen fin de semana. Los fines de semana son un suplicio: pasan más tiempo encerrados. Siempre me doy cuenta de cuándo está de bajón por el acento, ese acento tan característico que tenemos los dos. Medio londinense, medio del condado de Cork, pero cuando está triste se le acentúa el deje irlandés.

Le hablo de Holly. De sus dotes para las damas. De que me tacha de «cádindo». Richie me escucha, y a continuación:

Richie: ¿Se va a morir?

Es complicado. A la gente le cuesta entender que la cuestión no es si van a morir o no; los hospitales de cuidados paliativos no son simplemente lugares donde ingresas para agonizar lentamente. En nuestros pabellones hay más personas que sobreviven y reciben el alta que personas que mueren. Se trata de encontrarse a gusto en el transcurso de algo irremediable y doloroso. De hacer más llevadero el trance.

No obstante, Holly… podría morir. Está muy enferma. Preciosa, precoz y muy enferma.

Yo: Las estadísticas de la leucemia son bastante buenas para los niños de su edad.

Richie: Déjate de estadísticas, tío. Cuéntame una buena historia.

Sonrío al recordar cuando de pequeños representábamos nosotros las tramas de *Neighbours* el mes que se estropeó el televisor. A Richie siempre le han gustado las buenas historias.

Yo: Saldrá de esta. De mayor será… programadora. Programadora profesional. Utilizará todas sus dotes con las damas para desarrollar nuevos alimentos generados por ordenador que impedirán que nadie pase hambre y dejarán a Bono sin trabajo en la época de Navidad.

Richie ríe. No demasiado, pero sí lo suficiente para mitigar el nudo de congoja que tengo en el estómago.

Unos instantes de silencio. Cordial, quizá, o simplemente por falta de palabras adecuadas.

Richie: Esto es un infierno, tío.

Las palabras me golpean como un puñetazo en el estómago. Este último año he sentido este impacto en el estómago con demasiada frecuencia. Siempre en ocasiones como esta, cuando la realidad me alcanza nuevamente después de pasar días evadiéndome de ella.

Yo: Ya queda menos para la apelación. Ya falta poco. Sal dice…

Richie: Oye, Sal dice que quiere cobrar. Conozco el percal, Lee. No hay nada que hacer.

Su tono es grave, pausado, casi arrastra las palabras.

Yo: ¿Me vienes con estas? ¿Has perdido la fe en tu hermano mayor o qué? ¡Pero si solías decirme que llegaría a ser multimillonario!

Percibo una sonrisa forzada.

Richie: Bastante has hecho ya.

Ni pensarlo. Eso es imposible. Jamás haré lo bastante, para esto no, aunque a menudo he pensado que ojalá pudiera ocupar su lugar para salvarlo.

Yo: Tengo un plan. Un plan lucrativo. Te va a encantar.

Se oye un ruido.

Richie: Qué pasa, tío. Ah, un seg...

Voces amortiguadas. El corazón se me acelera. Cuando hablo por teléfono con él, escuchando solo su voz y la mía, me resulta fácil pensar que se encuentra en algún lugar seguro y tranquilo. Pero ahí está, en el patio, con una cola detrás, tras haber optado entre dedicar esta media hora de salida de la celda de la cárcel a realizar una llamada telefónica o a su única posibilidad de ducharse.

Richie: Tengo que colgar, Lee. Te quiero.

Y corta la llamada.

Ocho y media del sábado. Incluso saliendo ahora mismo, llegaría tarde. Y, como es obvio, no voy a salir ahora mismo. Estoy cambiando las sábanas en el pabellón Dorsal, según la doctora Patel; según la enfermera de turno del pabellón Coral, le estoy sacando sangre al señor Prior; según Socha, la médica residente, la estoy ayudando con el paciente moribundo del pabellón Kelp.

Socha gana. Llamo a Kay mientras corro.

Kay, al responder: Estás liado en el trabajo, ¿verdad?

Me falta el aliento para darle una explicación como es debido. Los pabellones se hallan demasiado lejos entre sí para situaciones de emergencia. El consejo de administración del hospital debería invertir en pasillos más cortos.

Kay: No pasa nada. Iré yo a conocer a esa chica.

Doy un traspié. Me sorprende. Obviamente, tenía previsto pedírselo; por eso he llamado a Kay y no a la mujer de Essex directamente para cancelarlo. Pero... ha sido demasiado fácil.

Kay: Mira, no me hace gracia este plan de compartir el apartamento, pero me consta que necesitas el dinero, y me hago cargo. Sin embargo, para que me sienta cómoda con esto, creo que todo debería hacerse a través de mí. Yo iré a conocer a la tal Tiffy. Me encargaré de gestionarlo de tal manera que la desconocida que duerma en tu cama no sea alguien con la que mantengas la más mínima relación. Así no me resultará tan raro, y no tendrás que ocuparte de ello, para lo cual, seamos sinceros, no tienes tiempo.

Una punzada de amor. Podría ser un retortijón, claro está; cuesta estar seguro a estas alturas de la relación, pero bueno.

Yo: ¿Estás… segura?

Kay, categórica: Sí. Este es el plan. Nada de trabajar los fines de semana. ¿Vale? Los fines de semana son para mí.

Me parece justo.

Yo: Gracias. Gracias. ¿Y… te importaría decirle…?

Kay: Ya, ya, lo del tío raro del apartamento 5 y advertirla de los zorros.

Una punzada de amor, sin duda alguna.

Kay: Sé que piensas que no escucho, pero te equivocas.

Todavía me queda como poco un minuto de carrera para llegar al pabellón Kelp. No he mantenido el ritmo adecuado. Un error de principiante. Estoy abrumado por el espantoso «ahora mismo» que está marcando este turno, con todos sus moribundos, enfermos con escaras y pacientes juguetones con demencia, olvidándome de las reglas básicas de la supervivencia en un entorno hospitalario. Camina a buen paso, no corras. Estate al tanto de la hora. Jamás pierdas los nervios.

Kay: ¿Leon?

Se me había olvidado hablar en voz alta. Estaba simplemente jadeando. Es probable que de un modo bastante siniestro.

Yo: Gracias. Te quiero.

5

Tiffy

Barajo la idea de ponerme gafas de sol, pero llego a la conclusión de que eso me daría cierto aire de diva, dado que estamos en febrero. Nadie quiere compartir piso con una diva.

La cuestión es, por supuesto, hasta qué punto resulta preferible una diva a una mujer destrozada emocionalmente que a todas luces se ha pasado los dos últimos días llorando.

Me recuerdo para mis adentros que esto no es una convivencia al uso. Leon y yo no tenemos por qué congeniar: en realidad, no vamos a vivir juntos, simplemente a compartir el mismo espacio en diferentes horarios. A él le da igual si resulta que me paso todo el tiempo libre llorando, ¿o no?

—La chaqueta —ordena Rachel, al tiempo que me la pasa.

Todavía no he llegado al extremo de necesitar ayuda para vestirme, pero Rachel ha pasado aquí la noche, y si Rachel está aquí seguramente va a tomar las riendas de la situación. Aun cuando «la situación» sea vestirme por la mañana.

Estoy demasiado hundida como para protestar. Cojo la chaqueta y me la pongo. Me chifla esta chaqueta. La hice con un gigantesco vestido de noche que encontré en una tienda benéfica; lo descosí por completo y volví a reutilizar la tela dejando los adornos de cuentas donde cayeran, de modo que ahora llevo lentejuelas moradas y bordados por el hombro derecho, bajando por la espalda y por debajo de las tetas. Se parece un poco a las chaquetas de los maestros de ceremonias circenses, pero me sienta fenomenal, y curiosamente los abalorios de debajo del pecho resultan la mar de favorecedores para el talle.

—¿No te di esto? —digo, extrañada—. ¿El año pasado, si no recuerdo mal?

—¿Tú, desprendiéndote de esta chaqueta? —Rachel hace una mueca—. Sé que me quieres, pero seguro que no quieres a nadie hasta ese punto.

Vale, por supuesto. Estoy tan hecha polvo que apenas puedo pensar con claridad. Pero, bueno, al menos me esmero en arreglarme esta mañana. Te das cuenta de que las cosas van mal cuando te pones lo primero que pillas al abrir el cajón. Y no es que les vaya a pasar desapercibido a los demás: mi armario es de tal naturaleza que daré la nota seguro con cualquier atuendo que no esté lo suficientemente planificado. Los pantalones de pana amarillo mostaza, la blusa con volantes color crema y el cárdigan largo verde causaron cierta sensación en la oficina el jueves; a Hana, la de Marketing, le dio un golpe de tos cuando entré en la cocina justo cuando estaba tragando un sorbo de café. Encima, nadie entiende por qué de buenas a primeras me encuentro tan alicaída. Me consta que todos piensan: «¿Y por qué llora ahora? ¿No se fue Justin hace meses?».

No les falta razón. No tengo ni idea de por qué estas circunstancias particulares de la nueva relación de Justin me afectan tanto. Yo ya había decidido que esta vez iba a mudarme de todas todas. Y no es que pretendiera que se casara conmigo ni nada por el estilo. Simplemente pensaba que... volvería. Eso es lo que siempre ha ocurrido hasta ahora: se marcha dando un portazo, me hace el vacío, ignora mis llamadas, pero luego se da cuenta de su error y, justo cuando pienso que estoy preparada para empezar a superarlo, vuelve a aparecer tendiéndome la mano y diciéndome que le acompañe a alguna de esas aventuras alucinantes.

Pero esta es la definitiva, ¿no? Se va a casar. Esta es... Esta es...

Rachel me pasa los clínex sin pronunciar palabra.

—Voy a tener que volver a maquillarme —comento, una vez que ha pasado lo peor.

—¡Qué dices! No hay tiempo —exclama Rachel, mostrándome la pantalla de su teléfono.

Mierda. Las ocho y media. Como no salga ya voy a llegar tarde, y eso causará una pésima impresión: si tenemos intención de cumplir a rajatabla las normas sobre quién dispone del apartamento y cuándo, Leon esperará que controle la hora.

—¿Gafas de sol? —pregunto.

—Gafas de sol. —Rachel me las da.

Cojo mi bolso y enfilo hacia la puerta.

Mientras el tren traquetea en su trayecto por los túneles de la línea Northern atisbo mi reflejo en la ventana y me enderezo un poco. Tengo buen aspecto. El cristal borroso y arañado ayuda; es como una especie de filtro de Instagram.

Pero llevo puesto uno de mis conjuntos favoritos, mi melena cobriza recién lavada y, aunque puede que la llantina me haya borrado por completo el lápiz de ojos, mi pintalabios permanece intacto.

Aquí estoy. Puedo hacer esto. Puedo arreglármelas estupendamente sola.

El ánimo me dura más o menos lo que tardo en llegar a la salida de la estación de Stockwell. En ese momento un tío en un coche me grita: «¡Aparta el culo!», y la conmoción es tal que regreso de golpe a la mierda de vida post-ruptura de Tiffy. Me deja tan hundida que apenas soy capaz de mover de su camino esa parte de mi anatomía para cumplir con la petición.

Llego al bloque de apartamentos más o menos en cinco minutos; se halla bastante cerca del metro. Ante la perspectiva de descubrir el que realmente va a ser mi futuro hogar, me seco las mejillas y me fijo con atención. Es uno de esos bloques de ladrillo achaparrados, y en la entrada hay un pequeño patio con algo de césped mustio al estilo londinense que más bien parece heno bien segado. Hay plazas de aparcamiento para cada vecino, uno de los cuales parece estar utilizando la suya para almacenar una desconcertante cantidad de cajas de plátanos vacías.

Al llamar al portero automático del apartamento 3 un movimiento capta mi atención: es un zorro que asoma despacio en la zona donde por lo visto viven los contenedores. Se detiene dejando una pata en el aire y se queda mirándome con descaro. La verdad es que nunca he estado tan cerca de un zorro: tiene una pinta mucho más sarnosa de lo que aparentan en las fotos de los libros. Pero los zorros son bonitos, ¿no? Son tan bonitos que ya está prohibido cazarlos por diversión, aunque seas un aristócrata con caballo.

Suena un zumbido y la puerta se abre; entro. El portal es muy… marrón. Moqueta marrón, paredes en tono café con leche. Pero eso no es lo que realmente importa; lo que importa es el interior del apartamento.

Al llamar a la puerta del apartamento 3 noto que estoy como un flan. No; al borde del pánico. ¿De veras estoy haciendo esto? ¿Planteándome dormir en la cama del primer desconocido que se tercie? ¿De verdad voy a marcharme del piso de Justin?

Ay, Dios. A lo mejor Gerty tenía razón y todo este asunto es pasarse un pelín de la raya. En un arrebato de locura me imagino volviendo a casa de Justin, al confort de ese piso decorado en blanco y cromo, a la posibilidad de recuperarle. Pero la idea no me resulta tan seductora como imaginaba. En cierto modo —tal vez alrededor de las once de la noche del jueves pasado— en ese apartamento comenzó a gestarse un ligero cambio, y en mí también.

En el fondo, aunque no quiera admitirlo, sé que esto es positivo. Ahora que he llegado hasta aquí no puedo permitirme echarme atrás.

Este lugar me tiene que gustar. Es mi única opción. Así que, cuando alguien que obviamente no es Leon abre la puerta, tengo tan buena disposición que hago como si nada. Ni siquiera me muestro sorprendida.

—¡Hola!

—Hola —dice la mujer que abre la puerta. Es menuda, de tez aceitunada y luce uno de esos cortes de pelo a lo chico que te dan un aire francés si tienes la cabeza bastante pequeña. Enseguida me siento descomunal.

Ella no hace nada para mitigar esta sensación. Conforme entro en el apartamento, noto que me mira de arriba abajo. Intento fijarme en la decoración —vaya, papel de pared verde oscuro, parece auténtico de los años setenta—, pero al cabo de unos instantes comienza a fastidiarme su mirada inquisitiva. Me doy la vuelta para observarla cara a cara.

Ah. Es la novia. Y su expresión no puede ser más clara; dice: «Me preocupaba que estuvieras buena e intentaras quitarme el novio mientras te instalabas plácidamente en su cama, pero como ya te he visto y él nunca se sentirá atraído por ti..., ¡sí!, ¡pasa!».

Ahora se deshace en sonrisas. Estupendo, como quieras; si hay que tragar para conseguir esta habitación, no hay problema. No voy a achicarme y perder esto. No tiene ni idea de lo desesperada que estoy.

—Soy Kay —dice, tendiéndome la mano. Estrecha la mía con firmeza—. La novia de Leon.

—Me lo figuraba. —Sonrío para quitarle hierro a la situación—. Me alegro mucho de conocerte. ¿Está Leon en el...?

Giro la cabeza en dirección al dormitorio. O está ahí o en la sala de estar, que tiene la cocina en un rincón; en realidad aparte de esto no hay mucho más en el apartamento.

—¿... baño? —pregunto con vacilación al ver el dormitorio vacío.

—A Leon se le ha complicado el trabajo —dice Kay, al tiempo que me conduce a la zona de estar.

Es bastante minimalista y se ve un poco desgastado, pero está limpio, y me fascina ese papel de pared de los años setenta por todas partes. Apuesto a que alguien pagaría por él ochenta libras el rollo si comenzaran a venderlo en Farrow & Ball. En la zona de la cocina hay colgada una lámpara baja que desentona un poco con la decoración, pero es una pasada; el sofá de piel está baqueteado; la tele en realidad no está enchufada, pero parece relativamente decente; y han pasado la aspiradora por la moqueta hace poco. Todo parece prometedor.

Igual esto sale bien. Igual sale fenomenal. Me imagino a mí misma en este lugar en una rápida sucesión de escenas: yo holgazaneando en el sofá, preparando algo improvisado en la cocina, y de repente me dan ganas de ponerme a dar botes de alegría aquí mismo ante la idea de disponer de todo este espacio para mí. Me controlo justo a tiempo. Me da la impresión de que Kay no es de las bailongas espontáneas.

—Entonces, ¿no… voy a conocer a Leon? —pregunto, y me encojo al recordar la primera regla de compartir piso según Mo.

—Bueno, supongo que lo conocerás en algún momento —responde Kay—. Pero tendrás que hablar siempre conmigo. Yo me estoy encargando de alquilarlo en su nombre. Nunca coincidiréis aquí al mismo tiempo; dispondrás del apartamento desde las seis de la tarde hasta las ocho de la mañana de lunes a viernes y todo el fin de semana. De momento es un acuerdo para seis meses. ¿Te parece bien?

—Sí, es justo lo que necesito. —Hago una pausa—. Y… ¿Leon nunca se presentará de improviso? ¿Fuera de sus horarios, por lo que sea?

—De ninguna manera —dice Kay, con el aire de una mujer que tiene intención de asegurarse de ello—. Desde las seis de la tarde hasta las ocho de la mañana, el apartamento es tuyo y solo tuyo.

—Estupendo. —Exhalo despacio, para aplacar el nudo de emoción que tengo en el estómago, y examino el baño; siempre puedes sacar conclusiones de un lugar por el baño. Todos los sanitarios presentan un blanco reluciente; hay una cortina de baño azul oscuro, unos cuantos frascos ordenados de cremas y líquidos misteriosos que parecen para hombre, y un espejo arañado, pero que hace su servicio. Genial—. Me lo quedo. Si te parece bien.

Estoy segura de que dirá que sí, si es que realmente la decisión está en sus manos. Lo supe en cuanto me miró de esa manera en la entrada: sea cual sea el criterio de Leon respecto a la persona con la que va a compartir piso, Kay lleva la voz cantante, y está claro que me ha marcado en la casilla de «convenientemente poco atractiva».

—Perfecto —dice Kay—. Voy a llamar a Leon para decírselo.

6

Leon

Kay: Es ideal.

Se me cierran lentamente los párpados en el autobús. Lentos y dulces parpadeos que en realidad son pequeñas cabezadas.

Yo: ¿En serio? ¿No es una pesada?

Kay, en tono crispado: ¿Y eso qué importa? Será limpia y ordenada y puede instalarse inmediatamente. Si de verdad estás decidido a hacer esto, no puedes esperar alguien mejor.

Yo: ¿No puso pegas por el vecino raro del apartamento 5? ¿O por la familia de zorros?

Una breve pausa.

Kay: No mencionó que le supusiera un problema ninguna de las dos cosas.

El lento y dulce parpadeo esta vez es muy largo. Debo tener cuidado; no puedo ni imaginarme despertándome en la última parada del autobús y teniendo que realizar todo el trayecto de vuelta. Siempre cabe ese riesgo tras una larga semana.

Yo: Bueno, ¿cómo es?

Kay: Es… estrafalaria. Enorme. A pesar de que en teoría todavía estamos en invierno, llevaba unas gafas de sol de esas grandes con montura de carey, y sus botas estaban pintadas de flores. ¡Pero la cuestión es que está sin blanca y encantada de haber encontrado una habitación tan barata!

«Enorme» es la forma de Kay de referirse a alguien con sobrepeso. Ojalá no hiciera comentarios de esa índole.

Kay: Oye, vienes de camino, ¿no? Podemos hablar de ello cuando llegues.

Mi plan al llegar era saludar a Kay con el consabido beso, quitarme la ropa del trabajo, beber agua, tirarme de cabeza a la cama de Kay y dormir por toda la eternidad.

Yo: ¿Y esta noche, cuando haya dormido?

Silencio. Un silencio de profunda irritación. (Soy un experto en los silencios de Kay).

Kay: Conque te vas a ir derecho a la cama cuando llegues.

Me muerdo la lengua. Reprimo el impulso de contarle con pelos y señales mi semana.

Yo: Puedo quedarme levantado si quieres hablar.

Kay: No, no, necesitas dormir.

Está claro que voy a quedarme levantado. Más me vale aprovechar estas cabezadas hasta que el autobús llegue a Islington.

Recibimiento gélido por parte de Kay. Cometo el error de mencionar a Richie, lo cual enfría el ambiente aún más. Culpa mía, probablemente. Es imposible hablarle de él sin volver a escuchar La Bronca, como si cada vez que pronuncia su nombre pulsara el botón de «replay». Mientras se pone a trajinar para preparar el *cenayuno* (una combinación de cena y desayuno, adecuado tanto para gente de hábitos nocturnos como diurnos), me repito a mí mismo que debería recordar cómo terminó La Bronca. Que ella pidió perdón.

Kay: ¿No vas a preguntarme por los fines de semana o qué?

Lento de respuesta, me quedo mirándola. A veces me cuesta hablar después de una larga noche. El mero hecho de abrir la boca para expresar pensamientos coherentes es como levantar algo muy pesado, o como uno de esos sueños en los que tienes que echar a correr pero tus piernas avanzan como si estuvieran sumergidas en melaza.

Yo: ¿Preguntarte qué?

Kay, con la sartén de las tortillas en la mano, se toma su tiempo. Está muy guapa a la luz del sol de invierno que se filtra por la ventana de la cocina.

Kay: Por los fines de semana. ¿Dónde estabas pensando pasarlos, con Tiffy en tu apartamento?

Ah. Ya.

Yo: Pues esperaba pasarlos aquí. Como cada fin de semana que no trabajo, ¿no?

Kay sonríe. Siento esa sensación de satisfacción por haber dicho lo correcto, y acto seguido una punzada de ansiedad.

Kay: Ya sé que estabas pensando en quedarte aquí, ¿vale? Solo quería oírtelo decir.

Nota mi expresión de desconcierto.

Kay: Normalmente pasas aquí los fines de semana por azar, no porque lo tengas previsto. No porque sea nuestro plan de vida.

La palabra «plan» tiene una connotación mucho menos agradable cuando va colocada delante de «vida». De repente me afano en comerme la tortilla. Kay me aprieta el hombro, me acaricia la nuca con los dedos de arriba abajo, me da tironcitos del pelo.

Kay: Gracias.

Me siento culpable, aunque en realidad no he dado lugar a malentendidos: sí que di por hecho que pasaría aquí todos los fines de semana, sí que lo tuve en cuenta al decidir alquilar la habitación. Lo que pasa es que no... me lo planteé en ese sentido. En el sentido del plan de vida.

Dos de la madrugada. Cuando comencé a trabajar en el equipo nocturno del hospital, las noches que libraba me parecían un desperdicio: me quedaba sentado en vela, añorando la luz del sol. Pero ahora este es mi momento, el silencio sordo, el resto de londinenses durmiendo o bebiendo como cosacos. Estoy haciendo sustituciones temporales en todos los turnos nocturnos que el coordinador de las rotaciones de personal me ofrece; son los mejor pagados, salvo las noches de los fines de semana, que he dicho a Kay que rechazaré. Además, es la única solución para que funcione esta idea de compartir el apartamento. Ni siquiera estoy seguro de que merezca la pena adaptarme a los horarios diurnos los fines de semana, pues trabajaré cinco de cada siete días. Igual me conviene mantener mis hábitos nocturnos.

Generalmente aprovecho para escribir a Richie a esta hora. Tiene las llamadas limitadas, pero puede recibir cuantas cartas le envíe.

El martes pasado se cumplieron tres meses desde que se dictó su sentencia. Cuesta saber cómo señalar una fecha como esa... ¿Con un brindis? ¿Con otra marca en la pared?

Richie se lo tomó bien dentro de lo que cabe, pero, cuando ingresó, Sal le dijo que lo sacaría de allí para febrero, así que esta vez ha sido un palo especialmente duro.

Sal. En teoría está haciendo todo lo que puede, pero Richie es inocente y está en la cárcel, así que inevitablemente siento cierto rencor hacia su abogado. Sal no es malo. Emplea un lenguaje grandilocuente, va pertrechado de maletín, jamás duda de sí mismo: todas las típicas cosas que parecen inspirar confianza en un abogado, ¿no? Pero los errores continúan produciéndose. Como los inesperados veredictos de culpabilidad.

No obstante, ¿cuáles son nuestras opciones? No hay más abogados interesados en defender a Richie cobrando honorarios asequibles. No hay más abogados al corriente de su caso, no hay más abogados dispuestos a hablar con Richie en la cárcel…, no hay tiempo para buscar a otro. Cada día que pasa Richie está más hundido.

He de ser yo quien trate con Sal en todo momento, en ningún caso mi madre, lo cual conlleva interminables y agotadoras llamadas telefónicas para localizarlo. A mi madre le da por gritar y echarle la culpa. Sal es susceptible, se desmotiva fácilmente a la hora de volcarse de lleno en el caso de Richie, y es absolutamente indispensable.

Esto no me está haciendo ningún bien. Las dos de la madrugada es una hora pésima para cavilar sobre asuntos legales. La peor de todas. Si la medianoche es la hora de las brujas, las dos de la madrugada es la hora de las cavilaciones.

Buscando distracción sin apenas darme cuenta me da por teclear en Google «Johnny White», el antiguo amor de mandíbula hollywoodiense del señor Prior.

Hay muchos Johnny White. Uno es una destacada figura de la música de baile canadiense. Otro es un futbolista estadounidense. Definitivamente, ninguno de los dos vivió la Segunda Guerra Mundial ni se enamoró de un encantador caballero inglés.

No obstante, internet fue creado para situaciones como esta, ¿no?

Pruebo con «Johnny White bajas de guerra», y a continuación me odio un poco a mí mismo. Me da la sensación de que dar por muerto a Johnny es traicionar al señor Prior. Pero merece la pena descartar esas opciones primero.

Doy con una página web llamada Localización de Víctimas de Guerra. En un primer momento me quedo algo horrorizado, pero llego a la conclusión de que en realidad es alucinante: aquí se recuerda a todo el mundo. Como en una consulta digital de lápidas. Puedo buscar por nombre, regimiento, una guerra en concreto, fecha de nacimiento... Tecleo «Johnny White» y especifico «Segunda Guerra Mundial», pero no dispongo de más datos.

Setenta y ocho Johnny White murieron en el ejército en la Segunda Guerra Mundial.

Me reclino en el asiento. Me quedo mirando la relación de nombres. John K. White. James Dudley Jonathan White. John White. John George White. John R. L. White. Jonathan Reginald White. John...

Vale. De pronto tengo la abrumadora certeza de que el encantador Johnny White del señor Prior está muerto, y pienso que ojalá hubiera una base de datos similar para los que lucharon en la guerra y sobrevivieron. No estaría nada mal. Una lista de supervivientes. Me quedo conmocionado, tal y como uno se queda a las dos de la madrugada ante el horror de la humanidad y su inclinación a cometer terribles asesinatos en masa.

Kay: ¡Leon! ¡Tu busca está sonando! ¡¡En mi oreja!!

Dejo el ordenador portátil en el sofá tras darle a imprimir y, al abrir la puerta del dormitorio, me encuentro a Kay tendida de costado, con el edredón sobre la cabeza y un brazo en alto sujetando mi busca.

Cojo el busca. Cojo mi teléfono. Como es lógico, no estoy trabajando, pero el equipo no me llamaría al busca si no fuera importante.

Socha, la médica residente: Leon, es Holly.

Empiezo a calzarme.

Yo: ¿Es grave?

¡Las llaves! ¡Las llaves! ¿Dónde están las llaves?

Socha: Tiene una infección; las pruebas del síndrome orgánico cerebral tienen mala pinta. Está preguntando por ti. No sé qué hacer, Leon, y como la doctora Patel no responde al busca, el especialista está esquiando y June no ha encontrado sustituto no hay nadie más a quien llamar…

Localizo las llaves en el fondo del cesto de la ropa sucia. Qué sitio más original para dejarlas. Enfilo hacia la puerta, atento al recuento de glóbulos blancos que me da Socha, con los cordones de los zapatos sueltos…

Kay: ¡Leon! ¡Que llevas puesto el pijama!

Maldita sea. Pensaba que había conseguido llegar a la puerta más rápido de lo habitual.

7

Tiffy

Bueno, pues el nuevo apartamento es bastante... completito. Acogedor.

—Abarrotado —confirma Gerty, de pie prácticamente en el único hueco que queda en el dormitorio—. Está abarrotado.

—¡Ya sabes que tengo un gusto ecléctico! —objeto al tiempo que estiro la preciosa manta *tie-dye* que encontré en el mercado de Brixton el verano pasado. Estoy tratando por todos los medios de mantener una actitud positiva. Empaquetar mis cosas y marcharme del apartamento de Justin fue un trago, el trayecto hasta aquí duró cuatro veces más de lo que indicaba Google, y cargar con todo por las escaleras fue una tortura. Después tuve que mantener una larga conversación con Kay mientras me entregaba las llaves, cuando lo único que me apetecía era sentarme en algún sitio y frotarme suavemente las sienes hasta recuperar el aliento. No ha sido un día divertido.

—¿Lo has hablado con Leon? —pregunta Mo, y se sienta en el borde de la cama—. Me refiero a lo de traer todas tus cosas.

Frunzo el ceño. ¡Pues claro que iba a traer mis cosas! Menuda pregunta. Voy a instalarme aquí; eso significa que debo tener aquí mis cosas. ¿Dónde si no iba a dejarlas? Esta es mi morada permanente.

Sin embargo, ahora tengo muy presente que comparto el dormitorio con otra persona, y que esa persona tiene sus propias cosas, las cuales, hasta este fin de semana, ocupaban la mayor parte de esta habitación. Me las he visto y deseado para estrujarlo todo aquí dentro. He resuelto unos cuantos problemas moviendo cosas a otros sitios de la casa: ahora, por ejemplo, muchos de mis portavelas están colocados en el borde de la bañera y mi increíble lámpara de lava ocupa un lugar estupendo en la zona de estar, pero, aun así, no me vendría mal que Leon despejara un poco la casa. La verdad es que debería haberlo hecho de antemano; qué menos, dado que yo iba a instalarme.

Tal vez debería haberme llevado *algunas* cosas a la casa de mis padres. Pero la mayoría de los chismes estaban almacenados en el apartamento de Justin y anoche me sentí muy bien desembalándolo todo de nuevo. Rachel bromeó con que cuando encontré la lámpara de lava fue como el reencuentro de Andy y Woody en *Toy Story,* pero para ser sincera fue sorprendentemente emotivo. Pasé un rato sentada en la entrada, observando fijamente el batiburrillo multicolor de mis cosas favoritas que iban saliendo del armario del hueco de la escalera, y en un momento de locura pensé que, si los cojines podían volver a respirar, yo también podría.

Suena mi teléfono; es Katherin. Es la única escritora a la que cogería el teléfono un sábado, principalmente porque es probable que me esté llamando para contarme algún disparate que ha hecho, como tuitear una foto suya escandalosa de los años ochenta con un político muy conocido actualmente, o teñirle el pelo a su anciana madre.

—¿Cómo está mi editora favorita? —pregunta en cuanto respondo a la llamada.

—¡Totalmente instalada en mi nuevo hogar! —contesto, haciéndole un gesto a Mo para que encienda el hervidor. Parece algo molesto, pero lo hace de todas formas.

—¡Perfecto! ¡Genial! ¿Qué haces el miércoles? —pregunta Katherin.

—Pues trabajar —respondo mientras repaso mi agenda mentalmente. De hecho, el miércoles tengo una reunión soporífera con la directora de Derechos Internacionales para hablar del nuevo libro que contraté el verano pasado de un albañil convertido en diseñador. Su cometido es vender los derechos para su publicación en el extranjero. Cuando lo adquirí comenté muchísimo (pero en realidad muy vagamente) su presencia en las redes sociales a nivel internacional, que resulta que es bastante más limitada de lo que di a entender. Ella no deja de mandarme e-mails pidiendo «más detalles» y «desgloses concretos de su alcance por país». Estamos llegando a un punto en el que no puedo seguir evitándola, ni siquiera con mi muro de frondosas macetas.

—¡Estupendo! —exclama Katherin, cuyo entusiasmo me da mala espina—. Tengo magníficas noticias que darte.

—Ah, ¿sí? —Espero que se trate de la entrega del manuscrito pronto, o de un repentino cambio de opinión sobre el capítulo dedicado a gorros y bufandas. Ha estado amenazando con prescindir de él, lo cual sería desastroso, pues esa es la única parte que hace que el libro sea remotamente vendible.

—Los de Sea Breeze Away han cambiado a última hora mi presentación de *Diseña tus prendas de ganchillo* al crucero que hay programado el miércoles. De modo que al final vas a poder ayudarme.

Hummm. Esta vez sería en horario de trabajo... y eso aplazaría la conversación con la directora de Derechos como mínimo otra semana. ¿Qué es preferible: ponerme chalecos de ganchillo hechos a mano en un crucero con Katherin, o que me eche un rapapolvo la directora de Derechos Internacionales en una sala de reuniones sin ventanas?

—De acuerdo. Lo haré.

—¿En serio?

—En serio —digo mientras cojo el té que me tiende Mo—. Pero no pienso abrir la boca. Y nada de zarandearme como hiciste la última vez. Los moretones me duraron días.

—Los gajes del oficio de modelo, ¿eh, Tiffy? —comenta Katherin, y tengo la leve sospecha de que me está tomando el pelo.

Se han ido todos. Me he quedado sola, en mi apartamento.

Como es obvio, he estado superalegre todo el día y he procurado no dar el menor indicio a Mo, Gerty y Kay de que mudarme al apartamento de Leon me resulte raro o emotivo.

Pero es un poco raro. Y otra vez tengo ganas de llorar. Contemplo mi preciosa manta *tie-dye* colocada a los pies de la cama y en lo único que pienso es en que no pega nada con el edredón de Leon, de rayas negras y grises de estilo masculino, y que no puedo hacer nada al respecto porque esta cama es tan mía como de Leon, quienquiera que sea el tal Leon, y que duerme medio desnudo o totalmente desnudo bajo ese edredón. La verdad es que no me había planteado la logística del asunto de la cama hasta este momento y, ahora que lo estoy haciendo, no me hace gracia la situación.

Mi teléfono vibra. Es Kay.

Espero que te hayas mudado sin contratiempos. Sírvete lo que quieras de la nevera (hasta que te instales del todo y hagas tu propia compra). Leon ha dicho que por favor te acuestes en el lado izquierdo de la cama. Kay. Bss

Hala. Ya estoy llorando. Maldita sea, esto es surrealista. Si ni siquiera conozco al Leon ese. ¿Cómo es posible que no lo haya conocido aún? Barajo la posibilidad de llamarlo —tengo su número del anuncio—, pero está bastante claro que Kay quiere llevar la voz cantante.

Me sorbo la nariz, me seco los ojos con fuerza y vago sin rumbo hasta la nevera. La verdad es que es sorprendente lo llena que está teniendo en cuenta que es alguien con jornadas de trabajo tan largas. Cojo mermelada de frambuesa y margarina y localizo el pan sobre la tostadora. Bien.

Hola, Kay. Estoy totalmente instalada, gracias. ¡Estoy muy a gusto en el apartamento! Gracias por confirmar lo del lado de la cama.

Es un pelín demasiado formal para acordar quién duerme en el lado izquierdo o en el derecho, pero tengo la impresión de que Kay prefiere que no nos tomemos demasiadas confianzas.

Tecleo unas cuantas dudas sobre el apartamento: dónde está la llave de la luz del rellano, si puedo encender la tele…, cosas por el estilo. A continuación, con la tostada de mermelada en la mano, regreso al dormitorio y me planteo si volver a hacer la cama con mis propias sábanas parecerá una actitud demasiado pasivo-agresiva. Seguramente Leon habrá puesto unas recién lavadas dadas las circunstancias, pero... ¿y si no lo ha hecho? Ay, Dios, ahora que se me ha metido entre ceja y ceja no voy a tener más remedio que cambiarlas. Quito el edredón de un tirón cerrando los ojos con fuerza como si temiera ver algo que no deseo.

Bien. Las sábanas probablemente limpias están en la lavadora, mis preciosas e indudablemente limpias sábanas están en la cama, y yo estoy jadeando ligeramente con tanta actividad. Al echar un segundo vistazo, está claro que me siento más a mis anchas que al llegar. Sí, el edredón no termina de encajar (he considerado que cambiarlo sin duda sería rizar el rizo un pelín) y hay libros raros en la estantería (¡ni uno sobre hacerte tu propia ropa! Eso lo solucionaré en breve), pero con mis cachivaches colocados, mis vestidos en el armario y..., sí, voy a estirar la manta del todo para tapar el edredón, solo de momento. Mucho mejor.

Mientras estoy colocando la manta reparo en que de una bolsa de plástico negra que asoma por debajo de la cama hay algo de lana arrastrando por el suelo. Seguramente se me ha pasado desembalar una bolsa de basura; la saco para examinar el contenido.

Está llena de bufandas. Bufandas de lana alucinantes. No son mías, pero la labor es preciosa; se necesita verdadera maña para tejer y hacer ganchillo de esta manera. Deberían ser mías. Pagaría lo que no tengo por estas bufandas.

Caigo en la cuenta, ya tarde, de que estoy hurgando en lo que seguramente serán cosas de Leon, en algo que además guarda debajo de la cama, de modo que es probable que no desee que lo vea todo el mundo. Me tomo la libertad de examinar el punto durante un par de segundos más antes de meter la bolsa donde estaba con cuidado de dejarla tal cual la encontré. Me pregunto a qué vendrán tantas bufandas. No guardas semejante cantidad de bufandas tejidas a mano si no es por alguna razón.

Se me pasa por la cabeza que Leon en realidad podría ser un friki. No es que almacenar bufandas sea raro en sí, pero podría ser la punta del iceberg. Además, ahí hay una cantidad bastante considerable de bufandas; como mínimo diez. ¿Y si son robadas? Mierda. ¿Y si son trofeos de las mujeres a las que ha asesinado?

Igual es un asesino en serie. Un asesino de invierno que solo ataca cuando se sacan las bufandas.

Necesito llamar a alguien. Sinceramente, estar sola con las bufandas me está dando un pelín de repelús y, a consecuencia de ello, estoy desvariando un poco.

—¿Qué pasa? —pregunta Rachel al responder.

—Me preocupa que Leon pueda ser un asesino en serie —anuncio.

—¿Por qué? ¿Ha intentado matarte o qué?

Rachel parece un poco distraída. Temo que no se esté tomando esto lo bastante en serio.

—No, no. Todavía no lo conozco.

—Pero a su novia sí, ¿verdad?

—Sí, ¿por qué?

—A ver, ¿crees que lo sabe?

—¿El qué?

—Lo de los asesinatos.

—Eh... No... Supongo que no. —Kay parece de lo más normal.

—Entonces es de esas mujeres muy poco observadoras. Tú has conseguido detectar los indicios en tan solo una noche a solas en su apartamento. Piensa en la cantidad de tiempo que ella habrá pasado allí, y en que habrá visto los mismísimos indicios, ¡y no ha atado cabos para llegar a la única conclusión lógica!

Hay una pausa. La observación de Rachel es engañosamente simple, pero muy acertada.

—Eres una amiga genial —le digo finalmente.

—Lo sé. De nada. Oye, tengo que colgar, estoy en una cita.

—¡Ay, Dios, perdona!

—No pasa nada, a él no le importa, ¿a que no, Reggie? Dice que no le importa.

Se oye un ruido amortiguado al otro lado de la línea. De repente no puedo evitar preguntarme si en este momento Rachel tendrá atado a Reggie.

—Os dejo con lo vuestro —digo—. Te quiero.

—Yo también te quiero, cariño. No, a ti no, Reggie, cierra el pico.

8

Leon

Holly, demacrada y con la mirada apagada, me mira desde la cama. Parece más pequeña. En todos los aspectos: las muñecas, el pelo que va creciendo a mechones…, en todo menos en la mirada.

Me sonríe débilmente.

Holly: Estuviste aquí el fin de semana.

Yo: Fue visto y no visto. Necesitaban mi ayuda. Andaban escasos de personal.

Holly: ¿Fue porque pregunté por ti?

Yo: Ni pensarlo. Ya sabes que eres la paciente a la que menos soporto.

La sonrisa se acentúa.

Holly: ¿Estabas pasando un buen fin de semana con tu novia del pelo corto?

Yo: La verdad es que sí.

Su expresión es manifiestamente pícara. No quiero hacerme ilusiones, pero se encuentra visiblemente mejor: el fin de semana pasado no había el menor atisbo de esa sonrisa.

Holly: ¡Y tuviste que dejarla plantada por mí!

Yo: Andaban escasos de personal, Holly. No tuve más remedio que dejar…, que venir a trabajar por falta de personal.

Holly: Seguro que se enfadó porque me prefieres a mí antes que a ella.

Socha, la médica residente, se asoma por la cortina para reclamar mi atención.

Socha: Leon.

Yo, a Holly: Un segundo, incordio.

Yo, a Socha: Dime.

Esboza una amplia sonrisa cansada.

Socha: Los niveles de sangre están justo al límite. Los antibióticos por fin le están haciendo efecto. Acabo de hablar por teléfono con el especialista del Hospital Infantil Benéfico; ha dicho que como está mejorando no hace falta volver a ingresarla allí. Los servicios sociales también están de acuerdo.

Yo: ¿Los antibióticos le están haciendo efecto?

Socha: Sí. Tanto el recuento de PCR como de glóbulos blancos está disminuyendo, la fiebre ha remitido y el nivel de lactato es normal. Todos los parámetros cerebrales están estables.

Mi alivio es instantáneo. No hay nada mejor que la impresión de que alguien se está recuperando.

Mi buen humor por los resultados de los análisis de sangre de Holly me acompaña a lo largo de todo el trayecto de vuelta a casa. Los adolescentes que están fumando porros en la esquina de la calle parecen de lo más angelicales. El hombre apestoso que se quita los calcetines en el autobús para rascarse los pies únicamente me inspira verdadera lástima. Incluso los enemigos acérrimos de Londres, los turistas que se mueven a paso de tortuga, me arrancan una sonrisa indulgente.

Mientras entro en el apartamento voy planificando una excelente cena para las nueve de la mañana. Lo primero que noto es el olor. Huele a… mujer. Como a incienso aromático y puestos de flores.

Lo siguiente que veo es la tremenda cantidad de mierdas que hay en mi sala de estar. Enormes montones de libros apilados junto a la encimera de la cocina. Un cojín con forma de vaca en el sofá. Una lámpara de lava —¡una lámpara de lava!— encima de la mesa de centro. ¿Qué es esto? ¿Acaso la mujer de Essex ha organizado un mercadillo de segunda mano en el piso?

Algo aturdido, me dispongo a dejar las llaves en su sitio habitual (cuando no opto por el fondo del cesto de la ropa sucia) y resulta que está ocupado por una hucha del perrito Spot. Esto es increíble. Es como un espantoso episodio de *Los asaltacasas.* La nueva decoración del apartamento hace que tenga un aspecto infinitamente peor. No puedo por menos que llegar a la conclusión de que lo ha hecho aposta: nadie podría tener tan mal gusto sin querer.

Me devano los sesos haciendo memoria acerca de lo que Kay me contó sobre esta mujer. Es… ¿editora de libros? Parece una profesión para personas cabales y con gusto, ¿no? Estoy bastante seguro de que Kay no mencionó que la mujer de Essex fuera coleccionista de objetos raros. Y sin embargo…

Me dejo caer en un puf que tengo a mano y paso un rato sentado. Me pongo a pensar que, si no fuera por esto, no podría haberle dado a Sal las trescientas cincuenta libras este mes. Llego a la conclusión de que todo tiene sus ventajas; el puf, por ejemplo, es magnífico: es de estampado de cachemir y comodísimo. Y la lámpara de lava tiene su punto. ¿Quién tiene lámparas de lava en estos tiempos?

Reparo en que mis sábanas están colgadas en el tendedero del rincón de la habitación; las ha lavado. Me fastidia, ya que me tomé muchas molestias para hacerlo yo y como consecuencia llegué tarde a mi turno. Pero he de recordar que la irritante mujer de Essex en realidad no me conoce. Cómo iba a saber que yo lógicamente cambiaría las sábanas antes de invitar a una desconocida a dormir en mi cama.

Uy. ¿Qué aspecto tendrá el dormitorio?

Lanzado, me arriesgo a entrar. Dejo escapar un grito ahogado. Da la impresión de que alguien ha estado vomitando un popurrí multicolor en la habitación, cubriendo cada superficie con tonos que chocan entre sí. Una horripilante manta apolillada sobre la cama. Una descomunal máquina de coser beis que ocupa casi todo el escritorio. Y ropa..., ropa por todas partes.

Esta mujer tiene más ropa de la que podría almacenar una tienda de tamaño respetable. Está claro que le ha sido imposible apañarse con la mitad del armario que he desocupado para ella, de modo que ha colgado vestidos detrás de la puerta, a todo lo largo de la pared —en el viejo riel para colgar cuadros; una mujer de recursos, sin duda— y en el respaldo de la silla, ahora casi oculta, que hay bajo la ventana.

Durante tres segundos aproximadamente me planteo llamarla para ponerle los puntos sobre las íes y acto seguido llego a la inevitable conclusión de que sería embarazoso, y de que, en unos cuantos días, me dará igual. De hecho, seguramente ni me fijaré en ello. Sin embargo, ahora mismo, la mujer de Essex ha perdido otro punto. Al hacer amago de darme la vuelta para contemplar el tentador puf me doy cuenta de que la bolsa de basura con las bufandas que el señor Prior me tejió asoma por debajo de la cama.

Me había olvidado de ellas. Igual la mujer de Essex piensa que soy raro si encuentra una bolsa con catorce bufandas tejidas a mano escondidas debajo de la cama. Tenía intención de donarlas a la tienda benéfica, pero, claro, cómo va a saber eso la mujer de Essex. No la conozco personalmente; no quiero que piense que soy, en fin, coleccionista de bufandas o algo por el estilo.

Cojo un lápiz y anoto «PARA LA TIENDA BENÉFICA» en un *post-it* y lo pego en la bolsa. Listo. Solo para recordármelo, por si se me olvida.

Ahora, a cenar en el puf y a la cama. Estoy tan cansado que hasta la espantosa manta *tie-dye* empieza a gustarme.

9

Tiffy

Bueno, pues aquí estoy. En el muelle, con un frío de muerte. Vestida con «ropa neutra para poder trabajar» según Katherin, que me está sonriendo de oreja a oreja con descaro, con su pelo rubio pajizo sacudiéndose contra sus mejillas por el viento mientras esperamos a que el crucero cierre las escotillas, suelte amarras, o lo que sea que hagan estos barcos para que la gente embarque.

—Tienes la constitución perfecta para este tipo de cosas —comenta Katherin—. Eres mi modelo favorita, Tiffy. En serio. Esto va a ser un bombazo.

Enarco una ceja y contemplo el mar. No veo una gran selección de modelos para que Katherin pueda elegir. Además, con el paso de los años, he llegado a estar un pelín harta de que la gente elogie mi «constitución». El caso es que soy como la antítesis del apartamento de Gerty y Mo: casi un veinte por ciento más grande que la media femenina, en todas las direcciones. Mi madre es muy dada a decir que soy «de estructura ósea ancha» porque mi padre fue leñador de joven. (¿En serio? Me consta que es mayor, pero ¿los leñadores no existían solo en los cuentos de hadas?). No puedo entrar en una habitación sin que alguien me informe amablemente de que soy muy alta para ser mujer.

A veces a la gente le molesta, como si yo estuviera ocupando aposta más espacio del que me corresponde, y a veces los intimida, sobre todo cuando están acostumbrados a bajar la vista hacia las mujeres con las que están conversando, pero por lo general me hacen muchos cumplidos por mi «constitución». Creo que lo que en realidad están diciendo es: «¡Caramba, eres grande, pero sin estar especialmente gorda!», o: «¡Enhorabuena por ser alta pero no desgarbada!». O tal vez: «¡Estás rompiendo mis esquemas de género por lucir una figura muy femenina pese al hecho de que tienes la altura y complexión de la media masculina!».

—Eres el prototipo de mujer que les gustaba a los soviéticos —continúa Katherin, ajena a mi ceja enarcada—. Ya sabes, las que aparecen en los carteles trabajando la tierra mientras los hombres estaban luchando, de ese estilo.

—Esas sí que llevaban ganchillo, las mujeres soviéticas, ¿eh? —comento con cierto retintín. Está chispeando, y el mar tiene un aspecto muy distinto desde un muelle ajetreado como este; despide mucho menos glamur que cuando estás en la playa. Prácticamente no es más que una gran bañera fría de agua salada, en realidad. Me planteo lo calentita que se encuentra ahora la directora de Derechos Internacionales en su reunión para tratar el alcance en el extranjero de nuestros títulos para la primavera.

—Posiblemente, posiblemente —dice Katherin con aire pensativo—. ¡Buena idea, Tiffy! ¿Qué opinas de... un capítulo sobre la historia del ganchillo en el próximo libro?

—No —respondo con rotundidad—. Eso no tendrá buena acogida entre tus lectores.

Las ideas de Katherin hay que cortarlas de raíz. Y en este caso no me cabe la menor duda. A nadie le interesa la historia; lo único que quieren son ideas para una nueva labor de ganchillo que puedan regalar a sus nietos y que se les caiga la baba.

—Pero...

—Me limito a ponerte al corriente de la brutalidad del mercado, Katherin —señalo. Esa es una de mis frases favoritas. Ah, el mercado, siempre ahí para pagar los platos rotos—. La gente no quiere historia en los libros de ganchillo. Quiere fotos chulas e instrucciones fáciles.

Una vez presentada toda la documentación, embarcamos. Es imposible distinguir con exactitud dónde termina el muelle y dónde comienza el barco: es igual que entrar en un edificio y experimentar una leve sensación de mareo, como si el suelo oscilara ligeramente bajo tus pies. Yo pensaba que a lo mejor el recibimiento sería diferente, más caluroso, por tratarse de invitadas especiales, pero avanzamos como borregos con el resto de la plebe; como es natural, todos son como mínimo veinte veces más ricos que yo, y van mucho mejor vestidos.

En realidad es bastante pequeño para ser un crucero; tiene el tamaño adecuado para, digamos, Portsmouth, más que para Londres. Nos dirigen amablemente hacia un rincón de la «zona de ocio» para que esperemos hasta salir a escena. Montaremos el tinglado cuando los invitados terminen de almorzar.

Nadie nos trae comida. Katherin, cómo no, se ha traído sus propios sándwiches. Son de sardinas. Me ofrece uno de buen grado, lo cual de hecho es todo un detalle por su parte, y llegados a un punto tengo tales retortijones de estómago que me doy por vencida y lo acepto. Estoy nerviosa. La última vez que me fui de crucero fue por las islas griegas con Justin, y estaba francamente resplandeciente de amor y hormonas poscoitales. Ahora, apretujada en un rincón con tres bolsas de Aldi con agujas de punto, de ganchillo y lana, en compañía de una exhippy y un sándwich de sardinas, no puedo continuar negando el hecho de que mi vida ha dado un giro a peor.

—Bueno, ¿cuál es el plan? —pregunto a Katherin, y mordisqueo la corteza del sándwich. El sabor a pescado no está tan mal por los bordes—. ¿Qué tengo que hacer?

—Primero voy a enseñarles a tomar las medidas contigo —dice Katherin—. Después explicaré los tipos de punto básicos para principiantes, ¡y luego con las piezas que he tejido de antemano les mostraré los trucos para hacerse un modelito perfecto! Y, por supuesto, les daré mis cinco consejos infalibles para ir midiendo sobre la marcha.

«Ir midiendo sobre la marcha» es uno de los eslóganes de Katherin. Ahora solo falta que se ponga de moda.

Al final, cuando por fin nos toca salir a escena, congregamos a un público bastante numeroso. A Katherin se le da bien esto; probablemente se curtió en manifestaciones y cosas por el estilo en otros tiempos. En su mayoría son mujeres entradas en años con sus maridos, pero hay unas cuantas más jóvenes, veinteañeras y treintañeras, y hasta un par de tíos. Eso me anima bastante. A lo mejor Katherin tiene razón sobre que el ganchillo está en auge.

—¡Un gran aplauso para mi glamurosa ayudante! —exclama Katherin, como si estuviéramos poniendo en escena un espectáculo de magia. De hecho, el mago que hay en un rincón del fondo de la zona de ocio parece bastante mosqueado.

Todo el mundo me aplaude obedientemente. Trato de aparentar buen ánimo y de meterme en el papel, pero estoy muerta de frío y me siento sosa con mi ropa neutra: vaqueros blancos, camiseta gris pálido y un precioso cárdigan rosa que pensaba que había vendido el año pasado pero que volví a encontrar en mi armario esta mañana. Es el único toque de color de este conjunto, e intuyo que Katherin está a punto de…

—¡Cárdigan fuera! —exclama al quitármelo. Esto es muy humillante. Y hace un frío que pela—. ¿Estáis todos bien atentos? ¡Teléfonos fuera, por favor! ¿A que durante la Guerra Fría nos las apañamos sin consultar Facebook cada cinco minutos? ¿Eh? ¡Muy bien, un poco de concentración! ¡Teléfonos fuera, eso es!

Contengo la risa. Eso es típico de Katherin; siempre dice que sacando a relucir la Guerra Fría la gente se atemoriza y pasa por el aro.

Se pone a tomarme las medidas —cuello, hombros, pecho, cintura, caderas— y me da por pensar que en este momento mis medidas se están haciendo públicas ante un grupo de personas realmente bastante numeroso, lo cual hace que me den aún más ganas de reír. Es lo típico, ¿verdad?; te encuentras en una situación en la que no te está permitido reír y de repente es lo que quieres hacer más que nada en el mundo.

Katherin me lanza una mirada de advertencia mientras me mide las caderas y sigue parloteando sobre hacer plisados con el fin de dejar suficiente «espacio para el trasero», sin duda al notar que mi cuerpo está empezando a temblar por contener la risa. Me consta que he de mostrar una actitud profesional. Me consta que ahora no puedo soltar una carcajada como si tal cosa; la haría perder por completo la autoridad. Pero es que… hay que verme. Esa anciana de ahí acaba de apuntar la medida del interior de mi muslo en su libreta. Y parece que ese tío del fondo…

Ese tío del fondo… Ese…

Ese es Justin.

Al fijarme en él, se escabulle entre la multitud. Pero primero, antes de irse, me sostiene la mirada. Me provoca una sacudida de arriba abajo, porque no es un contacto visual corriente. Es un tipo de contacto visual muy singular. De esos que mantienes con alguien justo el instante antes de soltar veinte pavos encima de la mesa y abrirte paso hacia la salida del pub para darte el lote en un taxi de camino a casa, o en el momento en que posas la copa de vino y enfilas escaleras arriba en dirección a la cama.

Es un contacto visual con una connotación sexual. Sus ojos dicen: «Te estoy desnudando con la mirada». El hombre que me abandonó hace meses, el que no ha respondido a una sola llamada desde entonces, y cuya prometida probablemente esté con él en este crucero…, me ha lanzado esa mirada. Y en este momento me siento más expuesta de lo que cualquier cantidad de señoras mayores con sus cuadernos de notas podría hacerme sentir. Me siento completamente desnuda.

10

Leon

Yo: Se podrían haber reencontrado. ¡El amor encuentra su camino, señor Prior! ¡El amor encuentra su camino!

El señor Prior no está convencido.

Señor Prior: No te ofendas, hijo, pero tú no estabas allí; las cosas no funcionaban así. Por supuesto, hubo historias preciosas, de chicas que daban por muertos a sus pretendientes desde hacía tiempo y que de camino a casa se cruzaban con ellos vestidos de uniforme, frescos como lechugas..., pero por cada una de estas hubo cientos de historias de amantes que jamás volvieron. Es probable que Johnny esté muerto, y, de no estarlo, se habrá casado hace mucho tiempo con algún caballero o alguna dama quién sabe dónde, y me habrá olvidado.

Yo: Pero usted dijo que él no figuraba en esa lista.

Señalo hacia la lista de víctimas de guerra que imprimí sin estar seguro de por qué me estoy implicando tanto en este asunto. El señor Prior no me ha pedido que localice a Johnny;

simplemente estaba suspirando de añoranza. Recordando los viejos tiempos.

Pero aquí veo a muchos ancianos. Estoy acostumbrado a sus recuerdos de los viejos tiempos; estoy acostumbrado a sus suspiros de añoranza. Me había dado la impresión de que esto era diferente. Me había dado la impresión de que el señor Prior tenía asuntos pendientes.

Señor Prior: No lo creo, no. Pero, claro, soy un viejo olvidadizo, y eso de los sistemas informáticos es una cosa reciente, así que cualquiera de los dos podría estar equivocado, ¿no?

Me sonríe con ternura, como si yo estuviera haciendo esto por mí, no por él. Me fijo en él con más atención. Pienso en todas las noches en que he venido a darle conversación acerca de las visitas de otros pacientes y he visto al señor Prior sentado en silencio en el rincón, las manos en el regazo, el semblante apergaminado, como si estuviera haciendo todo lo posible por disimular su tristeza.

Yo: Sígame la corriente. Póngame al tanto de los hechos. ¿Regimiento? ¿Lugar de nacimiento? ¿Rasgos distintivos? ¿Familiares?

El señor Prior levanta la vista hacia mí con sus ojillos brillantes. Se encoge de hombros. Sonríe. Arruga su cara apergaminada moteada con manchas de la edad, desplazando las líneas marcadas por el sol como la tinta, fruto de utilizar durante décadas cuellos de camisa exactamente de la misma anchura.

Menea la cabeza ligeramente, como si más tarde fuera a contarle a alguien lo chiflados que están estos enfermeros de hoy en día, pero se pone a hablar de todas formas.

Jueves por la mañana. Llamo por teléfono a mi madre para mantener una breve y difícil conversación en el autobús.

Mi madre, adormilada: ¿Hay novedades?

Este es el saludo habitual desde hace meses.

Leon: Lo siento, mamá.

Mi madre: ¿Llamo a Sal?

Leon: No, no. Ya me ocupo yo.

Un largo silencio de abatimiento. Nos regodeamos en él.

A continuación, mi madre, con esfuerzo: Perdona, cielo, ¿cómo estás?

Al llegar a casa después me encuentro con una agradable sorpresa: barritas de avena caseras sobre la encimera. Están rellenas de coloridos pedacitos de fruta deshidratada y semillas, como si la mujer de Essex no pudiera resistirse a mezclar colores al tuntún ni siquiera en la comida, pero esto me parece menos censurable al ver la nota que hay al lado de la bandeja.

¡Sírvete! Espero que tuvieras ~~un buen día~~ una buena noche. Un beso, Tiffy

Un avance excelente. Definitivamente, aguantaré la saturación de cachivaches y lámparas estrambóticas por trescientas cincuenta libras al mes y, además, comida gratis. Me sirvo un gran pedazo y me acomodo para escribir a Richie y ponerle al corriente del estado de Holly. En las cartas que le escribo me refiero a ella como «la niña *cádinda*», y doy una versión algo caricaturesca de ella: más avispada, más mordaz, más pícara. Alargo la mano para coger más barritas de avena sin mirar mientras en la segunda página describo los chismes de la desconocida de Essex, algunos de los cuales son tan absurdos que intuyo que Richie no dará crédito. Una plancha con forma de Iron Man. Unos auténticos zapatos de payaso, colgados en la pared como una obra de arte. Unas botas del Oeste con espuelas que, en vista de lo gastadas que están, no me queda más remedio que pensar que se las pone habitualmente.

Mientras manipulo el sello, caigo en la cuenta distraídamente de que me he comido cuatro barritas de avena. Espero que dijera en serio lo de «Sírvete». Con el boli en la mano, apunto al dorso de su nota:

Gracias. Está tan delicioso que me lo he comido casi todo sin darme cuenta.

Hago una pausa antes de terminar de escribir la nota. Me veo en la obligación de corresponderle de alguna manera. No queda prácticamente nada de las barritas de avena en la bandeja.

Gracias. Está tan delicioso que me lo he comido casi todo sin darme cuenta. En la nevera hay sobras de strogonoff de champiñones por si quieres cenar (en vista de que prácticamente no queda ni una miga de las barritas de avena). Leon

Será mejor que me ponga a hacer strogonoff de champiñones.

Esa no es la única nota que me ha dejado esta mañana. Hay otra en la puerta del baño.

Hola, Leon:

¿Te importaría bajar la tapa del váter, por favor?

Me temo que he sido incapaz de escribir esta nota de manera que no sonara pasivo-agresiva —en serio, no sé qué tienen las notas que nada más coger un boli y un post-it te conviertes en una arpía—, así que voy a pulirla. Igual pongo unos emoticonos sonrientes para acabar de rematarla.

Un beso,

Tiffy

En el pie de la nota hay una fila de emoticonos sonrientes.

Suelto una carcajada. Uno de los emoticonos tiene cuerpo y está meando hacia una esquina del *post-it*. No me lo esperaba. No sé muy bien por qué —no conozco a esta mujer—, pero me figuraba que no tenía mucho sentido del humor. A lo mejor porque todos sus libros son de bricolaje y manualidades.

11

Tiffy

E s absurdo.
   —Lo sé.
   —¿Y eso fue todo? —pregunta Rachel a voz en grito.
Me estremezco. Anoche me bebí una botella de vino, horneé barritas de avena presa del pánico y apenas pegué ojo;
no estoy en condiciones para que me griten.

Estamos sentadas en el «espacio creativo» de la oficina:
es como las otras dos salas de reuniones de Butterfingers
Press, salvo por la pega de que no tiene una puerta propiamente dicha (con el fin de conferirle un aire diáfano), y por
las pizarras blancas en las paredes. Alguien las utilizó en
alguna ocasión; ahora las anotaciones de esa sesión creativa
han quedado incrustadas en rotulador para pizarras blancas
en un absoluto galimatías.

Rachel ha impreso la maqueta de lo que vamos a tratar
en la reunión, y las páginas están extendidas sobre la mesa.
Es el maldito libro de *Amasa y arrasa* y salta a la vista que
yo tenía resaca y prisa cuando lo edité la primera vez.

—¿Me estás diciendo que ves a Justin en un crucero y que cuando te lanza una mirada de «quiero echarte un polvo» sigues con tu rollo y no lo vuelves a ver?

—Lo sé —repito, hundida en la miseria.

—¡Qué absurdo! ¿Por qué no fuiste en su busca?

—¡Estaba ocupada con Katherin! Quien, por cierto, me hizo daño de verdad —señalo al tiempo que retiro el poncho para enseñarle el cardenal que me hizo cuando prácticamente me acribilló el brazo en mitad de la demostración.

Rachel le echa una ojeada.

—Espero que adelantaras la fecha de entrega de su manuscrito por eso —comenta—. ¿Seguro que era Justin y no otro tío blanco de pelo castaño? A ver, imagino que un crucero es…

—Rachel, sé cómo es Justin.

—De acuerdo, vale —dice, y, al hacer el gesto de extender los brazos, las hojas salen despedidas por la mesa—. Esto es increíble. Menudo bajón. ¡Estaba segura de que vuestra historia iba a acabar con sexo en la litera de un camarote! ¡O en la cubierta! ¡O…, o…, o en medio del mar, en una balsa!

Lo que en realidad ocurrió es que pasé el resto de la sesión paralizada, muerta de miedo y en vilo, intentando desesperadamente aparentar que estaba escuchando las instrucciones de Katherin —¡Arriba los brazos, Tiffy! ¡Cuidado con el pelo, Tiffy!— y al mismo tiempo sin quitar ojo del fondo de la multitud. Sí que empecé a poner en duda si habían sido imaginaciones mías. ¿Cómo demonios iba a ser posible? O sea, sé que al hombre le gustan los cruceros, pero este es un país muy grande. Hay muchos cruceros navegando por la costa.

—Cuéntamelo otra vez —me pide Rachel—, lo de la mirada.

—Uf, no puedo explicarlo —contesto, y apoyo la frente encima de los folios que tengo delante—. Simplemente... conozco esa mirada de cuando estábamos juntos.

—Se me hace un nudo en el estómago—. Fue muy inapropiado. Me refiero a que..., Dios..., su novia..., o sea, su prometida...

—Te vio en una sala atestada de gente, semidesnuda, dando la nota en tu línea y haciendo el ridículo con una excéntrica escritora madura... y recordó por qué solías ponerle a cien —concluye Rachel—. Eso es lo que pasó.

—Eso no es... —Pero ¿qué pasó? Algo, eso desde luego. Aquella mirada no fue indiferente. Noto una leve punzada de ansiedad por debajo de mis costillas. Pese a haber estado dándole vueltas a esto toda la noche, sigo sin tener claro cómo me siento. En un momento el hecho de que Justin apareciera en un crucero y me llamara la atención me resulta de lo más romántico y fruto del destino, y al minuto siguiente resulta que me dan ligeros escalofríos y angustia. También estaba como un flan en el trayecto a casa desde los muelles; hacía tiempo que no salía de Londres sola a otro sitio que no fuera la casa de mis padres. Justin estaba obsesionado con que yo siempre acababa equivocándome de tren y tenía el detalle de acompañarme por si acaso; mientras esperaba sola en la oscura estación de Southampton estaba totalmente convencida de que acabaría cogiendo un tren a las islas Hébridas Exteriores o algo por el estilo.

Cojo mi teléfono para consultar la agenda; solo hay media hora prevista para esta «reunión» con Rachel, y después he de editar sin falta los primeros tres capítulos del libro de Katherin.

Tengo un nuevo mensaje:

Me alegré mucho de verte ayer. Fui por trabajo, y al ver «Katherin Rosen y su ayudante» en el programa, pensé: «Vaya, esa tiene que ser Tiffy».

Solo tú podrías partirte de risa mientras te toman las medidas; la mayoría de las chicas lo odiarían. Pero supongo que eso es lo que te hace especial. Bss. J

Con las manos temblorosas, alargo el brazo para enseñarle el teléfono a Rachel. Ella da un grito ahogado al tiempo que se tapa la boca con ambas manos.

—¡Te quiere! ¡Ese hombre sigue enamorado de ti!

—Tranquila, Rachel —le digo, aunque ahora mismo mi corazón está tratando de escapar de mi cuerpo a través de la garganta. Noto como si me estuviera asfixiando y a la vez hiperventilando.

—¿Puedes responderle diciéndole que ese tipo de comentarios son la razón por la que las mujeres les dan tanta importancia a sus medidas? ¿Y que al comentar que «la mayoría de las chicas lo odiarían» está perpetuando el problema de la imagen del cuerpo femenino, y sembrando cizaña entre las mujeres, lo cual es uno de los mayores problemas a los que el feminismo se ha enfrentado hasta la fecha?

La fulmino con la mirada y ella esboza una enorme sonrisa resplandeciente.

—O simplemente podrías decir: «Gracias, ¿por qué no te pasas por mi casa y me demuestras lo especial que soy durante toda la noche?».

—Uf. No sé para qué te lo cuento.

—Porque es a mí o a Martin —señala, y se pone a recoger la maqueta—. Voy a actualizar estos cambios. Tú ve a recuperar a tu hombre, ¿de acuerdo?

—No —dice Gerty en el acto—. Ni se te ocurra contestarle eso. Es un cabrón que te trató como una mierda, que intentó aislarte de todos tus amigos y que casi seguro te puso los cuernos. No se merece un mensaje tan amable.

Hay una pausa.

—¿Por qué te dieron ganas de responder con ese mensaje, Tiffy? —pregunta Mo, como si estuviera traduciendo a Gerty.

—Es que... me apetecía hablar con él. —No me sale la voz del cuerpo. El cansancio está empezando a hacer mella en mí; estoy hecha un ovillo en mi puf con un chocolate caliente, y Mo y Gerty me observan fijamente desde el sofá; la preocupación es patente en sus semblantes (en realidad, no en el de Gerty: parece enfadada y punto).

Gerty lee en voz alta el borrador de mi mensaje de nuevo.

—«Hola, Justin. Me alegro mucho de tener noticias tuyas. Siento muchísimo que no consiguiéramos ponernos al día como es debido... ¡a pesar de coincidir en el mismo crucero!». Y luego besos, en plural.

—Él me mandó besos, en plural —puntualizo un poco a la defensiva.

—Lo de los besos es lo último que aparece en mi listado de cosas que hay que cambiar en ese mensaje —señala Gerty.

—Tiffy, ¿tienes totalmente claro que quieres retomar el contacto con Justin? Da la impresión de que estás mucho más animada desde que te has mudado a este apartamento —dice Mo—. Dudo que sea una coincidencia. —Como no respondo, suspira—. Sé que te cuesta tener un mal concepto de él, Tiffy, pero, por mucho que le excuses en todo lo demás, ni siquiera tú puedes pasar por alto el hecho de que te dejó por otra mujer.

Me encojo.

—Lo siento, pero así es, y, aun en el supuesto de que la haya dejado, cosa de la que no tenemos ninguna prueba, el caso es que se fue con ella. No puedes negar la evidencia o convencerte a ti misma de que son imaginaciones tuyas, porque has conocido a Patricia. Acuérdate de aquel mensaje de Facebook. Recuerda lo que sentiste cuando se presentó con ella en el apartamento.

Puf. ¿Por qué la gente se empeña en decir cosas que no me apetece escuchar? Echo de menos a Rachel.

—¿Qué crees que está haciendo, Tiffy? —pregunta Mo. De repente me está agobiando; no sé dónde meterme.

—Ser simpático. Intentar retomar el contacto conmigo.

—No te ha propuesto quedar —señala Mo.

—Y, según parece, la mirada que te lanzó iba más allá de la simpatía —tercia Gerty.

—Yo... —Es cierto. No fue una mirada de: «Oye, te he echado muchísimo de menos, ojalá pudiéramos hablar de nuevo». Pero fue... elocuente. Es cierto que no puedo pasar por alto a la prometida, pero tampoco puedo pasar por alto esa mirada. ¿Qué significó? Si él quisiera..., si él quisiera que volviéramos juntos...

—¿Lo harías? —pregunta Gerty.

—¿El qué? —pregunto, para ganar tiempo.

Ella no contesta. Me tiene calada.

Pienso en lo triste que me he sentido en los últimos meses, en lo deprimente que fue decir adiós a su apartamento. En la cantidad de veces que miré el Facebook de Patricia y lloré sobre el teclado de mi ordenador portátil hasta que me asustó un poco la idea de electrocutarme.

Fui muy afortunada de estar con él. Justin siempre fue muy... divertido. Todo era una vorágine; volábamos de un país a otro, lo probábamos todo, nos quedábamos despiertos hasta las cuatro de la madrugada y trepábamos al tejado para contemplar el amanecer. Sí, discutimos mucho y cometimos muchos errores en nuestra relación, pero en general me sentía muy afortunada de estar con él. Sin él me siento… perdida.

—No lo sé —respondo—. Pero en gran parte deseo hacerlo.

—No te preocupes —dice Gerty al tiempo que se levanta con elegancia y me da unas palmaditas en la cabeza—, no lo permitiremos.

12

Leon

Hola, Leon:
Sí, vale... La verdad es que cuando me entra el pánico
me da por la repostería. Cuando estoy triste o las cosas se
ponen feas, la repostería es mi vía de escape. ¿Y qué?
Vuelco mi negatividad en delicias riquísimas con muchas
calorías. Mientras no aprecies trazas de mi tristeza en la
masa de la tarta, no creo que debas preguntarte por qué
he estado horneando dulces todas las noches esta semana.

Lo cual resulta que es porque mi exnovio se presentó en
mi crucero*, me lanzó una de esas miradas y después se
largó. Así que ahora estoy hecha un lío. Me mandó un
mensaje de lo más cariñoso sobre lo especial que yo era,
pero no contesté. Quería hacerlo, pero mis amigos me
disuadieron de ello. Son muy pesados, y generalmente
aciertan.

En cualquier caso, esa es la razón por la que te estás
encontrando tanto pastel.
Un beso,
Tiffy

* *El barco no es mío. No te lo tomes a mal, pero no estaría compartiendo la habitación contigo si fuera de esa gente que tiene barco. Estaría viviendo en un castillo escocés con torreones de colores.*

Hola, Tiffy:
Siento lo de tu ex. A juzgar por la reacción de tus amigos, supongo que opinan que no te conviene; ¿es eso lo que piensas?
Yo soy pro ex si eso implica pasteles.
Leon

Hola, Leon:
No lo sé; la verdad es que realmente no me he parado a planteármelo así. Mi respuesta instintiva es que sí, que me conviene. Pero luego me entran las dudas. Teníamos muchos altibajos, éramos de esas parejas que siempre están en boca de todo el mundo (ya hemos roto y retomado la relación unas cuantas veces). Es fácil recordar los buenos momentos —y hubo un montón, y fueron alucinantes—, pero supongo que desde que rompimos son los únicos que recuerdo. De modo que tengo claro que lo pasé bien con él. Pero ¿que si me convenía? Uf. No lo sé.
De ahí el bizcocho Victoria de mermelada casera.
Un beso,
Tiffy

Pegado a la voluminosa copia encuadernada con canutillo de plástico de un libro titulado *Mi increíble periplo de alba-ñil a diseñador de interiores de lujo:*

Tengo que confesarlo: cogí esto de la mesa porque me pareció un auténtico disparate. No pude parar de leer. No me acosté hasta mediodía. ¿Este hombre es tu ex? Si no, ¿puedo casarme con él?
Leon

Hola, Leon:
¡Me alegro mucho de que disfrutaras del libro! Mi maravilloso albañil convertido en diseñador de hecho no es mi novio, y sí, es mucho más probable que prefiera casarse contigo que conmigo. No obstante, me figuro que Kay tendría algo que decir al respecto.
Un beso,
Tiffy

Kay dice que no me da permiso para casarme con el maravilloso albañil convertido en diseñador. Lástima. Te manda saludos.

¡Me alegro de haberla visto ayer! Dice que te estoy cebando con tantos pasteles. Como me hizo prometer que a partir de ahora canalizaría mi caos emocional en alternativas más saludables, he preparado brownies *de algarrobas y dátiles. Lo siento, están asquerosos.*
¡Voy a pegar este post-it *en Cumbres borrascosas porque tengo que llevarme a la oficina Mi increíble periplo! Un beso*

En el armario que hay sobre el cubo de la basura:

¿Cuándo dijiste que había que sacar la basura?
Leon

¿Estás de broma? ¡Llevo cinco semanas viviendo aquí!
¡Tú llevas años! ¡¿Cómo es posible que me preguntes
qué día se saca la basura?!
 … Pero, sí, fue ayer, y se nos olvidó. Un beso

Vaya, eso me parecía… Nunca consigo acordarme de si
es el martes o el miércoles. Es un día que empieza por
eme. Complicado.
 ¿Alguna noticia de tu ex? Has dejado la repostería.
No pasa nada, me apañaré con las reservas del congelador
durante un tiempo, pero estoy deseando que tengas otra
crisis, digamos que para mediados de mayo.
 Leon

Hola:
No ha dado señales de vida. No puedo espiarle porque
ni siquiera está actualizando Twitter o Facebook…, así
que seguramente estará con su prometida (a ver, por
qué no, lo único que hizo fue mirarme de una forma un
poco rara), y seguramente yo haya malinterpretado
totalmente el episodio del crucero, y seguramente él sea
un ser humano despreciable, como dice mi amiga
Gerty. El caso es que le he devuelto todo el dinero que
le debía. Ahora es al banco al que le debo un pastón.
 Gracias por el risotto, estaba riquísimo; ¡para ser
alguien que únicamente come a deshora eres un cocinero
fuera de serie!
 Un beso,
 Tiffy

Al lado de la bandeja del horno:

Dios mío. No sabía lo de la prometida. Ni lo del dinero.
    ¿Las galletas de mantequilla significan que tienes buenas noticias?

Al lado de la bandeja del horno, ahora llena de migajas:

Qué va. Ni siquiera ha mandado un mensaje para confirmar que ha recibido el pago. Esto es un verdadero palo; ayer me dio por pensar que ojalá hubiera seguido pagándole unos cuantos cientos de libras al mes, así en cierto modo seguiríamos en contacto. Y mi saldo no estaría tan al descubierto.
    Resumiendo, en pocas palabras, no ha dicho ni mu desde el mensaje del crucero. Soy tonta de remate. Un beso

Eh, el amor nos vuelve idiotas a todos: cuando conocí a Kay, le dije que era músico de jazz (saxofonista). Pensé que le agradaría.
    En el fogón hay chili con carne para ti.
    Un beso,
    Leon

ABRIL

13

Tiffy

Creo que me están dando palpitaciones.

—A nadie le dan palpitaciones desde el año catapum —afirma Rachel, y le da un trago inaceptablemente grande al café con leche que me ha traído el editor jefe (alguna que otra vez se siente culpable de que Butterfingers no me esté pagando lo suficiente, y tira la casa por la ventana gastando 2,20 libras en un café para calmar la conciencia).

—Este libro me está matando —digo.

—Lo que te está matando son las grasas saturadas de tu almuerzo. —Rachel le da un pellizco al pan de plátano con el que estoy mastica que te mastica—. Tu repostería es cada vez peor. Con lo cual quiero decir que es mejor, como es obvio. ¿Y cómo es que no engordas?

—Sí que engordo, pero, como soy más grande que tú, no notas tanto la diferencia. Camuflo los nuevos kilos de los pasteles en zonas que pasas por alto. Como el antebrazo, por ejemplo. O las mejillas. Se me están poniendo regordetas, ¿no te parece?

—¡Ponte a editar ya! —dice Rachel, y planta la mano encima de las maquetas que hay en la mesa. Nuestras reuniones semanales para ponernos al día sobre el libro de Katherin pasaron a ser diarias a medida que transcurría marzo; ahora, ante la terrible constancia de que estamos en abril, con la fecha de impresión a solo un par de meses vista, han pasado a ser reuniones diarias y también comidas—. ¿Y cuándo vas a enviarme las fotos de los gorros y las bufandas? —añade.

Ay, Dios. Los gorros y las bufandas. Me despierto en mitad de la noche pensando en gorros y bufandas. No hay ninguna agencia disponible para hacerlas con tan poca antelación, y Katherin anda justísima de tiempo. Como según el contrato ella no tiene por qué aportar todas las muestras —este es un error que no volveré a cometer jamás en la fase de negociación—, carezco de argumentos para obligarla a ello. De hecho, intenté suplicarle, pero ella me dijo, sin acritud, que me estaba poniendo en ridículo.

Me quedo mirando mi pan de plátano acongojada.

—No hay ninguna solución —declaro—. El fin se avecina. El libro va a ir a imprenta sin fotos en el capítulo de gorros y bufandas.

—Ni de coña —replica Rachel—. Para empezar, no tienes ni palabras suficientes para rellenar el espacio. ¡Edita! ¡Y luego piensa en algo! ¡Y rápido!

Uf. ¿Por qué me caía bien?

Nada más llegar a casa enciendo el hervidor: es una tarde de esas para una taza de té. Hay una vieja nota de Leon debajo del hervidor. Estos *post-its* están por todas partes.

La taza de Leon sigue junto al fregadero, medio llena de café con leche. Siempre se lo bebe así, en la misma taza blanca desportillada con el conejo de dibujos animados. Cada tarde esa taza se encuentra a este lado del fregadero, a medio beber, lo cual supongo que es señal de que iba con prisa, o bien lavada y colocada en el escurreplatos, cosa que me figuro que es señal de que consiguió levantarse al sonar el despertador.

Ahora el apartamento está bastante acogedor. Tuve que dejar que Leon recuperase parte del espacio de la zona de estar —el mes pasado quitó la mitad de mis cojines y los amontonó en el recibidor con una nota que rezaba: «Al final voy a tomar cartas en el asunto (perdona)»—, aunque igual tenía razón en que había demasiados. Costaba bastante sentarse en el sofá.

La cama continúa siendo la parte más rara de esta historia de compartir piso. Durante el primer mes o así yo ponía mis sábanas y las quitaba a la mañana siguiente, y me acostaba lo más pegada posible al borde de mi lado izquierdo de la cama, con la almohada apartada de la suya. Pero ahora no me molesto en cambiar las sábanas; de todas formas, solo me acuesto en mi lado. La verdad es que discurre con bastante normalidad. Todavía no he conocido a mi compañero de piso, claro está, cosa que reconozco que en principio es bastante raro, pero ahora nos dejamos notas el uno al otro cada vez con más frecuencia; a veces se me olvida que no hemos mantenido estas conversaciones personalmente.

Dejo caer el bolso y me desplomo sobre el puf mientras se hace el té. He de confesar que me encuentro en un compás de espera. Ya llevo meses manteniéndome a la espera, desde el instante en que vi a Justin.

Seguramente se pondrá en contacto conmigo. Vale, al final no contesté a su mensaje —algo por lo que me dan puntuales arrebatos de rabia hacia Gerty y Mo por impedírmelo—, pero me lanzó esa miradita en el crucero. Como es lógico, ha pasado tanto tiempo que ya casi ni me acuerdo de la mirada en sí, y ahora es como un mero batiburrillo de diferentes expresiones que recuerdo de Justin (o, siendo realistas, que recuerdo de todas sus fotos de Facebook)… En cualquier caso, en ese momento me pareció muy… Vale, todavía no sé lo que me pareció. Muy lo que sea.

A medida que pasa el tiempo más vueltas le doy a lo raro que fue que Justin estuviera en ese mismo crucero precisamente el día en que Katherin y yo teníamos la presentación de *Diseña tus prendas de ganchillo*. Por mucho que me haga ilusiones, es imposible que fuera expresamente a verme; cambiaron el programa a última hora, de modo que cómo iba él a saber que yo me encontraba allí. Además, en su mensaje decía que había ido por asuntos de trabajo, lo cual es perfectamente posible; trabaja para una empresa de eventos que organiza espectáculos para cruceros, visitas turísticas por Londres y cosas por el estilo. (Sinceramente, nunca estuve muy al tanto de los detalles. Todo me parecía muy logístico y estresante).

Entonces, si no lo hizo aposta, ¿acaso no será cosa del destino?

Cojo mi té y me dirijo al dormitorio, sin nada que hacer. No tengo la menor intención de volver con Justin, ¿no? Esta es la separación más larga que hemos vivido hasta ahora, y tengo una sensación diferente a las demás ocasiones. A lo mejor porque me dejó por una mujer a la que se declaró inmediatamente. Probablemente sea por eso.

De hecho, ni siquiera debería preocuparme si retoma o no el contacto conmigo. ¿Qué dice eso de mí, que esté esperando que me llame un hombre que casi seguro me puso los cuernos?

—Dice que eres fiel y confiada —responde Mo al llamarle por teléfono y plantearle esta misma pregunta—. Las mismas virtudes por las que el canalla de Justin seguramente está intentando retomar el contacto.

—¿Tú también crees que lo hará? —Me doy cuenta de lo nerviosa y alterada que estoy, de que ansío que me infundan confianza, cosa que me mosquea aún más. Demasiado agitada para quedarme quieta, me pongo a ordenar mis DVD de *Las chicas Gilmore.* Hay otra nota metida entre la primera y la segunda temporada; tiro de ella y la leo por encima. He estado intentando persuadir a Leon de que encienda el televisor, ofreciéndole mi colección de DVD de primerísima calidad para empezar por algo. No lo he convencido.

—Es muy posible —dice Mo—. Parece típico de Justin. Pero… ¿estás segura de que deseas que lo haga?

—Me gustaría que hablase conmigo. O al menos que reconociera mi existencia. No sé qué se le estará pasando por la cabeza. Parecía cabreado conmigo por lo del apartamento, pero como luego me mandó ese mensaje tan cariñoso después de verle en el crucero…, no lo sé. Quiero que me llame. Uf. —Cierro los ojos con fuerza—. ¿Por qué será?

—Tal vez has pasado mucho tiempo oyéndole decir que no podrías estar sin él —contesta Mo con delicadeza—. Eso explicaría por qué deseas que vuelva, a pesar de que no lo quieres.

Me quedo vacilante pensando cómo cambiar de tema. ¿El último episodio de *Sherlock?* ¿La nueva ayudante de la oficina? Pero resulta que no tengo ánimo para desviar la conversación.

Mo aguarda en silencio.

—Es verdad, ¿a que sí? —dice—. A ver, ¿te has planteado salir con otro?

—Podría salir con otro sin problema —protesto.

—Hum. —Suspira—. ¿Qué impresión te causó realmente esa mirada en el crucero, Tiffy?

—No lo sé. Fue hace un siglo. Supongo que… fue como… sensual. Y que me resultó agradable ser deseada…

—¿No tuviste miedo?

—¿De qué?

—¿No te asustó? ¿La mirada no te intimidó?

Frunzo el ceño.

—Mo, no le des más vueltas. No fue más que una mirada. Él no pretendía asustarme ni mucho menos; además, te he llamado para hablar sobre si él volverá a ponerse en contacto conmigo alguna vez, y gracias, ahora me siento un poco mejor en ese sentido, así que zanjemos el tema.

Hay un silencio prolongado al otro lado de la línea. Mal que me pese, estoy un poco alterada.

—Esa relación te dejó tocada, Tiffy —dice Mo con tacto—. Te hizo sentir infeliz.

Niego con la cabeza. O sea, me consta que Justin y yo discutíamos, pero siempre hacíamos las paces, y después de una riña las cosas eran más románticas si cabe, de modo que realmente eso no contaba. No era como cuando otras parejas discuten: sencillamente todo formaba parte de la maravillosa y vertiginosa montaña rusa que era nuestra relación.

—Lo digerirás todo con el tiempo, Tiff —añade Mo—. Cuando lo hagas, llámame enseguida, ¿vale?

Asiento sin estar muy segura de con qué me estoy mostrando conforme. Desde donde estoy apostada acabo de encontrar la distracción perfecta para mi actual estado: la bolsa de bufandas que hay debajo de la cama de Leon. La que encontré la primera noche que pasé aquí y me convenció de que Leon seguramente fuese un asesino en serie o algo así. Hay una nota pegada que estoy segura de que no estaba ahí cuando la vi por primera vez; dice: PARA LA TIENDA BENÉFICA.

—Gracias, Mo —me despido—. Nos vemos el domingo para tomar un café. —Cuelgo al tiempo que busco un bolígrafo.

Hola:

Oye, perdona por cotillear debajo de tu/nuestra cama. Soy consciente de que es totalmente imperdonable. Pero es que estas bufandas son INCREÍBLES. O sea, el diseño es increíble. Y sé que nunca hemos hablado de esto ni nada, pero me figuro que si permites que cualquier desconocida (yo) duerma en tu cama, lo haces porque andas corto de dinero, no porque seas un hombre realmente encantador que se siente mal por lo difícil que es conseguir un apartamento barato en Londres.

De modo que, aunque soy TOTALMENTE PARTIDARIA de donar la ropa vieja a tiendas benéficas (al fin y al cabo, yo compro casi todas mis cosas en tiendas benéficas; la gente como yo necesita gente como tú), creo que deberías barajar la posibilidad de vender estas bufandas. Seguramente conseguirías unas doscientas libras por cada una.

Si te apetece darle el noventa por ciento a tu encantadora compañera de piso, no pondré objeciones.

Un beso,

Tiffy

P. D.: Por cierto, si no es mucho preguntar, ¿de dónde las has sacado?

14

Leon

Brazos abiertos de par en par, piernas separadas. Una funcionaria de prisiones con gesto adusto me cachea con mucho entusiasmo. Sospecho que encajo en su perfil de persona que tal vez cuele droga o armas en la sala de visitas. Me la imagino repasando mentalmente su lista de control. Sexo: varón. Raza: indeterminada, pero de piel un pelín más oscura de lo preferible. Edad: lo bastante joven como para cometer un disparate. Aspecto: desaliñado.

Trato de esbozar una sonrisa no amenazadora, de buen ciudadano. Pensándolo mejor, probablemente haya parecido una sonrisa de chulo. Empiezo a sentirme algo intranquilo, la realidad de este lugar me afecta a pesar del esfuerzo que he hecho en ignorar con toda la intención la concertina que hay encima de los gruesos barrotes de acero, los edificios sin ventanas, los ásperos carteles que advierten de las consecuencias de meter droga clandestinamente en la cárcel. A pesar de haber hecho esto como mínimo una vez al mes desde noviembre.

El camino desde el control de seguridad hasta la sala de visitas tal vez sea la peor parte. Consta de un laberinto de hormigón y alambradas, y a lo largo de todo el trayecto te escoltan diferentes funcionarios de prisiones que con las llaves que llevan enganchadas a la cadera abren verjas y puertas que deben volver a cerrar tras de ti antes siquiera de que des un paso en dirección a la siguiente. Hace un bonito día de primavera; el cielo, de un azul resplandeciente, apenas se vislumbra por encima del alambre.

La sala de visitas está mejor: críos de corta edad caminando tambaleantes entre las mesas, o dando chillidos mientras sus musculosos padres los aúpan. Los presos llevan monos de color vivo para distinguirlos del resto de los presentes. Los hombres de uniforme naranja reflectante se acercan disimuladamente más de lo permitido a sus novias que vienen de visita, los dedos entrelazados con fuerza. Aquí se respira más emoción que en la terminal de llegadas de un aeropuerto. A los de *Love Actually* se les escapó una.

Me siento a la mesa asignada. Espero. Cuando traen a Richie, me da un extraño retortijón en el estómago, como si se me estuvieran revolviendo las tripas. Tiene un aspecto cansado y dejado, demacrado, la cabeza rapada apresuradamente. Lleva puestos sus únicos vaqueros —no habrá querido que lo vea con los pantalones de chándal típicos de la cárcel—, pero ahora le quedan demasiado anchos de cintura. No puedo soportarlo, no puedo soportarlo, no puedo soportarlo.

Me levanto, sonrío y estiro los brazos para abrazarlo. Espero a que él llegue hasta donde me encuentro; no puedo salir de la zona asignada. Hay funcionarios de prisiones apostados a lo largo de las paredes, atentos, impasibles.

Richie, dándome palmaditas en la espalda: ¡Qué pasa, hermano, qué buen aspecto tienes!

Yo: Tú también.

Richie: Embustero. Estoy hecho un asco. Han cortado el agua después de una movida en el ala E; no tengo ni idea de cuándo volverá, pero hasta entonces te recomendaría que ni te acercaras a los aseos.

Yo: Tomo nota. ¿Cómo te va?

Richie: De miedo. ¿Has tenido noticias de Sal?

Pensaba que podría evitar ese tema durante un minuto por lo menos.

Yo: Sí. Lamenta que esos papeles estén retrasando la apelación, Richie. Está en ello.

Richie acerca su cara a la mía.

Richie: No puedo seguir esperando, Lee.

Yo: Si quieres que intente buscar a otro, lo haré.

Un silencio de abatimiento. Richie sabe tan bien como yo que esto seguramente demoraría aún más las cosas.

Richie: ¿Consiguió la grabación de la cámara de Aldi?

La cuestión es si llegó a solicitar o no la grabación de la cámara de Aldi. Aunque me dijo que así fue, empiezo a ponerlo en duda. Me froto la nuca, bajo la vista al suelo, deseo más que nunca estar con Richie en cualquier parte menos aquí.

Yo: Aún no.

Richie: Esa es la clave, tío, te lo digo yo. La cámara esa de Aldi lo demostrará. Verán que no soy yo.

Ojalá tenga razón. Sin embargo, ¿qué resolución tendrá esa grabación? ¿Qué probabilidades hay de que sea lo bastante nítida como para contrarrestar la identificación por parte de la testigo?

Hablamos sobre la apelación prácticamente durante la hora entera. Es imposible cambiar de conversación. Pruebas forenses, evidencias pasadas por alto, el dichoso sistema de cámaras de seguridad. Esperanza, esperanza, esperanza.

Con las rodillas temblorosas, al salir cojo un taxi hasta la estación. Necesito azúcar. En la bolsa llevo un poco de crujiente de chocolate que Tiffy preparó; ingiero unas tres mil calorías mientras el tren avanza por el campo, llanura tras llanura, alejándome de mi hermano y devolviéndome al lugar donde todo el mundo se ha olvidado de él.

Al llegar a casa me encuentro la bolsa de basura con las bufandas en medio del dormitorio con una nota de Tiffy pegada a un lado.

¿Conque el señor Prior teje bufandas de doscientas libras? ¡Si ni siquiera le lleva mucho tiempo! Ay... Con la cantidad de veces que he declinado su ofrecimiento de regalarme una nueva bufanda, gorro, guantes o fundas para la tetera. A estas alturas podría ser multimillonario.

En la puerta del dormitorio:

Hola, Tiffy:
GRACIAS por decirme lo de las bufandas. Sí, necesito el dinero. Las venderé; ¿puedes recomendarme dónde/cómo?
Un señor de mi trabajo las teje. Básicamente se las regala a cualquiera que las acepte (si no, me sentiría mal sacando dinero de ello...).
Leon

Hola:
Ah, definitivamente, deberías venderlas a través de Etsy o Preloved. Tendrán un montón de clientes a quienes les chiflarían estas bufandas.

Hum... Te extrañará que lo pregunte, pero ¿a este señor de tu trabajo le interesaría hacer ganchillo por encargo?
Un beso,
Tiffy

No tengo ni idea de lo que quieres decir. Por cierto, coge la que más te guste; el resto las subiré esta noche a internet.
Leon

Tirada en el suelo junto a la puerta del dormitorio (bastante difícil de localizar):

Buenos días:
Es que estoy trabajando en un libro llamado Engánchate al ganchillo *(lo sé; es uno de mis mejores títulos, las cosas como son) y necesitamos que alguien nos haga cuatro bufandas y ocho gorros a toda velocidad para poder fotografiarlos e incluirlos en el libro. Él tendría que seguir las instrucciones de mi autora (en cuanto al color, el tipo de punto, etc.). Le pagaría, pero no gran cosa. ¿Puedes darme sus datos de contacto? Estoy realmente desesperada y es obvio que tiene un talento fuera de lo común.*
Ay, Dios mío, voy a ponerme esta bufanda a todas horas (me da igual que técnicamente estemos en primavera). Me encanta. ¡Gracias!
Un beso,
Tiffy

Y vuelta a la puerta del dormitorio:

Pues no le veo la pega a esto, aunque igual me tiene que dar el visto bueno la enfermera jefe. Escríbeme una carta para dársela, y se la pasaré después al señor que teje si ella está de acuerdo.

Si te vas a poner esa bufanda a todas horas, ¿puedes deshacerte de las quinientas que ahora mismo ocupan tu lado del armario?

Más noticias: ¡acabo de vender la primera bufanda por doscientas treinta y cinco libras! Qué locura. ¡Si ni siquiera es bonita!

Leon

En la encimera de la cocina, al lado de un sobre sin cerrar:

Hola:
Mi lado es la clave de esa frase, Leon. Mi lado, y quiero llenarlo de bufandas.

Aquí tienes la carta; dime si crees que hay que cambiar algo. Por cierto, en un momento dado quizá deberíamos hacer una pequeña limpieza de las notas que nos vamos dejando. El apartamento empieza a parecer el decorado de una escena de Una mente maravillosa.

Un beso,
Tiffy

Le paso la carta de Tiffy a la enfermera jefe, que me da permiso para brindarle al señor Prior la posibilidad de tejer para el libro de Tiffy. O hacer ganchillo. No tengo nada clara la diferencia. En un momento dado Tiffy sin duda me escribirá improvisadamente una larga nota dando toda clase de explicaciones. Cómo le gusta explayarse. ¿Por qué expresarse en una frase pudiendo emplear cinco? Qué mujer más rara, absurda y graciosa.

A la noche siguiente el señor Prior ya ha hecho dos gorros; como son de lana y tienen pinta de gorros, doy por sentado que todo encaja.

El único inconveniente de este acuerdo es que ahora el señor Prior siente fascinación por Tiffy.

Señor Prior: De modo que es editora.

Yo: Sí.

Señor Prior: Qué profesión más interesante.

Pausa.

Señor Prior: ¿Y vive contigo?

Yo: Ajá.

Señor Prior: Qué interesante.

Lo miro de reojo mientras anoto las observaciones. Él parpadea con gesto pícaro e inocente.

Señor Prior: En ningún momento imaginé que te gustaría convivir con otra persona. Valoras mucho tu independencia. ¿No es ese el motivo por el que no querías irte a vivir con Kay?

Tengo que dejar de hablar de mi vida privada con los pacientes.

Yo: Es diferente. No tengo por qué ver a Tiffy. En realidad, nos limitamos a dejarnos notas.

El señor Prior asiente con aire pensativo.

Señor Prior: El arte de escribir cartas. Una carta es algo profundamente… íntimo, ¿no te parece?

Me quedo mirándolo con recelo. No estoy seguro de dónde quiere ir a parar.

Yo: Se trata de *post-its* pegados en la nevera, señor Prior, no de cartas escritas a mano en papel perfumado.

Señor Prior: Oh, sí, seguro que tienes razón. Totalmente. *Post-its*. No tiene nada de arte, estoy seguro.

A la noche siguiente, hasta Holly ha oído hablar de Tiffy. Es alucinante cómo vuelan las noticias poco interesantes entre los pabellones teniendo en cuenta que un significativo porcentaje de los ocupantes del edificio se halla postrado en la cama.

Holly: ¿Es guapa?

Yo: No lo sé, Holly. ¿Eso importa?

Holly, pensativa, tras una pausa: ¿Es simpática?

Yo, tras un momento de reflexión: Sí, es simpática. Un pelín entrometida y rara, pero simpática.

Holly: ¿Qué significa que es tu «compañera de piso»?

Yo: «Compañera de piso» significa que comparto con ella mi apartamento. Que vivimos juntos allí.

Holly, con los ojos como platos: ¿Como los novios?

Yo: No, no. No es mi novia. Es una amiga.

Holly: Entonces, ¿dormís en habitaciones separadas?

Por suerte, me llaman al busca antes de verme obligado a responder a eso.

MAYO

15

Tiffy

Mientras despego los *post-its* y los pedazos de papel sujetos con cinta adhesiva a las puertas de los armarios, mesas, paredes y (en un caso) la tapa del cubo de la basura, me da por sonreír maliciosamente. Lo de escribir todas estas notas a lo largo de los últimos meses es una extraña manera de conocer más a fondo a Leon, y sucedió sin ser consciente de ello: en un momento dado garabateé una nota improvisada acerca de las sobras de la comida, y al minuto siguiente ya me había lanzado a todo trapo a una correspondencia diaria.

Eso sí, al seguir el rastro de la retahíla de confidencias por el respaldo del sofá, inevitablemente me doy cuenta de que por lo general yo escribo cinco veces más palabras que Leon. Y de que mis *post-its* son mucho más personales y reveladores que los suyos. Me choca un poco leerlos todos ahora; de entrada, es evidente que tengo memoria de pez. En una de las notas, por ejemplo, mencioné lo rarísimo que fue que se me olvidara pasarle la invitación de la fiesta de cumpleaños de Rachel a Justin el año pasado, pero ahora que caigo… sí que lo invité. Acabamos teniendo una bronca de órdago sobre si yo podía ir. Justin siempre me reprochaba mi pésima memoria; me mosquea mucho encontrar pruebas por escrito de que tiene razón.

Ahora son las cinco y media. Como he terminado de trabajar pronto porque todo el mundo se ha ido a una fiesta de despedida a la que no puedo permitirme el lujo de asistir, he tomado la decisión ejecutiva de irme a casa a falta de algún ejecutivo propiamente dicho que decida por mí. Seguro que les habría parecido bien.

Pensaba que a lo mejor coincidiría con Leon esta tarde, pues he vuelto a eso de las cinco. He tenido una sensación algo extraña. En realidad, según los términos oficiales de nuestro acuerdo, no tengo permiso para llegar a casa antes de tiempo y toparme con él. Al comprometerme a eso sabía que no coincidiríamos en el apartamento; por eso fue tan buena idea. Pero no caí en la cuenta de que literalmente jamás coincidiríamos. Vamos, en ningún momento, para nada, en el transcurso de cuatro meses.

He barajado la posibilidad de pasar esta hora en la cafetería que hay a la vuelta de la esquina, pero después he pensado que… esto de ser amigos sin habernos conocido personalmente está empezando a ser un poco chocante. Y, efectivamente, esa es la sensación que me da, como si fuéramos amigos; en vista de la manera en que ocupamos el espacio del otro a todas horas, no creo que fuera posible de otra manera. Sé exactamente cómo le gustan los huevos fritos, aunque en realidad jamás lo he visto comerse uno (siempre hay un montón de yema esparcida en el plato). Podría describir su concepto de la moda con bastante tino, a pesar de que jamás lo he visto vestido con ninguna de las prendas puestas a secar en el tendedero de la sala de estar. Y lo más curioso de todo es que conozco su olor.

No encuentro ninguna razón por la que no debamos conocernos; eso no cambiaría los términos de nuestra convivencia. Lo único que significaría es que estaría en condiciones de reconocer a mi compañero de piso si me lo cruzara por la calle.

Suena el teléfono, lo cual es raro, porque ignoraba que tuviéramos teléfono. En un primer momento voy a por mi móvil, pero mi tono de llamada es una alegre melodía tintineante elegida del final de la lista disponible en Samsung, no el «rin-rin» que está sonando ahora mismo en algún lugar invisible de la sala de estar.

Finalmente localizo el teléfono fijo en la encimera de la cocina, debajo de una de las bufandas del señor Prior y una ristra de notas acerca de si Leon había gastado o no toda la mantequilla (desde luego que sí).

¡Un teléfono fijo! ¡Anda! Yo creía que los teléfonos fijos eran reliquias que pagabas con el fin de instalar banda ancha.

—¿Diga? —contesto, vacilante.

—Eh... Hola —responde el tío del otro lado de la línea. Parece sorprendido (seguramente soy más femenina de lo que él esperaba) y tiene un acento peculiar; un deje medio irlandés, medio londinense.

—Soy Tiffy —explico—. La compañera de piso de Leon.

—¡Ah! ¡Hola! —Da la impresión de que esta circunstancia le alegra muchísimo—. ¿Te refieres a la compañera de cama?

—Preferimos llamarlo compañera de piso —puntualizo, estremeciéndome.

—Es lo justo —dice él, y de alguna manera me parece percibir que está sonriendo burlonamente—. Bueno, encantado de conocerte, Tiffy. Soy Richie. El hermano de Leon.

—Igualmente, Richie. —No sabía que Leon tuviera un hermano. Pero, claro, supongo que probablemente hay muchísimas cosas que desconozco de Leon, aunque sepa lo que últimamente está leyendo antes de dormir (*La campana de cristal,* muy despacio)—. Supongo que no has dado con Leon por un pelo. Yo he llegado hace media hora y ya se había marchado.

—Trabaja demasiado —comenta Richie—. No me había dado cuenta de que ya eran las cinco y media. ¿A qué hora llegas tú?

—Normalmente a las seis, pero hoy he salido antes del trabajo —digo—. ¿Y si lo llamas al móvil?

—Ah, pues verás, Tiffy, es que no puedo hacer eso —contesta Richie.

Frunzo el ceño.

—¿No puedes llamarlo al móvil?

—Si te soy sincero, es una historia un poco larga. —Richie hace una pausa—. La versión corta es que me encuentro en una cárcel de alta seguridad y el único número de teléfono para el que he conseguido permiso de llamadas es el fijo de Leon. Además, las llamadas a móviles cuestan el doble, y yo gano unas catorce libras a la semana limpiando las instalaciones, trabajo que por cierto conseguí por medio de un soborno…, así que eso no me da para mucho.

Me quedo algo conmocionada.

—¡Mierda! —exclamo—. Qué horror. ¿Estás bien?

Me sale a bocajarro. Casi seguro que no es el comentario oportuno en estas circunstancias, pero es lo que hay: eso es lo que estoy pensando y eso es lo que sale por mi boca.

Para mi sorpresa —y tal vez para la suya también—, Richie se echa a reír.

—Estoy bien —dice, al cabo de unos instantes—. De todas formas, gracias. Ya llevo siete meses. Supongo que estoy…, ¿cómo dice Leon?, aclimatándome. Aprendiendo a vivir, además de sobrellevarlo minuto a minuto.

Asiento con la cabeza.

—Bueno, algo es algo, al menos. ¿Cómo es? ¿A medio camino entre, ya sabes, Alcatraz y el Hilton?

Se vuelve a reír.

—Sí, desde luego, en algún punto de esa escala. El baremo depende de cómo me siento día a día. Pero una cosa te digo: tengo bastante suerte en comparación con mucha gente. Ahora dispongo de mi propia celda y puedo recibir visitas dos veces al mes.

Desde donde me encuentro, no me parece una suerte.

—No quiero entretenerte al teléfono si te está costando dinero. ¿Quieres dejar un recado a Leon?

Hay un runrún en el silencio al otro lado de la línea, el tenue eco del ruido de fondo.

—¿No vas a preguntarme por qué me han encerrado, Tiffy?

—No —respondo, desconcertada—. ¿Quieres decírmelo?

—Bueno, sí. Normalmente la gente lo pregunta.

Me encojo de hombros.

—No soy quién para juzgarte: eres el hermano de Leon, y has llamado para hablar con él. Y, de todas formas, estábamos comentando lo horrible que es la cárcel, y eso es un hecho al margen de lo que hicieras. Todo el mundo sabe que la cárcel no es la solución, ¿no te parece?

—No, o sea, ¿lo saben?

—Sí, seguro.

Más silencio.

—Estoy encerrado por robo a mano armada. Pero yo no lo hice.

—Dios. Lo siento. Entonces, sí que es todo una mierda.

—Pues sí —dice Richie. Tras una pausa, pregunta—: ¿Me crees?

—Ni siquiera te conozco. ¿Qué importa si te creo?

—No lo sé. Simplemente… me importa.

—Bueno, necesito conocer los hechos antes de afirmar que te creo. De lo contrario no tendría mucho sentido, ¿no?

—Entonces ese es el recado para Leon. Dile que me gustaría que te contara los hechos para que puedas confirmarme si me crees.

—Un momento. —Cojo un taco de *post-its* y un bolígrafo—. «Hola, Leon —digo en voz alta mientras anoto—. Te dejo un recado de parte de Richie. Dice…».

—«Me gustaría que Tiffy esté al corriente de lo que me ocurrió. Quiero que crea que yo no lo hice. Da la impresión de que es una mujer muy simpática, y seguro que encima es guapa; se nota, tío, tiene una voz de esas… graves y sensuales, ya me entiendes…».

Suelto una carcajada.

—¡No pienso escribir eso!

—¿Por dónde ibas?

—Por «sensuales» —confieso, y Richie se ríe.

—Vale. Pues lo dejamos ahí. Pero, si no te importa, no borres lo último; le hará gracia a Leon.

Niego con la cabeza, pero también me hace gracia.

—Muy bien. No lo borraré. Me alegro de haberte conocido, Richie.

—Yo también, Tiffy. Cuida de mi hermano por mí, ¿vale?

Sorprendida ante la petición, me quedo callada. En primer lugar, da la impresión de que es Richie quien necesita que lo cuiden y, en segundo lugar, la verdad es que no soy la persona más idónea para cuidar de ninguno de los miembros de la familia Twomey, dado que no conozco a ninguno. Pero, para cuando abro la boca para responder, Richie ha colgado, y lo único que oigo es el tono de la línea.

16

Leon

No puedo contener la risa. Típico de él. Intentar camelarse a mi compañera de piso incluso desde el patio de una cárcel.

Kay se asoma por encima de mi hombro para leer la nota.

Kay: Richie sigue siendo el mismo, por lo que veo.

Me pongo rígido. Ella lo nota y también se pone tensa, pero no se retracta ni se disculpa.

Yo: Está tratando de quitarle hierro al asunto. De mantener el buen rollo. Es su manera de ser.

Kay: Bueno, ¿Tiffy está en el mercado?

Yo: Es un ser humano, no una vaca, Kay.

Kay: ¡No seas tan moralista, Leon! «En el mercado» es una expresión. Sabes que no estoy tratando de venderle la pobre chica a Richie.

Hay algo más en esa frase que tampoco me gusta, pero estoy demasiado cansado para discernirlo.

Yo: No tiene pareja, pero sigue enamorada de su ex.

Kay, ahora con interés: ¿En serio?

No consigo entender qué más le da: siempre que menciono a Tiffy desconecta o se pone de mal humor. En realidad esta es la primera vez que pasamos juntos un rato en mi apartamento desde hace meses. Como Kay libra esta mañana, ha venido a verme para tomar el *cenayuno* antes de acostarme. Por alguna razón, le ha mosqueado un poco la cantidad de notas que hay por todas partes.

Yo: El ex parece en la media. Muy por debajo del albañil convertido en…

Kay pone los ojos en blanco.

Kay: ¡Haz el favor de dejar de hablar del maldito libro del albañil ese!

No mostraría tantos prejuicios si lo hubiera leído.

Al cabo de unas cuantas semanas hace uno de esos días soleados que normalmente solo son habituales en el extranjero. Inglaterra no está acostumbrada a un tiempo tan cálido, sobre todo cuando llega así de repente. Solo estamos en junio, todavía falta para el verano. Los usuarios del transporte público doblan las esquinas deprisa, las cabezas aún gachas como si estuviera lloviendo, las espaldas de las camisas azul pálido con manchas oscuras de sudor en forma de V. Los adolescentes se zafan de sus camisetas y te ves rodeado de blancos brazos y torsos y codos prominentes y desgarbados. Apenas puedo moverme sin hacer frente a pieles quemadas por el sol y/o un desagradable calor corporal que emana de hombres trajeados.

Siguiendo una última pista en la búsqueda de Johnny White, regreso de mi visita a la sala de consultas del Museo Imperial de la Guerra. En la mochila llevo un listado de ocho nombres y direcciones. Como las direcciones las reco-

pilé rebuscando hasta la saciedad en archivos oficiales, poniéndome en contacto con parientes y espiando online, no
son datos totalmente fiables, pero es un comienzo, o, mejor
dicho, ocho comienzos. Al final el señor Prior me proporcionó bastante información para engrosar mi investigación.
Cuando le tiras de la lengua, el hombre recuerda mucho más
de lo que dice recordar.

Todos los hombres del listado se llaman Johnny White.
No estoy seguro de por dónde empezar. ¿Me decanto por mi
Johnny favorito? ¿Por el Johnny que me quede más cerca?

Saco el teléfono y le mando un mensaje a Tiffy. El
mes pasado la puse al corriente de mi búsqueda del Johnny
White del señor Prior. Fue después de una interminable
nota en la que me contaba los avatares del libro sobre ganchillo; obviamente yo me encontraba de un humor comunicativo o algo así. Es curioso. Como si el afán compulsivo
de Tiffy por compartir fuese contagioso. Siempre me siento un poco avergonzado al llegar al hospital y recordar lo
que sea que al final haya terminado revelándole en la nota
garabateada de esa tarde, escrita tomando café antes de salir de casa.

> Hola. Tengo ocho Johnnies (me refiero al nombre propio)* entre los
> que elegir. ¿Por cuál empiezo? Leon

La respuesta llega al cabo de cinco minutos más o menos. Ella está trabajando a destajo en el libro de ganchillo de
la escritora pirada, y por lo visto está poco concentrada. No
me extraña. El ganchillo es raro y aburrido. Hasta intenté
leer por encima el manuscrito cuando se lo dejó en la mesa

---

* *Johnny* en inglés coloquial significa «condón». *[N. de la T.]*

de centro para cerciorarme de que no era como el libro del albañil, y no. Es un simple libro de instrucciones detalladas sobre ganchillo, con resultados finales que parecen muy difíciles de conseguir.

Fácil. Punto, punto, gorgorito, ¿dónde vas tú tan bonito? A la era verdadera… Bss

Y, a continuación, dos segundos después:

Pinto, pinto, gorgorito. El corrector automático. No creo que adelantases gran cosa haciendo punto. Bss

Qué mujer más peculiar. No obstante, me detengo obedientemente a la sombra de la parada del autobús para sacar el listado de nombres y cantar «Pinto, pinto». Mi dedo cae encima de Johnny White (obviamente). Este vive en el norte, cerca de Birmingham.

Buena elección. A este le puedo hacer una visita la próxima vez que vaya a ver a Richie; está en la zona de Birmingham. Gracias. Leon

Unos minutos de silencio. Camino por el concurrido y sofocante Londres mientras la ciudad disfruta al máximo del calor, todas las gafas de sol levantadas hacia el cielo. Estoy hecho unos zorros. Debería haberme acostado hace horas. Pero últimamente paso muy poco tiempo a la luz del día así, al aire libre, y echo de menos la sensación del sol sobre la piel. Distraídamente, me planteo si es posible que tenga carencia de vitamina D, y a continuación mis pensamientos cambian de dirección y me pregunto cuánto tiempo habrá conseguido Richie pasar al aire libre esta semana.

Según la legislación, deberían concederle treinta minutos al día de permiso para tomar el aire fuera. Eso rara vez ocurre. Los funcionarios de prisiones escasean; el tiempo que se concede fuera de la celda es aún más restringido de lo habitual.

Por cierto, ¿leíste mi nota sobre Richie? ¿Y lo de que me contaras lo que le ocurrió? No quiero agobiarte, pero ya ha pasado más de un mes y solo quiero que sepas que, si te apetece contármelo, me gustaría estar al tanto. Bss

Me quedo mirando el mensaje mientras el sol va aclarando la pantalla hasta que las palabras prácticamente desaparecen. La protejo de la luz con una mano y vuelvo a leerlo. Es extraño, cómo ha aparecido de repente, precisamente cuando estaba pensando en Richie.

No estaba seguro de qué hacer con el recado de Richie acerca de poner al corriente a Tiffy. En cuanto me enteré de que habían hablado, me dio por preguntarme si Tiffy cree en su inocencia, a pesar de no conocerlo y no saber nada del caso. Qué tontería. Aun cuando estuviera al tanto de todo, daría igual su opinión. Ni siquiera la conozco personalmente. Pero es lo de siempre: el constante agobio que sientes con todo el mundo, sea quien sea. Estás manteniendo una conversación normal y corriente y, a continuación, al instante, te da por pensar: «¿Creerías que mi hermano es inocente?».

Sin embargo, no puedo preguntárselo a la gente. Es un tema de conversación horrible y es horrible que te lo pregunten a bocajarro, cosa de la que Kay puede dar fe.

Contestaré con una nota cuando llegue a casa. La verdad es que no suelo mandarle mensajes a Tiffy; me resulta un poco raro. Como mandar un e-mail a mi madre. Las notas son sencillamente... nuestra manera de charlar.

Encima del armario ropero (la última ristra de notas termina aquí):

> *Si te parece bien, le pediré a Richie que te escriba. Él te lo puede contar mejor.*
> *Y otra cosa: ¿podría la escritora del libro de ganchillo venir a St. Marks (donde yo trabajo) en algún momento? Tenemos previsto organizar más actos para entretener a los pacientes. Se me ha ocurrido que el ganchillo, pese a lo aburrido que es, podría interesar a ancianos enfermos. Un beso*

> *Hola, Leon:*
> *Claro que sí. Cuando le parezca bien a Richie.*
> *Y ¡sí! ¡Por favor! Los de Comunicación siempre están buscando oportunidades como esa. Deja que te diga, no obstante, que has acertado plenamente con el momento, porque Katherin acaba de hacerse FAMOSA. Fíjate en este tuit suyo.*

Captura de pantalla impresa de Twitter, pegada debajo de la nota:

Katherin Rosen @PuntoKatherin
Una de las fantásticas bufandas que podéis hacer con mi próximo libro, *Engánchate al ganchillo*. ¡Buscad un hueco para el *mindfulness* y cread algo bonito!
117 Comentarios, 8K Retuits, 23K Me gusta

Un nuevo *post-it* debajo de ese:

¡Toma ya! ¡Ocho mil retuits! (Y encima, por una de las bufandas del señor Prior. ¡No te olvides de comentárselo!).

Siguiente *post-it:*

Doy por sentado que no estás muy puesto en Twitter porque ni siquiera has movido tu portátil de sitio desde hace meses, y ni que decir tiene que no lo has cargado, pero son un montón de retuits, Leon. Un montón. Y todo ocurrió porque una increíble youtuber que hace manualidades llamada Tasha Chai-Latte lo retuiteó y comentó esto:

Captura de pantalla impresa de Twitter (ahora tan abajo en la puerta del armario que tengo que agacharme para leerla):

Tasha Chai-Latte @ChaiLatteDIY
¡El ganchillo está arrasando! Impresionantes los increíbles diseños de @PuntoKatherin
#mindfulness #EngánchateAlGanchillo
69 Comentarios, 32K Retuits, 67K Me gusta

Dos *post-its* más debajo:

Esta chica tiene quince millones de seguidores. Los de Marketing y Comunicación prácticamente se están corriendo de gusto. Por desgracia esto implica que no he tenido más remedio que explicarle cómo funciona YouTube a Katherin, a quien la tecnología se le da peor que a ti, que ya es decir (tiene uno de esos Nokias antiguos que únicamente utilizan los narcotraficantes), y encima ahora el odioso de Martin, de Comunicación, «tuitea en directo» desde todos los eventos de Katherin. Pero, a pesar de todo, ¡es emocionante! ¡Mi encantadora y excéntrica Katherin todavía tiene muchas papeletas para colocarse en una lista de best sellers! No en LA lista de best sellers, como es natural, sino en uno de los apartados específicos de Amazon. O sea, como el número uno de Artesanía y Papiroflexia o algo así. Besos

… Esperaré a haber dormido antes de intentar responder a esto.

JULIO

17

Tiffy

Todavía no ha oscurecido al llegar a casa. Me chifla el verano. Las zapatillas de deporte de Leon no están en su sitio, así que deduzco que hoy ha ido andando al trabajo; me da mucha envidia que tenga esa posibilidad. El metro es aún más asqueroso cuando hace calor.

Rastreo el apartamento en busca de nuevas notas. Últimamente no resulta tan fácil localizarlas: por lo general hay *post-its* prácticamente por todas partes, a menos que uno de los dos haya sacado tiempo para hacer limpieza.

Finalmente doy con una sobre la encimera de la cocina: un sobre con el nombre de Richie y su número de recluso en el anverso y nuestra dirección al dorso. Junto a la dirección hay una breve nota con la letra de Leon:

Aquí tienes la carta de Richie.

Y después, en el interior:

Querida Tiffy:
Fue una noche oscura y tormentosa...

Vale, bueno, no. Fue una noche oscura y desagradable en la discoteca Daffie's de Clapham. Ya iba ciego cuando llegué allí; veníamos de la fiesta de inauguración de la casa de un amigo.

Aquella noche bailé con unas cuantas chicas. Luego entenderás por qué te cuento esto. Había una peña de lo más variopinta, muchos tíos jóvenes recién salidos de la universidad, muchos de esos buitres que acechan desde el borde de la pista a la espera de que las chicas estén lo bastante borrachas para poderles entrar. Pero justo al fondo, en una de las mesas, había unos tíos que parecían fuera de lugar.

Es difícil explicarlo. Parecía que estaban allí por un motivo diferente al resto. No querían ligar, no querían emborracharse, no querían bailar.

Ahora sé que querían hacer negocios. Por lo visto son conocidos como los Sanguinarios. No me enteré de eso hasta mucho después, estando en chirona, al contarles mi historia a los tíos de aquí, así que supongo que tú tampoco habrás oído hablar de ellos. Si eres básicamente una persona de clase media que resulta que vive en Londres y va a lo suyo, a trabajar y eso, seguramente jamás habrás tenido conocimiento de la existencia de bandas como esa.

Pero son importantes. Creo que incluso en aquel momento, mirándolos, lo intuí. Pero también estaba muy pedo.

Uno de los tíos se acercó a la barra con su chica. En la pandilla solamente había dos mujeres, y esta parecía muerta de asco, se veía a la legua. Se fijó en mí en la barra y empezó a parecer mucho más interesada.

Yo le sostuve la mirada. Si estaba aburrida de su chico, era problema de él, no mío. Debo decirte que yo no estoy dispuesto a desperdiciar la oportunidad de ligar con una mujer guapa por el mero hecho de que su acompañante parezca más chulo que la media de tíos de Daffie's.

Él dio conmigo más tarde, en el baño. Me arrinconó contra la pared.

«Ni te acerques, ¿queda claro?».

Ya sabes, el rollo de siempre. Me estaba dando voces en plena cara, se le marcaba una vena en la frente.

«No tengo ni idea de lo que estás hablando», contesté, tan tranquilo.

Siguió dando voces. Me empujó un poco. Yo me mantuve firme, pero no me defendí ni le golpeé. Él dijo que me había visto bailando con ella, cosa que no era cierta. Sé que no era una de las chicas con las que había estado bailando, la habría recordado.

Aun así, me había picado, y, cuando ella apareció después, justo antes de que la discoteca cerrara, seguramente me sentí más inclinado a charlar con ella que antes, por el mero hecho de cabrearlo.

Coqueteamos. La invité a una copa. Los Sanguinarios, sentados al fondo, hablaban de negocios y parecían ajenos a ello. La besé. Ella me correspondió. Recuerdo que estaba tan colocado que me mareé al cerrar los ojos, así que la besé con los ojos abiertos.

Y eso fue todo. No sé cómo, ella volvió a perderse de vista en algún rincón de la discoteca... Todo está borroso, yo iba totalmente ciego. No sabría decirte cuándo se marchó exactamente, ni cuándo me marché yo, ni nada.

A partir de ese momento, tengo lagunas. Si no las tuviera, lógicamente no te estaría escribiendo desde la cárcel, estaría tirado en tu famoso puf con una taza de café con leche de Leon y esto seguramente no sería más que una anécdota graciosa que contaría en el pub.

Pero bueno. Esto es lo que creo que ocurrió.

Nos siguieron a mí y a mis colegas cuando nos fuimos. Los demás cogieron autobuses nocturnos, pero, como yo no vivía lejos, me fui caminando. Entré en la tienda de 24 horas de Clapham Road y compré cigarrillos y un paquete de seis cervezas. Ni siquiera me apetecían; desde luego, falta no me hacían. Eran casi las cuatro de la madrugada y es probable que fuera haciendo eses. Pero entré, pagué en efectivo y me fui a casa. Ni siquiera los vi, pero no podían estar muy lejos de allí cuando salí, porque según la cámara de la tienda «volví a entrar» dos minutos después con capucha y pasamontañas.

Al ver la cinta, el tío efectivamente es de constitución parecida a la mía. Pero, como señalé en el juicio, sea quien sea se le daba mucho mejor caminar derecho que a mí. Yo iba demasiado pedo como para esquivar las cestas de las ofertas y al mismo tiempo sacar la navaja del bolsillo trasero de mis vaqueros.

No me enteré de lo ocurrido hasta dos días después, cuando me detuvieron en el trabajo.

Obligaron a la cajera a desactivar el cierre de seguridad de la caja registradora. Dentro había cuatro mil quinientas libras. Eran listos, o tal vez estuvieran curtidos: como hablaron lo justo, cuando la chica prestó declaración tenía poca cosa que contar. Salvo lo de la navaja apuntando a su cara, claro.

Yo salía en la grabación de la cámara de seguridad. Tenía antecedentes penales. Me trincaron.

Cuando presentaron cargos contra mí, no me concedieron la libertad bajo fianza. Mi abogado aceptó mi caso porque le interesó, y confió en el único testigo, la cajera, pero al final la convencieron también. Esperábamos que diera la cara y declarara que era imposible que el tío que había entrado la segunda vez fuera yo. Que me había visto antes en la tienda, que yo me había mostrado amable y que no había intentado mangar nada.

Pero señaló hacia mí en la sala. Dijo que no le cabía duda de que había sido yo. Fue como vivir una pesadilla, no te puedes hacer una idea. Yo presencié cómo se desarrollaba, fijándome en cómo cambiaban los gestos de los miembros del jurado, con impotencia. Hice amago de levantarme para hablar y el juez me dijo a voz en grito que no tenía permiso para hacer declaraciones fuera de mi turno de palabra. Sin embargo, mi turno no llegaba nunca. Para cuando se pusieron a interrogarme, todo el mundo había tomado una decisión.

Sal me preguntó auténticas gilipolleces y no tuve oportunidad de decir nada a mi favor, estaba hecho un lío, sencillamente no se me había pasado por la cabeza que la situación llegaría a ese extremo. La acusación se aprovechó de mis antecedentes chungos de hace unos cuantos años: me metí en un par de peleas en mis salidas nocturnas a los diecinueve años, cuando tuve mi peor racha (pero esa es otra historia, y te juro que no tan mala como parece). Me hicieron parecer violento. Hasta sacaron los trapos sucios con un tío con el que yo había trabajado en un café y que me odiaba; nos habíamos *peleado por no sé qué chica que a él le gustaba en el instituto, que al final fue conmigo a la fiesta de fin de curso o alguna gilipollez de esas. Fue un poco alucinante presenciar cómo lo urdían. Entiendo por qué el jurado me creyó culpable. A aquellos abogados se les dio de puta madre hacer que aquello sonara convincente.*

Me condenaron a ocho años por robo a mano armada.

Así que aquí estoy. No puedo ni describírtelo. Cada vez que se lo escribo o se lo cuento a alguien me cuesta más creérmelo, si es que eso tiene alguna lógica. Lo único que consigo es sentir más rabia.

No era un caso complicado. Todos pensamos que Sal lo arreglaría interponiendo un recurso. (Sal es el abogado, por cierto). Pero no ha interpuesto el puto recurso todavía. Me condenaron en noviembre y ni siquiera hay indicios de apelación. Sé que Leon está en ello, y lo valoro mucho, pero el caso es que a nadie le importa una mierda que salga de aquí excepto a él. Y a mi madre, supongo.

Sinceramente, Tiffy, ahora mismo estoy como un flan. Tengo ganas de chillar. Estos momentos son los peores; no hay escapatoria. Las flexiones son mi salvación, pero a veces sientes la necesidad de correr y, cuando hay tres pasos entre tu cama y el aseo, lo tienes crudo.

Bueno. Me he enrollado en esta carta, y sé que he tardado un tiempo en ponerme a escribirla —igual a estas alturas te has olvidado por completo de la conversación que mantuvimos—. No hace falta que me respondas, pero, si te apetece, a lo mejor Leon puede enviar tu carta con la siguiente que me escriba; en ese caso, por favor, mándame también sellos y sobres.

Espero que me creas, más de lo que suelo hacerlo. Lo mismo es porque eres importante para mi hermano, y mi hermano es la única persona que realmente me importa.
  Besos,
  Richie

A la mañana siguiente releo la carta en la cama, arrebujada en el edredón como en un nido. Estoy destemplada, y se me ha erizado ligeramente el vello. Me conmueve este hombre. No sé por qué me está afectando tanto, pero, sea lo que sea, esta carta me ha desvelado a las cinco y media de la madrugada de un sábado. Hasta ese punto me resulta insoportable. Es muy injusto.

Alargo la mano para coger el teléfono sin ser realmente consciente de lo que estoy haciendo.

—Gerty, ¿tú conoces tu oficio?

—Estoy familiarizada con él, sí. Principalmente porque me despierto a las seis casi todas las mañanas, menos los sábados.

Miro el reloj. Las seis en punto.

—Perdona. Pero… ¿a qué especialidad de derecho decías que te dedicabas?

—Al derecho penal, Tiffy. Me dedico al derecho penal.

—Ya, ya. Pero eso ¿qué significa?

—Voy a concederte el beneficio de la duda y a dar por hecho que esto es urgente —dice Gerty. Está rechinando los dientes de forma audible—. Nos encargamos de delitos contra las personas y sus propiedades.

—¿Como los robos a mano armada?

—Sí. Ese es un buen ejemplo, enhorabuena.

—Me odias, ¿a que sí? En tu lista de personas odiosas ahora ocupo el primer puesto.

—Es mi único día para remolonear en la cama y me lo has echado a perder, así que, efectivamente, has rebasado a Donald Trump y a ese conductor de Uber que a veces me lleva y que se pasa el trayecto entero tarareando.

Mierda. Esto pinta mal.

—Oye, ¿y esos casos especiales de los que te encargas gratis, o por menos dinero, o lo que sea?

Tras una pausa, Gerty dice:

—¿Adónde quieres ir a parar, Tiffy?

—Tú solo escúchame. Si te doy una carta de un tío condenado por robo a mano armada, ¿le puedes echar un simple vistazo? No es necesario que hagas nada. No tienes que llevar su caso ni nada; como es obvio, sé que tienes montones de casos más importantes. Pero ¿puedes simplemente leerla, y si acaso escribir una serie de preguntas?

—¿De dónde has sacado esa carta?

—Es una larga historia, y no viene al caso. Que te quede claro que no te lo pediría si no fuera importante.

Hay un largo y soporífero silencio al otro lado del teléfono.

—Por supuesto que la leeré. Vente a comer y trae la carta.

—Te quiero.

—Te odio.

—Lo sé. Pero te voy a llevar un café con leche de Moll's. Donald Trump jamás te llevaría un café con leche de Moll's.

—Estupendo. Tomaré la decisión acerca de tu puesto relativo en la lista de personas odiosas cuando compruebe lo caliente que está el café. No vuelvas a llamarme antes de las diez. —Cuelga.

Gerty se ha adueñado por completo del apartamento que comparte con Mo. Casi no se nota que él vive aquí. El cuarto del último piso donde residía Mo era una pocilga de ropa limpia y sucia (a voleo) y papeleo que seguramente era confidencial, pero aquí cada objeto cumple su función. El apartamento es diminuto, pero no lo noto tanto como la primera vez que lo vi ni mucho menos; de alguna manera Gerty ha desviado la atención de los techos bajos hacia los enormes ventanales, que bañan la cocina-comedor de una suave luz del sol del verano. Y está reluciente. Gerty se merece todos mis respetos por lo que es capaz de conseguir a fuerza de voluntad, o posiblemente bajo amenazas.

Le tiendo el café. Ella le da un sorbo y a continuación asiente a modo de aprobación. Hago un leve gesto de victoria con el puño al convertirme oficialmente en un ser humano menos odioso que el hombre que quiere levantar un muro entre México y Estados Unidos.

—La carta —dice, al tiempo que alarga la mano libre.

Gerty no es dada a charlas triviales. Rebusco en mi bolso, se la paso e inmediatamente se pone a leerla cogiendo sus gafas de la mesita auxiliar que hay al lado de la puerta principal, donde, aunque parezca increíble, por lo visto jamás se le olvida dejarlas.

Estoy inquieta. Camino un poco de un lado a otro. Desordeno los libros amontonados en un extremo de la mesa de comedor por pura diversión.

—Vete —dice, sin siquiera levantar la voz—. Me estás distrayendo. Mo está en la cafetería de la esquina, la que hace café de menos calidad. Él te entretendrá.

—De acuerdo. Vale. Entonces…, ¿la estás leyendo? ¿Qué opinas?

Ella no contesta. Pongo los ojos en blanco y acto seguido me largo por si se ha dado cuenta.

Ni siquiera me da tiempo a llegar a la cafetería cuando me llaman por teléfono. Es Gerty.

—Puedes volver si quieres —dice.

—¿Y eso?

—Tardaré cuarenta y ocho horas en recibir la transcripción del juicio aunque sea por correo postal urgente. Hasta que no la lea no puedo decirte nada definitivo.

Estoy sonriendo.

—¿Vas a solicitar la transcripción del juicio?

—Los hombres a menudo defienden muy convincentemente su inocencia, Tiffy, y yo aconsejaría poner en duda sus versiones de sus procesos judiciales. Son, como es obvio, sumamente subjetivos, y por otro lado no suelen estar muy versados en los entresijos legales.

Sigo sonriendo.

—No obstante, vas a solicitar la transcripción del juicio.

—No le des esperanzas a nadie —dice Gerty, ahora en tono grave—. Lo digo en serio, Tiffy. Voy a leerla para informarme y punto. No le digas nada a ese hombre, por favor. Sería cruel darle esperanzas infundadas.

—Ya —digo al tiempo que se me borra la sonrisa—. No lo haré. Y gracias.

—De nada. El café estaba delicioso. Vente para acá ahora mismo; ya que no he tenido más remedio que madrugar tanto un sábado, al menos me gustaría que alguien me distrajera.

18

Leon

Voy de camino a conocer a Johnny White I. Es muy temprano; el viaje dura cuatro horas, después tengo que coger tres autobuses para ir desde la casa de Johnny White I a la cárcel HMP Groundsworth, donde tengo concertada una visita con Richie a las tres de la tarde. Las piernas se me agarrotan debido al poco espacio que hay entre los asientos del tren; me suda la espalda debido a la falta de aire acondicionado en los vagones. Al remangarme un poco más la camisa, descubro un viejo *post-it* con una nota de Tiffy pegado en el puño. Algo del mes pasado sobre lo que el hombre raro del apartamento 5 hace a las siete de la mañana. Uf. Qué corte. He de comprobar que no haya notas en mi ropa antes de salir del apartamento.

Greeton, donde vive Johnny White, es una bonita población que se extiende en las llanuras tapizadas de verde de las Midlands. Voy a pie desde la estación de autobuses hasta la casa de J. W. Aunque hemos intercambiado un par de e-mails, no sé qué impresión me causará en persona.

Al llegar, un Johnny White muy corpulento e intimidatorio me ladra para que entre; inmediatamente le obedezco y le sigo hasta una austera sala de estar. El único elemento llamativo es un piano colocado en un rincón. No está tapado y parece bien cuidado.

Yo: ¿Toca?

J. W. I: En mis tiempos fui concertista de piano. Ahora no toco mucho, pero conservo mi viejo piano aquí. Sin él no me siento en casa.

Estoy encantado. Es perfecto. ¡Concertista de piano! ¡La profesión más chula del mundo! Y ni una foto de esposa o hijos por ningún sitio... Excelente.

J. W. I me ofrece un té; me trae una tosca taza desportillada de té fuerte. Me recuerda al té de mi madre. De inmediato experimento una fugaz sensación de añoranza; tengo que ir a verla más a menudo.

J. W. I y yo nos arrellanamos en el sofá y el sillón respectivamente, el uno frente al otro. De pronto soy consciente de que abordar este tema de conversación posiblemente sea delicado. ¿Tuvo una aventura con un hombre en la Segunda Guerra Mundial? Tal vez a este señor no le apetezca hablar de esto con un desconocido de Londres.

J. W. I: Y bien, ¿qué andas buscando exactamente?

Yo: Me estaba preguntando... Eh...

Carraspeo.

Yo: Usted sirvió en el ejército en la Segunda Guerra Mundial, ¿no?

J. W. I: Dos años, con un breve intervalo para que me sacaran una bala del vientre.

Me da por mirar fijamente su vientre. Me sorprende la sonrisa que esboza J. W. I.

J. W. I: Estás pensando que les debió de costar lo suyo dar en el blanco, ¿a que sí?

Yo: ¡No! Estaba pensando que hay muchos órganos vitales en la zona del vientre.

J. W. I, riéndose entre dientes: Los cabrones de los alemanes no atinaron, por suerte para mí. De todas formas, me preocupaban más las manos que el vientre. Puedes tocar el piano sin bazo, pero no si pierdes los dedos por congelación.

Observo fijamente a J. W. I boquiabierto y horrorizado. Él vuelve a reírse entre dientes.

J. W. I: Ah, no quieres oír mis viejas historias de terror de la guerra. ¿Dijiste que estabas investigando la historia de tus antepasados?

Yo: En la mía no. En la de un amigo. Robert Prior. Sirvió en el mismo regimiento que usted, aunque no estoy seguro de si fue exactamente en la misma época. ¿No lo recordará por casualidad?

J. W. I se devana los sesos. Se estruja la nariz. Inclina la cabeza.

J. W. I: No. No me suena de nada. Lo siento.

En fin, era una posibilidad remota. Uno descartado, aunque todavía quedan siete en la lista.

Yo: Gracias, señor White. No le robaré más tiempo. Solo una pregunta: ¿ha estado casado?

J. W. I, en tono más seco que hasta ahora: No. Mi Sally murió en un ataque aéreo allá por el 41, y sanseacabó. Jamás encontré a nadie como mi Sally.

Casi se me saltan las lágrimas por el comentario. Richie se burlaría de mí: siempre me tacha de romántico empedernido. O de cosas más soeces en ese sentido.

Kay, al otro lado del teléfono: De verdad, Leon. Creo que, si por ti fuera, todos tus amigos serían octogenarios.

Yo: Era un hombre interesante, eso es todo. Me agradó hablar con él. Y… ¡concertista de piano! La profesión más chula del mundo, ¿no?

Un silencio burlón por parte de Kay.

Yo: Pero todavía quedan siete.

Kay: ¿Siete qué?

Yo: Siete Johnny White.

Kay: Ah, ya.

Hace una pausa.

Kay: ¿Vas a pasarte todos los fines de semana vagando por Inglaterra para tratar de localizar al novio de un viejo, Leon?

Esta vez soy yo quien hace una pausa. Más o menos tenía previsto hacer eso, efectivamente. ¿Cuándo si no voy a encontrar al Johnny del señor Prior? Los días laborables es imposible.

Yo, con vacilación: No…

Kay: Me alegro. Porque tal y como están las cosas, no te veo casi nunca, con todas tus visitas y tus turnos. Eres consciente de eso, ¿no?

Yo: Sí. Lo siento. Yo…

Kay: Sí, sí, ya, te preocupa tu trabajo, Richie te necesita. Sé de sobra todo eso. No estoy poniendo las cosas difíciles, Leon. Simplemente siento que… debería importarte más. En la misma medida que a mí. El hecho de que no nos veamos.

Yo: ¡Sí que me importa! ¿Acaso no nos vimos esta mañana?

Kay: Una media hora más o menos, para desayunar a toda velocidad.

Punzada de irritación. Renuncié a media hora de una cabezada reparadora de tres horas con tal de desayunar con Kay. Respiro hondo. Miro por la ventana y caigo en la cuenta de donde me encuentro.

Yo: Tengo que colgar. Estoy entrando en la cárcel.

Kay: Muy bien. Hablamos luego. ¿Me mandarás un mensaje para decirme qué tren coges?

No me hace gracia esto: el control, los mensajes sobre los trenes, el constante conocimiento de dónde está el otro. Pero… es poco razonable por mi parte. No puedo poner objeciones. Kay ya piensa que tengo fobia al compromiso. En este momento es una de sus frases favoritas.

Yo: Lo haré.

Pero al final no lo hago. Era mi intención, pero no lo hago. Nos enzarzamos en la peor bronca que hemos tenido desde hace siglos.

19

Tiffy

Es el escenario perfecto para ti, Katherin —señala Martin con entusiasmo al tiempo que extiende las fotos sobre la mesa.

Yo sonrío con gesto alentador. Aunque al principio todo el asunto del escenario descomunal me pareció ridículo, estoy empezando a encontrarle sus ventajas. Varias celebridades de internet han colgado veinte vídeos en YouTube vestidas con modelitos de ganchillo que según afirman han tejido siguiendo las instrucciones de Katherin. Tras una tensa reunión improvisada con el director ejecutivo en la que la responsable de Comunicación simuló bastante convincentemente que sabía de qué iba este libro, por no hablar del presupuesto asignado para él, todo el personal de Butterfingers está ahora al corriente y rebosante de emoción. Todos parecen haber olvidado que la semana pasada les importaba un bledo el ganchillo; ayer oí decir a la directora comercial que ella «siempre había intuido que este libro sería un éxito».

Katherin está perpleja con todo esto, especialmente con lo de Tasha Chai-Latte. Al principio reaccionó como literalmente todo el mundo hace al ver que hay gente forrándose con YouTube («¡Yo podría hacer eso!», declaró. Le dije que empezara invirtiendo en un *smartphone*. Pasito a pasito). Ahora en cambio está enfadada porque Martin está manejando su cuenta de Twitter («¡No se puede dejar esto en sus manos! ¡Es necesario que lo controlemos nosotros!», estaba diciendo Martin a Ruby a grito pelado esta mañana).

—A ver, ¿cuál es la forma de lanzar un libro como es debido? —pregunta Katherin—. O sea, normalmente yo me limito a pasar el rato bebiendo vino y charlando con la primera señora mayor que se toma la molestia de dejarse caer por allí. Pero ¿cómo lo organizáis con toda esta gente? —Señala hacia la foto de una gigantesca sala de Islington.

—Ah, bien, Katherin —dice Martin—. Me alegro de que lo preguntes. Tiffy y yo vamos a llevarte a una de nuestras presentaciones por todo lo alto dentro de dos semanas. Así podrás ver cómo se organizan estas cosas.

—¿Hay bebidas gratis? —pregunta Katherin, animándose.

—Uy, desde luego, litros y litros —responde Martin, tras haberme dicho previamente que no habrá ni una.

Miro la hora mientras Martin retoma la tarea de venderle la enorme sala a Katherin. A ella le preocupa mucho que la gente del fondo no vea el escenario. A mí, por el contrario, me preocupa mucho no llegar a tiempo al hospital de Leon.

Es la tarde de nuestra visita. Leon estará allí, lo cual significa que esta tarde, después de cinco meses y medio viviendo juntos, por fin nos conoceremos.

Curiosamente, estoy nerviosa. Esta mañana me he cambiado de modelo tres veces, cosa que no es habitual: normalmente no me imagino el día vestida de otra manera una vez que me he puesto la ropa. Ahora no estoy segura de haber acertado. Aunque he suavizado el vestido de vuelo amarillo limón con una cazadora vaquera, unas mallas y mis botas de lirios, sigo vestida al estilo de una quinceañera para el baile de fin de curso. El tul tiene algo en sí que resulta artificioso.

—¿No te parece que deberíamos ponernos en marcha ya? —digo, interrumpiendo las sandeces de Martin. Quiero llegar al hospital con tiempo para buscar a Leon y darle las gracias antes de empezar. Preferiría que no se presentara al estilo de Justin, justo cuando Katherin me esté clavando alfileres.

Martin me fulmina con la mirada girando la cabeza para que Katherin no se percate de la expresión asesina que hay en sus ojos. Ella, cómo no, se da cuenta de todas formas y se regodea ante la escena riéndose entre dientes tras su taza de café. Cuando llegué se enfadó conmigo por haber ignorado (de un modo llamativo) sus indicaciones de volver a ponerme «ropa neutra». Mi excusa de que ir vestida de beis me apaga no coló. «¡Todos tenemos que hacer sacrificios por el arte, Tiffy!», dijo, moviendo el dedo índice. Yo aduje que este arte en realidad no es cosa mía, sino suya, pero pareció tan ofendida que me di por vencida y me comprometí a quitarme el tutú de debajo.

Me alegra comprobar que nuestra mutua aversión a Martin nos ha unido de nuevo.

No estoy segura de por qué creo saber cómo es un hospital de cuidados paliativos, ya que jamás he pisado uno. A pesar de ello, he acertado en varios aspectos: pasillos con suelos de linóleo, equipamiento médico del que asoman cables y tubos, láminas de mala calidad con marcos torcidos en las paredes. Pero se respira un ambiente más agradable del que imaginaba. Todo el mundo parece conocerse: los médicos intercambian comentarios sarcásticos al cruzarse en los pasillos, los pacientes se ríen entre dientes y jadeos con sus compañeros de habitación, y en un momento dado oigo a una enfermera discutiendo bastante acaloradamente con un anciano de Yorkshire sobre qué sabor de pudin de arroz es mejor para el menú de esta noche.

La celadora nos conduce a través de un confuso laberinto de pasillos hasta una especie de sala de estar. Hay una mesa de plástico desvencijada donde tenemos que instalarnos, además de un montón de asientos con pinta de incómodos y un televisor como el de mis padres: por detrás es una mole enorme, como si estuvieran almacenando ahí todos los canales adicionales de la teletienda.

Soltamos las bolsas con la lana y las agujas de ganchillo. Unos cuantos pacientes con más movilidad van entrando en la sala. Es evidente que se ha corrido la voz de nuestro evento, probablemente a través de los miembros del personal, que parecen estar constantemente corriendo en todas direcciones sin orden ni concierto, como bolas de *pinball*. No obstante, nos quedan quince minutos para empezar: tiempo de sobra para localizar y saludar a Leon.

—Perdone —le digo a una enfermera que cruza rápidamente la sala de estar en su trayectoria de *pinball*—, ¿está por aquí Leon?

—¿Leon? —pregunta, con gesto distraído—. Sí. Está aquí. ¿Lo necesitas?

—Ah, no, no se preocupe —digo—. No se trata de nada…, bueno, médico. Solo era para saludarlo y darle las gracias por dejarnos hacer esto—. Alargo el brazo en dirección a Martin y Katherin, que están desenredando la lana con distintos grados de entusiasmo.

La enfermera se espabila y me atiende como es debido.

—¿Eres Tiffy?

—Eh…, sí.

—¡Ah! Hola. Vaya, qué tal. Si quieres verlo, seguramente estará en el pabellón Dorsal; sigue los carteles.

—Muchas gracias —digo mientras ella reanuda su carrera.

Pabellón Dorsal. Vale. Miro el cartel que hay pegado en la pared: a la izquierda, por lo visto. Después a la derecha. Luego izquierda, izquierda, derecha, izquierda, derecha, derecha… Joder, esto no tiene fin.

—Perdone —pregunto al cruzarme con una persona con indumentaria sanitaria—, ¿voy bien para el pabellón Dorsal?

—Sí, claro —dice él, sin aminorar el paso. Hum. Me cabe la duda de hasta qué punto ha atendido a mi pregunta. Supongo que si trabajas aquí terminas hasta la coronilla de que los visitantes te pidan indicaciones. Me quedo mirando el siguiente cartel: el pabellón Dorsal ha desaparecido de repente.

El tío de uniforme aparece de nuevo a mi lado tras haber retrocedido por el pasillo. Doy un respingo.

—Perdona, ¿por casualidad no serás Tiffy? —dice.

—Sí, hola.

—¡Vaya! Caramba. —Me mira de arriba abajo con bastante descaro y acto seguido cae en la cuenta de lo que está haciendo y cambia de expresión—. Oye, lo siento, es que ninguno de nosotros terminaba de creérselo. Leon estará en el pabellón Kelp; tuerce a la izquierda.

—¿Creerse el qué? —pregunto en voz alta, pero se ha esfumado, dejando tras de sí el vaivén de unas puertas dobles.

Qué raro es... esto.

Al darme la vuelta atisbo a un enfermero de tez morena y pelo oscuro cuyo uniforme azul marino parece raído incluso de lejos; me he fijado en lo estropeado que está el uniforme de Leon cuando lo pone a secar en el tendedero. Nos cruzamos la mirada durante un fugaz instante, pero acto seguido gira la cabeza, comprueba el busca que lleva sujeto a la cadera y echa a correr por el pasillo de enfrente. Es alto. ¿Será él? Estaba demasiado lejos para tener la certeza. Acelero el paso para seguirlo, me pongo a jadear ligeramente, después me da la leve sensación de que lo estoy acechando y vuelvo a aminorar el paso. Mierda. Creo que me he pasado de largo el pasillo del pabellón Kelp.

Sopeso la situación en medio del pasillo. Sin el tutú de tul, mi vestido se ha desinflado y se me pega al tejido de las mallas; estoy acalorada y aturullada, y, a decir verdad, totalmente perdida.

El cartel indica torcer a la izquierda hacia la sala de ocio, que es el lugar de partida. Suspiro y miro la hora. Solo quedan cinco minutos para que comience nuestro evento... Será mejor que vuelva. Localizaré a Leon después, con suerte sin tropezarme con más desconocidos tirando a frikis que saben cómo me llamo.

Cuando entro en la sala hay un público bastante numeroso; Katherin, aliviada, me ve y arranca la función enseguida. Yo sigo sus instrucciones al pie de la letra y, mientras ella ensalza con entusiasmo las virtudes del punto bajo, escudriño la sala. Los pacientes son una mezcla de ancianos y ancianas, dos tercios de los cuales van en silla de ruedas, y unas cuantas señoras de mediana edad que parecen bastante achacosas pero mucho más interesadas en lo que Katherin está diciendo que el resto. También hay tres críos. Uno es una niña a la que le está creciendo el pelo después de la quimio, supongo. Tiene los ojos enormes y me llama la atención porque no observa fijamente a Katherin como el resto, sino a mí, y con una sonrisa de oreja a oreja.

La saludo discretamente con la mano. Katherin me da un manotazo.

—¡Hoy estás siendo una modelo pésima! —rezonga, y me viene a la memoria el momento que viví en el crucero en febrero, la última vez que Katherin me zarandeó para colocarme en varias posturas incómodas en aras del ganchillo. Por un momento, recuerdo nítidamente la expresión de Justin al cruzarnos la mirada: no como la conservo en mi memoria, borrosa y cambiada con el paso del tiempo, sino tal cual era. Me da un escalofrío.

Katherin me mira extrañada y yo hago un esfuerzo por borrar de un plumazo el recuerdo y logro esbozar una sonrisa tranquilizadora. Al levantar la vista veo a un hombre alto de pelo oscuro con uniforme empujando una puerta que conduce a uno de los pabellones y me da un vuelco el corazón. Pero no es Leon. Casi me alegro. Estoy inquieta, distraída; de alguna manera no es el momento adecuado para conocerlo.

—¡Arriba los brazos, Tiffy! —me canturrea Katherin al oído, y, dando una sacudida con la cabeza, vuelvo a hacer lo que me ordena.

20

Leon

La carta está hecha un gurruño en el bolsillo de mi pantalón. Tiffy me pidió que la leyera antes de enviársela a Richie. Pero todavía no lo he hecho. Me resulta doloroso. De pronto estoy convencido de que no lo entenderá. De que opinará que es un delincuente calculador, lo mismo que mantuvo el juez. Dirá que sus explicaciones son incongruentes, que dado su carácter y su pasado es exactamente lo que cabría esperar.

Estoy estresado, con los hombros tensos. Prácticamente la he visto de refilón, y sin embargo no consigo zafarme de la sensación de que aquella pelirroja del fondo del pasillo que conduce al pabellón Dorsal podía tratarse de ella. De ser así, espero que no pensara que salí corriendo. Como es obvio, salí corriendo. Aun así, preferiría que no lo supiera.

Es que... no quiero enfrentarme a ella sin antes haber leído la carta.

Así pues, está claro que debo leer la carta. Mientras tanto, podría esconderme en el pabellón Kelp para evitar encuentros fortuitos en medio del pasillo.

De camino paso por recepción y me aborda June, que está en el mostrador.

June: ¡Tu amiga ha llegado!

Solo le conté a un par de personas que la organizadora de este evento era mi compañera de piso. Ha resultado ser un cotilleo la mar de jugoso. Todo el mundo parece sorprendido hasta un punto ofensivo de que yo tenga una compañera de piso; por lo visto tengo pinta de vivir solo.

Yo: Gracias, June.

June: ¡Está en la sala de ocio!

Yo: Gracias, June.

June: Es guapísima.

Parpadeo. No le he dado demasiadas vueltas al aspecto de Tiffy, aparte de preguntarme si se pone cinco vestidos a la vez (lo cual explicaría la ingente cantidad de ellos que hay colgados en nuestro armario). Siento la súbita tentación de preguntarle si es pelirroja, pero me lo pienso dos veces.

June: Una chica encantadora. Realmente encantadora. No sabes cuánto me alegro de que hayas encontrado una chica tan encantadora para compartir piso.

Me quedo mirando a June con recelo. Ella esboza una sonrisa radiante. Me pregunto con quién habrá estado hablando... ¿Con Holly? Esa niña está obsesionada con Tiffy.

Mato el tiempo en el pabellón Kelp. Me tomo un descanso sin precedentes para tomar un café. No puedo demorar esto más. Ni siquiera hay ningún paciente verdaderamente indispuesto para mantenerme ocupado; no tengo nada que hacer salvo leer esta carta.

La estiro. Con el corazón palpitando, aparto la vista. Esto es absurdo. ¿Qué más da?

De acuerdo. Miro la carta. Hago frente a la carta, como un adulto que encara la opinión de otro adulto que le ha pedido que lea algo y cuyo parecer no debería tener la menor importancia.

Sin embargo, sí que la tiene. Debería ser honesto conmigo mismo: me agrada encontrar notas de Tiffy al llegar a casa, y lamentaría perderla si es cruel con Richie. No es que lo vaya a ser. Pero... eso es lo que he pensado hasta ahora. Nunca se sabe cómo reaccionará la gente hasta que lo compruebas.

Querido Richie:

Muchas gracias por tu carta. Me hizo llorar, lo cual te sitúa en la misma categoría que Yo antes de ti, *mi exnovio y las cebollas. De modo que eso es todo un logro. (A lo que me refiero es a que no soy una llorica: para que se me salten las lágrimas hace falta una grave conmoción emocional o enzimas raras de verduras).*

Menuda mierda es todo esto. O sea, sabes que ocurren cosas así, pero supongo que cuesta empatizar hasta que te enteras de toda la historia por boca/de puño y letra del propio protagonista. No me has contado nada de lo que sentiste en aquella sala del juzgado, lo que ha supuesto para ti estar en la cárcel..., así que imagino que los detalles que has omitido me harían llorar más si cabe.

Pero no sirve de nada decirte que esto es una verdadera mierda (eso ya lo sabes) y cuánto lo siento (seguramente te lo dice mucho la gente). Reflexioné sobre eso antes de escribir esta carta, y me sentí bastante inútil. Pensé que no podía escribirte y decirte sin más: «Lo siento, menuda mierda». Así que llamé por teléfono a mi mejor amiga Gerty.

Gerty es una excelente persona de la forma menos obvia posible. Tiene mala leche con casi todo el mundo, está totalmente obsesionada con su trabajo, y si la cabreas corta por lo sano contigo. Pero a su manera es de profundos principios, se porta muy bien con sus amigos y valora la honestidad por encima de todo.

Da la casualidad de que además es abogada. Y, a juzgar por su fulgurante carrera, la puñetera debe de ser buena.

Seré sincera: leyó tu carta por hacerme el favor. Pero leyó la transcripción del juicio por interés propio y —creo— también por el tuyo. No es que esté diciendo que acepta tu caso (ya lo verás en su nota, adjunta), pero le gustaría que le respondieras a unas cuantas preguntas. Siéntete libre de ignorar todo esto; seguramente tienes un pedazo de abogado que ya ha analizado el caso pormenorizadamente. O sea, igual lo de involucrar a Gerty fue más por mí que por ti, porque yo quería tener la sensación de que estaba haciendo algo. Así que no te cortes en mandarme a tomar por saco.

Pero, si quieres contestar a Gerty, mándale algo en tu próxima carta a Leon y se lo haremos llegar. Y... mejor que no se lo comentes a tu abogado. No sé cómo les sienta a los abogados que hables con otros abogados... ¿Será como el adulterio?

Adjunto toneladas de sellos (otra consecuencia del «ansia por ayudar» que estoy reprimiendo aquí).

Con afecto,

Tiffy

Estimado señor Twomey:

Me llamo Gertrude Constantine. Como me figuro que Tiffany me habrá presentado en su carta de un modo grandioso, me ahorraré las formalidades.

Le ruego que me permita dejar algo claro: esto no es una oferta de representación. Esto es una carta informal, no una consulta legal. Si le ofrezco asesoramiento es en calidad de amiga de Tiffany.

- Según la transcripción del juicio, los amigos con quienes fue a Daffie's, la discoteca de Clapham, no fueron citados como testigos ni por los abogados de la acusación ni por los de la defensa. Le ruego que me lo confirme.

- En la transcripción del juicio no figura ninguna mención a los Sanguinarios por su parte ni por otra persona. Según su carta, asumo que no tuvo conocimiento del nombre de esta banda hasta su ingreso en prisión. ¿Me puede confirmar qué información le llevó a pensar que el grupo de personas que vio en la discoteca y el hombre que le agredió en los aseos eran miembros de esta banda?

- ¿Denunció la agresión que sufrió en los aseos de la discoteca?

- Los porteros de la discoteca declararon que la banda (término con el que aludiremos a ellos) se marchó del local poco después de usted. No se los interrogó posteriormente. Desde donde se ubicaban, ¿es posible que fueran capaces de indicar si usted y la banda tomaron la misma dirección o una similar?

- Parece ser que el jurado se pronunció basándose únicamente en un fragmento del metraje de las cámaras de seguridad grabado en el interior del establecimiento. ¿Solicitó su representante legal las cintas de las cámaras de seguridad de Clapham Road, el aparcamiento de Aldi y la lavandería de las inmediaciones?

Atentamente,
Gertrude Constantine

21

Tiffy

Cuando llega la parte en la que les entregamos las agujas de ganchillo y la lana al público, me dirijo a la niña que me estaba observando fijamente antes. Al acercarme sonríe con descaro enseñando sus grandes dientes incisivos.

—Hola —dice—. ¿Eres Tiffy?

Me quedo mirándola y seguidamente me agacho frente a su silla de ruedas porque me sabe mal no estar a su altura.

—¡Sí! La gente no deja de preguntármelo hoy. ¿Cómo lo has adivinado?

—¡Pues sí que eres guapa! —exclama con júbilo—. ¿También eres simpática?

—Uy, la verdad es que soy una borde —le digo—. ¿Por qué pensabas que era Tiffy? ¿Y —como una ocurrencia tardía— que era guapa?

—Dijeron tu nombre al principio —responde. Ah, vale, claro. Aunque eso no explica el extraño comportamiento de las enfermeras—. No eres borde para nada. Pareces simpática. Ha sido un detalle por tu parte dejar que esa mujer te mida las piernas.

—¿A que sí? —comento—. De hecho, creo que ese gesto de amabilidad en concreto ha sido bastante subestimado hasta la fecha, así que gracias. ¿Quieres aprender a hacer ganchillo?

—No —contesta.

Me río. Al menos es sincera, a diferencia del hombre que hay detrás de ella, que ha tenido la valentía de probar a hacer un nudo corredizo bajo la supervisión de Katherin.

—Entonces, ¿qué te apetece hacer?

—Quiero hablar contigo sobre Leon —dice.

—¡Ah! ¡Conoces a Leon!

—Soy su paciente favorita.

Sonrío.

—No me extraña. Así que te ha hablado de mí, ¿eh?

—No mucho —contesta.

—Ah. Vale. Bueno…

—Pero le dije que averiguaría si eras guapa.

—¡No me digas! ¿Te pidió que lo hicieras?

Se lo piensa.

—No. Pero me parece que tenía ganas de saberlo.

—No creo… —Caigo en la cuenta de que no sé cómo se llama.

—Holly —dice ella—. Como la planta de Navidad*.

—Bueno, Holly, Leon y yo solo somos amigos. Los amigos no necesitan saber si sus amigos son guapos.

De pronto Martin se planta detrás de mí.

—¿Puedes posar con ella? —me cuchichea al oído. Por Dios, ese hombre da unos sustos de muerte. Debería llevar un cascabel, como los gatos que comen pájaros.

---

* *Holly* en inglés significa «acebo». *[N. de la T.]*

—¿Posar? ¿Con Holly?

—La niña con leucemia, sí —contesta Martin—. Para la nota de prensa.

—Te he oído, ¿sabes? —señala Holly a viva voz.

Martin tiene la mínima decencia de parecer avergonzado.

—Hola —dice, en tono algo forzado—. Soy Martin.

Holly se encoge de hombros.

—De acuerdo, Martin. Mi madre no te ha dado permiso para hacerme una foto. No quiero que me hagan fotos. La gente siempre se compadece de mí porque no tengo mucho pelo y tengo pinta de enferma.

Percibo que Martin está pensando que por ahí iban los tiros. Siento el súbito e irrefrenable, pero no inaudito, impulso de darle un puñetazo, o al menos un puntapié en la espinilla. A lo mejor puedo tropezar con la silla de ruedas de Holly y hacer que parezca un accidente.

—Muy bien —masculla Martin, que ya va al encuentro de Katherin, sin duda con la esperanza de que haya dado con un paciente igual de entrañable con menos reparos a la hora de petar internet con el fin de que él escale puestos en su carrera profesional.

—Qué horror de hombre —comenta Holly sin rodeos.

—Sí —digo, casi sin pensar—. ¿A que sí? —Miro la hora; terminamos en diez minutos.

—¿Quieres ir a buscar a Leon? —pregunta Holly, mirándome con bastante picardía.

Echo un vistazo a Katherin y Martin. A ver, mi labor de modelo ha terminado, y soy una negada para el ganchillo, por no hablar de enseñar a otros. Van a tardar un siglo en recoger toda esta lana, y no estaría nada mal ausentarme durante ese rato.

Le escribo un rápido mensaje a Katherin. «Voy un momento a buscar a mi compañero de piso para darle las gracias por organizar esto. Volveré a tiempo para recoger. Bss». (Ni que decir tiene que no lo haré).

—Por allí —indica Holly, y acto seguido, como soy totalmente incapaz de empujar la silla de ruedas, se echa a reír y señala hacia el freno—. Todo el mundo sabe que hay que quitar el freno.

—Pensaba que pesabas un quintal —le digo.

Holly se ríe entre dientes.

—Leon estará en el pabellón Coral. No hagas caso a los carteles, te llevan dando un rodeo. ¡Tuerce a la izquierda!

Sigo sus indicaciones.

—Te conoces bien este sitio, ¿no? —comento, tras conducirme por una docena de pasillos y, en un momento dado, hasta por un pequeño cuarto de almacenaje.

—Llevo aquí siete meses —dice Holly—. Y soy amiga del señor Robbie Prior. Él está en el pabellón Coral y fue muy importante en una guerra.

—¡El señor Prior! ¿Hace punto?

—A todas horas —responde Holly.

¡Genial! Voy de camino a conocer a mi salvador, que hace punto, y a mi compañero de piso, que escribe notas. Me pregunto si Leon se expresará de la misma forma que escribe, en plan frases cortas y telegráficas.

—¡Eh, doctora Patel! —exclama Holly a voz en grito al cruzarnos con una médica—. ¡Esta es Tiffy!

La doctora Patel se detiene, mira por encima de las gafas y me sonríe fugazmente.

—No me lo puedo creer —comenta sin más antes de internarse en la habitación del paciente siguiente.

—A ver, señorita Holly —digo al tiempo que le doy la vuelta a la silla de ruedas para mirarla de frente—. ¿Qué pasa? ¿Por qué todos saben cómo me llamo? ¿Y por qué parecen tan sorprendidos de verme?

Holly adopta un gesto malicioso.

—Nadie cree que seas real —explica—. Yo le conté a todo el mundo que Leon vive con una chica y que le escribe notas y que ella le hace reír y nadie me creyó. Todos dijeron que era imposible que Leon… —se estruja la nariz— soportase a una compañera de piso. Creo que se referían a que no le gustaría compartir piso porque es muy callado. Lo que no saben, sin embargo, es que en realidad se reserva sus ganas de hablar para la gente buena de verdad, como tú y yo.

—¿En serio? —Niego con la cabeza, sonriendo, y enfilo por el pasillo de nuevo. Me resulta extraño que alguien me hable de Leon. Hasta ahora mi única referencia ha sido Kay, que últimamente apenas se deja caer por allí.

Siguiendo las indicaciones de Holly, finalmente llegamos al pabellón Coral. Ella echa un vistazo y se estira apoyándose en los reposabrazos de la silla de ruedas.

—¿Dónde está el señor Prior? —pregunta en voz alta.

Un anciano con un amasijo de arrugas profundas en el rostro, sentado en una silla junto a la ventana, se vuelve y sonríe a Holly.

—Hola, Holly.

—¡Señor Prior! Esta es Tiffy. ¿A que es guapa?

—Ah, señorita Moore —dice el señor Prior al tiempo que hace amago de levantarse para tenderme la mano—. Un placer.

Me acerco rápidamente para impedir que se levante de la silla. Da la impresión de que no sería conveniente que cambiase de postura.

—¡Es un verdadero honor conocerle, señor Prior! He de decirle que me chifla su trabajo y no sabe cuánto le agradezco que tejiera todas esas bufandas y gorros para el libro de Katherin.

—Oh, disfruté mucho. Habría ido a su evento, pero —se da unas palmaditas en el pecho distraídamente— me temo que no me encontraba lo bastante bien.

—Ah, no pasa nada —digo—. Tampoco es que necesite clases. —Tras una pausa, añado—: Supongo que no habrá visto a...

El señor Prior sonríe.

—¿Leon?

—Pues sí. Solo quería localizarlo para poder saludarlo.

—Mmm —musita el señor Prior—. Comprobará que nuestro querido Leon es un tanto escurridizo. De hecho, acaba de escabullirse discretamente. Creo que alguien le avisó de su llegada.

—Oh. —Bajo la vista, avergonzada. No pretendía perseguirlo como un sabueso por todo el hospital. Justin siempre decía que yo nunca sabía cuándo darme por vencida—. Si no le apetece verme, igual lo mejor sería que...

El señor Prior agita la mano.

—Me ha malinterpretado, querida —me interrumpe—. Nada más lejos de ello. Yo diría que Leon está bastante nervioso ante la idea de conocerla.

—¿Por qué iba a estar nervioso? —pregunto, como si yo no llevara nerviosa todo el día.

—No sabría decirlo con certeza —responde el señor Prior—, pero a Leon no le gusta que las cosas... cambien. Me da la impresión de que se encuentra muy a gusto viviendo con usted, señorita Moore, e intuyo que no desea echarlo a perder. —Hace una pausa—. Yo sugeriría que, si desea introducir un cambio en la rutina de Leon, lo mejor sería hacerlo de golpe y sin previo aviso, para no darle la posibilidad de escabullirse.

—Como una sorpresa —señala Holly con aire solemne.

—De acuerdo —digo—. Bien. Bueno, me alegro mucho de haberle conocido, señor Prior.

—Una cosa más, señorita Moore —añade el señor Prior—. Leon parecía algo emocionado. Y llevaba una carta. Me figuro que no sabrá nada al respecto, ¿verdad?

—Ay, Dios, espero no haber dicho nada inoportuno —exclamo al tiempo que trato desesperadamente de recordar lo que puse en aquella carta dirigida a Richie.

—No, no, no estaba disgustado. Solo inquieto. —El señor Prior se quita las gafas y se las limpia con la camisa con sus dedos nudosos y temblorosos—. Yo diría que, a simple vista, estaba más bien... —se vuelve a poner las gafas— sorprendido.

22

Leon

Esto es demasiado. Estoy temblando. Es la mayor esperanza que siento desde hace meses, y me he olvidado de cómo gestionar esta emoción: me siento como si estuviera hecho de gelatina y la piel me arde y está congelada a la vez. Tengo el ritmo cardiaco acelerado desde hace más de una hora. Y no logro bajarlo.

Debería ir a darle las gracias a Tiffy personalmente. Ella me está buscando y yo sigo escondiéndome, lo cual es a todas luces infantil y ridículo. Es que todo esto me resulta muy extraño. Como si por el hecho de conocernos la situación fuese a cambiar irremediablemente. Y a mí me gustaba tal y como estaba. Como está.

Yo: June, ¿dónde está Tiffy?

June: ¿Tu encantadora compañera de piso?

Yo, en tono paciente: Sí. Tiffy.

June: Leon, es casi la una de la madrugada. Se marchó al terminar el evento.

Yo: Ah. ¿Dejó… una nota o algo?

June: Lo siento, cariño. Andaba buscándote, por si te sirve de consuelo.

Pues no. Y tampoco ha dejado una nota. Me siento como un idiota. He desperdiciado la ocasión de darle las gracias; es probable que encima se haya disgustado. No quiero ni pensarlo. No obstante…, continúo dándole vueltas a la carta, lo cual me mantiene a flote en el transcurso del resto de la noche, y solo tengo algún que otro recuerdo demoledor de mis escapadas por los pasillos para evitar interacciones sociales (un grado antisocial extremo, incluso para mí; hago una mueca de dolor ante lo que opinaría Richie).

Al término de mi turno me marcho al trote en dirección a la parada de autobús. Llamaré a Kay nada más salir por la puerta. Me muero de ganas de ponerla al corriente de la carta, de la amiga abogada penalista, de la lista de preguntas.

Me extraña lo callada que está Kay.

Yo: Es increíble, ¿no?

Kay: Esta abogada en realidad no ha hecho nada, Leon. No va a ocuparse del caso; ni siquiera está diciendo que crea realmente en la inocencia de Richie.

Casi me tambaleo, como si alguien hubiera alargado la mano físicamente para pararme en seco.

Yo: Pero es algo. Hace mucho tiempo que no tenemos nada.

Kay: Y yo pensaba que jamás conocerías a Tiffy. Esa fue la primera regla que pusimos cuando accedí a que compartieras el piso.

Yo: ¿Cómo? ¿Jamás…? ¿Jamás podré conocerla? Es mi compañera de piso.

Kay: No finjas que estoy siendo injusta.

Yo: Yo no entendí que te referías… Oye, esto es absurdo. De todas formas, no la he conocido. Te he llamado para contarte novedades sobre Richie.

Otro largo silencio. Frunzo el ceño y aflojo el paso.

Kay: Ojalá aceptaras la situación de Richie, Leon. Esta historia te está absorbiendo mucha energía; te ha cambiado en estos últimos meses. Creo que lo más sano, sinceramente, es asumir la situación. Y estoy segura de que lo harás, lo que pasa es que… viene de largo. Y te está afectando mucho. A ti y a lo nuestro.

No lo entiendo. ¿Acaso no me ha oído? No estoy contando la historia de siempre, aferrándome a las mismas esperanzas: estoy diciendo que hay nuevas perspectivas. Que hay novedades.

Yo: ¿Y qué sugieres? ¿Que tiremos la toalla sin más? ¡Pero si hay nuevas pruebas que conseguir ahora que sabemos qué buscar!

Kay: Tú no eres abogado, Leon. Sal sí es abogado, y tú mismo has dicho que ha hecho todo lo posible, y yo personalmente considero que no es de recibo que esta mujer interfiera y os dé esperanzas a ti y a Richie cuando el caso estaba cantado. Todos los miembros del jurado lo declararon culpable, Leon.

Se me hielan las entrañas. El ritmo cardiaco se me acelera de nuevo, y esta vez por las razones equivocadas. Me estoy enfadando. Otra vez ese sentimiento, la tremenda punzada de rabia al oír a alguien a quien te esfuerzas tanto en querer decir lo peor.

Yo: ¿A qué viene esto, Kay? No logro entender lo que quieres de mí.

Kay: Quiero recuperarte.

Yo: ¿Qué?

Kay: Que quiero recuperarte, Leon. Que estés presente. En tu vida. Conmigo. Es como… si ya no me vieras. Entras y sales y pasas el tiempo libre aquí, pero en realidad no estás conmigo. Siempre estás pendiente de Richie. Siempre te preocupas por Richie… más de lo que te preocupas por mí.

Yo: Por supuesto que me preocupo más por Richie.

La pausa es como el silencio posterior a un disparo. Me tapo rápidamente la boca. No era mi intención decir eso; no sé de dónde ha salido.

Yo: No pretendía decirlo en ese sentido. No quería decir eso. Lo que pasa es que… Richie necesita más… atención ahora mismo. No tiene a nadie.

Kay: ¿Te queda algo de atención para alguien más? ¿Para ti?

¿Qué quiere decir? ¿Para mí?

Kay: Por favor. Párate a reflexionar. Párate a reflexionar sobre ti y sobre mí.

Se ha echado a llorar. Me siento como un canalla, pero esa sensación que me corroe por dentro continúa ardiendo en lo más hondo de mis entrañas.

Yo: Sigues pensando que es culpable, ¿verdad?

Kay: Maldita sea, Leon, estoy intentando hablar de nosotros, no de tu hermano.

Yo: Necesito saberlo.

Kay: ¿Acaso no me escuchas? Estoy diciendo que esta es la única forma de que lo superes. Eres libre de seguir creyendo en su inocencia, pero no tienes más remedio que asumir que está en la cárcel y que pasará allí unos cuantos años. No puedes seguir luchando. Eso te está destrozando la vida. Lo único que haces es trabajar y escribir a Richie y obsesionarte con las cosas, ya sea con el novio de un viejo o con la última novedad sobre la apelación de Richie. Antes hacías cosas. Salías por ahí. Pasabas tiempo conmigo.

Yo: Siempre he andado corto de tiempo, Kay. El poco que tengo siempre te lo he dedicado a ti.

Kay: De un tiempo a esta parte vas a verlo un fin de semana sí y otro no.

¿De verdad está enfadada conmigo por ir a ver a mi hermano a la cárcel?

Kay: Me consta que no puedo mosquearme contigo por eso. Me hago cargo. Pero es que... Lo que quiero decir es que, con el poco tiempo que tienes, ahora me da la sensación de que me dedicas todavía menos y...

Yo: ¿Sigues pensando que Richie es culpable?

Hay un silencio. Creo que ahora yo también estoy llorando; siento una humedad cálida en las mejillas mientras otro autobús pasa a toda velocidad, y cogerlo es superior a mis fuerzas.

Kay: ¿Por qué siempre la conversación vuelve a lo mismo? ¿Qué más da? Tu hermano no debería estar tan presente en nuestra relación.

Yo: Richie forma parte de mí. Es mi familia.

Kay: Bueno, nosotros somos pareja. ¿Acaso eso no significa nada?

Yo: Ya sabes que te quiero.

Kay: Qué gracia. No lo tengo muy claro.

El silencio se prolonga. El tráfico avanza a toda velocidad. Bajo la vista a la abrasadora acera y jugueteo con los pies, con una sensación de irrealidad.

Yo: Contesta de una vez.

Ella espera. Yo espero. Otro autobús espera, y seguidamente continúa su camino.

Kay: Yo creo que Richie lo hizo, Leon. Ese fue el fallo del jurado, y ellos disponían de toda la información. Es del tipo de cosas que él haría.

Cierro los ojos lentamente. No me provoca la reacción que imaginaba; es curioso, pero casi me siento aliviado. Llevo meses oyéndoselo decir en silencio, justo desde La Bronca. Este es el fin de los interminables retortijones de tripas, de las interminables divagaciones, del interminable saber fingiendo no saber.

Kay está sollozando. Escucho, aún con los ojos cerrados, y es como si flotara.

Kay: Se acabó, ¿verdad?

De pronto, lo tengo claro. Se acabó. No puedo seguir así. No puedo soportar que socave mi amor por Richie, no puedo estar con una persona que no lo quiera también.

Yo: Sí. Se acabó.

23

Tiffy

El día después de mi visita al hospital, al llegar a casa me encuentro la nota más larga e incoherente que hasta ahora me ha dejado Leon al lado de un plato de espaguetis intacto sobre la encimera:

Hola, Tiffy:
Estoy un poco disperso, pero muchas gracias por la nota para Richie. No sabes cuánto te lo agradezco. Desde luego, toda ayuda es poca. Se pondrá contentísimo.
Siento que no nos viéramos en el trabajo. Todo fue culpa mía: se me hizo demasiado tarde para ir a buscarte, primero quería leer tu carta para Richie como me habías pedido, pero tardé una eternidad, y luego simplemente me lie y me dieron las tantas. Siempre tardo cierto tiempo en procesar las cosas. Perdona, si no te importa, me voy a ir a la cama de cabeza, hasta luego. Un beso

Me quedo mirando la nota un rato. Bueno, por lo menos no se pasó la noche evitándome porque no deseaba verme. Pero... ¿la cena sin tocar? ¿Todas estas frases largas? ¿A qué viene esto?

Dejo un *post-it* junto a su nota, pegándolo con cuidado en la encimera:

Hola, Leon:
¿Estás bien? Voy a preparar crujiente de chocolate, por si acaso.
Besos,
Tiffy

La verborrea de la nota de Leon se queda en un caso aislado. Durante las dos semanas siguientes sus notas son aún más monosilábicas y telegráficas que de costumbre. No quiero presionarlo, pero está claro que está disgustado por algo. ¿Habrán reñido Kay y él? Ella no se ha pasado por aquí últimamente, y él lleva semanas sin mencionarla. Pero no sé cómo ayudarle si no me lo cuenta, de modo que me pongo a hacer repostería como una loca y no le echo en cara que no limpie el apartamento como es debido. Ayer su taza de café no estaba ni a la izquierda ni a la derecha del fregadero: debió de irse a trabajar sin una mínima dosis de cafeína, pues seguía guardada en el armario.

En un arranque de inspiración, le dejo a Leon el último manuscrito del albañil convertido en diseñador, el autor de *Mi increíble periplo*. El segundo libro —*Rozando el cielo*— quizá es incluso mejor, y espero que le levante el ánimo.

Al llegar a casa me encuentro esta nota encima del manuscrito, encuadernado en canutillo:

Este hombre... ¡Qué tío!
   *Gracias, Tiffy. Siento que el apartamento esté hecho
un asco. Limpiaré pronto, lo prometo.*
   Un beso,
   Leon

Interpreto esos signos de admiración como un importante indicio de mejoría.

Ha llegado el día de la prueba de fuego con la presentación de nuestro libro, a la que vamos a llevar a Katherin para que los de Comunicación la convenzan de que un lanzamiento por todo lo alto es precisamente lo que siempre ha anhelado.

—Nada de medias —señala Rachel, categórica—. Por el amor de Dios, estamos en julio.

Nos estamos arreglando en los aseos de la oficina. De tanto en tanto entra alguien a hacer pis y se sobresalta al ver que lo hemos convertido en un vestuario. Hemos vaciado nuestros respectivos neceseres en los lavabos; en el ambiente flota una nube de perfume y laca. Cada una tiene tres conjuntos para elegir colgados de los espejos, además de los que llevamos puestos (nuestra elección final: Rachel lleva un vestido cruzado de seda verde lima y yo un vestido abotonado de vuelo con enormes motivos de *Alicia en el País de las Maravillas*; encontré la tela en una tienda benéfica de Stockwell y soborné a una de mis serviciales colaboradoras *freelance* para que me hiciera un vestido).

Me retuerzo para quitarme rápidamente las medias. Rachel asiente a modo de aprobación.

—Mejor. Con las piernas al aire, mejor.

—Si por ti fuera, me obligarías a ir en bikini.

Me sonríe maliciosamente frente al espejo mientras se aplica suavemente el lápiz de labios.

—Bueno, podrías conocer a un guapo joven nórdico —dice.

Esta noche va de *Silvicultura para gente de a pie,* la última adquisición de nuestro editor de carpintería. El autor es un ermitaño noruego. Es todo un logro que haya salido de su casa en un árbol para realizar el largo viaje a Londres. Rachel y yo albergamos la esperanza de que sufra un colapso y se ponga como una furia con Martin, que está organizando este evento y que realmente debería haber tomado el estilo de vida ermitaño del autor como una señal de que probablemente no desee pronunciar un discurso ante una sala llena de fanáticos de la carpintería.

—No estoy segura de estar preparada para jóvenes nórdicos guapos. No lo sé. —Me da por pensar en lo que Mo me comentó sobre Justin hace unos meses, cuando lo llamé por teléfono hecha polvo, acerca de si Justin retomaría o no el contacto conmigo algún día—. Me está costando sentirme… preparada para tener una cita. A pesar de que Justin se marchó hace siglos.

Rachel deja de darse toquecitos en los labios y se queda mirándome con gesto preocupado.

—¿Estás bien?

—Creo que sí —respondo—. Sí, creo que estoy bien.

—Entonces, ¿es por Justin?

—Qué va, no me refería a eso. A lo mejor ahora mismo simplemente no me hace falta eso en mi vida. —Me consta que no es cierto, pero lo digo de todas formas porque Rachel me está observando como si me encontrase enferma.

—Sí que te hace falta —me dice Rachel—. Lo que pasa es que llevas demasiado tiempo sin sexo. Te has olvidado de lo extraordinario que es.

—No creo que me haya olvidado de lo que es el sexo, Rachel. ¿Acaso no es como, ya sabes, montar en bici?

—Parecido —reconoce Rachel—, pero no has estado con un hombre desde que rompiste con Justin, lo cual fue... ¿cuándo, en noviembre del año pasado? Por lo tanto eso significa que hace más de... —Se pone a contar con los dedos—: Nueve meses.

—¡¿Nueve meses?! —Vaya. Eso es muchísimo tiempo. Un embarazo completo. No es que yo esté embarazada, obviamente, porque en ese caso no me quedaría bien este vestido.

Inquieta, me paso un pelín al aplicarme el colorete y termino con aspecto de haber pillado una insolación. Uf. Vuelta a empezar.

Puede que Martin, de Comunicación, sea un coñazo, pero el tipo sabe organizar una fiesta temática dedicada a la carpintería. Estamos en un pub de Shoreditch con techos altos y vigas vistas; en cada mesa hay leños apilados a modo de centro, y la barra está decorada con ramas de pino.

Echo un vistazo, aparentemente tratando de localizar a Katherin, aunque en realidad intento localizar al escritor noruego que lleva seis meses sin ver a un alma. Me fijo en los rincones, donde sospecho que se encontrará acobardado.

Rachel tira de mí en dirección a la barra para averiguar de una vez por todas si las bebidas son gratis. Por lo visto hay barra libre durante la primera hora; nos maldecimos por haber llegado veinte minutos tarde y pedimos *gin-tonics*.

Rachel se camela al camarero sacando a colación el fútbol, cosa que de hecho funciona en una sorprendente cantidad de ocasiones, a pesar de ser el tema menos original que en principio podría despertar el interés de un hombre.

Como es obvio, bebemos muy deprisa, pues es la única reacción lógica a la oportunidad de consumir bebidas gratis durante una hora, de modo que cuando llega Katherin le doy un abrazo de lo más efusivo. Parece complacida.

—Esto es un poco excesivo —comenta—. ¿Lo compensará el libro de este hombre? —No cabe duda de que está pensando en sus anteriores cheques de derechos de autor.

—Qué va —dice Rachel como si tal cosa al tiempo que hace una seña a su nuevo amigo del alma e hincha como ella del Arsenal (en realidad Rachel es seguidora del West Ham) para que rellene las copas—. Lo dudo. Pero hay que hacer este tipo de cosas alguna que otra vez; si no, a todo el mundo le da por autopublicar.

—Chsss. No le des ideas a Katherin.

Varios *gin-tonics* después, Rachel y el camarero han hecho muy pero que muy buenas migas, y otros están sudando tinta para que los atiendan. Para mi sorpresa, Katherin está como pez en el agua. Ahora mismo se está riendo por algún comentario que le ha hecho nuestra responsable de Comunicación, lo cual sé que es puro teatro, porque la responsable de Comunicación no tiene ni pizca de gracia.

Estos eventos son ideales para observar a la gente. Me giro en el taburete para tener una mejor perspectiva del local. No cabe duda de que hay bastantes hombres nórdicos guapos. Barajo la posibilidad de mezclarme entre la gente para poner a alguien en el compromiso de presentarme a uno, pero no consigo armarme de valor.

—Es un poco como observar hormigas, ¿a que sí? —comenta alguien a mi lado. Me vuelvo; hay un tipo elegante con pinta de ejecutivo apoyado contra la barra a mi izquierda. Me sonríe con gesto atribulado. Tiene el pelo castaño cortado casi al rape, la misma longitud que su barba de tres días, y los ojos de un bonito azul grisáceo con líneas de expresión en las comisuras—. Eso ha sonado mucho peor en voz alta que en mi cabeza.

Vuelvo la vista hacia el gentío.

—Sé a lo que te refieres —digo—. Todos parecen muy... ocupados. Y resueltos.

—Excepto él —comenta el hombre, señalando hacia un tío que hay en el rincón del fondo, al que acaba de dejar plantado la chica con la que estaba conversando.

—Es una hormiga perdida —convengo—. ¿Qué opinas? ¿Será nuestro ermitaño noruego?

—Bueno, no sé —dice el hombre y lo escudriña con aire inquisitivo—. No creo, no es lo bastante atractivo.

—¿Por qué? ¿Has visto la foto del escritor? —pregunto.

—Pues sí. Es un tío guapo. Interesante, según dirían algunos.

Lo observo con los ojos entrecerrados.

—Eres tú, ¿a que sí? Eres el escritor.

Al sonreír, las líneas de expresión de las comisuras de sus ojos se acentúan en tenues patas de gallo.

—Me has pillado.

—Vas muy bien vestido para ser un ermitaño —comento, con cierto tono acusador. Me siento estafada. Maldita sea, ni siquiera tiene acento noruego.

—Si hubieras leído esto —dice agitando uno de los folletos que había en la entrada— sabrías que, antes de tomar la decisión de vivir solo en Nordmarka, me dedicaba a la banca de inversiones en Oslo. El día que dimití fue la última vez que me puse este traje.

—¿En serio? ¿Qué te impulsó a hacerlo?

Él abre el folleto y comienza a leer:

—«Cansado del estrés del mundo de las finanzas, Ken tuvo una revelación tras pasar un fin de semana de senderismo con un viejo amigo del colegio que actualmente se gana la vida con la carpintería. A Ken siempre le había apasionado usar las manos —y ahora la mirada que me lanza es claramente insinuante— y, al volver al taller de su viejo amigo, de pronto se encontró en su salsa. Enseguida quedó patente que tenía dotes extraordinarias para la carpintería».

—Ojalá siempre contáramos con una biografía antes de conocer gente nueva —comento, con una ceja enarcada—. Se fanfarronea con mucha más soltura.

—Entonces dame la tuya —dice, y cierra el folleto con una sonrisa.

—¿La mía? Hum… A ver. «Tiffy Moore huyó del porvenir poco halagüeño de su pueblo en busca de la gran aventura en Londres en cuanto le fue posible. Allí, encontró la vida con la que siempre había soñado: café a un ojo de la cara, alojamiento de mala muerte y una insólita escasez de puestos de trabajo para graduados que no conllevasen hojas de cálculo».

Ken se ríe.

—Eres buena. ¿Tú también estás en Comunicación?

—En el Departamento Editorial —contesto—. Si estuviera en Comunicación no tendría más remedio que mezclarme entre las hormigas.

—Bueno, pues me alegro —señala—. Yo prefiero estar apartado de la multitud, pero no creo que pudiera haber resistido la tentación de saludar a la guapa mujer que va vestida al estilo Lewis Carroll.

Me lanza una elocuente mirada. Una mirada muy intensa. Noto mariposas en el estómago. Pero... puedo hacer esto. ¿Por qué no?

—¿Te apetece tomar el aire? —me da por decir. Él asiente, y yo cojo rápidamente mi chaqueta de la silla y enfilo hacia la puerta en dirección al jardín.

Hace una noche de verano ideal. A pesar de que el sol se puso hace horas, en el ambiente flota un poso cálido; entre los árboles del pub hay colgadas sartas de bombillas que imprimen un tenue reflejo dorado al jardín. Aquí fuera hay poca gente, más que nada fumadores (tienen esa actitud encorvada que adoptan los fumadores, como si el mundo entero estuviera en su contra). Ken y yo tomamos asiento en el banco de una mesa corrida.

—Entonces, cuando dices «ermitaño»... —comienzo a comentar.

—Cosa que no he dicho —puntualiza Ken.

—Vale. Pero ¿qué significa exactamente?

—Vivir solo, en algún lugar apartado. Relacionarme con muy pocas personas.

—¿Con muy pocas?

—Algún que otro amigo, la mujer de la tienda de ultramarinos que hace el reparto... —Se encoge de hombros—. No es tan solitario como lo pinta la gente.

—La mujer de la tienda de ultramarinos, ¿eh? —Esta vez soy yo la que le lanza una elocuente mirada.

Él se ríe.

—He de reconocer que ese es uno de los inconvenientes de la soledad.

—Bah, venga ya. No hace falta vivir solo en una casa en un árbol para prescindir del sexo.

Aprieto los labios. No sé muy bien de dónde ha salido eso —posiblemente del último *gin-tonic*—, pero Ken se limita a esbozar una sonrisa, una sonrisa lenta y de hecho bastante sexi, y seguidamente se inclina para besarme.

Al cerrar los ojos para acercarme a él, me abruman las perspectivas. Nada me impide llevarme a casa a este hombre, y es un rayo de sol en la tormenta, como si me hubiera quitado un peso de encima. Ahora puedo hacer lo que se me antoje. Soy libre.

Y a continuación, a medida que el beso se intensifica, un súbito recuerdo me deja desorientada.

Justin. Estoy llorando. Acabamos de tener una pelea y todo ha sido culpa mía. Justin reacciona con frialdad, me da la espalda en nuestra enorme cama blanca, toda llena de hilo de algodón e innumerables cojines.

Me siento tremendamente desconsolada. Más desconsolada de lo que jamás recuerdo haber estado, y sin embargo la sensación no me resulta extraña en absoluto. Justin se vuelve hacia mí y, de pronto, en un arrebato, me tiene entre sus brazos y nos ponemos a besarnos. Estoy confusa, perdida. Me alegro de que se le haya pasado el enfado. Sabe perfectamente dónde tocarme. Mi tristeza no se ha mitigado, sigue latente, pero ahora él me desea, y mi alivio hace que todo lo demás pierda importancia.

Aquí, en el jardín de Shoreditch, Ken se aparta tras besarnos. Está sonriendo. No creo que ni siquiera se haya dado cuenta de que tengo la cara húmeda y el corazón a mil por hora por motivos que no son los que deberían.

Joder. *Joder.* ¿Qué demonios ha pasado?

AGOSTO

24

Leon

Richie: ¿Qué tal estás, tío?

¿Que qué tal estoy? Descolocado. Como si se me hubiera desactivado algo en el corazón y mi cuerpo ya no funcionase como es debido. Como si estuviera solo.

Yo: Triste.

Richie: Hace meses que no estás enamorado de Kay, te lo digo yo. Estoy tan contento de que hayas dejado esa relación, tío…, era por inercia, no por amor.

Me pregunto por qué el hecho de que Richie esté en lo cierto no mitiga mi pena de manera mínimamente significativa. Echo de menos a Kay a todas horas. Como si se tratase de un dolor persistente. Se agudiza cada vez que cojo el teléfono para llamarla y caigo en la cuenta de que no tengo a nadie a quien llamar.

Yo: En fin. ¿Alguna noticia de la abogada amiga de Tiffy?

Richie: Todavía no. No paro de pensar en ello. ¿Sabes? Conforme iba leyendo cada cosa que decía en su carta, pensaba: «Ah, claro, mierda, ¿cómo no se nos ocurrió?».

Yo: Igual que yo.

Richie: ¿Le pasaste mi respuesta? ¿Te aseguraste de que la recibiera?

Yo: Tiffy se la dio.

Richie: ¿Seguro?

Yo: Seguro.

Richie: Vale. De acuerdo. Perdona, es que estoy…

Yo: Ya. Yo también.

Me he pasado los dos últimos fines de semana haciendo uso de Airbnb por el país en busca del novio del señor Prior. Ha sido una excelente distracción. He conocido a dos Johnny White totalmente diferentes: uno amargado, furibundo y alarmantemente de ultraderecha, y otro que vive en una caravana y que se puso a fumar hierba por la ventana mientras manteníamos una conversación sobre su vida desde la guerra. Al menos le ha hecho gracia a Tiffy; las notas sobre los Johnny White siempre dan pie a buenas respuestas. Me ha dejado esta después de ponerla al corriente de mi viaje para conocer a Johnny White III:

Como te descuides voy a encargarte un libro sobre esto. Como es obvio, para que encaje con mi catálogo de publicaciones tendría que incluir algún elemento relacionado con el bricolaje o la artesanía. ¿Podrías aprender alguna manualidad de cada Johnny o algo así? Ya sabes, por ejemplo que Johnny White I se ponga a enseñarte improvisadamente a hacer una estantería, y que luego, mientras estás con Johnny White II, él se

*ponga a preparar glaseado y a ti te dé por ayudarle...
Ay, Dios mío, ¿será la mejor idea que he tenido en mi
vida, o quizá la peor? A saber. Besos*

A menudo pienso que debe de resultar muy agotador
ser Tiffy. Da la impresión de gastar una gran cantidad de
energía incluso a la hora de redactar notas. No obstante, es
bastante alentador encontrarlas al llegar a casa.

La visita de este fin de semana a Richie fue cancelada;
había escasez de personal. Así que va a haber un intervalo de
cinco semanas entre visita y visita. Eso es demasiado tiempo
para él, y, ahora que me paro a pensar, también para mí. En
vista de que Kay no está y que Richie puede realizar aún menos
llamadas de lo habitual —la escasez de personal conlleva más
tiempo en la celda, acceso más restringido a los teléfonos— me
estoy dando cuenta de que la falta de comunicación puede
afectarme hasta a mí. No es que no tenga amigos a quienes
llamar, pero no son... personas con las que pueda conversar.

Tenía una reserva a través de Airbnb cerca de Birmingham para la visita a Richie, pero como la han cancelado
he de afrontar el hecho de que este fin semana necesitaré algún lugar donde alojarme. Está claro que al organizar este
arreglo de convivencia fui excesivamente confiado respecto
al estado de mi relación. Ahora me encuentro sin techo los
fines de semana.

Me devano los sesos buscando opciones. No hay nada
que hacer. Voy de camino al trabajo; miro la hora en el teléfono. Prácticamente es el único momento del día en el que
puedo llamar por teléfono a mi madre. Me apeo del autobús
en una parada anterior y la llamo mientras camino.

Mi madre, al responder: No me llamas casi nunca, Lee.
Cierro los ojos. Respiro hondo.

Yo: Hola, mamá.

Mi madre: Richie me llama más que tú. Desde la cárcel.

Yo: Lo siento, mamá.

Mi madre: ¿Sabes lo duro que me resulta esto, que mis hijos nunca hablen conmigo?

Yo: Estoy llamándote, mamá. Tengo unos minutos antes de entrar a trabajar; quiero contarte una cosa.

Mi madre, de repente en guardia: ¿Es sobre la apelación? ¿Te ha llamado Sal?

No le he contado a mi madre lo de la abogada amiga de Tiffy. No quiero que se haga ilusiones.

Yo: No. Es sobre mí.

Mi madre, recelosa: ¿Sobre ti?

Yo: Kay y yo hemos roto.

Mi madre se conmueve. De pronto es pura empatía. Esto es lo que necesita: un hijo que la llame y le pida ayuda en algo que ella pueda solventar. A mi madre se le da bien lidiar con los desengaños amorosos. Ha tenido muchas experiencias personales.

Mi madre: Ay, cielo. ¿Por qué ha roto?

Yo, ligeramente ofendido: He roto yo.

Mi madre: ¡Ah! ¡No me digas! ¿Y eso?

Yo: Pues...

Uf. Me cuesta un mundo, aunque se trate de mi madre.

Yo: Ella no llevaba bien mis horarios. No le gustaba mi manera de ser: quería que yo fuera más sociable. Y... no creía en la inocencia de Richie.

Mi madre: ¿Cómo?

Espero. Silencio. Se me revuelven las tripas; me siento fatal al chivarme de lo de Kay, incluso ahora.

Mi madre: Qué zorra. Siempre nos miró por encima del hombro.

Yo: ¡Mamá!

Mi madre: Bueno, pues no lo lamento. Que le vaya bien.

En cierto modo, es como hablar mal de un difunto. Estoy deseando cambiar de tema.

Yo: ¿Puedo quedarme a dormir este fin de semana contigo?

Mi madre: ¿Quedarte a dormir? ¿Aquí? ¿En mi casa?

Yo: Sí. Antes pasaba todos los fines de semana en casa de Kay. Forma parte del… acuerdo de convivencia con Tiffy.

Mi madre: ¿Quieres venir a casa?

Yo: Sí. Solo…

Me muerdo la lengua. No es solo este fin de semana. Es hasta que encuentre una solución. Pero estas cosas hay que resolverlas con firmeza y resolución; es la única manera de salir airoso. Cuando llegue allí, mi madre me recibirá con los brazos abiertos y no me dejará marchar.

Mi madre: Puedes quedarte el tiempo que necesites, y siempre que lo necesites, ¿de acuerdo?

Yo: Gracias.

Un momento de silencio. Noto lo contenta que está; se me revuelven de nuevo las tripas. Debería ir a visitarla más a menudo.

Yo: Por cierto… ¿Tienes…? ¿Hay alguien más viviendo allí?

Mi madre, incómoda: Nadie más, cariño. Ya llevo sola unos cuantos meses.

Eso es bueno. Inusual, y bueno. Mi madre siempre tiene pareja y, sea quien sea, por lo visto siempre vive con ella. Casi siempre es alguien al que Richie tiene aversión y yo preferiría evitar. Mi madre tiene un pésimo gusto. Siempre ha sido una mujer a la que los hombres han llevado por mal camino, cientos de veces.

Yo: Nos vemos el sábado por la noche.

Mi madre: Me muero de ganas. Pediré comida china, ¿vale?

Silencio. Eso es lo que hacíamos cuando Richie venía a casa: noche de sábado con comida china de Happy Duck, en la calle de mi madre.

Mi madre: O mejor india. Me apetece cambiar, ¿a ti no?

25

Tiffy

Estás bien? —pregunta Ken.

Me he quedado helada. El corazón me late a mil por hora.

—Sí. Perdona, sí, estoy bien. —Trato de esbozar una sonrisa.

—¿Quieres que nos larguemos de aquí? —pregunta con vacilación—. O sea, la fiesta está a punto de terminar...

¿Quiero? Quería, hace más o menos un minuto. Ahora, con el ardor de ese beso aún en mis labios, quiero echar a correr. En realidad no estoy razonando; mi cerebro se limita a emitir una monótona nota de pánico que no ayuda en absoluto, como un largo y sonoro *hummm* que zumba en mis oídos.

Alguien me llama. Reconozco la voz, pero no ato cabos hasta que me doy la vuelta y veo a Justin.

Está de pie en la puerta, entre el jardín y el pub, vestido con una camisa con el cuello desabrochado y su vieja cartera de piel enganchada al hombro. Su aspecto me resulta dolorosamente familiar, pero también hay cambios: se ha dejado crecer el pelo más de lo que lo hizo nunca mientras estuvimos juntos, y lleva puestos unos zapatos nuevos de ejecutivo. Me da la sensación de que al pensar en él he hecho que aparezca por arte de magia; ¿cómo si no es posible que esté aquí?

Mira a Ken fugazmente y acto seguido vuelve a observarme. Camina a nuestro encuentro por el césped. Me quedo paralizada, con los hombros tensos, encorvada en el banco con Ken a mi lado.

—Estás preciosa.

Esto, aunque parezca increíble, es lo primero que dice.

—Justin. —Esto es prácticamente lo único que consigo decir a mi vez. Miro a Ken y no cabe duda de que mi cara es la imagen de la tristeza.

—A ver si adivino —comenta Ken a la ligera—. ¿Tu novio?

—Ex —contesto—. ¡Es mi ex! Yo jamás…, yo…

Ken me sonríe con picardía y naturalidad, y a continuación le sonríe con el mismo buen talante a Justin.

—Hola —dice al tiempo que le tiende la mano a Justin para estrechársela—. Ken.

Justin prácticamente ni lo mira; le estrecha la mano durante medio segundo aproximadamente y se vuelve hacia mí.

—¿Puedo hablar contigo?

Aparto la vista de él para mirar a Ken. No puedo creer que me haya planteado llevarme a casa a Ken. No puedo hacer eso.

—Lo siento —comienzo a disculparme—. La verdad es que…

—Eh, no pasa nada —contesta Ken al tiempo que se pone de pie—. Ya tienes mi teléfono por si te apetece ponerte en contacto conmigo mientras estoy en Londres. —Agita el folleto que todavía lleva en la mano—. Encantado de conocerte —añade, en tono sumamente educado, en dirección a Justin.

—Sí —se limita a decir Justin.

Conforme Ken se aleja, el *hummm* se mitiga y siento como si estuviera espabilándome ligeramente, saliendo de una especie de trance. Me levanto, con las rodillas temblorosas, y miro de frente a Justin.

—¿Qué-demonios-haces-aquí? —pregunto, remarcando las palabras.

Justin no reacciona a mi tono emponzoñado. En vez de eso, me pone la mano en la espalda para conducirme hacia la puerta lateral. Me muevo como una autómata, sin pensar, y en cuanto soy consciente de lo que está pasando me zafo de él bruscamente.

—Eh, tranquila. —Me mira al pararnos en la puerta. Sopla un aire cálido, casi sofocante—. ¿Estás bien? Perdona si te he cogido desprevenida.

—Y me has echado a perder la noche.

Él sonríe.

—Vamos, Tiffy. Necesitabas que te rescataran. Jamás te habrías llevado a casa a un tío como ese.

Abro la boca para hablar y acto seguido la vuelvo a cerrar. Iba a replicar que él ya no me conoce, pero no sé por qué no me salen las palabras.

—¿Qué estás haciendo aquí? —consigo decir en cambio.

—He venido a tomar algo. Vengo bastante por aquí.

O sea, esto es un auténtico disparate. No doy crédito. Puede que lo del crucero fuera una coincidencia —insólita, pero creíble dentro de lo que cabe—, pero ¿esto?

—¿No te parece raro?

Está confundido. Inclina ligeramente la cabeza, como diciendo «¿Eh?». El corazón me da un vuelco; me solía encantar ese pequeño gesto.

—Hemos coincidido dos veces en seis meses. En una ocasión, en un crucero.

Necesito una explicación que no sea «Justin aparece cuando tienes malos recuerdos de él», que en este momento es lo único que mi cerebro, medio bloqueado, puede procesar. Me estoy asustando un poco.

Él sonríe con indulgencia.

—Tiffy. Vamos. ¿Qué insinúas? ¿Que fui a ese crucero para verte? ¿Que esta noche me he presentado aquí con la única intención de verte? Si quisiera hacerlo, ¿acaso no te llamaría y punto? ¿O me pasaría por tu oficina?

Oh. Yo… supongo que es lo más lógico. Me pongo colorada; de repente me siento avergonzada.

Me estruja el hombro.

—No obstante, me alegro muchísimo de verte. Y, sí, es una increíble coincidencia. Puede que sea cosa del destino, ¿no? Me pregunto por qué de pronto me ha apetecido una pinta esta noche, precisamente esta noche. —Adopta un gesto exageradamente misterioso y no puedo evitar sonreír. Había olvidado lo mono que se pone cuando hace el ganso.

No. Nada de sonreír. Nada de mono. Pienso en lo que dirían Gerty y Mo y me armo de valor.

—¿De qué querías hablarme?

—Me alegro de haber tropezado contigo —comenta—. La verdad es que… tenía intención de llamarte, pero me resulta muy difícil saber por dónde empezar.

—Te sugiero que pulses el icono del teléfono y después busques el nombre entre tus contactos —señalo. Me tiembla un poco la voz; espero que no lo note.

Se ríe.

—Se me había olvidado lo divertida que eres cuando te enfadas. No, me refería a que no me apetecía contarte esto por teléfono.

—¿Contarme qué? A ver si lo adivino. ¿Que has roto con la mujer por la que me dejaste?

Lo he pillado desprevenido. Me regodeo un poco al comprobar que su perfecta sonrisa de confianza titubea, y seguidamente me invade una súbita sensación… más similar a la ansiedad. No quiero cabrearlo. Respiro hondo.

—Yo no quiero verte, Justin. Esto no cambia nada. Lo cierto es que me dejaste por ella, lo cierto es que…, lo cierto es…

—Yo jamás te puse los cuernos —replica de inmediato. Nos hemos puesto a caminar. No estoy segura de hacia dónde; él me detiene de nuevo y posa las manos en mis hombros para que me vuelva y lo mire a la cara—. Jamás te haría eso, Tiffy. Sabes que estoy loco por ti.

—Estabas.

—¿Qué?

—Que estabas loco por mí es lo que deberías haber dicho. —Ya estoy lamentando no haber aprovechado la ocasión para decirle que la razón por la que no deseo verlo en realidad no tiene nada que ver con Patricia. Aunque no estoy segura del porqué. Es por…, por todo lo demás, fuera lo que fuera. De pronto estoy hecha un tremendo lío. La presencia de Justin siempre me hace sentir así: me aturulla por completo hasta que pierdo el hilo del pensamiento. Supongo que eso formaba parte de la historia de amor, pero ahora mismo no me hace ni pizca de gracia.

—No me digas lo que quiero o no quiero decir. —Aparta la vista durante unos instantes—. Mira, ahora estoy aquí.

¿Podemos ir a tomar una copa a algún sitio para hablar de ello? Venga. Podemos ir a ese bar de copas a la vuelta de la esquina donde sirven la bebida en latas de pintura. O a la azotea del Shard, ¿te acuerdas de cuando te llevé allí en plan lujo? ¿Qué dices?

Me quedo mirándolo. Sus grandes ojos marrones, siempre tan sinceros, siempre con esa chispa de excitación y locura que me cautivaba. El contorno perfecto de su mandíbula. Su sonrisa autocomplaciente. Trato por todos los medios de no pensar en el terrible recuerdo que me ha venido a la cabeza al besar a Ken, pero por lo visto ya me ha pasado factura, más que nunca con Justin presente. Lo tengo a flor de piel.

—¿Por qué no me llamaste?

—Te lo he dicho —contesta, ahora en tono impaciente—. No sabía cómo contarte esto.

—¿Y por qué has venido?

—Tiffy —dice en tono seco—, ven a tomar una copa y punto.

Me estremezco y acto seguido respiro hondo de nuevo.

—Si quieres hablar conmigo, me llamas de antemano y concretamos una cita. Ahora no.

—Entonces, ¿cuándo? —pregunta, con el ceño fruncido, el peso de sus manos aún sobre mis hombros.

—Es que… necesito tiempo. —Estoy ofuscada—. Ahora mismo no quiero hablar contigo.

—¿Cuánto tiempo? ¿Un par de horas o así?

—Un par de meses o así —respondo al tuntún, y enseguida me muerdo el labio, porque acabo de concretar un plazo.

—Quiero verte ahora —señala, y de repente las manos que tenía en los hombros se han desplazado para tocarme el pelo, la parte superior del brazo.

Me viene la imagen de ese recuerdo recurrente. Me zafo de Justin.

—Prueba la demora de la gratificación, Justin. Es lo único que vas a conseguir, y me da la sensación de que te vendrá bien.

Dicho esto, doy media vuelta antes de arrepentirme y voy dando tumbos hacia el bar.

26

Leon

Holly ya casi tiene una mata de pelo. Es como Harry Potter en niña: pelos de punta por todas partes por más que su madre intente atusárselo.

También le ha cambiado la cara; la tiene más rellenita, más vivaracha. Últimamente los ojos no parecen tan desproporcionados con el resto de sus facciones.

Alza la vista y me sonríe con picardía.

Holly: ¿Has venido a despedirte?

Yo: He venido a comprobar tus niveles en sangre.

Holly: ¿Por última vez?

Yo: Depende de los resultados.

Holly: Estás disgustado. No quieres que me vaya.

Yo: Por supuesto que quiero. Quiero que te pongas bien.

Holly: Qué va. No te gusta que cambien las cosas. Quieres que me quede aquí.

Guardo silencio. Me mosquea que alguien de tan corta edad me tenga tan bien calado.

Holly: Yo también te echaré de menos. ¿Vendrás de visita a mi casa?

Miro fugazmente a su madre, que está esbozando una sonrisa cansada, pero muy feliz.

Yo: Estarás demasiado ocupada con el colegio y todas tus actividades extraescolares. No tendrás ganas de visitas.

Holly: De eso nada.

La madre de Holly: Me encantaría que vinieras a cenar. De verdad…, y a Holly también. Solo para darte las gracias.

La euforia absoluta envuelve a la madre de Holly como una nube de perfume.

Yo: Bueno, a lo mejor. Gracias.

A la madre de Holly se le están llenando los ojos de lágrimas. Nunca me desenvuelvo bien en estas situaciones. Empiezo a ser presa del pánico; me dirijo lentamente hacia la puerta.

Ella me abraza sin darme tiempo a escabullirme. De repente siento que tiemblo por dentro. No estoy seguro de si tengo ganas de llorar por Holly o por Kay, pero quien me está abrazando algo les está haciendo a mis glándulas lacrimales.

Me seco los ojos y confío en que Holly no repare en ello. Le alboroto su maraña de pelo castaño.

Yo: Sé buena.

Holly sonríe con picardía. Me da la impresión de que tiene otros planes.

Salgo de trabajar a tiempo de ver los últimos vestigios de un amanecer francamente maravilloso que asoma tras los rascacielos de Londres y se refleja en el gris plomizo del Támesis, confiriéndole una tonalidad azul rosácea. Me da la impresión de que me sobra el tiempo ahora que no está Kay. Me hace reflexionar sobre si realmente le dediqué tan poco tiempo como siempre me reprochaba: de ser cierto, ¿de dónde han salido todas estas horas?

Decido parar en algún sitio a tomar un té y después ir caminando a casa; solo se tarda una hora y media, y hace una de esas mañanas en las que apetece estar al aire libre. La gente marcha ajetreada en todas direcciones, de camino al trabajo, sujetando bien el café. Dejo que la marea siga su curso. Camino por calles secundarias en la medida de lo posible; son un poco más tranquilas que las principales.

Llego a Clapham Road sin apenas darme cuenta. Me quedo helado al ver la tienda de 24 horas, pero hago un sumo esfuerzo por detenerme. Parece un símbolo de respeto, como quitarte el sombrero al paso de un coche fúnebre.

No puedo evitar fijarme en que las cámaras de seguridad del Aldi efectivamente apuntan en todas las direcciones posibles, incluida la mía. Me invade el optimismo. Recuerdo perfectamente por qué rompimos Kay y yo. He estado demasiado triste para acordarme de que hay esperanza para Richie.

A lo mejor a estas alturas Gerty ha respondido a la carta de Richie. Reanudo mi camino, ahora más deprisa, deseando llegar a casa. Es posible que él haya intentado llamarme, que haya dado por hecho que he vuelto a la hora de costumbre. Seguro que lo ha hecho; estoy furioso conmigo mismo por haberme retrasado.

Respiro hondo. Forcejeo con la llave en la puerta, pero curiosamente no está cerrada con llave; a Tiffy nunca se le olvida. Al entrar echo un vistazo de pasada a la sala para asegurarme de que no nos hayan robado, pero como la tele y el portátil continúan ahí voy derecho hacia el teléfono para comprobar si hay llamadas perdidas o mensajes en el contestador.

Nada. Exhalo. Estoy sudando después de mi marcha rápida bajo el sol de la mañana; suelto las llaves en el lugar habitual (ahora yacen bajo la hucha del perrito Spot) y me quito la camiseta de camino al cuarto de baño. Aparto la hilera de velas de colores del borde de la bañera para poder ducharme como es debido. A continuación abro el grifo del agua caliente y me quedo inmóvil, despojándome de otra semana más.

27

Tiffy

Ay, Dios.

Creo que jamás me había sentido tan mal en mi vida. Peor que con la resaca que tuve después del veinticinco cumpleaños de Rachel. Peor que aquel día en la universidad cuando me bebí dos botellas de vino y vomité en la puerta de los despachos de la facultad. Peor que con la gripe porcina.

Todavía llevo puesto el vestido de *Alicia en el País de las Maravillas*. He dormido encima del edredón, tapada únicamente con mi manta de Brixton. Al menos tuve la previsión de quitarme los zapatos y dejarlos junto a la puerta.

Ay, Dios.

En mi línea de visión hasta los zapatos se interpone el despertador. Indica una hora que es imposible que sea la correcta. Indica que son las 8:59.

Debería estar en el trabajo dentro de un minuto.

¿Cómo es posible que haya pasado? Me muevo a gatas por la cama, con el estómago revuelto y la cabeza dándome vueltas, tanteo buscando mi bolso —ah, qué bien, al menos no lo he perdido, y, ah, sí, aspirinas— y me acuerdo de cómo comenzó todo esto.

Yo volví dentro después de dejar plantado a Justin y a rastras me llevé a Rachel de delante de la cara del camarero para desahogarme con ella un rato. No era la persona más idónea con la que charlar; es la única que queda que es pro Justin. (No mencioné aquel extraño recuerdo que tuve durante el beso. Y ahora tampoco me apetece pensar en ello). De primeras Rachel me aconsejó que saliera a la calle a escuchar lo que él tenía que decirme, pero después le pareció bien mi estrategia de la demora de la gratificación, a la cual también dio su aprobación Katherin... Ay, Dios, se lo conté a Katherin...

Me tomo una aspirina tratando de contener las arcadas. ¿Vomité anoche? Tengo el vago y desagradable recuerdo de haber estado muy pero que muy cerca de una taza de inodoro en el cuarto de baño de aquel bar.

Conforme el pánico se apodera de mí, tecleo un rápido mensaje de disculpas al responsable del Departamento Editorial. Jamás llego tan tarde al trabajo, y todo el mundo pensará que es porque estoy con resaca. De no ser así, seguro que Martin los pondrá al corriente de muy buen grado.

En mi primer momento de lucidez de la mañana, caigo en la cuenta de que no puedo ir a trabajar en estas condiciones. No tengo más remedio que asearme y cambiarme. Me bajo la cremallera del vestido y lo lanzo por los aires de un puntapié al tiempo que alargo la mano hacia la toalla que hay colgada detrás de la puerta.

No oigo el agua correr. El zumbido constante de mis oídos suena prácticamente como el chorro de una ducha, y me encuentro en tal estado de pánico que seguramente no me percataría si mi elefante de trapo cobrara vida en el sillón y se pusiera a decirme que necesito desintoxicarme.

No me doy cuenta de que Leon está en la ducha hasta que lo veo. La cortina de la ducha es *casi* opaca, pero sin duda puedes atisbar algo. O sea, contornos.

Él hace lo normal: se sobresalta y descorre la cortina de un tirón para ver quién hay ahí. Nos quedamos mirándonos mutuamente. El agua de la ducha continúa corriendo.

Él reacciona antes que yo y corre la cortina de nuevo.

—Ajjj —dice. Es más un sonido ahogado que una palabra.

Yo llevo puesto mi diminuto conjunto de lencería de encaje para salir de fiesta. Ni siquiera me he envuelto en la toalla; la llevo colgada del brazo. En cierto modo resulta mucho peor que no tener absolutamente nada a mano con que taparme: he estado tan cerca de no exhibirme, y sin embargo tan lejos.

—¡Ay, Dios! —chillo—. Lo siento..., lo siento muchísimo.

Él cierra bruscamente el grifo de la ducha. Es probable que no me oiga con el ruido. Me da la espalda; el hecho de que yo repare en esto me hace ser consciente de que debería dejar de fijarme de una vez en la silueta que hay detrás de la cortina de la ducha. Yo también le doy la espalda.

—Ajjj —repite.

—Ya —digo—. Ay, Dios. Así no es... como imaginaba que te conocería.

Hago una mueca. Ha sonado un pelín ansioso.

—¿Me has...? —comienza a preguntar.

—No he visto nada —miento sin pensarlo.

—Bien. Vale. Yo tampoco —asegura.

—Tengo que... Llego tardísimo al trabajo.

—Ah, ¿necesitas la ducha?

—Bueno, yo...

—He terminado —me informa. Todavía seguimos dándonos la espalda. Tiro de la toalla que llevo enganchada al brazo y —con unos cinco minutos de retraso— me envuelvo con ella el cuerpo.

—Bueno, si estás seguro... —digo.

—Eh... Necesito mi toalla —señala.

—Ah, claro —contesto al tiempo que la cojo del toallero y me doy la vuelta.

—¡Con los ojos cerrados! —grita.

Me quedo inmóvil y cierro los ojos.

—¡Los tengo cerrados! ¡Los tengo cerrados!

Noto que coge la toalla que le tiendo.

—Vale. Ya puedes abrirlos.

Sale de la ducha. A ver, ahora está decente, pero a pesar de ello no lleva gran cosa encima. Tiene todo el torso al aire, por ejemplo. Y gran parte del vientre.

Es un pelín más alto que yo. Su espeso pelo rizado no se le alisa ni estando mojado; lo lleva detrás de las orejas y le gotea sobre los hombros. Tiene las facciones delicadas y los ojos marrón oscuro, unos cuantos tonos más intensos que su tez; se le marcan las líneas de expresión y tiene las orejas un poco de soplillo, como si hubieran adquirido esa forma por mantener siempre su pelo apartado de la cara.

Se da la vuelta para pasar por delante de mí. Hace lo que puede, pero la verdad es que no hay espacio para los dos, y al deslizarse me roza el pecho con la piel tibia de su espalda. Inspiro y la resaca queda en el olvido. A pesar del sujetador de encaje y la toalla que nos separa, se me ha puesto la piel de gallina y noto un ardor efervescente por debajo del estómago, donde suelen ubicarse los mejores sentimientos.

Él me mira fugazmente por encima del hombro; una mirada penetrante, medio de inquietud, medio de curiosidad, que no hace sino sofocarme más si cabe. No puedo evitarlo: mientras se da la vuelta hacia la puerta bajo la vista.

¿Se ha...? Da la impresión de que...

Es imposible. Seguramente es algún bulto de la toalla.

Cuando cierra la puerta al salir, me dejo caer contra el lavabo unos instantes. La situación de los dos últimos minutos ha sido tan sumamente bochornosa que me da por decir «Ay, Dios» en voz alta y apretarme los ojos con las palmas de las manos. Esto no me sienta bien para la resaca, cuyos síntomas reaparecen de golpe ahora que el hombre desnudo ha salido del baño.

Dios. Estoy acalorada, totalmente aturullada, con la piel de gallina y jadeante... No, estoy cachonda. Me ha pillado desprevenida. ¿Cómo es posible que haya pasado esto con lo violentísima que ha sido la situación? ¡Soy una mujer adulta! ¿Es que no puedo mantener el tipo al ver a un hombre desnudo? Es probable que se deba sencillamente a que llevo muchísimo tiempo sin sexo. Es como una especie de respuesta biológica, como cuando al oler a beicon te pones a salivar, o como cuando al coger en brazos a los bebés de otras personas te dan ganas de poner fin a tu vida profesional para empezar a procrear enseguida.

Súbitamente presa del pánico, me giro bruscamente para mirarme al espejo; al limpiar el vaho condensado en la superficie contemplo mi cara pálida y demacrada. Tengo el pintalabios reseco e incrustado, y la sombra y el lápiz de ojos se han emborronado en churretes negros alrededor de los ojos. Parezco una cría que ha intentado maquillarse con los cosméticos de su madre.

Suelto un gemido. Qué desastre. Esto no podía haber salido peor. Estoy hecha unos zorros, y él tenía una pinta imponente. Me pongo a pensar en el día en que lo busqué en Facebook; no recuerdo que fuera atractivo. ¿Cómo no me di cuenta? Ay, Dios, ¿qué más da? Es Leon. Leon, el compañero de piso. Leon, el que tiene novia.

Vale, he de ducharme e ir a trabajar. Me ocuparé de mis hormonas y mi increíblemente violenta situación doméstica mañana.

Ay, Dios. Es tardísimo.

28

Leon

Ajjj.
Ajjj.

Me tumbo boca arriba en la cama, muerto de vergüenza. No puedo articular palabra. «Ajjj» es el único sonido adecuado para expresar el alcance de mi espanto.

¿No comentó Kay que Tiffy no era guapa? ¡Yo lo daba por hecho! O…, o… en realidad ni siquiera me lo había planteado. Pero, madre mía. Es como… Ajjj.

Un hombre en la ducha no puede dar un susto de muerte a una mujer ligera de ropa. No puedo hacer eso. No es justo.

No puedo asociar a la mujer del baño con ropa interior roja con la mujer a la que escribo notas y cuyas cosas voy retirando al hacer limpieza. Es que nunca…

Suena el teléfono fijo. Me quedo de piedra. El teléfono fijo está en la cocina. Riesgo de toparme con Tiffy de nuevo: alto.

Me sacudo y espabilo. Como es obvio, tengo que responder a la llamada; será Richie. Salgo disparado del dormitorio sujetándome la toalla a la cintura y localizo el teléfono sobre la encimera de la cocina debajo de un montón de gorros del señor Prior; respondo mientras vuelvo como una flecha al dormitorio.

Yo: Hola.

Richie: ¿Estás bien?

Suelto un gemido.

Richie, alerta: ¿Qué es? ¿Qué ha pasado?

Yo: Nada, nada. Es que… acabo de conocer a Tiffy.

Richie, animado: ¡Anda! ¿Está buena?

Repito el gemido.

Richie: ¡Sí! ¡Lo sabía!

Yo: Se suponía que no. ¡Di por sentado que Kay se había asegurado de que no!

Richie: ¿Se parece en algo a Kay?

Yo: ¿Eh?

Richie: A Kay no le parece que ninguna mujer está buena a menos que se parezca a ella.

Tuerzo el gesto, pero más o menos entiendo a lo que se refiere. No puedo quitarme de la cabeza la imagen de Tiffy. Una mata pelirroja alborotada, como recién salida de la cama. Pecas de color tostado sobre la tez pálida, salpicando sus brazos y moteando su escote. Sujetador de encaje rojo. Pechos absolutamente perfectos.

Ajjj.

Richie: ¿Dónde está ahora?

Yo: En la ducha.

Richie: ¿Y tú dónde estás?

Yo: Escondido en el dormitorio.

Pausa.

Richie: Eres consciente de que va a entrar ahí enseguida, ¿no?

Yo: ¡Mierda!

Me siento de un respingo. Busco a tientas la ropa. Solo encuentro la suya. Veo su vestido, tirado en el suelo con la cremallera bajada.

Yo: Un momento. Tengo que vestirme.

Richie: Espera, ¿qué?

Dejo el teléfono encima de la cama mientras me pongo unos calzoncillos y unos pantalones de deporte. Mientras lo hago caigo en la cuenta, horrorizado, de que mi culo está apuntando hacia la puerta, pero es una opción mejor que colocarme hacia el otro lado. Encuentro una vieja camiseta sin mangas, me la pongo deprisa y acto seguido respiro.

Yo: Vale. De acuerdo. Creo que es más seguro ir a… ¿la cocina? Ella no pasará por ahí cuando salga del baño en dirección al dormitorio. Luego puedo esconderme en el baño hasta que se marche.

Richie: ¿Qué demonios ha pasado? ¿Por qué vas desnudo? ¿Te la has tirado, tío?

Yo: ¡¡No!!

Richie: Vale. Era una pregunta razonable.

Cruzo la sala de estar en dirección a la cocina. Me camuflo lo más al fondo posible detrás del frigorífico para que no me vea al salir del baño en dirección al dormitorio.

Yo: Nos hemos topado el uno con el otro en la ducha.

Richie suelta una sonora carcajada que me arranca una sonrisa a mi pesar.

Richie: ¿Iba desnuda?

Gimo.

Yo: Casi. Pero yo sí.

Richie se ríe con más ganas.

Richie: Ay, tío, me has alegrado el día. Entonces, ¿llevaba…, qué, una toalla?

Yo: Ropa interior.

Richie también gime esta vez.

Richie: ¿Está buena?

Yo: ¡No pienso hablar de esto!

Richie: Haces bien. ¿Puede oírte?

Pausa. Aguzo el oído. Ajjj.

Yo, en un hilo de voz: ¡Ha cerrado el grifo de la ducha!

Richie: ¿No quieres estar ahí cuando salga envuelta en una toalla? ¿Por qué no vuelves al dormitorio y punto? No dará la impresión de que lo has hecho aposta. Me refiero a que ha sido casi de chiripa. Hazte el encontradizo otra vez, nunca se sabe…

Yo: ¡No pienso acecharla, Richie! La pobre ya me ha visto en cueros, ¿no? Probablemente esté traumatizada.

Richie: ¿Parecía traumatizada?

Hago memoria. Parecía… Ajjj. Piel por todas partes. Y unos grandes ojos azules, nariz pecosa, esa pequeña inhalación al pasar por delante de ella en dirección a la puerta, demasiado cerca para que resultara cómodo.

Richie: No vas a tener más remedio que hablar con ella.

El sonido del pestillo de la puerta del baño al abrirse.

Yo: ¡Mierda!

Me agazapo aún más detrás del frigorífico; después, cuando se hace el silencio, me asomo.

Ella no mira hacia mí. Lleva la toalla bien apretada bajo los brazos y ahora su larga melena está más oscura y le gotea por la espalda. Se mete en el dormitorio.

Y respiro.

Yo: Está en el dormitorio. Yo me voy al baño.

Richie: Si tan agobiado estás, ¿por qué no te vas del apartamento sin más?

Yo: ¡Porque entonces no puedo hablar contigo! ¡No puedo resolver esto solo, Richie!

Oigo la risita de Richie.

Richie: Me estás ocultando algo, ¿a que sí? No, deja que adivine… ¿Te has puesto un poco cachondo…?

Suelto el gemido más fuerte y humillante de todos. Richie se troncha de risa.

Yo: ¡Ella apareció de la nada! ¡Yo no estaba preparado! ¡Llevo semanas sin sexo!

Richie, con una risa histérica: ¡Ay, Lee! ¿Crees que se ha dado cuenta?

Yo: No. Qué va. No.

Richie: Igual sí.

Yo: Qué va. Es imposible. Ha sido demasiado violento para darle tiempo.

Cierro el pestillo de la puerta del baño y bajo la tapa del inodoro para sentarme. Con el corazón desbocado, clavo la vista en mis piernas.

Richie: Tengo que colgar.

Yo: ¡No! ¡No cuelgues! ¿Ahora qué hago yo?

Richie: ¿Qué quieres hacer ahora?

Yo: ¡Largarme!

Richie: ¡Venga ya, Lee! Tranquilízate.

Yo: Menudo marrón. Vivimos juntos. ¡No puedo andar por ahí con una erección delante de mi compañera de piso! Es…, es…, ¡es… obsceno! ¡Seguramente sea delito!

Richie: En ese caso, no cabe duda de que estoy donde me corresponde. Vamos, tío. No pierdas los papeles. Como tú dices, hace semanas que Kay y tú rompisteis y ya llevabais bastante tiempo sin acostaros juntos…

Yo: ¿Cómo lo sabes?

Richie: Vamos. Era evidente.

Yo: ¡Pero si llevas meses sin vernos juntos!

Richie: El caso es que tampoco es para tanto. Has visto a un pibón en bolas y te has puesto a pensar con la... Un momento, tío, dame un...

Resopla.

Richie: Tengo que colgar. Pero tranqui. No ha visto nada, no ha significado nada, así que relájate.

Cuelga.

29

Tiffy

Rachel está eufórica.

—¡Estás de coña! ¡Estás de coña! —exclama al tiempo que se rebulle en el asiento—. ¡No puedo creer que se empalmara!

Gruño y me froto las sienes, cosa que a veces he visto hacer a la gente en televisión, de modo que espero que me haga sentir mejor. No surte efecto. Maldita sea, ¿cómo es posible que Rachel esté tan animada? Estoy convencida de que bebió prácticamente lo mismo que yo.

—No tiene gracia —replico—. Y he dicho que es *posible* que lo hiciera. No he dicho con seguridad que lo hiciera.

—Oh, por favor —dice—. Tampoco estás tan desentrenada como para que te hayas olvidado de eso. ¡Tres hombres en una noche! ¡Has triunfado literalmente!

La ignoro. Por suerte, al editor jefe le pareció divertido que yo llegara tarde, pero hoy todavía tengo por delante un montón de trabajo, y el retraso de más de una hora ha ido en detrimento de mi lista de tareas pendientes.

—Deja de fingir que estás revisando esas pruebas —dice Rachel—. ¡Necesitamos un plan de acción!

—¿Para qué?

—Bueno, ¿y ahora qué? ¿Vas a llamar a Ken el ermitaño? ¿Vas a salir a tomar una copa con Justin? ¿O a meterte en la ducha con Leon?

—Voy a volver a mi mesa —respondo al tiempo que cojo el taco de pruebas—. Esta sesión no ha sido productiva.

Ella me canta *Maneater* mientras me alejo.

El caso es que Rachel tiene razón en cuanto al plan de acción. No me queda más remedio que reflexionar sobre qué demonios voy a hacer respecto a la situación con Leon. Si no hablamos pronto, corremos el grave riesgo de que el episodio de esta mañana eche todo a perder: no más notas, no más sobras de comida, solo silencio y una tremenda vergüenza. La humillación es como el moho: ignóralo y todo se volverá verdoso y apestoso.

Tengo que…, tengo que mandarle un mensaje.

No. Decido que tengo que llamarlo. Es necesario tomar medidas drásticas. Miro la hora. Bueno, como ahora estará durmiendo —son las dos de la tarde— dispongo de más o menos cuatro horas maravillosas durante las cuales no puedo tomar cartas en el asunto. Supongo que debería dedicar ese tiempo a revisar las pruebas del libro de Katherin, sobre todo ahora que existe la amenaza real de que bastante gente lo compre realmente, con todo este ruido que está haciendo el ganchillo en las redes sociales.

En vez de eso, después de pasar una larga noche y mañana haciendo todo lo posible por controlarme, me pongo a pensar en Justin.

Y a continuación, como no se me da bien pensar a solas, llamo a Mo para hablar de Justin. Parece un poco grogui cuando responde al teléfono, como si acabara de despertarse.

—¿Dónde estás? —pregunto.

—En casa. ¿Por?

—Estás raro. ¿No libra hoy Gerty?

—Sí, está aquí también.

—Ah. —Me resulta extraño imaginarme a los dos pasando el rato sin mí. Simplemente… es una combinación que no cuadra. Desde la semana de las novatadas en la universidad Gerty y yo nos hicimos inseparables; hicimos piña con Mo al final del primer curso, después de verlo bailando en solitario con mucho entusiasmo *Drop it Like it's Hot* y decidir que era necesario incluir a alguien con esos movimientos en nuestras salidas nocturnas. A partir de ahí hicimos todo en un trío, y si rara vez surgía un tándem siempre éramos Gerty y yo o Mo y yo—. ¿Has puesto el altavoz? —pregunto, tratando de no parecer quisquillosa.

—Un momento. Listo.

—Deja que adivine —dice Gerty—: Te has enamorado del hermano de Leon.

Tras una pausa, respondo:

—Normalmente tu radar funciona bastante bien, pero andas muy desencaminada.

—Maldita sea. ¿Entonces, de Leon?

—¿Acaso no puedo llamar para charlar?

—Esto no es una charla —dice Gerty—. Tú no llamas a las dos de la tarde para charlar. Para eso usas WhatsApp.

—Por eso —explico— he llamado a Mo.

—¿Y bien? ¿De qué va el drama? —pregunta Gerty.

—De Justin —digo, demasiado cansada para discutir con ella.

—¡Vaya! Un clásico, pero no está nada mal.

Pongo los ojos en blanco.

—¿Puedes dejar que Mo meta baza con algo alentador, al menos muy de vez en cuando?

—¿Qué ha pasado, Tiffy? —pregunta Mo.

Los pongo al corriente del episodio de anoche. O, al menos, les cuento una versión resumida: no menciono el espantoso incidente del beso. Es demasiado dramático para resumirlo en una sola llamada telefónica, especialmente cuando estás intentando revisar números de páginas mientras hablas.

Además, aparte de eso, está el otro tema en el que me esfuerzo desesperadamente en no pensar.

—Todo esto parece el típico comportamiento de Justin, Tiffy —comenta Mo.

—Bien hecho por negarte —señala Gerty con un asombroso fervor—. Joder, fue siniestro que apareciera en el crucero, ¿y ahora esto? Ojalá entendieras hasta qué... —Hay un ruido amortiguado y Gerty se calla. Me da la sensación de que es posible que Mo le haya dado un codazo.

—No me negué del todo —puntualizo al tiempo que bajo la vista hacia mis pies—. Dije: «En un par de meses».

—De todas formas, eso es muchísimo mejor que dejarlo todo y volverte a largar con él —comenta Gerty.

Hay un largo silencio. Se me ha hecho un nudo en la garganta. Tengo que contarles lo del beso, sé que no me queda otra, pero por lo visto soy incapaz.

—Gerty —digo finalmente—. ¿Te importa que hable con Mo a solas un momento?

Hay otro silencio amortiguado.

—Claro, adelante —responde Gerty. Es evidente que está intentando disimular su mosqueo.

—Me he quedado solo —me informa Mo.

Trago saliva. No quiero hablar de esto aquí; me dirijo hacia las puertas de la oficina, bajo las escaleras y salgo del edificio. Fuera todo el mundo se mueve un poco más despacio de lo habitual, como si el calor hubiera serenado Londres.

—Una vez me dijiste que mi…, que lo mío con Justin… me había pasado factura.

Mo no comenta nada, se limita a esperar.

—Dijiste que con el tiempo lo asimilaría. Y dijiste que te llamara entonces.

Más silencio, pero es un silencio al estilo de Mo, lo cual significa que es increíblemente reconfortante. Como un abrazo por audio. Las palabras son innecesarias para Mo; su carisma va más allá.

—Anoche ocurrió algo extraño. Yo estaba… El tío ese, Ken, y yo nos besamos y luego…, bueno, recordé…

¿Por qué soy incapaz de decirlo?

—Recordé cuando me acosté con Justin después de una pelea. Me morí de tristeza. —Se me saltan las lágrimas; me sorbo la nariz, haciendo un sumo esfuerzo por no llorar.

—¿Cómo te sentiste? —pregunta Mo—. Me refiero a cuando te vino ese pensamiento a la cabeza.

—Asustada —confieso—. Mi recuerdo de nuestra relación no era así. Pero ahora pienso que puede que yo lo haya… desvirtuado. Como que me he olvidado de esas situaciones. No sé, ¿cabe esa posibilidad?

—El cerebro es capaz de hacer cosas alucinantes para protegerse del dolor —explica Mo—. Y tratará de ocultarte secretos durante mucho tiempo. ¿Has experimentado mucho esta sensación de recordar cosas de manera diferente desde que cortaste con Justin?

—No mucho. —Pero, bueno, un poco. Como lo de aquella nota que escribí acerca de que no había invitado a Justin a la fiesta de Rachel, a pesar de que me consta lo contrario. Parece un disparate, pero creo que es posible que Justin me convenciera de que no lo había invitado porque así tenía derecho a ponerse como una furia conmigo por ir, ¿no? Y últimamente no paro de encontrar cosas (ropa, zapatos, joyas) que recuerdo que Justin me dijo que yo había vendido o regalado. Yo generalmente lo achacaba a mi mala memoria, pero llevo meses con la desagradable sensación de que algo no encaja, y para colmo Mo se muestra implacable e irritantemente comprensivo en ese sentido cada vez que hablamos de Justin. No obstante, se me da muy bien no pensar en las cosas, así que me he limitado a… no pensar en ello con verdadera firmeza.

Mo habla de manipulaciones y detonantes. Yo, incómoda, me revuelvo avergonzada y al final una lágrima se desliza por mis pestañas y resbala por mi mejilla. Oficialmente estoy llorando.

—Tengo que colgar —anuncio, secándome la nariz.

—Piensa en lo que te he dicho, ¿vale, Tiffy? Y recuerda lo bien que le plantaste cara anoche: eso ha sido un logro. Concédete ese mérito.

Vuelvo dentro, súbitamente agotada. El día está siendo de lo más movidito. Altibajos y altibajos… Puf. Y la resaca me está machacando.

Para cuando por fin termino de revisar las pruebas del libro de Katherin he archivado los desagradables pensamientos sobre Justin en su compartimento habitual y me siento mucho más serena. También me he tomado tres bolsas de gusanitos, que según Rachel son el no va más para la resaca, y que al parecer me han sacado de mi absoluto estado de zombi para pasar al de semiconsciente. Así pues, después de soltar *Engánchate al ganchillo* encima de la mesa de Rachel, me escabullo a la mía para hacer lo que me moría de ganas de hacer desde anoche: volver a mirar la página de Facebook de Leon.

Ahí está. Sonriendo a la cámara, con el brazo alrededor del cuello de alguien en lo que parece una fiesta de Navidad: por detrás de ellos hay relucientes luces decorativas y una sala llena de cabezas. Ojeo las fotos de su perfil y recuerdo haberlas visto antes. No me pareció nada atractivo; y, efectivamente, es demasiado desgarbado y melenudo para encajar con mi prototipo habitual. No obstante, está claro que es una de esas personas que de repente está buenísima en carne y hueso.

A lo mejor solo fue cosa del *shock* inicial y del hecho de que estuviera desnudo. A lo mejor la segunda vez todo será la mar de educado y platónico, y podré olvidarme de ello y llamar a Ken, el sexi ermitaño noruego. Si bien es cierto que no puedo hacerlo, no después de la forma en la que Justin me humilló delante de él. Puf, no, no pienses en Justin…

—¿Quién es ese? —pregunta Martin por detrás de mí. Doy un respingo y el café salpica los *post-its* con notas muy urgentes que tengo esparcidos por la mesa.

—¿Por qué siempre apareces de repente? —pregunto, y rápidamente cierro la ventana y limpio el café con un pañuelo de papel.

—Es que eres muy asustadiza. Bueno, ¿quién era ese?

—Mi amigo Leon.

—¿Amigo?

Pongo los ojos en blanco.

—¿Desde cuándo te interesa lo más mínimo mi vida, Martin?

Me lanza una curiosa mirada de suficiencia, como si supiera algo que yo desconozco, o quizá solo esté sufriendo problemas intestinales.

—¿Qué necesitas? —pregunto siseando.

—Ah, nada, Tiffy. No quiero interrumpirte. —Y se marcha.

Me reclino en el asiento y respiro hondo. Rachel asoma la cabeza por encima de su ordenador, articula con los labios en silencio: «¡Todavía no puedo creer que se empalmara!» en dirección a mí y levanta ambos pulgares. Me hundo más en el asiento, con la resaca reasentándose, y tomo la firme decisión de que nunca, jamás, de ninguna manera volveré a beber.

30

Leon

Mi madre al menos me sirve de distracción frente al recuerdo tremendamente vergonzoso de esta mañana.

Está haciendo un asombroso esfuerzo. Y al parecer decía la verdad sobre lo de no tener pareja: no hay indicios que delaten la presencia de un hombre en la casa (Richie y yo nos hicimos expertos en identificarlos de pequeños) y no ha cambiado de peinado ni de ropa desde la última vez que la vi, lo cual significa que no está intentando agradar a alguien.

Charlo con ella sobre Kay. Me siento asombrosamente bien. Ella asiente en los momentos adecuados y me da palmaditas en la mano, se conmueve alguna que otra vez, y después me prepara *nuggets* con patatas fritas al horno, todo lo cual me hace sentir como si volviera a tener diez años. No obstante, no me desagrada. Es bonito que cuiden de ti.

Lo que me resulta más raro es volver a la habitación que Richie y yo compartíamos cuando nos mudamos a

Londres en la adolescencia. Solo he venido aquí en una ocasión desde el juicio. Fue para quedarme una semana a raíz de eso; dudaba que mi madre pudiera sobrellevarlo sola. Aunque no le hice falta durante mucho tiempo: conoció a Mike, que tenía muchas ganas de disponer de la casa para ellos solos, de modo que me mudé de nuevo al apartamento.

La habitación continúa intacta. Produce la misma sensación que una caracola a la que le falta la criatura marina. Está llena de agujeros donde antes había cosas: paredes con marcas de Blu-Tack de pósteres que se quitaron hace mucho tiempo, libros inclinados en los estantes porque no hay mucho ahí que los mantenga rectos. Las cosas de Richie todavía embaladas de cuando sus antiguos compañeros de piso las trajeron aquí.

Hago un sumo esfuerzo mental para no hurgar ahí. Me provocaría una tristeza innecesaria, y a él le sentaría fatal que lo hiciera.

Al tumbarme en la cama me viene a la cabeza la imagen de Tiffy; primero con aquella ropa interior roja, y después en zapatillas envuelta en una toalla en dirección al dormitorio. La segunda imagen me resulta aún más intolerable, pues ella era totalmente ajena a que la estaba observando. Me siento incómodo por haberla espiado. No está bien que me sienta tan atraído hacia ella. Probablemente sea una reacción a la ruptura con Kay.

Suena el teléfono. Me entra el pánico. Compruebo la pantalla: Tiffy.

No quiero responder. El teléfono no para de sonar; parece que no tiene fin.

Ella cuelga sin dejar un mensaje. Curiosamente, me remuerde la conciencia. Richie me dijo que tengo que hablar con ella. Pero prefiero decantarme por la opción del silencio absoluto, o, si acaso, dejar alguna nota encima del hervidor de agua o detrás de la puerta.

Vuelvo a tenderme. Reflexiono sobre esto. Me pregunto si es cierto.

El teléfono emite un zumbido. Un mensaje:

Hola. Oye… Hum… ¿No te parece que deberíamos hablar sobre lo ocurrido esta mañana? Bs. Tiffy

El recuerdo me asalta de nuevo y me da por gemir otra vez. Es evidente que debería contestar. Suelto el teléfono. Me quedo mirando al techo.

El teléfono emite otro zumbido:

Desde luego, debería haber empezado disculpándome. Era yo la que no debía estar allí, según las reglas de nuestra convivencia. Y encima voy y te abordo en la ducha. ¡Así que, vaya, lo siento muchísimo! Bss

Curiosamente, me siento mucho mejor tras leer este mensaje. Como no da la impresión de estar traumatizada, y además el mensaje posee un tono típico de Tiffy, me resulta más fácil imaginar que lo ha enviado la Tiffy que yo tenía en mente antes de conocer a la de carne y hueso. Aquella era una especie de…, no es que fuera irrelevante exactamente, pero se encontraba en el «espacio seguro» de mi mente. Una persona con la que charlar, sin compromisos ni ataduras. Fácil y poco exigente.

Ahora Tiffy no se encuentra en el espacio seguro de mi mente ni mucho menos.

Me armo de valor para contestarle:

No te disculpes. ¡Estábamos destinados a toparnos el uno con el otro en algún momento! No pasa nada; ya está olvidado.

Borro esta última parte. Está claro que no es verdad.

No te disculpes. ¡Estábamos destinados a toparnos el uno con el
otro en algún momento! No pasa nada; si te parece bien, lo
dejamos correr. Bs. Leon

Al enviarlo, me arrepiento de lo del beso. ¿Normalmente me despido con un beso? No me acuerdo. Repaso el
historial de los últimos mensajes y compruebo que soy totalmente incoherente, cosa que posiblemente sea lo mejor.
Vuelvo a recostarme en la cama y espero.

Y espero.

¿Qué está haciendo? Normalmente responde rápido.
Miro la hora: las once de la noche. ¿Y si se ha dormido? Me
ha dado la impresión de que anoche se acostó tarde. Sin
embargo, finalmente:

¡Olvidémoslo! Te prometo que no volverá a suceder (o sea, NI la
intromisión NI que se me peguen las sábanas). Espero que Kay no
se haya cabreado porque he incumplido las reglas de la
convivencia… Y, ya sabes, por acosar a su novio en la ducha…
Bss

Respiro hondo.

Kay y yo rompimos hace un par de semanas. Bs

Respuesta casi automática:

Ay, mierda, lo siento mucho. Me olía que algo iba mal… Estabas
muy poco expresivo en tus notas (¡quiero decir menos que de
costumbre!). ¿Cómo lo llevas?

Reflexiono sobre ello. ¿Que cómo lo llevo? Estoy tumbado en la cama en la casa de mi madre, fantaseando con mi compañera de piso desnuda, cualquier pensamiento sobre mi exnovia completamente olvidado aunque sea por un breve momento. No es que sea lo más sano, pero... mejor que ayer... Opto por contestar:

Tirando. Bs

Después de este hay un largo intervalo. Me pregunto si debería haber entrado en detalles. Aunque tampoco es que eso haya desalentado a Tiffy hasta ahora.

Bueno, igual esto te anima: hoy, en mi estado de resaca, me he dado de bruces con la impresora.

Resoplo por la nariz. Un segundo después, aparece la imagen de una impresora. Es enorme. Seguramente cabrán dentro cuatro Tiffys.

¿Es que... no la viste?

Creo que perdí la capacidad de dejar de caminar en el momento justo. Pero como acababa de mantener una conversación telefónica con mi maravilloso albañil convertido en diseñador...

Ah. Seguramente todavía te temblaban las rodillas.

¡Probablemente! He tenido uno de esos días. Bss

Me quedo mirando este hasta que se apaga la pantalla del teléfono. «Uno de esos días». ¿De esos días cómo? ¿De esos días de rodillas temblorosas? Pero ¿por qué? ¿Porque a ella...?

Qué va, no será por mí. Eso es absurdo. Salvo que... Entonces, ¿a qué se refería?

Espero que esta no sea la forma en la que voy a comunicarme con Tiffy de ahora en adelante. Es totalmente agotador.

31

Tiffy

Mi padre suele decir: «La vida nunca es sencilla». Es uno de sus dichos favoritos.

La verdad es que no estoy de acuerdo. La vida a menudo es sencilla, pero no te das cuenta de lo sencilla que es hasta que se complica muchísimo, como cuando nunca agradeces estar sano hasta que caes enfermo, o como cuando nunca valoras el cajón de tus medias hasta que te haces una carrera en una y no tienes de repuesto.

Katherin acaba de colgar un vídeo como invitada en la página de Tasha Chai-Latte donde explica cómo hacer un bikini de ganchillo. Internet se ha vuelto loca. No consigo hacer un seguimiento de toda la gente influyente que la ha retuiteado; y, como a Katherin le cae como un tiro Martin, cada vez que pierde los papeles o necesita ayuda con algo, recurre a mí. Entonces yo, que no sé nada de temas de comunicación y relaciones públicas, no tengo más remedio que consultar a Martin y trasladárselo a Katherin. Si se tratase de un divorcio y yo fuera su hija, avisarían a los servicios sociales.

Gerty me llama por teléfono justo cuando estoy saliendo de la oficina.

—¿Que acabas de salir? ¿Has pedido ya un aumento de sueldo? —pregunta. Miro la hora: son las siete y media. ¿Cómo es posible que me haya pasado en la oficina casi doce horas y sin embargo haya adelantado tan poco?

—No he tenido tiempo —contesto—. Y no conceden aumentos de sueldo. Probablemente me despedirían si lo pidiese.

—Qué tontería.

—Bueno, ¿qué pasa?

—Ah, es que se me ha ocurrido que igual te gustaría saber que he conseguido adelantar la apelación de Richie tres meses —dice Gerty como si tal cosa.

Me paro en seco. Alguien choca conmigo por detrás y suelta un taco (detenerse bruscamente en el centro de Londres es un delito imperdonable, e inmediatamente otorga a la gente de tu alrededor el derecho a darte un puntapié).

—¿Has aceptado su caso?

—Su anterior abogado era atroz —señala Gerty—. En serio. Me han dado ganas de denunciarle ante el Consejo General de la Abogacía. También tendremos que buscarle a Richie un nuevo procurador, sobre todo dado que he ninguneado a este y le he mandado a paseo, pero…

—¿Has *aceptado* su caso?

—Pues claro, Tiffy.

—¡Muchas gracias! Dios, yo… —No puedo dejar de sonreír—. ¿Se lo ha contado Richie a Leon?

—Es probable que Richie todavía no se haya enterado —explica Gerty—. Le escribí ayer mismo.

—¿Puedo decírselo a Leon?

—Me ahorrarías la molestia —contesta Gerty—, así que adelante.

Mi teléfono emite un zumbido nada más colgar. Es un mensaje de Leon; me da un extraño y pequeño espasmo en el corazón. No me había mandado mensajes ni me había dejado notas desde nuestro intercambio del fin de semana.

Aviso: ramo de flores enorme de parte de tu novio en el recibidor. No estaba seguro de si estropear la sorpresa (¿agradable o desagradable?), pero de estar en tu lugar me habría gustado que me avisaran. Bs

Me paro en seco de nuevo; esta vez un ejecutivo en una vespa me arrolla el pie.

No he tenido noticias de Justin desde el jueves. Ni una llamada, ni un mensaje, nada. Estaba casi convencida de que se había tomado en serio lo que le dije y que no iba a dar señales de vida, pero parece mentira que no lo conozca: eso habría sido totalmente impropio de él. Esto, sin embargo…, esto ya es otra cosa.

No quiero ningún ramo de flores enorme de Justin. Lo único que quiero es perderlo de vista; me cuesta mucho seguir adelante mientras él continúa apareciendo de repente en todas partes. Conforme camino a paso resuelto en dirección a nuestro piso, aprieto los labios y me preparo.

El ramo de flores es verdaderamente enorme. Se me había olvidado la pasta que tiene y su tendencia a gastar dinero en tonterías. Para la cena de mi cumpleaños el año pasado me regaló un vestido de noche de firma, un derroche de seda y lentejuelas plateadas que costaba un riñón; al ponérmelo me daba la sensación de ir disfrazada.

Entre las flores hay una tarjeta que reza: «Para Tiffy. Hablamos en octubre. Te quiero, Justin». Levanto el ramo de flores para comprobar si hay una nota como es debido debajo, pero no. Una nota sería algo demasiado directo; un detalle caro y ostentoso es mucho más del estilo de Justin.

Por alguna razón, esto me saca de quicio. Tal vez porque en ningún momento le he dicho a Justin dónde vivo. O tal vez porque es tan descaradamente desconsiderado después de lo que le pedí el jueves, y porque se ha tomado mi «Necesito un par de meses» como «Hablaré contigo dentro de dos meses».

Meto las flores en el macetero decorativo que generalmente utilizo para guardar los sobrantes de lana. Me figuraba que Justin haría esto: presentarse de improviso con sus explicaciones y detalles caros para engatusarme de nuevo. Pero ese mensaje de Facebook, el compromiso… fueron la gota que colmó el vaso, y ahora me encuentro en una situación muy distinta a la última vez que trató de volver conmigo.

Me desplomo en el sofá y me quedo mirando las flores. Reflexiono sobre lo que Mo me dijo y sobre que, muy a mi pesar, he estado recordando cosas. La forma en la que Justin solía echarme la bronca por mis olvidos, hasta qué punto me hacía sentir confusa. Mi estado, medio de excitación, medio de ansiedad, cuando él llegaba a casa cada día. La realidad de cómo se me encogió el estómago en el pub el jueves cuando me plantó la mano en el hombro y me exigió bruscamente que fuera a tomar una copa con él.

Aquel recuerdo.

Dios. No quiero volver a aquello. Ahora estoy más contenta; me gusta vivir aquí, a salvo en este apartamento en el que me encuentro a mis anchas. Dentro de dos semanas expirará mi contrato de alquiler; como Leon no lo ha mencionado, yo tampoco lo he sacado a relucir, porque no quiero mudarme. Por una vez, tengo dinero, aunque la mayor parte es para saldar mi descubierto. Tengo un compañero de piso con el que puedo hablar —¿qué más da que no sea cara a cara?—. Y tengo una casa cuyo cincuenta por ciento me da de verdad la sensación de que me pertenece a partes iguales.

Cojo mi teléfono y contesto a Leon:

Una sorpresa desagradable. Gracias por el aviso. Ahora tenemos un montón de flores en el apartamento. Bss

Él responde casi automáticamente, lo cual no es habitual:

Me alegro. Bs

Y a continuación, más o menos un minuto después:

Por lo de las flores en el apartamento, no por la sorpresa, obviamente. Bs

Sonrío.

Tengo buenas noticias para ti. Bss

Es el momento perfecto: estoy en el descanso del café. Dime qué es. Bs

No lo pilla; piensa que se trata de una pequeña sorpresa, por ejemplo, que he preparado una tarta de manzana o algo por el estilo. Me quedo inmóvil, con los dedos vacilantes sobre las teclas. Esto es ideal para animarme... y ¿qué son más importantes, los pormenores de mi anterior relación, o las circunstancias actuales del caso de Richie?

¿Puedo llamarte? O sea, si te llamo, ¿puedes atenderme? Bss

Esta vez tardo más en recibir la respuesta:

Claro. Bs

Me arrolla una oleada abrupta e intensa de nerviosismo y me asalta el recuerdo de Leon, desnudo, empapado, con el pelo apartado de la cara. Pulso el botón de llamada porque ahora no me queda más remedio que hacerlo o inventarme una excusa muy extraña y enrevesada.

—Hola —dice a media voz, como si se encontrase en un lugar donde tiene que guardar silencio.

—Hola —contesto. Esperamos. Pienso en él desnudo y enseguida trato por todos los medios de reprimir ese pensamiento—. ¿Cómo va el turno?

—Tranquilo. De ahí la pausa para el café.

Su acento es prácticamente idéntico al de Richie, y totalmente diferente al del resto de la gente. Es como del sur de Londres con un deje irlandés. Me reclino en el sofá, doblo las rodillas y me las pego al cuerpo.

—Bueno, eh… —titubea.

—Perdona —digo casi al mismo tiempo. Volvemos a esperar, y a continuación me da por soltar una tonta y extraña risita que estoy segura de que jamás ha salido de mi boca. Qué momento más idóneo para estrenar una risa insólita.

—Tú primero —ofrece él.

—A ver… No he llamado para hablar sobre lo que ocurrió el otro día —comienzo a decir—, así que ¿te parece si en el transcurso de esta conversación hacemos como si aquel episodio de la ducha hubiese sido un extraño sueño compartido para poder contarte la buena noticia sin que ambos nos sintamos muy violentos?

Me parece oírle sonreír.

—Hecho.

—Gerty ha aceptado el caso de Richie.

Lo único que oigo es cómo contiene el aliento y, acto seguido, el silencio. Espero un rato que se me hace eterno, pero me da la impresión de que Leon es de los que necesitan tiempo para asimilar las cosas, igual que Mo, de modo que reprimo el impulso de añadir nada hasta que esté preparado.

—Gerty ha aceptado el caso de Richie —repite Leon en tono de asombro.

—Sí. Lo ha aceptado. ¡Y eso ni siquiera es la buena noticia! —Noto que estoy dando ligeros botes sobre los cojines del sofá.

—¿Cuál es... la buena noticia? —pregunta, como si se encontrara algo aturdido.

—Ha conseguido adelantar la apelación tres meses. Calculabais que sería en enero del año que viene, ¿no? Pues ahora hablamos de... A ver...

—Octubre, octubre. Eso es...

—¡Pronto! ¡Ya mismo!

—¡Eso es dentro de dos meses! ¡No estamos preparados! —exclama Leon, que de pronto parece atemorizado—. ¿Y si...? ¿Ella...?

—Leon. Respira.

Más silencio. Oigo el sonido lejano de Leon respirando lenta y profundamente. Las mejillas me empiezan a doler de reprimir una sonrisa de oreja a oreja.

—Es una abogada fuera de serie —subrayo—. Y no aceptaría el caso si no creyera que Richie tiene posibilidades. De verdad.

—No me hagas esto si va a... dejarlo tirado o... —Lo dice con voz ahogada, y se me hace un nudo en el estómago de congoja.

—No te estoy asegurando que vaya a sacarlo de allí, pero creo que hay motivos para volver a tener esperanzas. No lo diría si no fuese cierto.

Deja escapar una larga y lenta exhalación, medio riéndose.

—¿Lo sabe Richie?

—Aún no, no creo. Ella le escribió ayer; ¿cuánto tardan en llegar allí las cartas?

—Depende… Suelen retenerlas antes de entregárselas. Eso significa que tengo que decírselo yo mismo, cuando vuelva a llamarme.

—Gerty también querrá hablar contigo del caso pronto —comento.

—Una abogada que quiere hablar del caso de Richie —dice Leon—. Una abogada… que quiere…

—Efectivamente —interrumpo, entre risas.

—Tiffy —dice, de repente serio—. No sabes cuánto te lo agradezco.

—No, chsss —contesto.

—De verdad. Es… No tengo palabras para expresar lo mucho que esto significa para…, para Richie. Y para mí.

—Lo único que hice fue pasarle la carta de Richie.

—Eso fue más de lo que nadie ha hecho por iniciativa propia por mi hermano.

Me rebullo.

—Bueno, dile a Richie que me debe una carta.

—Te escribirá. Tengo que colgar. Oye…, gracias, Tiffy. Me alegro mucho de que fueras tú y no el camello o el hombre del erizo.

—¿Cómo?

—Olvídalo —dice en el acto—. Hasta luego.

32

Leon

Nueva hilera de notas (Tiffy siempre utiliza varias. Nunca tiene suficiente espacio):

Leon, una pregunta... ¿¿Qué es lo que pasa con los vecinos?? Únicamente he visto al hombre raro del apartamento 5 (por cierto, ¿crees que sabe lo del agujero en los pantalones de chándal que lleva? Vive solo, ¡a lo mejor nadie se lo ha dicho!). Creo que en el apartamento 1 viven esas dos señoras mayores que se pasan el rato en la parada de autobús leyendo novelas negras de crímenes sangrientos reales. Pero ¿qué me dices de los apartamentos 4 y 2? Bss

En el apartamento 4 vive el agradable hombre de mediana edad que desgraciadamente es aficionado al crack. Siempre he dado por sentado que el apartamento 2 pertenece a los zorros. Bs

Escrito al dorso del manuscrito sobre la mesa de centro:

> *¡Ah, sí! Los zorros. Bueno, espero que estén pagando el alquiler. ¡¿Te fijaste en que Zulema Zorro ha tenido tres crías?!*

Más abajo:

> *… ¿Zulema Zorro?*
> *Y, hablando del alquiler, tengo un aviso en el móvil que dice que han pasado seis meses desde que te instalaste. Si no recuerdo mal, técnicamente expira tu contrato. ¿Quieres quedarte?*

Luego, añadida esa noche, después de dormir:

> *O sea, espero que quieras quedarte. Ya no estoy tan tieso con todas las ventas de bufandas y la nueva e increíblemente excelente abogada gratis. Pero ahora no estoy seguro del aspecto que tendría el apartamento sin ti. Para empezar, no podría pasar sin el puf. Bs*

Debajo de esto, Tiffy ha dibujado un grupo de zorros en un sofá con el encabezamiento «Apartamento 2». Ha identificado cuidadosamente a cada zorro.

> *¡Zulema Zorro! Es la mamá. La matriarca, vamos.*
> *Zoe Zorro. La descarada segunda de a bordo. Su guarida habitual es el rincón apestoso que hay junto a los contenedores.*

Zenón Zorro. El joven caprichoso y oportunista. Generalmente se le ve intentando colarse en el edificio por una ventana.

Zacarías Zorro. El macho alfa del grupo. Que me da a mí que es un poco canallita.

La nueva camada, a los que hasta ahora no les he puesto nombre. ¿Te gustaría hacer los honores?

Debajo:

Sí, por favor, al puf y a mí nos encantaría quedarnos algo más de tiempo. Digamos que unos seis meses, ¿te parece? Bss

Otros seis meses. Perfecto. Hecho. Bs

Nueva nota, al lado de la bandeja de crujiente de chocolate vacía:

Perdona, ¿CÓMO? ¿Noggle, Stanley y Archibald? ¡Pero si ni siquiera empiezan por Z!

En la misma nota, ahora al lado de una fuente de pastel de carne con puré de patatas:

Qué quieres que te diga. A Zacarías le gustaba Noggle. Los otros dos fueron idea de Zulema.

Otra cosa, perdona, al sacar la basura hoy no he podido evitar fijarme en el contenido de los contenedores de reciclaje. ¿Estás bien? Bs

No queda ni una miga del pastel de carne. Nueva nota:

Sí, no te preocupes, la verdad es que estoy fenomenal. Tenía pendiente desde hace tiempo hacer limpieza de recuerdos relacionados con mi ex, y también he hecho mucho más hueco debajo de la cama para guardar bufandas. (Por si te lo estabas preguntando, la verdad es que ya no somos pro ex). Bss

Ah, ¿no? Tengo que confesar que yo tampoco era ya tan partidario de tu ex. Bueno, desde luego es de agradecer contar con más espacio para las bufandas. Ayer se me enredó el pie con una; estaba tirada en el suelo del dormitorio a la espera de que los incautos cayeran en la trampa. Bs

¡Uy, perdona, perdona, sé que tengo que parar de dejar ropa tirada por el suelo de la habitación! Por otro lado, disculpa si esto es demasiado íntimo, pero ¿te has comprado un lote entero de calzoncillos nuevos? De repente todos los viejos con personajes de dibujos animados graciosos ya nunca están en el tendedero, y el apartamento se convierte en un tributo al señor Klein cada vez que haces la colada.

Y ya que estamos con el tema de los ex... ¿Has tenido noticias de Kay? Bss

Nuevo *post-it* doble. Muy rara vez se me acaba el espacio. Además, en esta ocasión he pensado largo y tendido qué decir.

La vi el fin de semana pasado, en la boda de un viejo amigo. Fue extraño. Agradable. Charlamos como amigos, y me sentí bien. Richie tenía razón: la relación había terminado mucho antes de lo que terminó.

Eh... Sí, hice una renovación general del armario. Caí en la cuenta de que no me había comprado ropa desde hacía cinco años más o menos. Además, de pronto he sido muy consciente de que en este apartamento vive una mujer y ve mi colada.

Por lo visto tú también has ido de compras. Me gusta el vestido azul y blanco que hay colgado detrás de la puerta. Parece del estilo que podría llevar uno de Los Cinco para ir de aventuras. Bs

Gracias. ☺ Da la impresión de que es la época ideal para un vestido de aventuras. Es verano, no tengo pareja, los zorros retozan por el asfalto, las palomas cantan desde los canalones... ¡La vida es bella! Bss

33

Tiffy

Estoy sentada en el balcón llorando como una cría a la que se le ha caído el helado. Un llanto a lágrima viva, entrecortado, con la boca abierta de par en par.

Ahora los recuerdos repentinos me asaltan con una frecuencia totalmente aleatoria, simplemente surgen de la nada y me provocan tremendas sacudidas. Este ha sido particularmente desagradable: yo estaba en mis cosas, calentando una sopa, y…, ¡pum!, afloró de buenas a primeras: la noche que Justin se dejó caer en febrero, antes del mensaje de Facebook, acompañado de Patricia. Me miró con cara de asco, apenas se dignó dirigirme la palabra. Luego, cuando Patricia estaba fuera, en la entrada, me dio un beso de despedida en los labios, con una mano alrededor de mi nuca. Como si le perteneciera. Por un momento, mientras estaba recordándolo, con tremendo espanto sentí que aún le pertenezco.

Así pues, a pesar de que en teoría soy mucho más feliz, estos recuerdos continúan aflorando y echándolo a perder. Está claro que he de afrontar algunos problemas y que mis tácticas de escaqueo ya no me funcionan. He de reflexionar sobre esto.

El momento de reflexión implica necesariamente la presencia de Mo y Gerty. Llegan juntos, más o menos una hora después de mandarles el mensaje. Mientras Gerty sirve copas de vino blanco, noto que estoy nerviosa. No tengo ganas de hablar. Pero, claro, una vez que empiezo no tengo fin, y me explayo en un tremendo galimatías: los recuerdos, los antiguos episodios del principio de la relación, absolutamente todo, hasta las flores que me envió la semana pasada.

Finalmente me callo, agotada. Apuro la copa de vino.

—Dejémonos de rodeos —dice Gerty, que literalmente no ha dado un solo rodeo en toda su vida—. Tu exnovio está zumbado, y sabe dónde vives.

Se me acelera el pulso; noto como si tuviera algo atrapado en el pecho.

Mo le lanza a Gerty el tipo de mirada que por lo general únicamente Gerty se permite lanzar a la gente.

—Hablaré yo —dice— mientras tú te encargas del vino. ¿Vale?

Gerty hace una mueca como si la hubieran abofeteado. Pero a continuación, curiosamente, mira hacia otro lado, y desde donde estoy sentada veo que está sonriendo.

Qué raro.

—Ojalá no hubiera accedido a ir a tomar una copa con él en octubre —señalo, ante el atento gesto de Mo—. ¿Cómo me dio por ahí?

—Dudo que dijeras eso, ¿no? Me parece que él prefirió entenderlo de esa manera —comenta Mo—. Pero no tienes obligación de verlo. No le debes nada.

—¿Os acordáis de toda la historia? —pregunto bruscamente—. ¿No serán imaginaciones mías?

Mo se queda callado unos instantes, pero Gerty no pierde la ocasión.

—Cómo no vamos a acordarnos. Yo recuerdo cada puñetero minuto. Se portó como un cerdo contigo. Te decía dónde ir y cómo llegar, y luego te acompañaba él mismo porque no habrías sido capaz de orientarte tú sola. Siempre te echaba la culpa de todas las discusiones, y no cedía hasta que no te disculpabas. Te dejaba plantada y después iba en tu busca de buenas a primeras. Te decía que estabas demasiado gorda, que eras un bicho raro y que ningún otro te querría, a pesar de que es evidente que eres una mujer despampanante y él debería haberse sentido afortunado por estar contigo. Fue un horror. Nosotros le odiábamos. Y si no me hubieras prohibido que hablase de él, te habría dicho esto cada puñetero día.

—Oh —digo, en un hilo de voz.

—¿Es así como lo viviste tú? —pregunta Mo, como si fuera un manitas con escasas herramientas intentando reparar los daños causados por la explosión de una bomba.

—Yo..., yo recuerdo haber sido muy feliz con él —respondo—. Y también, bueno, haber estado hundida en la miseria.

—No se portaba como un cerdo contigo a todas horas —puntualiza Gerty.

—De lo contrario no habría sido capaz de retenerte —observa Mo—. Él era consciente de ello. Es un tío listo, Tiffy. Él sabía cómo...

—... manipularte —termina Gerty la frase.

Mo hace una mueca de dolor ante su elección del término.

—Pero creo que durante un tiempo fuimos felices juntos. —No sé por qué esto me parece importante. No me agrada la idea de que todo el mundo que fue testigo de la relación me considerara idiota por estar con alguien que me trataba así.

—Claro —dice Mo, asintiendo—. Sobre todo al principio.

—Efectivamente —digo—. Al principio.

Seguimos dándole sorbos al vino en silencio durante unos instantes. Me siento muy rara. Como si debiera estar llorando, y en cierto modo tengo ganas de llorar, pero noto una extraña tensión en los ojos que impide que broten las lágrimas.

—Bueno. Gracias, ya sabéis, por intentarlo. Y lamento... haberos obligado a no hablar de él —digo, mirándome los pies.

—No pasa nada. Al menos gracias a eso seguiste viéndonos —comenta Mo—. Tenías que llegar a esta conclusión por ti misma, Tiff. Por mucho que deseáramos irrumpir como una locomotora y apartarte de su lado, habrías vuelto con él a la primera de cambio.

Me armo de valor y levanto la vista en dirección a Gerty. Ella me sostiene la mirada; su expresión es temible. No puedo ni imaginar lo mucho que le costó cumplir su palabra y no mencionar a Justin.

Me pregunto cómo demonios la convenció Mo para que me diera el espacio para llegar a esta conclusión yo sola. Pero él tenía razón: si me hubieran aconsejado que dejara a Justin yo los habría echado con cajas destempladas. La idea casi me da náuseas.

—Lo estás haciendo fenomenal, Tiff —comenta Mo al tiempo que me rellena la copa de vino—. Mantente firme en las conclusiones que estás sacando y punto. A lo mejor resulta difícil tenerlo presente en todo momento, pero es importante. Así que haz todo lo posible.

De alguna manera, cuando Mo dice algo, parece que lo hace realidad.

Es muy duro recordar. Una semana sin recuerdos repentinos o apariciones de Justin al azar, y flaqueo. Titubeo. Casi me vengo abajo del todo y llego a la conclusión de que me inventé toda la historia.

Menos mal que cuento con Mo como confidente. Analizamos los episodios a medida que los voy recordando: peleas a voces, pullas sutiles, ardides más sutiles si cabe para socavar mi independencia… Me resulta increíble lo dañina que fue mi relación con Justin, pero, por encima de todo, me resulta increíble que no me diera cuenta. Me parece que tardaré un tiempo en digerir eso.

Gracias a Dios por los amigos y compañeros de piso. Leon no tiene la menor idea de todo lo que está sucediendo, pero por lo visto se huele que necesito distraerme: está cocinando más y, si pasamos tiempo sin hablar, empieza una nueva tanda de notas. Siempre era yo la que hacía eso; me da la sensación de que, por regla general, Leon no es muy dado a iniciar una conversación.

Esta la encuentro encima de la nevera al llegar a casa del trabajo con Rachel, a la que he invitado a cenar (dice que le debo comidas gratis hasta nueva orden porque le he arruinado la vida al encargar *Engánchate al ganchillo*):

La búsqueda de Johnny White va fatal. Johnny White IV me emborrachó en una taberna muy cutre cerca de Ipswich. Estuve a punto de reproducir nuestro memorable encontronazo en el cuarto de baño: se me pegaron las sábanas y me dieron las tantas. Bs

Rachel, que está leyendo asomada por detrás de mi hombro, me mira con las cejas enarcadas.

—Conque memorable, ¿eh?

—Ay, cierra el pico. Ya sabes a lo que se refiere.

—Eso creo —dice—. Se refiere a: «Sigo pensando en ti en ropa interior. ¿Tú piensas en mí desnudo?».

Le lanzo una cebolla.

—Trocea eso y haz algo de provecho —replico, pero no puedo evitar sonreír.

SEPTIEMBRE

34

Leon

Septiembre ya. El verano empieza a refrescar. Jamás pensé que el tiempo pudiera pasar tan deprisa estando Richie en la cárcel, pero a él le ocurre lo mismo: sus días transcurren a un ritmo normal, en vez de a trancas y barrancas, obligándole a ser consciente de cada minuto.

Todo es gracias a Gerty. Aunque solo he coincidido con ella en unas cuantas ocasiones, hablamos por teléfono cada dos o tres días; a menudo el procurador también interviene en la llamada. Con el anterior apenas hablaba. Este parece estar haciendo gestiones constantemente. Increíble.

La brusquedad de Gerty roza la mala educación, pero me cae bien; al parecer carece de la capacidad de decir sandeces (lo contrario que Sal). Se pasa a menudo por el apartamento, y le ha dado por imitar a Tiffy dejándome notas. Afortunadamente, es bastante fácil distinguirlas. Estas dos están una al lado de la otra sobre la encimera de la cocina:

¡Hola! Siento oír lo de esa resaca de dos días; me solidarizo contigo, y te recomiendo los gusanitos. Sin embargo... ¡NI DE COÑA se riza más el pelo en los días de resaca! Eso es imposible, porque las resacas no tienen ninguna ventaja. Y, por los escasos datos que tengo de tu aspecto, apuesto a que cuanto más se te riza el pelo más resultón pareces. Bss

Leon: dile a Richie que me llame. No me ha enviado las respuestas a la relación de preguntas de diez páginas que le mandé la semana pasada. Te ruego que le recuerdes que soy una persona sumamente impaciente que generalmente cobra mucho por sus gestiones. G

En el camino de regreso de mi última visita a Richie aproveché para ver a un Johnny White. Vive en una residencia de ancianos al norte de Londres y, en cuestión de unos instantes, tuve la certeza de que no se trataba de nuestro hombre. La mujer y los siete hijos fueron indicios de peso (aunque, obviamente, no concluyentes), pero luego, tras una conversación muy difícil, averigüé que solamente sirvió en el ejército tres semanas antes de ser embarcado de vuelta a casa con una pierna gangrenosa.

Esto condujo a una larga conversación sobre la gangrena. Me sentí como si estuviera en el trabajo, pero en unas condiciones mucho más incómodas.

A la semana siguiente, el señor Prior no se encuentra bien. Me sorprende lo angustiado que me siento. El señor Prior es muy mayor: era totalmente de esperar. Mi trabajo es hacerle el proceso más fácil. Lo ha sido desde el día en que lo conocí. Pero siempre pensé que localizaría al amor de su vida antes de su partida, y no he tenido suerte con ninguno de mis cinco Johnny White. Quedan tres, pero aun así.

Fui un ingenuo. Casi seguro que Kay me lo dijo en su momento.

Encima del calentador:

Bueno, si has llegado hasta aquí, probablemente te has dado cuenta de que el calentador no funciona. Pero no te preocupes, Leon, ¡tengo excelentes noticias para ti! Ya he llamado a una fontanera y va a venir mañana por la tarde a arreglarlo. Hasta entonces no tendrás más remedio que ducharte con AGUA HELADA, aunque en realidad si has venido a echar un vistazo al calentador es muy posible que lo hayas hecho ya, en cuyo caso lo peor ya ha pasado. Te recomiendo que te acurruques en el puf con una taza caliente de té de manzana y especias (sí, he comprado un nuevo té de frutas; no, no tenemos ya de sobra en el armario) y nuestra preciosa manta de Brixton. Eso es lo que hice yo, y fue un gustazo. Bss

No estoy seguro de cómo tomarme lo de «nuestra» manta de Brixton, asumiendo que se refiere a ese andrajo de colorines que siempre tengo que quitar de la cama. Definitivamente es uno de los peores objetos del apartamento.

Me acomodo en el puf con la última variedad de té de frutas e imagino a Tiffy aquí, sentada en este mismo sitio, hace apenas unas horas. El pelo mojado, los hombros al descubierto. Envuelta únicamente en una toalla y esta manta.

La manta no está tan mal. Es… pintoresca. Estrambótica. A lo mejor al final hasta me gusta y todo.

35

Tiffy

Esta es mi primera sesión con Alguien Que No Es Mo.

El propio Mo lo sugirió. Dijo que me vendría bien recibir terapia como es debido y hablar con una persona que no me conozca. Y luego Rachel me comentó que, aunque parezca increíble, las prestaciones para los trabajadores de Butterfingers incluyen hasta quince sesiones de terapia que sufraga la empresa. No tengo ni idea de por qué están dispuestos a proporcionar eso y no a pagar por encima del salario mínimo; quizá estén hartos de que los empleados se den de baja por estrés.

Así que aquí estoy. Es muy extraño. Alguien Que No Es Mo se llama Lucie y lleva puesto un gigantesco jersey de críquet a modo de vestido, cosa que, como es lógico, hace que enseguida me caiga bien y le pregunte dónde va de compras. Hemos charlado un rato sobre tiendas de ropa *vintage* del sur de Londres, después me ha dado agua y, ahora, aquí estamos, en su consulta, frente a frente en sillones a juego.

Estoy hecha un manojo de nervios, aunque no tengo ni remota idea del motivo.

—Y bien, Tiffy, ¿qué te ha impulsado a venir a verme hoy? —pregunta Lucie.

Abro la boca y vuelvo a cerrarla. Dios, hay tantas cosas que explicar. ¿Por dónde empiezo?

—Simplemente empieza por ahí —dice Lucie. Es evidente que tiene las mismas dotes de telepatía que Mo; seguramente se las enseñan al colegiarse—. Por lo que te impulsó a coger el teléfono y concertar una cita.

—Quiero arreglar sea lo que demonios sea que me hizo mi exnovio —digo, y acto seguido me callo, atónita. ¿Cómo es posible que le haya dicho eso a bocajarro a una completa desconocida cinco minutos después de conocerla? Qué violento.

Pero Lucie ni se inmuta.

—De acuerdo —dice—. ¿Te importaría darme más detalles?

—¿Estás curada? —me pregunta Rachel al tiempo que plantifica un café encima de mi mesa.

Ah, el café, el elixir de los que trabajan demasiado. Desde hace poco ha superado al té en mis afectos, señal de mi falta de sueño. Le lanzo un beso a Rachel mientras se dirige hacia su pantalla. Como de costumbre, retomamos la conversación por Messenger.

Tiffany [09:07]: Fue rarísimo. Literalmente le confesé mis intimidades más bochornosas más o menos a los diez minutos de conocerla.

Rachel [09:08]: ¿Le contaste cuando te vomitaste por todo el pelo en el autobús nocturno?

Tiffany [09:10]: Bueno, la verdad es que eso no salió a relucir.

Rachel [09:11]: ¿Y qué me dices de cuando le rompiste el pene al tío ese en la universidad?

Tiffany [09:12]: Tampoco levantó esa liebre.

Rachel [09:12]: Ese fue el problema que tuvo él desde ese momento.

Tiffany [09:13]: ¿Te suele funcionar este chiste?

Rachel [09: 15]: Bueno, da igual, ahora sé con seguridad que estoy más al tanto de tus secretos inconfesables que esta nueva impostora que aspira a ganarse tu afecto. Vale. Continúa.

Tiffany [09:18]: En realidad no comentó gran cosa. Menos que Mo, que ya es decir. Yo pensaba que me explicaría qué me ocurre. Pero en vez de eso más o menos extraje algunas conclusiones por mí misma…, lo cual me habría resultado totalmente imposible de no haber estado sentada allí con ella. Fue muy extraño.

Rachel [09:18]: ¿Qué tipo de cosas?

Tiffany [09:19]: Que… Justin a veces era cruel, por ejemplo. Y controlador. Y otras cosas desagradables.

Rachel [09:22]: Debo decir que oficialmente reconozco mi equivocación en lo tocante al tema de Justin. Gerty tiene razón. Es un cabrón.

Tiffany [09:23]: ¿Te has dado cuenta de que acabas de escribir: «Gerty tiene razón»?

Rachel [09:23]: Te prohíbo que se lo digas.

Tiffany [09:23]: Ya le he enviado un pantallazo.

Rachel [09:24]: Zorra. Entonces, ¿irás otra vez?

Tiffany [09:24]: Tengo tres sesiones esta semana.

Rachel [09:24]: Joder.

Tiffany [09:25]: Me da miedo que, como tuve el primer recuerdo cuando el tío ese, Ken, me besó…

Rachel [09:26]: ¿Y?

Tiffany [09:26]: ¿Y si eso es lo que va a pasar de ahora en adelante? ¿Y si Justin me ha reprogramado o algo así y JAMÁS SERÉ CAPAZ DE VOLVER A BESAR A UN HOMBRE?

Rachel [09:29]: Joder, qué horror.

Tiffany [09:30]: Gracias, Rachel.

Rachel [09:31]: Deberías ir a un especialista en eso.

Tiffany [09:33]: [emoticono de mirada fulminante] Gracias, Rachel.

Rachel [09:34]: Bah, venga ya. Sé que te ha hecho gracia. O sea, literalmente acabo de verte riendo y acto seguido fingiendo que tosías al darte cuenta de que el editor jefe pasaba por delante.

Tiffany [09:36]: ¿Crees que ha colado?

—Tiffy, ¿tienes un minuto? —El editor jefe me reclama.

Mierda. Lo de «¿tienes un minuto?» siempre es mala señal. Si fuera urgente pero no peliagudo, lo habría dicho a voces en la oficina o me habría enviado un e-mail con uno de esos signos de admiración pasivo-agresivos en rojo. No, lo de «¿tienes un minuto?» significa que es confidencial, y eso casi con toda seguridad significa que es peor que una mera risita por lo bajini sentada a mi mesa porque estoy chateando con Rachel sobre besos.

¿Qué habrá hecho Katherin? ¿Habrá colgado una foto de su vagina en Twitter, tal y como amenaza con hacer todas y cada una de las veces que le pido que conceda otra entrevista a instancias de Martin?

¿O se trata de uno de los muchos muchos libros que he estado ignorando por completo en la vorágine de *Engánchate al ganchillo*? Ya ni siquiera me acuerdo de los títulos.

He cambiado fechas de publicación como si hubiera estado jugando al Scrabble, y desde luego no he comentado los cambios con el editor jefe. Será eso, ¿no? Que he ignorado el libro de alguien durante tanto tiempo que al final lo han mandado a imprenta en blanco.

—Claro —respondo, y me levanto de mi mesa en lo que confío que sea una actitud resuelta y profesional.

Lo sigo hasta su despacho. Él cierra la puerta cuando entramos.

—Tiffy —empieza a decir, apoyado en el borde de su mesa—. Sé que han sido unos meses ajetreados para ti.

Trago saliva.

—Oh, no pasa nada —contesto—. ¡Gracias de todas formas!

En este momento me observa de una manera algo extraña, lo cual es totalmente comprensible.

—Has hecho un trabajo fantástico con el libro de Katherin —señala—. Es una obra editorial francamente extraordinaria. Detectaste esa tendencia; no, le diste forma. De verdad, de primera.

Perpleja, parpadeo. Yo ni detecté esa tendencia ni le di forma; llevo publicando libros de ganchillo desde que empecé a trabajar en Butterfingers.

—Gracias… —respondo, con cierto remordimiento de conciencia.

—Estamos tan impresionados con tu trabajo últimamente, Tiffy, que nos gustaría ascenderte a editora —prosigue.

Tardo en asimilar las palabras varios segundos y, al hacerlo, emito un sonido estrangulado muy peculiar.

—¿Estás bien? —pregunta, con el ceño fruncido.

Carraspeo.

—¡Estupendamente! ¡Gracias! —exclamo—. Es que no esperaba…

… que me ascendieran. Literalmente, en la vida. Había renunciado a toda esperanza.

—Es un ascenso totalmente merecido —comenta, con una sonrisa benevolente.

Hago un sumo esfuerzo por corresponderle a la sonrisa. La verdad es que no sé dónde meterme. Lo que quiero hacer es preguntarle cuánto voy a cobrar, pero no hay una manera digna de formular esa pregunta.

—Muchísimas gracias —suelto de carrerilla en cambio, y acto seguido me siento un poco patética porque, las cosas como son, deberían haberme ascendido hace dos años, y es degradante rebajarse hasta este punto. Enderezo la postura y esbozo una sonrisa más resuelta—. Será mejor que vuelva al tajo —añado. A los veteranos siempre les gusta oír eso.

—Por supuesto —dice—. Recursos Humanos te enviará los detalles del aumento de sueldo, etcétera.

Me gusta cómo suena ese «etcétera».

¡Enhorabuena por el ascenso! Más vale tarde que nunca, ¿no? Te he preparado strogonoff de champiñones para celebrarlo. Bs

Sonrío. La nota está pegada en la nevera, donde ya hay una capa de *post-its*. Ahora mismo mi favorito es un garabato que hizo Leon donde aparecía el hombre del apartamento 5 sentado en una pila enorme de plátanos. (Todavía no hemos averiguado por qué almacena tantas cajas de plátanos en su plaza de aparcamiento).

Apoyo la frente contra la puerta de la nevera un momento y deslizo los dedos por las capas de trozos de papel y *post-its*.

Aquí hay tantas cosas… Bromas, secretos, anécdotas, el lento desarrollo de la vida de dos personas que han ido cambiando en paralelo… o, no sé, al unísono. En diferentes momentos, en el mismo lugar.

Cojo un bolígrafo.

Gracias. ☺ *Para tu información, he estado bailando por el apartamento para celebrarlo. O sea, bailando en plan muy cutre, intentando hacer el* moonwalk. *No sé por qué, a ti no te imagino animándote a eso…*

Oye, ¿qué planes has hecho para este fin de semana? Me figuro que tienes previsto quedarte en casa de tu madre otra vez, ¿no? Es que me preguntaba si te apetecería salir a tomar una copa o algo para celebrarlo conmigo. Bss

Mientras espero la respuesta pienso por primera vez que ojalá Leon y yo nos comunicáramos por WhatsApp como la gente normal. Ahora mismo mataría por ver el doble *check* azul de confirmación de lectura. Luego, al llegar a casa, pegada con cuidado por debajo de mi nota en la nevera:

Soy muy dado a hacer el moonwalk *desde la cocina hasta la sala de estar.*

Por desgracia no puedo ir a tomar algo porque estaré fuera buscando a Johnny White. Este vive en Brighton.

Luego, justo debajo, pero con un bolígrafo de otro color:

Igual es una idea absurda, pero, si te apetece una excursión a la costa, podrías venirte.

Estoy plantada en la cocina, delante del frigorífico, con una sonrisa radiante.

¡Me encantaría! La costa me vuelve loca. Para empezar, te permite llevar sombrero, o sombrilla, cosas que son maravillosas y que NO tengo oportunidad de hacer a menudo. ¿Dónde quieres que quedemos? Bss

La respuesta tarda dos días. Me pregunto si Leon estará echándose atrás, pero después, finalmente, anotado a toda prisa con tinta azul:

Estación Victoria el sábado a las diez y media. ¡Cita confirmada! Un beso

36

Leon

Cita confirmada? ¡¿Cita confirmada?!

¿Qué me ha pasado? Debería haber escrito: «Nos vemos allí». En vez de eso, dije: «Cita confirmada». Pero no es una cita. Probablemente. Además, no soy de los que dicen cosas como «Cita confirmada», aun cuando lo sea.

Me froto los ojos y me muevo inquieto. Estoy bajo los paneles de salidas de la estación Victoria, junto a unas cien personas más, pero mientras que todo el mundo está atento a los paneles, yo estoy pendiente de la salida del metro. Me pregunto si Tiffy me reconocerá vestido. Respecto a eso: es asombroso que hoy haga este calor estando en septiembre. No debería haberme puesto vaqueros.

Echo un vistazo a las indicaciones para la estación de Brighton, cargadas en mi teléfono. Echo un vistazo a la hora. Echo un vistazo al andén del tren. Me muevo inquieto un poco más.

Cuando por fin aparece, no hay peligro de que pase inadvertida. Lleva una chaqueta amarillo canario y pantalones ceñidos; su melena pelirroja le cae por la espalda y camina dando brincos. Además, es más alta que la mayoría de la marea de gente que hay a su alrededor, y lleva puestas unas sandalias de tacón amarillas con las que gana unos centímetros de más sobre la media de la población.

Parece totalmente ajena a la cantidad de miradas que atrae a su paso, cosa que le aporta una presencia más atractiva si cabe.

Sonrío y agito la mano cuando me ve. Me dispongo a mantener una sonrisa incómoda conforme se aproxima, y a continuación, en el último segundo, me asalta la duda de si deberíamos saludarnos con un abrazo. Podría haber aprovechado estos diez minutos de espera para deliberarlo. En vez de eso, lo he demorado hasta que la tengo justo delante, cara a cara, sus mejillas sonrojadas debido al sofocante ambiente que se respira en la estación.

Ella se detiene; demasiado tarde para un abrazo.

Tiffy: Hola.

Yo: Hola.

Y, acto seguido, ambos a la vez:

Tiffy: Siento llegar tarde…

Yo: No había visto nunca esos zapatos amarillos…

Tiffy: Perdona, tú primero.

Yo: No pasa nada, casi acabo de llegar.

Menos mal que no me ha oído. ¿Cómo me ha dado por sacar a relucir el hecho de que conozco la mayoría de sus zapatos? Suena de lo más siniestro.

Caminamos juntos hacia el andén. No dejo de mirarla; por alguna razón, no salgo de mi asombro por lo alta que es. No me la imaginaba tan alta.

Tiffy me mira de reojo, nos cruzamos la mirada y sonríe.

Tiffy: ¿No es lo que te esperabas?

Yo: ¿Cómo?

Tiffy: Yo. ¿Soy como esperabas?

Yo: Ah, pues…

Ella enarca una ceja.

Tiffy: O sea, antes de verme el mes pasado.

Yo: Bueno, no esperaba que fueras tan…

Tiffy: ¿Grande?

Yo: Iba a decir «desnuda». Pero, sí, también alta.

Tiffy se ríe.

Tiffy: Yo no iba tan desnuda como tú.

Yo, muerto de vergüenza: No me lo recuerdes. Siento mucho…

Ajjj. ¿Cómo termino esta frase? Igual son imaginaciones mías, pero da la impresión de que se ha sonrojado.

Tiffy: En serio, fue culpa mía. Estabas duchándote tan tranquilo.

Yo: No fue culpa tuya. A todo el mundo se le pegan las sábanas.

Tiffy: Sobre todo cuando te has bebido una botella de ginebra casi entera.

Como subimos al tren, la conversación se interrumpe mientras recorremos el pasillo del vagón. Ella elige un asiento con mesa; en una milésima de segundo, decido que es menos violento sentarnos el uno frente al otro que al lado, pero cuando me dispongo a tomar asiento caigo en la cuenta de mi error. Así hay mucho contacto visual.

Ella se quita la chaqueta; debajo lleva puesta una blusa estampada con enormes flores verdes. Lleva los brazos al descubierto, y la blusa le cae en un pronunciado escote de pico sobre el pecho. El adolescente que llevo dentro intenta dirigir mi mirada y me controlo justo a tiempo.

Yo: Vaya... ¿Una botella entera de ginebra?

Tiffy: Pues sí. Bueno, fue en la presentación de un libro, luego Justin apareció y..., en fin, a partir de ahí corrieron ríos de ginebra.

Frunzo el ceño.

Yo: ¿Tu ex? Qué... raro, ¿no?

Tiffy se echa el pelo hacia atrás y parece algo incómoda.

Tiffy: A mí también me lo pareció al principio, y me pregunté si me habría seguido la pista o algo así, pero si le apetecía verme podría haber ido a buscarme al trabajo... o, según parece, al apartamento, en vista de aquel ramo de flores. Está claro que estoy paranoica.

Yo: ¿Dijo eso él? ¿Que estabas paranoica?

Tiffy, tras una pausa: No, en ningún momento dijo eso concretamente.

Yo, al pillarlo: Un momento. ¿Tú no le habías dicho dónde vives?

Tiffy: No. No estoy segura de cómo me ha localizado. Por Facebook o algo así, seguramente.

Pone los ojos en blanco como si se tratase de una inconveniencia menor, pero yo continúo con el ceño fruncido. Esto no suena nada bien. Tengo la desagradable sospecha de que conozco a los hombres de su calaña por las vivencias de mi madre. Hombres que te tachan de loca por sospechar de su comportamiento, que saben dónde vives cuando se supone que no tienen por qué saberlo.

Yo: ¿Estuvisteis juntos mucho tiempo?

Tiffy: Un par de años. Pero todo fue muy intenso. Hubo un montón de rupturas, broncas, lágrimas y esas cosas.

Parece ligeramente sorprendida ante su propio comentario; abre la boca como para matizarlo, y seguidamente se lo piensa dos veces.

Tiffy: Sí. En total fueron un par de años.

Yo: ¿Y a tus amigos no les cae bien?

Tiffy: La verdad es que nunca les gustó. Ni siquiera al principio. Gerty comentó que le dio «malas vibraciones» nada más verlo de lejos.

Cada vez me cae mejor Gerty.

Tiffy: Bueno, el caso es que se presentó allí e intentó llevarme en ese mismo instante a tomar una copa por ahí para darme todas las explicaciones habidas y por haber, en su línea.

Yo: ¿Te negaste?

Tiffy asiente.

Tiffy: Le dije que tiene que esperar un tiempo para proponerme salir a tomar una copa. Como mínimo un par de meses.

Tiffy mira por la ventana; su mirada oscila a medida que contempla cómo va quedando atrás Londres.

Tiffy, en voz baja: Es que me dio la sensación de que no podía negarme. Justin es así. Te convence para que acabes queriendo lo que él quiere. Es muy… No sé. Se le da bien tomar el control de la situación en un instante, ¿sabes? Es convincente.

Trato de ignorar las sirenas de alarma que suenan en mi cabeza. Esto no me hace ni pizca de gracia. No había tenido esta percepción de las cosas a través de las notas; pero quizá ni la propia Tiffy había tenido esta percepción de las cosas hasta hace poco. La gente puede tardar tiempo en ser consciente del maltrato psicológico y superarlo.

Tiffy: ¡En fin! Perdona. Dios. Qué raro.

Sonríe.

Tiffy: Esta conversación es muy profunda para mantenerla con alguien que acabas de conocer.

Yo: No acabamos de conocernos.

Tiffy: Cierto. Tuvimos el tropiezo aquel en el cuarto de baño.

Enarca la ceja otra vez.

Yo: Me refería a que da la impresión de que nos conocemos desde hace siglos.

Tiffy sonríe ante mi comentario.

Tiffy: ¿A que sí? Supongo que por eso resulta tan fácil charlar.

Sí. Es verdad, resulta fácil charlar, cosa que me sorprende aún más que a ella, probablemente porque hay unas tres personas en el mundo con las que me resulta fácil charlar.

37

Tiffy

No entiendo qué me impulsó a hablar tanto de Justin. No he comentado nada acerca de la terapia ni de los recuerdos en mis notas a Leon —esos *post-its* me reconfortan y entretienen; no pienso echarlo a perder con el mal rollo de Justin—, pero ahora que de repente me encuentro cara a cara con él me resulta natural contarle las cosas que ocupan mis pensamientos. Es que su expresión es de las que dan pie a…, bueno, a… sincerarte.

Nos quedamos callados mientras el tren avanza a toda velocidad por el campo. Me da la sensación de que a Leon le gusta el silencio; no me incomoda tanto como imaginaba, más bien es como si este fuera su estado natural. Es curioso, porque cuando habla es muy interesante, si bien es cierto que de una manera serena e intensa.

Como está mirando por la ventana, con los ojos entrecerrados frente a la luz del sol, aprovecho la ocasión para observarlo furtivamente. Tiene un aire un poco desaliñado, lleva puesta una camiseta gris gastada y un cordón alrededor del cuello que tiene pinta de no quitarse prácticamente nunca. Me pregunto qué significará para él. No me parece que Leon sea de los que se ponen complementos a menos que sea por motivos sentimentales.

Me pilla mirando y me sostiene la mirada. Me da un vuelco el corazón. De pronto el silencio adquiere un matiz diferente.

—¿Cómo está el señor Prior? —suelto sin venir a cuento.

Leon parece perplejo.

—¿El señor Prior?

—Sí, el tejedor que me salvó la vida. La última vez que hablé con él estaba en el hospital. —Le sonrío con ironía—. Mientras tú estabas ocupado escurriendo el bulto.

—Ah. —Se rasca la nuca, baja la vista y seguidamente me lanza una sonrisa un tanto ladeada. Lo hace tan deprisa que casi ni lo aprecio—. No estuve muy fino.

—Ajá. —Adopto en broma una expresión severa—. ¿Acaso te impongo?

—Un poco.

—¡Un poco! ¿Por qué?

Traga saliva, la nuez de su garganta da un bote y se aparta el pelo de la cara. Creo que está nervioso. Es adorable a más no poder.

—Eres muy... —Hace un ademán con la mano.

—¿Chillona? ¿Descarada? ¿Enorme?

Se estremece.

—Qué va —dice—. No, no es eso.

Espero.

—Oye —prosigue—, ¿te ha pasado alguna vez que tienes tantas ganas de leer un libro que al final no puedes empezarlo?

—Oh, totalmente. Me pasa siempre: si tuviera una pizca de autocontrol jamás habría sido capaz de leer la última entrega de Harry Potter. La espera fue una agonía. Ya sabes, en plan: ¿y si no está a la altura de los últimos? ¿Y si me defrauda?

—Vale, ya. —Hace un ademán con la mano—. Imagino que fue… algo parecido.

—¿Pero conmigo?

—Sí. Contigo.

Bajo la vista a mis manos, en mi regazo, haciendo un sumo esfuerzo por no sonreír.

—En cuanto al señor Prior… —Ahora Leon está mirando por la ventana—. Lo siento. La verdad es que no puedo hablar de los pacientes.

—Ah, claro. Bueno, espero que encontremos a su Johnny White. El señor Prior es un encanto. Se merece un final feliz.

Mientras continuamos a trancas y barrancas, con altibajos en el flujo natural de la conversación, lanzo furtivamente varios vistazos más discretos a Leon desde el otro lado de la mesa. En un momento dado nos cruzamos la mirada en el cristal de la ventana, y ambos la apartamos rápidamente, como si hubiéramos visto algo que no debíamos.

Cuando estamos llegando a Brighton me da la sensación de que el ambiente prácticamente ha recuperado la absoluta normalidad, pero entonces él se incorpora para coger su mochila del portaequipajes y de pronto lo veo ahí plantado, con la camiseta subida y la banda oscura de sus calzoncillos de Calvin Klein asomando por encima de los vaqueros, y de nuevo me encuentro en el aprieto de no saber dónde meterme. Simulo que la mesa me resulta muy interesante.

Al llegar a Brighton brilla un tenue sol de septiembre; todavía no hace un tiempo propiamente otoñal. Desde la puerta de la estación alcanzo a ver calles de casas adosadas blancas que se extienden delante de nosotros, salpicadas de pubs y cafés de esos por los que todo el mundo en Londres pagaría lo que no está escrito por tener en la esquina de su calle.

Leon ha fijado el encuentro con el señor White en el espigón. Al llegar al paseo marítimo suelto sin querer un grito de excitación. El espigón se extiende hacia el mar azul grisáceo como si fuese un cuadro de uno de esos antiguos complejos costeros donde los victorianos solían pasar el rato con ridículos bañadores hasta la rodilla. Es ideal. Hurgo en mi bolso, saco mi gran pamela de los años cincuenta y me la planto.

Leon me mira con aire burlón.

—Menudo sombrero —comenta.

—Menudo día —replico al tiempo que extiendo los brazos de par en par—. Ningún otro modelo le haría justicia.

Él sonríe.

—¿Al espigón?

Mi sombrero aletea al asentir.

—¡Al espigón!

38

Leon

Localizamos a Johnny White sin la menor dificultad. Un hombre de avanzada edad sentado en la punta del espigón. Literalmente, en la mismísima punta, sentado en la barandilla con los pies colgando; me sorprende que nadie le haya llamado la atención. Parece bastante peligroso.

Tiffy, por el contrario, no está preocupada. Camina dando saltitos mientras el sombrero aletea.

Tiffy: ¡Mira! ¡He localizado a un Johnny White! Apuesto a que es el que buscamos. Simplemente lo sé.

Yo: Imposible. No puedes tener la suerte del principiante.

Pero he de reconocer que el residente de Brighton tiene más posibilidades que el de Midlands que fumaba hierba.

Tiffy se adelanta sin darme tiempo a pensar o a sopesar la manera más adecuada de abordarle; se encarama a la barandilla y se coloca a su lado.

Tiffy, a J. W. VI: Hola, ¿es usted el señor White?

El anciano se vuelve. Esboza una sonrisa radiante.

J. W. VI: Efectivamente. ¿Eres Leon?

Yo: Yo soy Leon. Un placer conocerle, señor.

La sonrisa radiante de J. W. VI se acentúa.

J. W. VI: ¡El placer es mío! ¿Por qué no me acompañáis? Es mi rincón favorito.

Yo: ¿Es... seguro?

Tiffy ya tiene los pies colgando.

Yo: ¿A la gente no le preocupa que salte, o que se caiga?

J. W. VI: Oh, aquí todo el mundo me conoce.

Agita la mano con entusiasmo en dirección al hombre del puesto de algodón de azúcar, que levanta el dedo corazón con el mismo entusiasmo. J. W. VI se ríe entre dientes.

J. W. VI: Bueno, ¿de qué se trata ese proyecto familiar? ¿Eres mi nieto perdido hace tiempo, joven?

Yo: Lo dudo. Aunque no lo descarto.

Tiffy me mira con curiosidad. No parece el momento oportuno para ponerla al corriente de las numerosas lagunas de mi historia familiar. Acalorado, me remuevo incómodo; aquí hace más calor debido al reflejo del sol en el agua, y noto la picazón del sudor en el nacimiento del pelo.

Tiffy: Hemos venido por un amigo. El..., el señor Prior.

Una gaviota grazna detrás de nosotros y Johnny White VI da un leve respingo.

J. W. VI: Me temo que vais a tener que darme más pistas.

Yo: Robert Prior. Me parece que estuvo destinado en el mismo regimiento que usted durante la...

A J. W. VI se le borra la sonrisa. Levanta la mano para interrumpirme.

J. W. VI: Si no te importa, preferiría que no continuaras. Ese tema de conversación no es... precisamente de mi agrado.

Tiffy, con delicadeza: Eh, señor White, ¿qué le parece si vamos a algún sitio a refrescarnos? No tengo la piel adecuada para este tipo de sol.

Estira los brazos para mostrárselos. Él recupera la sonrisa lentamente.

J. W. VI: ¡Una belleza inglesa con piel de porcelana! Y qué hermosa.

Él se vuelve hacia mí.

J. W. VI: Eres un hombre afortunado por haber encontrado a una mujer como esta. Ya no abundan.

Yo: Oh, no es mi…

Tiffy: No soy su…

Yo: En realidad solo somos…

Tiffy: Compañeros de piso.

J. W. VI: ¡Oh!

Su mirada oscila entre los dos. No parece convencido.

J. W. VI: Bueno. La mejor manera de refrescarse por aquí es darse un chapuzón.

Señala hacia la playa.

Yo: No he traído bañador.

Pero, al mismo tiempo, Tiffy dice…

Tiffy: ¡Si usted lo hace, me apunto, señor White!

Me quedo mirándola. Tiffy es una caja de sorpresas. Me descoloca bastante. No tengo claro que me guste la idea.

J. W. VI, por otro lado, parece encantado con la propuesta de Tiffy. Ella ya se ha puesto a ayudarle a bajar de la barandilla. Me apresuro a echarle una mano, pero, al ser un hombre tan mayor, no se cae de milagro.

Mientras recorremos el paseo marítimo, pasando por atracciones de feria y salas recreativas atestadas, me da tiempo de sobra a rajarme.

Yo: Será mejor que uno se quede vigilando las cosas.

J. W. VI: No te preocupes por eso. Se las dejaremos a Radley.

Resulta que Radley es el hombre del turbante de colorines que atiende el puesto de guiñol tradicional. Tiffy me lanza una mirada entusiasmada mientras nos presentamos y soltamos las bolsas. «¡Es genial!», articula con los labios. No puedo evitar sonreír. He de reconocer que este Johnny White está ganando puntos rápidamente.

Camino a la zaga de Tiffy y Johnny conforme sortean a bañistas y hamacas en dirección a la orilla. Me paro un momento para descalzarme; noto los frescos guijarros bajo mis pies. El sol brilla bajo a través del agua y le imprime un brillo argénteo a los guijarros. La melena pelirroja de Tiffy resplandece. Johnny White se quita trabajosamente la camisa sobre la marcha.

Y ahora… Ajjj. Tiffy también.

39

Tiffy

Hacía siglos que no me sentía así. De hecho, si me hubieran preguntado hace unos meses, habría respondido que solamente podía sentirme así con Justin. Este arrebato de espontaneidad y locura; la sensación de pura vitalidad de lanzarte de cabeza y hacer caso omiso de todos los resortes de tu cerebro que te advierten de que esto es una idea descabellada... Dios, cómo echaba de menos esto. Con el pelo por la cara, entre risas y traspiés, me quito los vaqueros y me agacho cuando el señor White lanza sus pantalones cortos en dirección a nuestro improvisado fardo de ropa.

Leon está detrás de nosotros; al volver la vista veo que también sonríe, y con eso me basta. El señor White se ha quedado en calzoncillos.

—¿Listo? —le pregunto a voz en grito. Aquí sopla la brisa; mi pelo se sacude contra mis mejillas y el viento me hace cosquillas en la barriga.

No hace falta decírselo dos veces al señor White. Ya está metiéndose en el agua; para ser un hombre que aparenta como mínimo noventa años se mueve rapidísimo. Vuelvo la vista hacia Leon, aún vestido, que me observa con una expresión confundida e indescifrable.

—¡Vamos! —le grito, corriendo hacia el agua. Me siento mareada, casi borracha.

—¡Esto es una locura! —exclama.

Extiendo los brazos de par en par.

—¿Qué te lo impide?

Puede que sean imaginaciones mías, y se halla bastante lejos para discernirlo, pero no parece que solo me esté mirando a la cara. Reprimo una sonrisa.

—¡Vamos! —exclama Johnny White desde el agua, donde ya está nadando a braza—. ¡Está estupenda!

—¡No tengo bañador! —objeta Leon, vacilante en la orilla.

—¿Qué más da? —digo a voces, apuntando hacia mi ropa interior (negra lisa, esta vez sin encaje), que prácticamente pasa desapercibida entre los bikinis de otras chicas. Ahora el agua me llega a la altura de las caderas, y me muerdo el labio por lo fría que está.

—A lo mejor da lo mismo si eres mujer, pero es un poco diferente si...

Leon supuestamente termina la frase, pero yo no oigo el resto. De repente estoy bajo el agua, y un tremendo dolor en el tobillo ha acaparado todos mis pensamientos.

Chillo y doy una tragantada de agua tan salada que me quema el fondo de la garganta; sacudo las manos y por un momento tanteo el fondo con el pie bueno, pero a continuación mi otro pie también intenta encontrar apoyo, y el dolor hace que vuelva a perder el equilibrio. Me retuerzo, dando vueltas; todo son destellos de agua y cielo. Algún lejano recoveco de mi mente discierne que debo de haberme dislocado el tobillo. «No te pongas histérica», trata de decirme, pero es demasiado tarde. Estoy expulsando bocanadas de agua y me arden los ojos y la garganta. No puedo volver, no consigo enderezarme, el tobillo me duele horrores cada vez que lo muevo para intentar nadar…

Alguien está tratando de cogerme. Noto que unas manos fuertes tantean desesperadamente para agarrarme; algo me golpea el tobillo malo y hago amago de gritar, pero es como si mi garganta se hubiera cerrado. Es Leon, y está tirando de mí para sacarme a la superficie, sujetándome; al alargar los brazos hacia él, pierde el equilibrio y casi se hunde conmigo, pero patalea hasta que consigue nadar y, agarrándome con fuerza por la cintura, me arrastra más cerca de la orilla hasta que logra hacer pie.

Estoy tan mareada que todo me da vueltas. Me falta el aire. Me aferro a su camiseta, empapada, y me dan arcadas y un golpe de tos mientras me tiende sobre los guijarros de la playa. Estoy tan cansada…, el tipo de cansancio que experimentas cuando pasas toda la noche en vela porque estás enferma, cuando resulta insoportable mantener los ojos abiertos.

—Tiffy —está diciendo Leon.

No puedo dejar de toser. Hay muchísima agua alojada en mi garganta: vomito grandes bocanadas sobre los guijarros húmedos, todo me da vueltas, la cabeza me pesa tanto que apenas puedo mantenerla erguida. Lejana, casi olvidada, noto la sensación del dolor punzante de mi tobillo.

Me atraganto. Es imposible tener más agua dentro. Leon me ha apartado el pelo de la cara y está presionando los dedos con suavidad contra la piel de mi cuello como comprobando algo; después me envuelve en mi chaqueta y me frota los brazos con el tejido; me duele la piel e intento despegarme de él, pero me sujeta con fuerza.

—Ya ha pasado —dice; su cara, inclinada sobre mí, oscila de atrás adelante—. Creo que te has hecho un esguince en el tobillo, Tiffy, y has tragado mucha agua, pero ya ha pasado. Intenta respirar más despacio si puedes.

Hago lo posible. Johnny White VI aparece por detrás de él con gesto preocupado. Ya lleva puestos los pantalones y está poniéndose el jersey trabajosamente.

—¿Hay algún sitio cerca donde podamos llevarla para que entre en calor? —le pregunta Leon.

—La posada Bunny Hop, ahí mismo —contesta el señor White. Vomito otra vez y apoyo la frente en los guijarros—. Conozco a la gerente. Nos dará una habitación, no hay problema.

—Fenomenal. —Leon parece sumamente tranquilo—. Voy a cogerte en brazos, Tiffy, ¿vale?

Lentamente, con la cabeza a punto de estallar, asiento. Leon me levanta y carga conmigo. Con la respiración más serena, dejo caer la cabeza contra su pecho. La playa se vuelve borrosa a nuestro paso; la gente vuelve la cabeza en dirección a nosotros, manchurrones rosas y marrones contra el fondo multicolor de toallas y sombrillas. Cierro los ojos; me mareo más manteniéndolos abiertos.

Leon maldice entre dientes.

—¿Dónde están los escalones?

—Por aquí —responde Johnny White, desde algún lugar a mi izquierda.

Oigo el chirrido de frenos y el ajetreo del tráfico cuando cruzamos la calle. Leon está jadeando, su pecho se eleva y desciende pegado a mi mejilla. A diferencia de él, mi respiración está recuperando la normalidad; se ha mitigado un poco esa presión que sentía en la garganta y la extraña sensación de pesadez de mis pulmones.

—¡Babs! ¡Babs! —grita Johnny White VI. Estamos dentro, y el repentino ambiente cálido me hace darme cuenta de cómo estoy tiritando.

—Gracias —dice Leon. Hay toda una conmoción a mi alrededor. Por un momento me siento avergonzada y trato de zafarme de los brazos de Leon para caminar, pero al notar una sacudida en la cabeza me vuelvo a aferrar a su camiseta y él trastabilla—. Quieta —susurra.

Suelto un grito. Me ha golpeado el tobillo con el pasamanos. Maldice y me pega más a él para que deje caer la cabeza contra su pecho.

—Perdona, perdona —dice, y se pone de lado para seguir subiendo las escaleras. Veo paredes rosa pálido cubiertas de cuadros con marcos ostentosos, un derroche de dorado y volutas, seguidamente una puerta y, a continuación, Leon me tiende en una maravillosa cama mullida. Rostros de desconocidos aparecen y desaparecen ante mis ojos. Hay una mujer vestida de socorrista; me pregunto medio atontada si lleva aquí todo este rato.

Leon levanta las almohadas por detrás de mí mientras me sujeta con el antebrazo.

—¿Puedes sentarte? —pregunta en voz baja.

—Yo... —Al hacer amago de hablar, me pongo a toser y me dejo caer de costado.

—Cuidado. —Me echa el pelo empapado por detrás de los hombros—. ¿Hay más mantas aquí dentro?

Alguien me tapa con mantas gruesas que pinchan. Leon continúa tirando de mí, tratando de colocarme sentada.

—Me quedaré más tranquilo si te sientas derecha —dice. Tiene la cara cerca de la mía. Veo su barba de tres días. Me mira fijamente a los ojos. Los suyos son de un suave castaño oscuro que me recuerda al chocolate Lindt—. ¿Puedes hacerlo, por favor?

Me muevo hacia arriba contra las almohadas y tiro de las mantas en vano con los dedos congelados.

—¿Qué te parece un té para entrar en calor? —dice, buscando ya con la mirada a alguien que vaya a por uno. Uno de los desconocidos sale discretamente de la habitación. Ya no hay rastro de Johnny White (espero que haya ido a por ropa de abrigo para él), pero todavía hay un millón de personas aquí. Toso otra vez y aparto la cara de todos los rostros que me observan.

—Vamos a dejarle espacio. ¿Pueden hacer el favor de salir? Sí, no se preocupen —dice Leon, y se levanta para acompañar a la gente a la puerta—. Permítanme hacerle un reconocimiento con un poco de paz y tranquilidad.

Muchos de los presentes dan recomendaciones acerca de qué hacer si necesitamos algo. Desfilan uno a uno.

—Lo siento mucho —digo cuando la puerta se cierra y todo el mundo ha salido. Toso; todavía me cuesta hablar.

—No te preocupes por nada —responde Leon—. ¿Cómo te encuentras ahora?

—Con frío y un poco dolorida.

—No te vi hundirte. ¿Recuerdas si te diste un cabezazo contra una roca o algo?

Se quita los zapatos y sube los pies para sentarse con las piernas cruzadas al otro lado de la cama. Me doy cuenta, finalmente, de que está chorreando y también tiritando.

—¡Mierda, estás empapado!

—Cuando me garantices que no pierdes fluido cerebral por ninguna parte iré a cambiarme, ¿vale?

Esbozo una sonrisa.

—Perdona. No, no creo que me haya dado un cabezazo. Solo me he dislocado el tobillo.

—Me alegro. ¿Y puedes decirme dónde estamos?

—En Brighton. —Echo un vistazo a mi alrededor—. Ah, y en el único sitio donde he estado en mi vida que tenga casi tanto papel de pared estampado como la casa de mi madre. —Me da tos al pronunciar la frase de carrerilla, pero merece la pena ver que el ceño fruncido de Leon se ha aflojado un poco y que ha recuperado su sonrisa ladeada.

—Consideraré eso como una respuesta correcta. ¿Puedes decirme tu nombre y apellidos?

—Tiffany Rose Moore.

—No sabía que tenías un nombre compuesto. Rose... Te pega.

—¿No deberías formular preguntas cuyas respuestas sepas?

—Creo que me caías mejor cuando estabas medio ahogada y totalmente grogui. —Leon se inclina hacia delante con la mano levantada y la posa sobre mi mejilla. Es un gesto muy intenso y un poco fuera de lugar. Yo parpadeo mientras él me mira fijamente a los ojos, supongo que buscando algo—. ¿Te encuentras ligeramente adormilada?

—Hum... La verdad es que no. Estoy cansada, pero no tengo sueño.

Él asiente y a continuación, un poco a destiempo, aparta la mano de mi mejilla.

—Voy a darle un toque a mi compañera. Es médica residente y acaba de terminar su rotación en urgencias; sabrá qué hay que hacer para examinar un tobillo. ¿Te parece? Por tu estado y en vista de cómo te estás moviendo casi seguro que no es más que un esguince, pero será mejor confirmarlo.

—Ajá. Claro.

Es curioso estar presente en el cuarto en el transcurso de una conversación entre Leon y una de las médicas con las que trabaja. Él mantiene la misma actitud —es igual de parco en palabras y de comedido que cuando habla conmigo, se expresa con el mismo acento irlandés con deje cantarín—, pero parece más... maduro.

—Vale, es un reconocimiento bastante sencillo —dice Leon al volverse hacia mí tras colgar el teléfono. Con la frente fruncida, se inclina sobre la cama de nuevo y aparta las mantas para examinarme el tobillo—. ¿Te parece bien que le eche un vistazo para ver si necesitas ir a urgencias?

Trago saliva; de repente me pongo algo nerviosa.

—Vale.

Él permanece inmóvil observándome durante unos instantes como sopesando si voy a cambiar de parecer, y me pongo colorada. A continuación presiona los dedos lentamente contra la piel de mi tobillo, palpando con delicadeza diferentes puntos hasta que hago una mueca de dolor.

—Perdona —dice, y posa una mano fría sobre mi pierna. Casi automáticamente se me pone la piel de gallina y, un poco avergonzada, me tapo con la manta. Leon gira mi pie muy suavemente de un lado a otro al tiempo que su mirada oscila entre mi tobillo y mi cara para intentar calibrar mi reacción.

—¿Cuánto te duele, del uno al diez? —pregunta.

—No lo sé, ¿digamos que seis? —En realidad estoy pensando «¡Ocho, ocho, ocho!», pero no quiero parecer pusilánime.

La comisura de la boca de Leon se eleva ligeramente y me da la impresión de que no ha colado. Mientras continúa examinándome, observo el movimiento de sus manos sobre mi piel y me pregunto por qué nunca he sido consciente de la singular intimidad que entrañan los reconocimientos médicos de este tipo, de hasta qué punto es cuestión de palpar. Me figuro que porque normalmente te encuentras en la consulta de un médico de cabecera, no ligera de ropa en una cama de matrimonio.

—Bien. —Leon me suelta el pie con delicadeza—. Yo diría que te has hecho un esguince con todas las de ley. Probablemente no hay necesidad de que pases cinco horas en urgencias, si te digo la verdad. Pero si quieres podemos ir.

Niego con la cabeza. Siento que estoy en buenas manos aquí mismo.

Llaman a la puerta y aparece una señora de mediana edad con dos tazas humeantes y un fardo de ropa.

—Oh, perfecto. Gracias. —Leon coge las tazas y me pasa una. Es chocolate caliente, y huele de maravilla.

—Me he tomado la libertad de preparar uno irlandés con Baileys para ti —comenta la mujer, haciéndome un guiño—. Soy Babs. ¿Cómo vas?

Respiro hondo y entrecortadamente.

—Mucho mejor ahora que estoy aquí. Muchísimas gracias.

—¿Podría quedarse un momento con ella mientras me cambio? —pregunta Leon a Babs.

—No hace falta... —Me da la tos de nuevo.

—No le quite el ojo de encima —dice Leon en tono de advertencia, y seguidamente se escabulle al baño.

40

Leon

Apoyo la espalda contra la puerta del baño, con los ojos cerrados. Un esguince en el tobillo, no hay conmoción cerebral. Podría haber sido muchísimo peor.

Ahora me da tiempo a ser consciente del frío que tengo; me quito la ropa mojada y abro el grifo de la ducha para que se vaya calentando el agua. Le escribo un rápido mensaje a Socha para darle las gracias. Menos mal que el teléfono, aunque esté un poco húmedo, todavía funciona; lo llevaba en el bolsillo del pantalón.

Me meto en la ducha y hago un esfuerzo por mantenerme de pie hasta que dejo de tiritar. Me recuerdo para mis adentros que Babs está con ella. Aun así, tardo menos que nunca en vestirme, y ni siquiera me molesto en ponerme el cinturón para sujetarme los gigantescos pantalones que Babs me ha prestado; los llevaré caídos, al estilo de los noventa.

Cuando vuelvo a entrar en la habitación, Tiffy se ha recogido el pelo en un moño improvisado. Sus labios y mejillas han recuperado una tonalidad rosácea. Al sonreírme noto una leve sacudida en el pecho. Es difícil describirlo. Como si algo encajara en su sitio.

Yo: ¿Cómo te está sentando ese chocolate?

Tiffy empuja la otra taza que hay encima de la mesilla de noche en dirección a mí.

Tiffy: Prueba el tuyo y verás.

Llaman a la puerta; voy a abrir con la taza de chocolate caliente. Es Johnny White VI, con una expresión de gran inquietud y unos pantalones que también le quedan cómicamente grandes.

J. W. VI: ¿Cómo está nuestra chica?

Me da la sensación de que Tiffy se convierte en «nuestra chica» fácilmente: es de ese tipo de personas de las que hasta a los parientes lejanos y los vecinos ausentes les gusta alardear en cierto modo.

Tiffy: ¡Muy bien, señor White! No se preocupe por mí.

Le da un inoportuno golpe de tos líquida. J. W. VI permanece vacilante en el umbral con gesto compungido.

J. W. VI: Lo lamento mucho. Me siento responsable: fue idea mía darnos un baño. ¡Debería haberme cerciorado de que ambos sabíais nadar!

Tiffy, ya recuperada: Yo sé nadar, señor White. Lo que pasa es que perdí pie y me entró un poco el pánico, eso es todo. Si necesita echarle la culpa a algo, échesela a la piedra con la que me hice polvo el tobillo.

J. W. VI ahora parece menos preocupado.

Babs: Bueno, os vais a quedar a pasar la noche aquí los dos. Y no hay discusión que valga. Invita la casa.

Tanto Tiffy como yo intentamos protestar; Tiffy farfulla, medio tosiendo, medio dando arcadas, lo cual le quita cierto peso a nuestro argumento de que no es necesario que guarde reposo.

Yo: Al menos yo debería marcharme; no es necesario que me quede ahora que...

Babs: Tonterías. No supone ninguna molestia para mí. Además, Tiffy necesita que la cuiden, y mis conocimientos médicos no abarcan mucho más allá de lo que puede remediar una copa de whisky. John, ¿quieres que te lleve en coche a tu casa?

J. W. VI también trata de objetar a este favor, pero Babs es una de esas personas imponentemente amables que no aceptan un no por respuesta. Pasan por lo menos cinco minutos en un tira y afloja hasta que salen de la habitación. Al oír el clic de la puerta suspiro de alivio. No me había dado cuenta de hasta qué punto necesito tranquilidad.

Tiffy: ¿Estás bien?

Yo: Muy bien. Es que no llevo muy bien...

Tiffy: ¿El alboroto?

Asiento.

Tiffy sonríe y tira de la manta para arrebujarse más.

Tiffy: Eres enfermero; ¿cómo consigues evitarlo?

Yo: En el trabajo es distinto. Pero, aun así, me agota. Después necesito silencio.

Tiffy: Eres introvertido.

Hago una mueca. No me va mucho ese rollo del estilo de los test Myers-Briggs que te indican tu tipo de personalidad, son como horóscopos para ejecutivos.

Yo: Supongo que sí.

Tiffy: Yo soy todo lo contrario. No puedo asimilar nada sin llamar a Gerty, a Mo o a Rachel.

Yo: ¿Quieres llamar a alguien ahora?

Tiffy: Ay, mierda, tenía el teléfono en...

Se fija en su ropa amontonada, que trajo de la orilla uno de los cientos de desconocidos deseosos de ayudar que nos siguieron por la playa en procesión. Tiffy aplaude con júbilo.

Tiffy: ¿Me pasas mis pantalones?

Se los doy y la observo mientras hurga en los bolsillos buscando el teléfono.

Yo: Iré a por comida. ¿Cuánto tiempo necesitas?

Tiffy se aparta unos mechones de pelo de la cara y levanta la vista hacia mí con el teléfono en la mano. El resorte se ajusta en mi pecho de nuevo.

Tiffy: ¿Media hora?

Yo: Entendido.

41

Tiffy

Estás bien? —es lo primero que pregunta Mo—. ¿Has ido a urgencias?

Gerty, por su parte, se centra en el asunto en cuestión.

—¿Por qué no nos has contado el incidente del baño hasta ahora? ¿Estás enamorada del hombre con el que compartes cama y lo ocultas porque al final vas a acostarte con él cuando te advertí expresamente de que la primera regla de compartir piso es no acostarse con el compañero?

—Sí, estoy bien, y no, pero Leon me ha examinado el tobillo siguiendo las indicaciones de una amiga suya que es médica. Parece ser que solo necesito mucho reposo. Y whisky, según la opinión médica que pidas.

—Ahora mi pregunta —dice Gerty.

—No, no estoy enamorada de él —le digo al tiempo que me rebullo en la cama y hago una mueca al notar un pinchazo en el tobillo—. Y no voy a acostarme con él. Es mi amigo.

—¿Está soltero?

—Bueno, en realidad sí. Pero…

—Perdona, pero solo para asegurarnos, Tiffy, ¿alguien te ha examinado…?

—Ay, cierra el pico, Mo —le interrumpe Gerty—. Está con un enfermero profesional. Se encuentra bien. Tiffy, ¿seguro que no estás sufriendo el síndrome de Estocolmo?

—¿Cómo?

—Un enfermero de urgencias es muy diferente a un enfermero de cuidados paliativos…

—¿El síndrome de Estocolmo?

—Sí —dice Gerty—. Este hombre te proporcionó un techo cuando estabas sin casa. Te ves forzada a dormir en su cama y ahora crees estar enamorada de él.

—No creo estar enamorada de él —le recuerdo en tono paciente—. Te he dicho que es mi amigo.

—Pero esto era una cita —señala Gerty.

—Tiffy, parece que te encuentras bien, pero solo quiero cerciorarme. Ahora estoy en la página de la Seguridad Social. ¿Puedes apoyar el pie en el suelo?

—Tú buscando en Google no eres mejor que un enfermero con una médica al teléfono —le dice Gerty a Mo.

—No era una cita —señalo, a pesar de que estoy casi segura de que lo era. Ojalá Mo y Gerty no hubieran tomado por costumbre responder al teléfono juntos siempre que ambos se encuentran en casa. He llamado a Mo porque me apetecía hablar con Mo. No es que no me agrade hablar con Gerty, lo que pasa es que es muy diferente, y no precisamente lo que te apetece después de haber estado a punto de morir ahogada.

—Vas a tener que volver a explicarme toda esta historia sobre Johnny White —prosigue Gerty.

Miro la hora en la pantalla de mi teléfono. Leon volverá con el almuerzo en solo cinco minutos.

—Oye, tengo que colgar —digo—. Pero, Mo, estoy bien. Y Gerty, haz el favor de controlar tu instinto protector. Él no está intentando acostarse conmigo ni llevarme al huerto ni encerrarme en su sótano, ¿vale? De hecho, tengo muy pocos motivos para pensar que le despierte el menor interés.

—¿Pero a ti te despierta interés él? —insiste Gerty.

—¡Adiós, Gerty!

—Cuídate, Tiffy —consigue decir Mo antes de que Gerty cuelgue (no es muy dada a las despedidas).

Marco el número de Rachel en el acto.

—Entonces la cuestión es —señala Rachel— que todavía tienes pendiente un encuentro con Leon que no conlleve que te quedes en paños menores.

—Mmm. —Estoy sonriendo.

—Será mejor que a partir de ahora no te quites la ropa. Si no, pensará que eres una... ¿Cómo se llaman esos hombres a los que les gusta exhibirse en el parque?

—¡Eh! —protesto—. Yo no soy...

—Lo único que te estoy diciendo es lo que todo el mundo opina, amiga mía. Entonces, ¿seguro que no estás a punto de palmarla?

—De verdad que me encuentro bien. Solo estoy dolorida y agotada.

—De acuerdo, entonces. En ese caso, aprovecha al máximo tu estancia gratis en el hotel, y llámame si de pronto te da por quitarte el sujetador durante la cena.

Llaman a la puerta.

—Mierda. ¡Tengo que colgar, hasta luego! —digo entre dientes pegada al teléfono—. Adelante. —Mientras Leon estaba fuera me las he ingeniado para ponerme el jersey que

Babs me ha prestado, así que ahora voy decente, al menos de cintura para arriba.

Leon me sonríe y sujeta en alto una voluminosa bolsa que huele a *fish and chips*. Suelto un grito ahogado de júbilo.

—¡Comida de costa como Dios manda!

—Y... —Mete la mano en la bolsa, saca otra y me la tiende. Miro en el interior: *cupcakes* de *red velvet* con glaseado de queso cremoso.

—¡Los mejores pasteles del mundo!

—Por prescripción médica. —Tras una pausa, añade—: Bueno, Socha me dijo: «Que coma algo». El pescado frito y los *cupcakes* han sido una especie de licencia artística.

Tiene el pelo casi seco; se le ha rizado aún más con la sal, y cada dos por tres se le sale de detrás de las orejas. Me pilla mirando cómo trata de echárselo hacia atrás y sonríe azorado.

—Se supone que no deberías verme con esta pinta —comenta.

—Vaya, ¿y así es precisamente como se supone que deberías verme tú? —digo, señalando ligeramente en dirección a mi enorme jersey ancho, con la cara demacrada y el pelo hecho una maraña apelmazada—. El *look* «pollo mojado» es uno de mis favoritos.

—¿No es más bien estilo sirena? —sugiere Leon.

—Curiosa observación. De hecho, tengo una aleta aquí debajo —digo al tiempo que doy palmaditas sobre la manta que me cubre las piernas.

Leon sonríe por el comentario y extiende los *fish and chips* sobre la cama. Se descalza de un puntapié y se sienta con cuidado de no aplastarme el tobillo inflamado.

La comida está de fábula. Es justo lo que necesitaba, aunque no he sido consciente de ello hasta que no la he olido. Leon ha comprado todas las guarniciones habidas y por haber para los *fish and chips* —puré de guisantes, aros de cebolla, salsa curri, cebollas en vinagre, hasta una salchicha de esas que parecen de plástico que siempre hay en los expositores de cristal— y nos damos un atracón. Cuando llega la hora del *cupcake,* darle los últimos bocados exige una considerable fuerza de voluntad.

—Estar a punto de morir es agotador —comento, súbitamente cayéndome de sueño.

—Una siesta —me dice Leon.

—¿No temes que me duerma y no despierte jamás? —pregunto al tiempo que se me cierran los ojos. Es increíble sentirse abrigada y con el estómago lleno. De ahora en adelante jamás subestimaré el hecho de estar abrigada y con el estómago lleno.

—Te despertaré cada cinco minutos para comprobar que no estés sufriendo un traumatismo cerebral y punto —contesta él.

Pongo los ojos como platos.

—¿Cada cinco minutos?

Él se ríe entre dientes mientras recoge las cosas y enfila hacia la puerta.

—Nos vemos en unas cuantas horas.

—Vaya. Los enfermeros no deberían bromear —digo en voz alta, pero dudo que me haya oído. Igual solo he tenido intención de decirlo. Me vence el sueño en cuanto oigo que cierra la puerta al salir.

Me despierto de un respingo que me produce un latigazo en el tobillo. Al chillar, miro a mi alrededor. Papel de pared estampado. ¿Estoy en casa? ¿Quién es ese hombre que hay en el sillón junto a la puerta leyendo…?

—*¿Crepúsculo?*

Leon me hace un guiño y deja el libro sobre su regazo.

—Has pasado de estar inconsciente a mostrarte crítica con mucha rapidez.

—Por un momento sí que se me ha pasado por la cabeza que estaba teniendo un sueño raro —comento—. Pero mi versión de ti en un sueño tendría mucho mejor gusto para la lectura.

—Es lo único que tenía Babs para prestarme. ¿Cómo te encuentras?

Me paro a pensar en la pregunta. Noto un dolor lacerante en el tobillo y un regusto reseco y salado de lo más desagradable en la garganta, pero se me ha quitado el dolor de cabeza. Sin embargo, me da la sensación de que los músculos de la barriga me van a doler de tanto toser.

—La verdad es que mucho mejor.

Él sonríe al oírlo. Está muy guapo cuando sonríe. Cuando está serio su semblante es algo adusto —la frente, los pómulos y la mandíbula suavemente perfilados—, pero, cuando sonríe, todo es labios carnosos, ojos oscuros y dientes blancos.

Miro la hora en mi teléfono, más que nada para evitar el contacto visual; de pronto tengo muy presente que estoy tumbada en la cama, con el pelo alborotado y las piernas al aire, solo medio tapadas con las mantas.

—¡Las seis y media!

—Estabas amodorrada.

—¿Qué has estado haciendo durante todo este rato? —le pregunto. Me enseña el marcapáginas; ya se ha leído casi la mitad de *Crepúsculo*.

—La Bella Swan esta, para tratarse de una mujer que dice ser tan poco atractiva, tiene mucho éxito —comenta—.

Por lo visto, hasta el último hombre del libro menos su padre está enamorado de ella.

Asiento con solemnidad.

—Ser Bella es durísimo.

—Tener tantos pretendientes guaperas no debe de ser fácil —conviene Leon—. ¿Quieres probar a caminar con ese tobillo?

—¿No puedo quedarme en la cama para siempre?

—Si puedes bajar las escaleras, hay cena y más whisky.

Le lanzo una mirada asesina. Él me observa tan campante y me doy cuenta de lo fuera de serie que debe de ser como enfermero.

—Muy bien. Pero primero tienes que mirar hacia otro lado para poder ponerme los pantalones.

Él no comenta nada acerca del hecho de que ya ha visto de sobra como para que sea necesario que se dé la vuelta; se gira en el sillón y vuelve a abrir *Crepúsculo* como si nada.

42

Leon

No te emborraches por nada del mundo». A pesar de que me estoy repitiendo esto para mis adentros, no puedo dejar de dar sorbos a mi copa. Es whisky con hielo. Horrible. O lo sería de no haber dicho Babs que invitaba la casa, lo cual lo hizo mucho más apetecible.

Estamos sentados a una mesa de madera desvencijada con vistas al mar con una tetera con una gruesa vela dentro. Tiffy está fascinada con la tetera portavelas. Da pie a entablar una animada conversación con el personal sobre decoración (o «diseño de interiores», según lo llaman).

Tiffy tiene el pie en alto apoyado en un cojín, según las indicaciones de Socha. Ahora también tiene el otro pie en alto: prácticamente está sentada en horizontal a la mesa, con el pelo echado hacia atrás y resplandeciente frente al atardecer sobre el mar. Es como una pintura renacentista. El whisky le ha devuelto el rubor a las mejillas y le imprime una tenue tonalidad rojiza al escote, del cual no puedo apartar la vista siempre que ella dirige su atención hacia otro lado.

Prácticamente no he dejado de pensar en otra cosa más que en ella en todo el día, incluso antes del incidente en el agua. La búsqueda de Johnny White ha quedado relegada a un segundo plano; la semana pasada esa idea era lo que Kay denominaba mi «fijación». Ahora lo considero algo que deseo porque lo he compartido con Tiffy.

Me está hablando de sus padres. De tanto en tanto inclina la cabeza hacia atrás, se echa el pelo por detrás del respaldo de la silla y entorna los ojos.

Tiffy: La aromaterapia es lo único a lo que se ha enganchado de verdad. A mi madre le dio una época por hacer velas, pero con eso no se saca dinero, y al cabo de un tiempo se plantó, anunció que iba a volver a comprarlas en un bazar chino y nadie pudo decirle que ya se lo habían advertido. Luego pasó una racha rarísima en la que le dio por las sesiones de espiritismo.

El comentario me saca de golpe de mi ensimismamiento.

Yo: ¿Espiritismo?

Tiffy: Sí, ya sabes, cuando te sientas alrededor de una mesa e intentas comunicarte con los muertos.

El camarero aparece junto a la silla donde Tiffy tiene apoyados los pies. Se queda mirando la silla, algo perplejo, pero no hace ningún comentario. Da la impresión de que aquí están acostumbrados a todo tipo de cosas, incluidas las personas recién salidas de la cama con el pelo enmarañado y los pies en alto mientras comen.

El camarero: ¿Desean tomar pudin?

Tiffy: Oh, no, estoy llena, gracias.

El camarero: Babs dice que invita la casa.

Tiffy, en el acto: Pudin de caramelo, por favor.

Yo: Para mí lo mismo.

Tiffy: Todo esto gratis. Es una pasada. Debería aho-garme más a menudo.

Yo: No, por favor.

Ella levanta la cabeza para mirarme de frente, con los ojos un poco adormilados, y me sostiene la mirada durante unos segundos más de lo estrictamente necesario.

Carraspeo. Trago saliva. Me devano los sesos buscan-do un tema de conversación.

Yo: ¿Tu madre hacía sesiones de espiritismo?

Tiffy: Como te lo digo. Así que durante un par de años, cuando yo estudiaba en el instituto, al llegar a casa me encontraba las cortinas corridas y a un puñado de gente di-ciendo: «Por favor, manifiéstate» y «Da un golpe para con-testar "sí" y dos para contestar "no"». Calculo que como mínimo el sesenta por ciento de las apariciones en realidad era yo al llegar a casa y soltar el bolso en el armario empo-trado que hay en el hueco de la escalera.

Yo: ¿Y qué pasó después de las sesiones de espiritismo?

Tiffy hace memoria. Traen el pudin; es enorme y está cubierto de salsa de caramelo. Tiffy deja escapar un gritito de excitación que me provoca un pellizco en el estómago. Qué tontería. Cómo es posible que me ponga una mujer gimiendo por un pudin. Tengo que mantener el tipo. Le doy otro trago al whisky.

Tiffy, con la boca llena de pudin: Pasó una racha ha-ciendo cortinas. Pero como los costes iniciales eran desor-bitados, le dio por los tapetes. Y después fue cuando por fin llegó a la aromaterapia.

Yo: ¿Por eso tenemos tantas velas aromáticas?

Tiffy sonríe.

Tiffy: Sí; las del baño las he elegido cuidadosamente con fragancias relajantes.

Yo: Pues a mí me surten el efecto contrario. Tengo que apartarlas cada vez que quiero ducharme.

Tiffy me observa con descaro por encima de su cuchara.

Tiffy: Algunas personas no entienden los beneficios de la aromaterapia. ¿Sabes? Mi madre me elegía el perfume también. Por lo visto «refleja y realza mi personalidad».

Me viene a la memoria aquel primer día en que al entrar en el apartamento olí su perfume —a flores recién cortadas y especias del mercado—, lo extraño que me pareció aspirar la fragancia de otra persona en mi casa. Ahora ya nunca me resulta extraño. Sería chocante llegar a casa y notar otra cosa.

Yo: ¿Y cuál es?

Tiffy, de inmediato: La nota predominante es la rosa, luego el almizcle y luego el clavo. Lo cual significa, según mi madre...

Arruga ligeramente la nariz, pensativa.

Tiffy: «Esperanza, fuego, fortaleza».

Le hace gracia.

Tiffy: Esa soy yo, por lo visto.

Yo: Parece bastante acertado.

Ella pone los ojos en blanco, no se lo traga.

Tiffy: «Sin blanca, insolente, testaruda» sería más acertado, y probablemente lo que ella quería decir en realidad.

Yo, sin lugar a dudas animado: ¿Qué sería yo entonces?

Tiffy inclina la cabeza. Me mira de frente otra vez, con tal intensidad que por un lado me dan ganas de apartar la mirada y por otro de echarme hacia delante y besarla sobre la tetera portavelas que hay encima de la mesa.

Tiffy: Bueno, ahí hay esperanza, desde luego. Tu hermano confía en ello.

Eso me pilla desprevenido. Hay muy pocas personas que saben la verdad sobre Richie; y menos aún que lo saquen a colación de forma espontánea. Ella me observa, calibrando mi reacción, como si fuera a retractarse si me resulta doloroso. Sonrío. Me sienta bien charlar sobre él así. Con naturalidad.

Yo: ¿Conque mi loción para después del afeitado lleva fragancia de rosa?

Ella hace una mueca.

Tiffy: Es probable que exista una gama de olores totalmente diferente en el caso de los hombres. Me temo que yo solo soy ducha en el arte de la perfumería para mujeres.

Quiero animarla a que continúe —quiero escuchar lo que opina de mí—, pero me parece presuntuoso preguntarle. Así que en vez de eso nos quedamos en silencio, con la llama de la vela proyectando reflejos fugaces entre nosotros desde la tetera, y bebo otro sorbo de whisky.

43

Tiffy

No estoy borracha, pero tampoco exactamente sobria. La gente siempre dice que nadar en el mar abre el apetito: pues estar a punto de ahogarse en él te hace sentir liviana.

Además, el whisky con hielo está fortísimo.

No puedo parar de reír tontamente. Es innegable que Leon también está achispado; se le han relajado los hombros, y esa sonrisa ladeada ahora es casi perenne. Además, como ha dejado de atusarse el pelo, de vez en cuando un rizo rebelde se le queda de punta.

Me está contando anécdotas de cuando era niño y vivía en Cork, las ingeniosas trampas que maquinaban él y Richie para cabrear al novio de su madre (razón por la que estoy con la risita tonta).

—Oye, un momento, ¿enganchabais alambre en el pasillo? ¿Y los demás no tropezabais?

Leon niega con la cabeza.

—Salíamos a escondidas para colocarlo después de que mi madre nos acostara. Whizz siempre se quedaba en la ta-

berna hasta tarde. Era de lo más educativo escuchar los tacos que soltaba al tropezar.

Me echo a reír.

—¿¿Se llamaba Whizz??

—Ajá. Aunque supongo que no era su verdadero
nombre. —Se pone serio—. De hecho, fue uno de los que
peor trató a mi madre. Se portó fatal con ella, siempre la
tachaba de estúpida. Y sin embargo ella siempre le aguanta-
ba todo. Siempre permitía que volviera a casa cada vez que
lo echaba a patadas. Cuando comenzaron la relación ella
estaba haciendo un curso de formación para adultos, pero él
no tardó en obligarla a dejarlo.

Frunzo el ceño. La anécdota de la trampa de repente
ya no me resulta tan graciosa.

—¿En serio? ¡Menudo gilipollas hijo de puta!

Leon parece algo perplejo.

—¿He dicho algo inoportuno? —pregunto.

—No. —Sonríe—. No, solo estoy sorprendido. De
nuevo. Harías sudar tinta a Whizz en un concurso de tacos.

Bajo la cabeza.

—Vaya, gracias —digo—. ¿Y vuestro padre? ¿No tenía relación con vosotros?

Ahora Leon se encuentra tan en horizontal como yo
—tiene los pies cruzados encima de la silla donde tengo
apoyados los míos— y está moviendo su copa de whisky
entre los dedos, haciéndola girar de un lado a otro contra la
luz de la vela. Prácticamente no queda nadie aquí; el personal está recogiendo discretamente las mesas al otro lado de
la sala.

—Se marchó cuando nació Richie, se trasladó a Estados Unidos. Yo tenía dos años. No me acuerdo de él, o... tal
vez conservo una vaga imagen y una especie de... —Hace

un ademán con la mano—. Un recuerdo lejano. Mi madre casi nunca habla de él; lo único que sé es que era un fontanero de Dublín.

Pongo los ojos como platos. No concibo el hecho de no saber nada más que eso sobre tu padre, pero Leon lo dice como si tal cosa. Nota mi expresión y se encoge de hombros.

—Nunca me ha preocupado averiguar algo más acerca de él. A Richie sí le preocupó en su adolescencia, pero no sé cómo lo sobrellevó; no hablamos de ello.

Me da la sensación de que hay cosas que se ha dejado en el tintero, pero no quiero agobiarlo y echar a perder la noche. Alargo la mano y la poso sobre su muñeca durante unos instantes; él me mira sorprendido, extrañado, otra vez. El camarero se acerca, tal vez intuyendo que las divagaciones de nuestra conversación posiblemente no conduzcan a ninguna parte si no toma cartas en el asunto para remediarlo. Termina de recoger nuestra mesa; yo aparto la mano de la muñeca de Leon con algo de retraso.

—Deberíamos irnos a dormir, ¿no te parece? —digo.

—Probablemente —responde Leon—. ¿Sigue por aquí Babs? —le pregunta al camarero.

Él niega con la cabeza.

—Se ha ido a casa.

—Ah. ¿Indicó cuál era mi habitación? Dijo que Tiffy y yo podíamos pasar aquí la noche.

El camarero me mira, después mira a Leon y después a mí otra vez.

—Pues... —dice—. Creo que... dio por sentado... que eran...

Leon tarda un poco en pillarlo. Al caer en la cuenta, gruñe y se lleva la mano a la frente.

—No pasa nada —intervengo, y me vuelve a dar la risita—, estamos acostumbrados a compartir cama.

—De acuerdo —contesta el camarero, con la mirada oscilante entre los dos de nuevo, más perplejo que antes—. Bien. Mejor así, ¿no?

—Pero no al mismo tiempo —puntualiza Leon—. Compartimos cama en diferentes horarios.

—De acuerdo —repite el camarero—. En fin, eh... ¿Les...? ¿Me necesitan para algo?

Leon hace un ademán con la mano con amabilidad.

—No, váyase a casa —dice—. Dormiré en el suelo y punto.

—Es una cama de matrimonio —señalo—. No pasa nada; podemos compartirla y ya está.

Suelto un grito: me había puesto el listón demasiado alto al hacer amago de apoyar el peso en mi tobillo dislocado tras levantarme de la mesa. Leon se acerca a mí rápidamente. Reacciona muy deprisa teniendo en cuenta que ha tomado bastante whisky.

—Estoy bien —le digo, pero dejo que me rodee con el brazo para apoyarme en él mientras camino a la pata coja. Tras llegar a las escaleras a trompicones, exclama: «A tomar por saco», y me coge en volandas de nuevo para llevarme en brazos.

Doy un chillido de sorpresa y suelto una carcajada. No le digo que me suelte; no quiero que lo haga. Contemplo de nuevo el lustroso pasamanos y los extravagantes cuadros con recargados marcos dorados conforme me acarrea al trote escaleras arriba; abre la puerta de mi habitación —de nuestra habitación— con el codo y, al cruzar el umbral, la cierra de un puntapié.

Me tiende en la cama. La habitación está en penumbra; la luz de la farola que hay tras la ventana proyecta suaves reflejos triangulares amarillos sobre el edredón y matices dorados en el pelo de Leon. Me observa fijamente con sus grandes ojos marrones, con la cara a escasos centímetros de la mía, mientras saca suavemente el brazo de debajo de mí para colocarme la cabeza sobre las almohadas.

No se mueve. Nos quedamos mirándonos el uno al otro, sosteniéndonos la mirada, a escasos milímetros de distancia. El ambiente se tensa, cargado de posibilidades. Un leve conato de pánico aflora en los confines de mi mente —¿y si no logro hacer esto sin perder los nervios?—, pero me muero de ganas de que me bese, y el pánico se mitiga de nuevo y desaparece por completo. Noto el aliento de Leon sobre mis labios, veo sus pestañas en la penumbra.

A continuación cierra los ojos, se aparta y gira la cabeza con un rápido suspiro como si hubiera estado conteniendo la respiración.

Uf. Súbitamente insegura, yo también me aparto, y se rompe el silencio cargado de tensión en el ambiente. ¿Acaso… he malinterpretado ese instante de contacto visual, de observarnos fijamente, casi rozándonos los labios?

Tengo la piel caliente, el pulso acelerado. Me mira fugazmente de nuevo; aún se aprecia el ardor en su mirada y un leve frunce entre sus cejas. Estoy segura de que tenía intención de besarme. A lo mejor he metido la pata; al fin y al cabo, estoy un poco desentrenada en todo esto. O a lo mejor el lastre de Justin llega hasta tal punto que echa a perder los besos incluso antes de que comiencen.

Leon se tumba en la cama; parece sumamente incómodo, y mientras juguetea con su camisa me pregunto si yo debería tomar la iniciativa y besarlo, simplemente pegarme a él y hacer que gire la cara hacia mí. Pero ¿y si he malinterpretado la situación y esta es una de esas ocasiones en las que debería dejar correr las cosas sin más?

Me tiendo con cuidado a su lado.

—Deberíamos dormir, ¿no te parece? —digo.

—Sí —responde en voz baja y contenida.

Me aclaro la garganta. En fin, supongo que aquí acaba la cosa.

Se rebulle un poco. Me roza el brazo con el suyo; se me pone la piel de gallina. Oigo cómo inspira al rozarnos, un tenue jadeo de sobresalto, y a continuación se levanta y va derecho al baño, y yo me quedo con la piel de gallina y el corazón palpitando con fuerza, mirando fijamente al techo.

44

Leon

Su respiración se ralentiza. Me arriesgo a mirarla de reojo; atisbo el suave movimiento de sus párpados mientras sueña. Así pues, está dormida. Exhalo lentamente, procurando relajarme.

Espero sinceramente no haber echado a perder esto.

Ha sido muy impropio de mí el hecho de cogerla en brazos, de tenderla en la cama. Lo que pasa es que me daba la impresión de que..., no lo sé. Tiffy es tan impulsiva que resulta contagioso. Pero, claro, yo sigo siendo yo, como es lógico, de modo que mi arrebato de impulsividad se ha agotado en un momento potencialmente crucial y ha dado paso a la habitual indecisión fruto del pánico. Ella está borracha y herida: no se besa a mujeres borrachas y heridas. ¿O sí? A lo mejor sí. A lo mejor ella lo deseaba.

Richie se ha granjeado la reputación de ser el romántico, pero siempre he sido yo. Él solía llamarme gallina cuando éramos adolescentes, perseguía a cualquiera que se le pusiera a tiro, mientras yo estaba pillado por la chica que me gustaba desde el colegio y a la que no me había atrevido a abordar. Yo siempre he sido el que se lo piensa dos veces antes de estrellarse... aunque ambos nos estrellamos con la misma intensidad.

Trago saliva. Pienso en la sensación del brazo de Tiffy pegado al mío, en cómo se me ha erizado el vello del antebrazo con el mero roce de su piel. Me quedo mirando al techo. Caigo en la cuenta demasiado tarde de que las cortinas continúan descorridas; la luz de la farola entra a raudales creando cenefas luminosas en nuestra habitación.

Mientras permanezco tumbado, meditabundo, contemplando el movimiento de la luz sobre el suelo, llego lentamente a la conclusión de que dejé de estar enamorado de Kay hace mucho tiempo. Yo la quería, sentía apego hacia ella, me agradaba que formara parte de mi vida. Era cuestión de seguridad y comodidad. Pero había olvidado la chispa de locura y obsesión de los primeros días de conocer a alguien. Con Kay no quedaba un atisbo de esa chispa durante el último... ¿año, incluso?

Vuelvo a mirar a Tiffy; sus pestañas crean sombras sobre sus mejillas, y recuerdo lo que me ha contado sobre Justin. Por sus notas, me dio la sensación de que no se portó especialmente bien con ella: ¿por qué se vio obligada a pagar ese dinero de repente? Pero nada me alarmó tanto como lo que comentó en el tren. No obstante, por muy significativas que fueran para mí, eran simples notas. Resulta más fácil engañarte a ti mismo por escrito y que nadie se dé cuenta.

El miedo, el arrepentimiento y los efectos del whisky me impiden conciliar el sueño. Me quedo mirando el techo. Escucho la respiración de Tiffy. Visualizo todas las situaciones que podrían haberse dado: que nos hubiéramos besado y ella me hubiera rechazado; que nos hubiéramos besado y no lo hubiera hecho…

Mejor no seguir por esos derroteros. Los pensamientos están tomando un cariz inapropiado.

Al darse la vuelta, Tiffy se lleva el edredón consigo. Ahora tengo la mitad del cuerpo a la intemperie. No obstante, tengo que aguantarme. Es importante que esté abrigada después de haber estado a punto de ahogarse.

Vuelve a darse la vuelta. Más edredón. Ahora únicamente tengo tapado el brazo derecho. Es absolutamente imposible dormir así.

No voy a tener más remedio que estirarlo. En un primer momento lo intento con suavidad, pero es como jugar a tirar de la cuerda. Se ha aferrado al edredón con verdadera fuerza. ¿Cómo es posible que tenga tanta estando inconsciente?

Me voy a ver obligado a optar por un tirón enérgico. Tal vez no se despierte. Tal vez…

Tiffy: ¡Ay!

La he arrastrado con el edredón, y al parecer yo también he emigrado hacia el centro, con lo cual ahora estamos cara a cara a oscuras, tentadoramente cerca.

Se me acelera la respiración. Tiene las mejillas sonrojadas, los ojos abotargados de sueño.

Me percato demasiado tarde de que acaba de exclamar «¡Ay!». El movimiento debe de haberle zarandeado el tobillo.

Yo: ¡Perdón! ¡Perdón!

Tiffy, confundida: ¿Has intentado quitarme el edredón?

Yo: ¡No! Estaba intentando recuperarlo.

Tiffy parpadea. Tengo muchísimas ganas de besarla. ¿Y si la beso ahora? Seguramente se le habrá pasado la borrachera, ¿no? Pero justo en este momento tuerce el gesto por el dolor del tobillo y me siento como el ser más despreciable del mundo.

Tiffy: ¿Recuperarlo de dónde?

Yo: Bueno, es que prácticamente... te habías apropiado de él.

Tiffy: ¡Uy! Perdona. La próxima vez, me despiertas y me lo dices. Voy a seguir durmiendo.

Yo: Ah, vale. Claro. Lo siento.

Tiffy me lanza una mirada entre burlona y adormilada antes de darse la vuelta y taparse con el edredón hasta la barbilla. Hundo la cabeza en la almohada. No quiero que se dé cuenta de que estoy sonriendo como un quinceañero locamente enamorado porque acaba de decir «la próxima vez».

45

Tiffy

Me despierto al amanecer, lo cual es mucho menos agradable de lo que la gente comenta. Anoche no corrimos las cortinas. Aparto la cara de la ventana instintivamente y al girarme me doy cuenta de que el lado derecho de la cama está vacío.

De primeras me parece totalmente normal: al fin y al cabo, todos los días me despierto en la cama de Leon sin él. Mi cerebro, abotargado, piensa: «Ah, claro… No, un momento, espera…».

Hay una nota sobre su almohada:

He ido a por el desayuno. Vuelvo pronto con bollos. Bs

Sonrío y me giro hacia el otro lado para mirar la hora en mi teléfono, encima de la mesilla de noche.

Mierda. Veintisiete llamadas perdidas, todas de un número desconocido.

¿Qué co…?

Salgo de la cama a toda prisa, con el corazón latiéndome con fuerza, y grito de dolor al golpearme el tobillo. Joder. Marco el número del buzón de voz con un mal presentimiento que me encoge la boca del estómago. Es como... si el día de ayer hubiera sido demasiado bueno para ser cierto. Algo espantoso ha ocurrido: sabía que no debería haber...

«Tiffy, ¿estás bien? He visto el estado de Facebook de Rachel. ¿Has estado a punto de ahogarte?».

Es Justin. Me quedo paralizada mientras escucho el mensaje.

«Oye, me consta que ahora estás mosqueada conmigo. Pero necesito saber que te encuentras bien. Llámame».

Hay más mensajes así. Doce más, para ser exactos. Yo había borrado su número después de una sesión de terapia de especial empoderamiento femenino; por eso las llamadas procedían de un número desconocido. Sin embargo, me parece que me olía quién sería. Hasta ahora nadie a excepción de Justin me había llamado tantísimas veces: normalmente después de una pelea, o de una ruptura.

«Tiffy, esto es ridículo. Si supiera dónde estás iría a buscarte. Llámame, ¿de acuerdo?».

Me estremezco. Esto es... Me siento fatal. Como si lo de ayer con Leon nunca debiera haber sucedido. Figúrate si Justin se enterara de dónde he estado y lo que he estado haciendo.

Aparto ese pensamiento de mi cabeza. Incluso mientras lo pienso soy consciente de que no tiene sentido. Me estoy asustando a mí misma de nuevo.

Escribo un mensaje:

Estoy bien, me he hecho un esguince leve en el tobillo. Por favor, no me llames más.

Al cabo de un momento, responde:

¡Uf, menos mal! ¿Cómo vas a apañártelas sin mí para cuidarte, eh? Me tenías muy preocupado. Me portaré bien y cumpliré tus reglas, ningún contacto contigo hasta octubre. Solo quiero que sepas que pensaré en ti. Bss

Me quedo mirando el mensaje un rato. «Cómo vas a apañártelas sin mí». Como si yo fuera un cero a la izquierda. Ayer Leon me rescató del mar y, sin embargo, es la primera vez en todo el fin de semana que me siento como la chica que necesita que la rescaten.

A tomar por culo. Pulso el botón de bloqueo y borro todos los mensajes de voz de mi teléfono.

Voy al baño a la pata coja. Aunque no es la forma más digna de desplazarse —los apliques baratos de las paredes vibran ligeramente a mi paso—, hay algo en el hecho de caminar a trompicones que resulta bastante terapéutico. *Pum, pum, pum. Imbécil, maldito Justin.* Me regodeo al cerrar la puerta del baño de un portazo.

Menos mal que Leon ha ido a por el desayuno, primero porque no ha sido testigo de este despropósito de mañana y segundo porque si Dios quiere traerá algo con muchas calorías que me hará sentirme mejor.

Tras ducharme y volverme a poner la misma ropa que ayer —la cual, como está llena de granitos de arena y mugre de los guijarros, me sirve para tachar la exfoliación de mi lista de tareas—, vuelvo a la cama a la pata coja, me desplomo sobre ella con un ruido sordo y hundo la cara en la almohada. Puf. El día de ayer fue una maravilla y ahora me siento fatal y hecha un asco, como si los mensajes de mi buzón de voz me hubieran contaminado. A pesar de ello, lo he bloqueado, cosa que de ninguna manera me habría atrevido a hacer unos meses atrás. Tal vez debería agradecer todos esos mensajes por instarme a hacerlo.

Me apoyo en los codos para incorporarme y alargo la mano hacia la nota que Leon me ha dejado. Está escrita en una hoja con el membrete del hotel; «Posada Bunny Hop» aparece con una tipografía desenfadada a pie de página. No obstante, la caligrafía es la misma de siempre: la letra pulcra, pequeña y redondeada de Leon. En un bochornoso arrebato de sentimentalismo, doblo la hoja por la mitad y la guardo en mi bolso.

Llaman suavemente a la puerta.

—Adelante —digo en voz alta.

Lleva puesta una enorme camiseta con una foto de tres cañas de caramelo en la pechera y BRIGHTON ES LA CAÑA en letras grandes por debajo. Inmediatamente me da un subidón. No hay nada como un hombre con una camiseta original para alegrarte la mañana; sobre todo si lleva en la mano una bolsa de papel muy prometedora con la inscripción «Patisserie Valerie» en un lado.

—¿Una de las más chulas de Babs? —comento, señalando hacia la camiseta.

—Mi nueva estilista personal —dice Leon.

Me pasa la bolsa de bollos, se sienta a los pies de la cama y se atusa el pelo hacia atrás. Está nervioso otra vez. ¿Por qué me resultan tan adorables sus tics nerviosos?

—¿Has conseguido llegar a la ducha sin problema? —pregunta finalmente, al tiempo que hace un ademán con la cabeza en dirección a mi pelo mojado—. Lo digo por el esguince.

—Me he duchado al estilo de los flamencos. —Levanto una rodilla. Él sonríe. Arrancarle una de esas sonrisas ladeadas me produce una sensación parecida a ganar en un juego al que no era consciente de estar jugando—. Pero la puerta no se puede cerrar con pestillo. Pensaba que igual me pillarías in fraganti, pero por lo visto el karma estaba ocupado en otro sitio esta mañana.

Él emite un sonido ahogado a modo de «mmm» y se afana en comerse el cruasán. Reprimo una sonrisa. Una desafortunada consecuencia indirecta de que me parezcan adorables sus tics nerviosos es que al parecer soy incapaz de evitar hacer comentarios que me consta que lo ponen nervioso.

—De todas formas, ya me has visto prácticamente desnuda —continúo—. En dos ocasiones ya. Así que tampoco sería para tanto.

Esta vez levanta la vista para mirarme.

—Prácticamente —señala con énfasis— no es lo mismo que totalmente. De hecho, hay una diferencia abismal.

Siento mariposas en el estómago. Por mucha tensión que se respirara anoche, yo no me esperaba ni mucho menos esta atracción sexual. Se palpa en el ambiente.

—Debería ser yo quien se preocupase por la ausencia de sorpresas —comenta—. Tú sí que me has visto totalmente desnudo.

—Cuando te pillé en la ducha… me pareció que…

Desaparece tan deprisa en dirección al baño que prácticamente no oigo la excusa que esgrime. Cuando cierra la puerta al entrar y abre el grifo de la ducha, sonrío. Supongo que ahí tengo la respuesta. A Rachel le encantará.

46

Leon

Hasta ahora no me había calentado tanto la cabeza
con las notas. Era muchísimo más fácil cuando me
limitaba a garabatear pensamientos de manera espontánea a
una amiga a la que no conocía. Ahora me esmero en redactar mensajes a una mujer que acapara la mayoría de mis pensamientos a todas horas.

Es horrible sentarse con un boli y un *post-it* y de pronto quedarse en blanco. Sus notas son tan descaradas, insi-
nuantes e intensas como ella. Esta, la primera después del fin
de semana en Brighton, estaba pegada con Blu-Tack en la
puerta del dormitorio:

> *¿Qué tal, compi? ¿Cómo te ha ido hoy la transición a*
> *la vida nocturna? Ya he visto que Zulema y su camada*
> *estuvieron husmeando otra vez en los contenedores*
> *mientras estábamos fuera… Los muy zorros.*
> *Quería escribirte para darte las gracias de nuevo por*
> *rescatarme. Procura caerte en una gran masa de agua*

algún día para poder devolverte el favor, ya sabes, hoy por ti y mañana por mí. También porque me parece que te sentaría fenomenal ese aspecto de señor Darcy recién salido del lago. Bss

Las mías son poco naturales y estudiadas. Las escribo al volver del trabajo, después las pulo antes de marcharme, y luego me paso toda la noche arrepintiéndome en el hospital. Hasta que al llegar a casa me encuentro una respuesta y automáticamente me siento mejor. Y así sucesivamente.

Finalmente, el miércoles, me armo de valor para dejar esta sobre la encimera de la cocina:

¿Tienes planes para el fin de semana? Bs

Me sentí atenazado por las dudas tan pronto como salí del edificio y me alejé lo bastante como para que me resultara inconcebible dar media vuelta. Pensándolo bien, era una nota muy escueta. ¿Tal vez demasiado escueta para no resultar ambigua? ¿Tal vez insultantemente corta? ¿Por qué es tan difícil esto?

Ahora, sin embargo, me encuentro mejor:

Pues este fin de semana estaré sola en casa. ¿Te apetece pasarte a cocinarme tu strogonoff de champiñones? Solo lo he probado recalentado, y apuesto a que está aún más rico recién salido del horno. Bss

Cojo un *post-it* y anoto mi respuesta:

¿Crujiente de chocolate de postre? Bs

Richie: Estás nervioso, ¿verdad?

Yo: ¡No! Qué va.

Richie suelta una risotada. Está de buen humor; últimamente se encuentra de buen humor. Llama por teléfono a Gerty cada dos días para que lo ponga al tanto de los avances de la apelación. Hay tanto de que hablar que por lo visto es crucial llamar cada dos días. Se han revisado las pruebas. Se están presentando testigos. Y, por fin, se han conseguido las grabaciones de las cámaras de seguridad.

Yo: Vale. Un pelín.

Richie: Saldrá genial, tío. Ya sabes que está por ti. ¿Cuál es el plan? Esta noche es la gran noche, ¿no?

Yo: Por supuesto que no. Es demasiado precipitado.

Richie: ¿Te has afeitado las piernas por si acaso?

No me digno responderle. Richie se ríe entre dientes.

Richie: Me cae bien, tío. Has pillado a una que merece la pena.

Yo: No estoy seguro de haber «pillado» a una que merece la pena todavía.

Richie: ¿Y eso? ¿Crees que... el ex...?

Yo: Ella ya no lo quiere. Pero es complicado. Estoy un poco preocupado por ella.

Richie: ¿Era un gilipollas?

Yo: Ajá.

Richie: ¿Le hizo daño?

Se me revuelven las tripas de pensarlo.

Yo: Hasta cierto punto, según tengo entendido. La verdad es que ella no me cuenta nada al respecto, pero... él me da mala espina.

Richie: Mierda, tío. ¿Nos enfrentamos a una especie de situación postraumática?

Yo: ¿Eso crees?

Richie: Estás hablando con el rey de los sudores nocturnos. Qué sé yo, no la conozco, pero, si todavía está digiriendo el trago que tuvo que padecer, lo único que puedes hacer es estar a su lado y dejar que decida cuándo está preparada para lo que surja.

El trance del juicio y del primer mes de cárcel se le vino encima a Richie a las seis semanas de su sentencia: manos temblorosas, ataques de pánico repentinos, recuerdos desagradables, sobresaltos al más mínimo ruido. Esto último era lo que más rabia le daba; al parecer, en su opinión ese trastorno de estrés postraumático en concreto debía afectar exclusivamente a personas en cuyos traumas habían influido ruidos estruendosos, como los soldados.

Richie: Y no trates de decidir por ella. No des por sentado que es imposible que lo haya superado ya. Eso es cosa suya.

Yo: Eres un buen hombre, Richard Twomey.

Richie: Guárdate eso para decírselo a los jueces dentro de tres semanas, hermanito.

Llego al apartamento a las cinco y pico; Tiffy se ha ido a pasar el día con Mo y Gerty. Qué raro se me hace estar aquí un fin de semana, cuando el apartamento está a su disposición.

Aunque no me afeito las piernas, sí que tardo un buen rato en arreglarme. No dejo de darle vueltas a dónde va a dormir cada uno esta noche. ¿Me iré de nuevo a casa de mi madre, o dormiré aquí? Ya hemos compartido cama en Brighton...

Para hacer gala de mi buena voluntad, barajo la idea de mandarle un mensaje para decirle que pasaré la noche en casa de mi madre. Sin embargo, llego a la conclusión de que eso es adelantar acontecimientos antes de lo necesario y una forma de decidir por ella, cosa que me ha advertido Richie que no haga, de modo que lo dejo correr.

La llave gira en la cerradura. Intento levantarme rápidamente del puf, pero, como eso sería imposible hasta para una persona con muslos de acero, Tiffy entra y me pilla medio en cuclillas, tratando de incorporarme.

Tiffy, entre risas: Es como las arenas movedizas, ¿a que sí?

Está preciosa. Lleva un top azul ceñido, una falda larga gris vaporosa y unos zapatos rosa chillón que se dispone a quitarse manteniendo el equilibrio sobre su pierna buena.

Al hacer amago de ayudarla, ella me aparta con un ademán de la mano y toma impulso para sentarse en la encimera de la cocina con el fin de que le resulte más fácil la tarea. No obstante, da la impresión de que tiene más movilidad en el tobillo, lo cual es buena señal. Aparentemente se le está curando bien.

Me mira con las cejas enarcadas.

Tiffy: ¿Qué, examinando mis tobillos?

Yo: Por simple interés médico.

Tiffy me sonríe con socarronería, se deja caer de la encimera y se acerca renqueando a examinar la olla que hay en el fuego.

Tiffy: Huele fenomenal.

Yo: Algo me decía que te apetecería un strogonoff de champiñones.

Ella sonríe mirándome por encima del hombro, y me dan ganas de colocarme detrás de ella, rodearla por la cintura y besarle el cuello. Reprimo el impulso, pues sería muy presuntuoso y estaría fuera de lugar.

Tiffy: Por cierto, esto estaba abajo, en el buzón.

Señala hacia un pequeño sobre blanco que hay sobre la encimera, dirigido a mí. Lo abro. Es una invitación, redactada pulcramente, con una letra algo deslavazada:

> *Querido Leon:*
> *El domingo voy a dar una fiesta porque voy a cumplir ocho años. Por favor ven!!! Trae a tu amiga Tiffy, a la que le gusta hacer ganchiyo. Perdona que te avise tarde mi madre dice que la inbitación la perdió una de las enfermeras de St. Mark que es una inútil y luego dijeron que no podían darnos tu dirección pero dijeron que te mandarán esta así que espero que te llegue Bueno por favor ven!!*
> *Muchos besos,*
> *Holly*

Sonrío y se la enseño a Tiffy.

Yo: Igual no es lo que tenías en mente para mañana.

Tiffy, encantada de la vida: ¡Se acuerda de mí!

Yo: Estaba obsesionada contigo. Pero no tenemos por qué ir.

Tiffy: ¡Qué dices! Claro que vamos a ir. Por favor… Solo se cumplen ocho años una vez en la vida, Leon.

47

Tiffy

Ni por asomo imaginaba que comer crujiente de chocolate pudiera tener tanta carga sexual. Estamos sentados en el sofá frente al televisor (qué básicamente es un mero adorno para poner cosas encima) con copas de vino en nuestras manos y rozándonos las piernas. La verdad es que estoy en un tris de sentarme en su regazo. Ahí es donde deseo estar sin ninguna duda.

—Vamos —digo al tiempo que le chincho con la rodilla—. Dime la verdad.

Parece huidizo. Entorno los ojos, me pego con más disimulo, mi mirada oscila fugazmente hacia sus labios. Él hace lo mismo: ese movimiento de ojos-labios-ojos que da la impresión de tirar de ti, y nos quedamos vacilantes en esa tesitura como si estuviéramos colgados de una cuerda a la espera de que la gravedad ejerza su fuerza de golpe, sintiendo la atracción pero sin terminar de dejarnos llevar. Esta vez no cabe la menor duda: sé que tiene en mente besarme.

—Dime —insisto.

Él inclina la cabeza, pero en el último momento me aparto un poco y resopla ligeramente, medio divertido, medio frustrado por chincharle.

—Mucho más baja —responde a regañadientes; se echa hacia atrás y alarga la mano para coger otro pedazo de crujiente de chocolate. Observo cómo se lame el chocolate de los dedos. La verdad es que es alucinante: siempre me ha extrañado que en las películas a la gente le parezca sensual eso de lamer cosas, pero aquí está Leon, demostrándome que estaba equivocada.

—¿Más baja? ¿Eso es todo? Eso ya me lo dijiste.

—Y... más regordeta.

—¡Más regordeta! —grazno. Esto es lo que andaba buscando—. ¿Imaginabas que sería regordeta?

—¡Simplemente... lo supuse! —dice Leon, y se acerca para tirar de mí de nuevo hasta que me quedo casi acurrucada contra su pecho.

Me pego a él, recreándome en la sensación.

—Baja y regordeta. ¿Y qué más?

—Pensé que tendrías un gusto estrafalario para vestir.

—Bueno, lo tengo —señalo al tiempo que hago un gesto hacia la colada, tendida en el rincón, que incluye mis llamativos pantalones bombachos rojos y el jersey de colorines que Mo me regaló por mi cumpleaños el año pasado (aunque hasta yo comprendo que combinar esas dos prendas sería pasarse de la raya).

—Pero le das tu toque —comenta—. Como si lo hicieras aposta. Te da mucha personalidad.

Me echo a reír.

—Vaya, gracias.

—¿Y tú? —pregunta, y me suelta para darle otro sorbo al vino.

—¿Yo qué?

—¿Cómo te imaginabas que sería yo?

—Hice trampa y te busqué en Facebook —confieso.

Leon se queda pasmado, con el vino a medio camino de su boca.

—¡Ni se me pasó por la cabeza!

—Pues claro que no. O sea, a mí me gustaría saber la pinta que tiene alguien si fuera a mudarse a mi casa y a dormir en mi cama, pero a ti no te importan mucho las apariencias, ¿no?

Se toma un momento para reflexionar.

—Me importó la tuya cuando te conocí. Pero, en cualquier caso, ¿qué diferencia habría? La primera regla de la convivencia era que no llegaríamos a conocernos.

Me río a mi pesar.

—Entonces esa la hemos incumplido.

—¿Esa?

—Da igual. —Hago un ademán con la mano. No me apetece explicarle que también existe la «primera regla» de Gerty, ni la cantidad de tiempo que me he pasado planteándome romperla.

—Ajjj —dice Leon de pronto, al ver la hora en mi reloj de Peter Pan, encima de la nevera. Las doce y media de la noche—. Es tarde. —Me mira con gesto preocupado—. Se me ha ido el santo al cielo.

Me encojo de hombros.

—¿Y?

—Ya no me da tiempo a ir a casa de mi madre: el último tren salía a las doce y diez. —Parece agobiado—. Pues... dormiré en el sofá. ¿No te importa?

—¿En el sofá? ¿Por qué?

—Para que puedas dormir en la cama, ¿no?

—Este sofá es diminuto. Tendrías que hacerte un ovillo en posición fetal. —El corazón me late a mil por hora—. Tú tienes tu lado, yo tengo el mío. Llevamos todo el año ciñéndonos al acuerdo de izquierda y derecha. ¿Qué necesidad hay de cambiar eso ahora?

Me escruta; sus ojos revolotean por mi cara como si estuviese tratando de leerme el pensamiento.

—Es una simple cama —digo al tiempo que vuelvo a acercarme más a él—. No es la primera vez que compartimos cama.

—No sé si... esto va a ser igual de sencillo —replica Leon, con la voz ligeramente ahogada.

Impulsivamente, me echo hacia delante y pego los labios con delicadeza sobre su mejilla, a continuación otra vez, y otra, hasta recorrer un sendero desde su mejilla hasta el mismo borde de sus labios.

Me reclino y lo miro a los ojos. Ya noto un hormigueo en la piel, pero la mirada que me lanza me provoca una sacudida de arriba abajo, y ahora es como si el ochenta por ciento de mi cuerpo se hubiera convertido de repente en un pálpito. Trago saliva. Nos encontramos lo más cerca que dos seres humanos posiblemente pueden estar sin besarse. Esta vez no hay el menor atisbo de pánico, solo un maravilloso y ardiente deseo.

Así pues, por fin lo beso.

Al besarle en la mejilla me había propuesto que nuestro primer beso propiamente dicho fuera suave y lento, el tipo de beso que se siente en los dedos de los pies, pero llegados a este punto está claro que ha habido demasiada espera y bocaditos sensuales de crujiente de chocolate como para eso. Este es un beso propiamente dicho, pero de los que auguran un inminente quitarse la ropa, de los que por lo general transcurren durante el intervalo de avanzar a trompicones en dirección a una cama. Así pues, cuando paramos para tomar aire, no me extraña encontrarme a horcajadas encima de él, mi pelo cubriéndonos a ambos por los lados, mi falda larga remangada a la altura de los muslos, sus manos en mi espalda acercándome todo lo cerca que puedo estar de él.

La pausa no dura mucho. Me giro para plantar mi copa de vino sin ceremonias encima de la mesa de centro y me muevo un poco para colocar el tobillo en un ángulo más cómodo, y seguidamente nos volvemos a besar, con avidez, y mi cuerpo responde con un calor que no creo haber sentido nunca hasta ahora. Él desliza una mano hasta mi nuca, acariciando el lado de mi pecho en el recorrido, y casi grito ante la repentina sensación. Absolutamente todo parece ir a mil por hora.

No tengo la menor idea de lo que se avecina. De hecho, ni siquiera estoy en condiciones de planteármelo. Me siento tremendamente agradecida por eso: todo recuerdo de mi ex se ha evaporado por completo. El cuerpo de Leon es duro y cálido, y mi único pensamiento es deshacerme de toda esta ropa para poder pegarme a él lo máximo posible. Esta vez, al hacer amago de desabrocharle la camisa, me suelta de la cintura para ayudarme, se la quita de un tirón, la lanza por encima del respaldo del sofá y se queda enganchada a la lámpara como una bandera. Acaricio el torso de Leon, maravillada ante la extraña sensación que me produce el hecho de poder tocarlo así. Me aparto de él lo justo para quitarme el top.

Él toma una brusca bocanada de aire y, al echarme hacia delante para volver a besarlo, me sujeta, las manos bajo mis hombros, la mirada en mi cuerpo. Yo llevo puesta una combinación fina bajo el top, con el escote siguiendo el corte de mi sujetador, en un pronunciado pico.

—Dios —dice con voz ronca—. Eres preciosa.

—Nada que no hayas visto antes —le recuerdo al tiempo que me echo hacia delante impaciente en busca de otro beso. Él me sujeta para impedírmelo y continúa mirándome. Dejo escapar un leve gruñido de impotencia, y entonces él se echa hacia delante para presionar sus labios contra mi clavícula, después más abajo, para besarme el escote, y dejo de protestar.

Me está resultando imposible formar pensamientos que duren más de un par de segundos. Se desvanecen sin más. Puedo sentir que grandes secciones de mi cerebro se están dedicando a pensar solo en el sexo. La parte de mi cerebro que procesa el dolor, por ejemplo, se ha olvidado por completo de mi tobillo y ahora pone mucho más interés en lo que están haciendo concretamente los labios de Leon conforme sus besos van descendiendo cada vez más hacia el borde de mi sujetador. La sección que normalmente se ocupa de preguntarse si la ropa me hace gorda parece haber quedado totalmente anulada. He recurrido a los gemidos porque está claro que el centro del habla de mi cerebro también ha quedado inutilizado.

Leon mete las manos por la cintura de mi falda y toca la seda de mi ropa interior. Como es obvio, llevo lencería bonita. Puede que esto no estuviera planeado, pero desde luego tampoco lo había dejado fuera de mis planes.

Me aparto y me quito la combinación de un tirón; ahora no es más que un estorbo. No voy a tener más remedio que cambiar de postura para que cualquiera de los dos sigamos desnudándonos, pero no me apetece nada. Mi cerebro se esfuerza en producir algún tipo de razonamiento a largo plazo, pero, como obviamente es en vano, ignoro el problema y confío en que Leon le encuentre solución.

—¿Cama? —dice Leon, con los labios de nuevo sobre mi cuello.

Asiento, pero al rebullirse debajo de mí refunfuño entre dientes y agacho la cabeza para volver a besarlo. Noto su sonrisa contra mis labios.

—No podemos irnos a la cama si no te mueves —me recuerda, y hace amago de rebullirse de nuevo.

Farfullo otra objeción incoherente. Él se ríe entre dientes, sin despegar los labios de los míos.

—¿Sofá? —propone como alternativa.

Mejor. Sabía que Leon encontraría una solución. A regañadientes, me dejo caer de su regazo para que pueda moverse. Sus manos tiran de la tela de mi falda, sus dedos buscan una cremallera o un botón.

—Tiene una cremallera invisible —digo, y me ladeo para enseñarle la cremallera oculta bajo la costura a la altura de mi cadera.

—Dichosa ropa de mujer —farfulla Leon, y me ayuda a quitarme la falda una vez que la desabrocho. Como antes, me muevo para pegarme a él de nuevo, pero me lo impide con el fin de poder mirarme fijamente. Su mirada me hace sonrojarme. Al desabrocharle el cinturón él toma una brusca bocanada de aire y vuelve a observarme fijamente mientras le desabrocho los vaqueros.

—¿Y si me ayudas un poco? —protesto, con una ceja enarcada, mientras forcejeo con los botones.

—Esa parte te la encomiendo a ti —dice—. Tómate el tiempo que necesites.

Sonrío con picardía; él se quita los vaqueros rápidamente y tira de mí para que me tienda a su lado en el sofá.

Hay un revoltijo de extremidades, cojines y piel. Estamos muy apretujados. No hay espacio. Entonces nos echamos a reír, pero solo entre beso y beso, y sea cual sea el punto que su cuerpo toca del mío es como si me hubieran reprogramado las células nerviosas para sentir cinco veces más de lo habitual.

—¿De quién ha sido la idea del sofá? —pregunta Leon. Tiene la cabeza a la altura de mi pecho; gimo cuando se pone a besarme por el borde inferior de mi sujetador. Estoy incomodísima, pero, en lo que a mí respecta, la incomodidad es un pequeño precio que hay que pagar.

Solo cuando me da un codazo en el estómago en un intento de sentarse más derecho para poder besarme decido poner fin a esto.

—A la cama —ordeno.

—Qué mujer más sensata.

Tardamos otros diez minutos o así en ponernos en marcha. Él se levanta primero y, a continuación, al disponerse a levantarme, se agacha para cogerme en brazos de nuevo.

—Puedo caminar sin problema —objeto.

—Es la costumbre. Además, es más rápido. —Tiene razón; me tiende en la cama en cuestión de segundos y acto seguido se coloca encima de mí, sus labios ardientes sobre los míos, su mano en mi pecho. Ahora no hay risas. Estoy tan excitada que me cuesta respirar. Es absurdo. Ya no aguanto ni un minuto más.

Y en ese momento llaman al portero automático.

48

Leon

Ambos nos quedamos de piedra. Levanto la cabeza para mirarla. Tiene las mejillas muy sonrojadas, los labios hinchados tras los besos y el pelo enredado en una maraña anaranjada contra las almohadas blancas. Es imposible estar más sexi.

Yo: ¿Esperas a alguien?

Tiffy: ¿Qué? ¡No!

Yo: ¡Pero si ninguno de mis conocidos espera encontrarme aquí el fin de semana!

Tiffy gruñe.

Tiffy: No me plantees cosas complicadas. Ahora mismo no soy capaz de... pensar.

Aprieto mis labios contra los suyos de nuevo, pero llaman al portero automático por segunda vez. Suelto un taco. Me pongo de costado; procuro calmarme.

Tiffy se gira conmigo, así que ahora la tengo encima.

Tiffy: Ya se irán.

De repente esta idea parece, con diferencia, la mejor. Su cuerpo es increíble. No puedo dejar de tocarla; me consta que parezco un pulpo, sobándola por todas partes, pero no quiero perderme nada. Lo ideal sería tener como mínimo diez manos más.

Llaman al portero automático otra vez. Y otra. En intervalos de cinco segundos. Tiffy se deja caer bruscamente en su lado de la cama con un gruñido.

Tiffy: ¿Quién coño es?

Yo: Deberíamos ir a abrir.

Ella alarga la mano y me acaricia con un dedo desde el ombligo hasta los calzoncillos. Me quedo totalmente en blanco. La deseo. La deseo. La deseo. La…

Timbrazo timbrazo timbrazo timbrazo.

Tiffy: ¡Joder! Ya voy yo.

Yo: No, voy yo. Puedo liarme una toalla y fingir que estaba en la ducha.

Tiffy me mira.

Tiffy: ¿Cómo demonios logras pensar precisamente ahora? Mi cerebro ha dejado de funcionar. Está claro que te distraes con mucha más facilidad que yo.

Está ahí tendida, sin ropa de cintura para arriba, con un minúsculo trozo de seda como último obstáculo a su desnudez. Está haciendo falta una gran fortaleza interior y un insistente y sonoro timbrazo para contenerme.

Yo: Te aseguro que tienes una gran capacidad para distraer.

Tiffy me besa. El timbre ahora suena sin cesar; sin una mínima pausa. Quien llame tiene el dedo pegado al timbre.

Quienquiera que sea, le odio.

Me aparto de Tiffy, suelto otro taco y cojo una toalla del radiador mientras voy dando traspiés desde el dormitorio hasta el recibidor. Es preciso que me recomponga. Abriré la puerta, le daré un puñetazo a quien nos haya interrumpido, volveré a la cama y listo. Un plan bien pensado y resolutivo.

Pulso el botón del telefonillo y a continuación abro la puerta bruscamente y espero. Caigo en la cuenta demasiado tarde de que, como tengo el pelo seco, mi excusa de la ducha no colará.

No había visto en mi vida al hombre que aparece en la entrada. Tampoco es el tipo de hombre al que me atrevería a dar un puñetazo. Es alto, con una complexión que indica que pasa mucho tiempo en el gimnasio. Pelo castaño, barba pulcramente recortada, camisa cara. Mirada enojada.

De pronto me asalta un mal presentimiento. Ojalá llevara encima algo más que una toalla.

Yo: ¿Sí?

Parece desconcertado.

El hombre de mirada enojada: ¿No vive aquí Tiffy?

Yo: Sí, soy su compañero de piso.

Al hombre de mirada enojada no parece hacerle ni pizca de gracia esta información.

El hombre de mirada enojada: Bueno, ¿y está en casa?

Yo: Perdona, ¿cómo has dicho que te llamabas?

Me lanza una larga mirada enojada.

El hombre de mirada enojada: Soy Justin.

Ah.

Yo: No, no está.

Justin: Pensaba que pasaba aquí los fines de semana.

Yo: ¿Te lo dijo ella?

Justin parece vacilar durante unos instantes. No obstante, lo disimula bien.

Justin: Sí, lo mencionó la última vez que la vi. Lo de vuestro acuerdo. Todo eso de compartir cama.

Es imposible que Tiffy le comentara eso a Justin. Está bastante claro que ella sabría que no le haría gracia. A juzgar por su expresión corporal, sumamente hostil, no le hace ni pizca de gracia.

Yo: Compartimos habitación. Y sí, por lo general dispone del apartamento los fines de semana, pero está fuera.

Justin: ¿Dónde?

Me encojo de hombros. Hago una mueca de hastío. Al mismo tiempo me estiro un pelín, lo justo para que se dé cuenta de que somos de la misma altura. Es una actitud un poco primitiva por mi parte, pero en cualquier caso sienta bien.

Yo: Y yo qué sé.

Justin, de sopetón: ¿Puedo ver el apartamento?

Yo: ¿Qué?

Justin: ¿Puedo entrar? Solo para echar un vistazo.

Ya ha hecho amago de acercarse a mí como si se dispusiera a entrar. Supongo que así es como siempre se sale con la suya: pidiendo cosas poco razonables y lanzándose a continuación a por ellas.

Me quedo inmóvil. Al final no le queda otra que detenerse, porque estoy justo en medio.

Yo: No. Lo siento.

Ahora él percibe mi hostilidad. Se mosquea. Ya estaba furioso al llegar aquí; es como un perro sujeto con correa en busca de pelea.

Justin: ¿Por qué no?

Yo: Porque el apartamento es mío.

Justin: Y de Tiffy. Ella es mi…

Yo: ¿Tu qué?

Justin no termina la mentira. Tal vez sepa que yo como mínimo estoy al corriente de si Tiffy tiene o no pareja.

Justin: Es complicado. Pero mantenemos una relación muy estrecha. Te prometo que a ella no le importaría que echase un vistazo al apartamento, para comprobar que está en condiciones para ella. Me figuro que tendréis un contrato de subarrendamiento y que lo habrá firmado el dueño de la casa, ¿no?

No tengo ganas de entrar en esto con este hombre. Además, no tenemos contrato de alquiler. Como el casero lleva años sin hablar. conmigo, no he... sacado a relucir el tema de Tiffy.

Yo: No puedes entrar.

Justin se pone en guardia. Llevo una mísera toalla liada a la cintura: estamos cara a cara. No creo que a Tiffy le parezca nada bien que esto desemboque en una pelea.

Yo: Tengo a una chica ahí dentro, tío.

Justin, sobresaltado, echa la cabeza hacia atrás. No se lo esperaba.

Justin: Ah, ¿sí?

Yo: Sí. Así que te agradecería que...

Me observa con recelo.

Justin: ¿Quién es?

Ay, no me jodas.

Yo: ¿A ti qué te importa?

Justin: Entonces, ¿no es Tiffy?

Yo: ¿Qué te hace pensar eso? Te acabo de decir...

Justin: Ya. Que está fuera este fin de semana. Con la salvedad de que me consta que no está con sus padres, y que Tiffy no sale de Londres sola excepto para ir a ver a sus padres. Así que...

Intenta empujarme para pasar, pero ya estoy preparado. Me anclo al suelo para oponer resistencia y se tambalea.

Yo: Fuera de aquí. Ahora mismo. No sé cuál es tu problema, pero en cuanto has puesto el pie en mi apartamento has quebrantado la ley, así que, si no quieres que llame a la policía, si es que no lo ha hecho ya la mujer que hay en mi habitación, lárgate de aquí de una puta vez.

Veo cómo se le dilatan las fosas nasales. Tiene ganas de pelea; está consumiendo toda su energía en controlarse. No es un tipo agradable. Aunque yo también noto que estoy listo para una pelea. Estoy casi deseando que me dé un puñetazo.

Sin embargo, no lo hace. Al mirar fugazmente hacia la puerta del dormitorio, alcanza a ver mis vaqueros, tirados en el suelo. Mi camisa, colgada de la ridícula lámpara con forma de mono de Tiffy. Menos mal que su ropa no está a la vista: me imagino que la reconocería. Qué pensamiento más desagradable.

Justin: Volveré para ver a Tiffy.

Retrocede.

Yo: Igual no está de más que la próxima vez llames por teléfono de antemano para ver si está. Y si le apetece verte.

Le doy con la puerta en las narices.

49

Tiffy

A ver, a nadie le resultaría agradable que su exnovio apareciera de improviso mientras se lo estás montando con un nuevo ligue. Nadie desearía encontrarse en esa coyuntura, salvo quizá por extrañas motivaciones sexuales.

Pero seguramente a nadie le afectaría hasta este punto.

Me tiembla todo; no solo las manos, sino también las piernas, desde los pies, pasando por las rodillas. Petrificada ante la idea de que Justin entre aquí y me pille con solo las braguitas puestas, procuro vestirme haciendo el menor ruido posible, pero el miedo a que me oiga me supera cuando estoy a medias, y me meto de nuevo en la cama solo en ropa interior y un jersey gigantesco con la imagen de Papá Noel (lo primero que he pillado del armario).

Cuando la puerta del apartamento se cierra de un portazo, me sobresalto como si alguien hubiera apretado un gatillo. Es absurdo. Tengo la cara bañada en lágrimas y estoy francamente asustada.

Leon llama suavemente a la puerta del dormitorio.

—Vengo solo —dice—. ¿Puedo pasar?

Respiro profunda y entrecortadamente y me seco las lágrimas de las mejillas.

—Sí, pasa.

Tras mirarme fugazmente, hace lo mismo que yo acabo de hacer: va hacia el armario y saca lo primero que encuentra. Una vez vestido, se acerca y se sienta al otro lado de la cama. Es de agradecer. De repente no me apetece estar al lado de nadie desnudo.

—¿Seguro que se ha ido? —le pregunto.

—He esperado hasta oír que se cerraba la puerta del portal —responde Leon—. Se ha ido.

—No obstante, volverá. Y no soporto la idea de volver a verle. Me sobrepasa... Le odio. —Respiro hondo y entrecortadamente de nuevo, consciente de que vuelven a brotarme lágrimas—. ¿Por qué estaba tan furioso? ¿Acaso siempre fue así y simplemente lo he olvidado?

Alargo la mano hacia Leon; quiero que me abrace. Él se arrastra por la cama, tira de mí y me recuesta contra su cuerpo.

—Se está dando cuenta de que está perdiendo el control sobre ti —dice Leon en voz baja—. Está asustado.

—Pues esta vez no voy a volver.

Leon me besa el hombro.

—¿Quieres que llame a Mo? ¿O a Gerty?

—¿Puedes quedarte conmigo mejor?

—Claro que sí.

—Solo quiero dormir.

—Durmamos entonces. —Estira el brazo para coger la manta de Brixton, nos tapa a los dos y se gira para apagar la luz—. Despiértame si me necesitas.

No sé cómo, pero duermo de un tirón y no me despierto hasta que oigo al tío del piso de arriba haciendo lo que sea que siempre hace a las siete de la mañana (parece alguna modalidad de aeróbic energético de esas que incluyen un montón de saltos); me enfadaría, pero despertarme así es mucho mejor que con la alarma del despertador para ir a trabajar.

Leon se ha marchado. Me incorporo, con los ojos abotargados por haberme quedado dormida después de llorar, e intento encontrarle sentido a la realidad. Justo cuando estoy repasando el día de ayer —que por desgracia termina con el buen rato en el sofá y la llegada de Justin—, Leon asoma la cabeza.

—¿Té?

—¿Lo has hecho tú?

—No, le he encargado al elfo de la casa que lo haga.

Me hace sonreír.

—No te preocupes, le he pedido expresamente que hiciera el tuyo bien cargado —comenta—. ¿Puedo pasar?

—Faltaría más. También es tu dormitorio.

—No cuando estás aquí. —Me tiende una taza de té fuerte, a mi gusto. Es la primera vez que me prepara una taza de té, pero (igual que yo sé la cantidad de leche que le gusta echarle al suyo) debe de haberse figurado cómo lo tomo yo. Es curioso hasta qué punto puedes llegar a conocer a alguien por el rastro que deja.

—Siento muchísimo lo de anoche —empiezo a decir.

Leon niega con la cabeza.

—Por favor, no te disculpes. ¿Qué culpa tienes tú?

—Bueno, yo salí con él. Por voluntad propia.

Mi tono es ligero, pero Leon frunce el ceño.

—Las relaciones de ese tipo dejan de ser «por voluntad propia» enseguida. Hay muchas formas de que alguien consiga retenerte a su lado, o convencerte de que es lo que deseas.

Inclino la cabeza y lo observo sentado en el borde de la cama, con los antebrazos apoyados en las rodillas, sujetando la taza de té con ambas manos. Está charlando conmigo mirándome por encima del hombro, y cada vez que nos cruzamos la mirada me entran ganas de sonreír. Se ha arreglado el pelo: nunca lo he visto tan repeinado, con el pelo atusado detrás de las orejas y ondulado a la altura del cuello.

—Pareces muy bien informado —señalo con tacto.

Ahora no me está mirando.

—Mi madre —dice, a modo de explicación—. Pasó mucho tiempo con hombres que la maltrataron.

La palabra me hace estremecerme. Leon repara en ello.

—Perdona —susurra.

—Justin jamás me agredió ni nada —me apresuro a puntualizar, con las mejillas sofocadas. Aquí estoy yo, montando un número por un novio que me mangonea un poco, cuando la madre de Leon ha sufrido…

—No me refería a esa clase de maltrato —aclara Leon—. Me refería al psicológico.

—Ah. —¿Fue eso lo que pasó con Justin?

Sí, pienso en el acto, antes de que me dé tiempo a cuestionármelo. Maldita sea, por supuesto que sí. Tanto Lucie como Mo y Gerty llevan diciendo lo mismo sin pronunciarlo en voz alta desde hace meses, ¿o no? Le doy un trago al té y me escondo detrás de la taza.

—Fue duro ser testigo de ello —señala Leon, con la vista clavada en su té—. Ahora está superándolo. Con mucha terapia. Con buenos amigos. Llegando a la raíz del problema.

—Mmm. Yo también estoy probando eso… de la terapia.

Asiente.

—Me alegro. Te ayudará.

—Ya me está ayudando, creo. Fue idea de Mo, y él absolutamente siempre acierta.

La verdad es que ahora mismo me vendría bien uno de los abrazos por audio de Mo. Al buscar con la mirada mi teléfono, Leon señala hacia la mesilla de noche.

—Te dejo que hables tranquilamente. Y no te preocupes por el cumpleaños de Holly. Seguramente es lo último que te...

Se le apaga la voz al ver mi gesto indignado.

—¿Piensas que voy a perderme el cumpleaños de Holly por lo de anoche?

—Bueno, es que pensaba que se te habrían quitado las ganas y...

Niego con la cabeza.

—Ni pensarlo. No pienso dejar que este... tema de Justin se interponga en las cosas importantes.

Él sonríe sin apartar los ojos de mi cara.

—Bueno, vale. Gracias.

—¡Tenemos que salir con tiempo para comprarle un regalo! —digo a voces al marcharse.

—¡Ya le regalé la buena salud! —grita él desde el otro lado de la puerta.

—¡Eso no cuenta; tiene que ser algo de Claire's!

50

Leon

La casa de la madre de Holly es una pequeña vivienda adosada de Southwark. Aunque hay pintura descascarillada por todas partes y cuadros apoyados en las paredes, sin colgar, se respira un ambiente agradable. Solo un tanto deslucido.

Cuando llegamos hay una marabunta de niños entrando y saliendo a la carrera por la puerta principal. Me siento algo abrumado. Todavía estoy procesando la experiencia de anoche, todavía tengo un subidón de adrenalina debido al altercado con Justin. Dimos parte del incidente a la policía, pero yo quiero ir más lejos. Ella debería solicitar una orden de alejamiento. No obstante, no puedo sugerirlo. Es decisión suya. Estoy atado de pies y manos.

Entramos en la casa. Hay muchos gorros de cotillón y unos cuantos bebés llorando, posiblemente porque los escandalosos niños de ocho años los han chinchado hasta hacerlos llorar.

Yo: ¿Ves a Holly?

Tiffy se pone de puntillas (con el pie bueno).

Tiffy: ¿Es esa? ¿La del disfraz de *La guerra de las galaxias*?

Yo: *Star Trek.* Y no. ¿No será aquella de allí, al lado de la cocina?

Tiffy: Casi seguro que es un niño. ¿Me avisaste de que esta fiesta era de disfraces?

Yo: ¡Tú también leíste la invitación!

Tiffy ignora esta observación, coge un sombrero de vaquero abandonado y me lo planta en la cabeza.

Me vuelvo hacia el espejo de la entrada para ver cómo me sienta. El sombrero cuelga precariamente sobre mi melena. Me lo quito y se lo pongo a Tiffy. Mucho mejor. Tiene pinta de vaquera sexi. Sé que es un poco cliché, por supuesto, pero está sexi de todas formas.

Tiffy se mira al espejo y se cala el sombrero.

Tiffy: Estupendo. Entonces tú vas de mago.

Tira de una capa de estrellas que hay en el respaldo de una silla, se estira para echármela sobre los hombros y me anuda el lazo al cuello. El mero roce de sus dedos me trae a la memoria la noche anterior. Como se trata de un lugar de lo más inapropiado para este tipo de pensamientos, procuro apartarlos, pero ella no me lo pone fácil. Desliza las manos por mi pecho en un gesto similar al del rato del sofá.

Le sujeto la mano.

Yo: No puedes hacer eso.

Tiffy enarca una ceja con picardía.

Tiffy: ¿Hacer qué?

Si planea torturarme de esta manera, al menos debe de ser señal de que se encuentra un poco mejor.

Finalmente localizamos a Holly sentada en las escaleras y nos damos cuenta de por qué era tan difícil dar con ella. Parece otra. El brillo en los ojos. El pelo más espeso y sano, que se le cae hacia delante solo para que ella se lo eche hacia atrás con impaciencia mientras habla. De hecho, se la ve un poco regordeta.

Holly: ¡LEON!

Baja a la carrera y se para en seco en el pie de la escalera. Va disfrazada de Elsa, de *Frozen*, como casi todas las niñas que organizan fiestas de cumpleaños en el hemisferio occidental desde 2013. Es un poco mayor para eso, pero es normal, ya que se ha perdido la mayor parte de sus primeros años de vida.

Holly: ¿Dónde está Tiffy?

Yo: Ha venido también. Acaba de ir al baño.

Holly parece más tranquila. Se engancha a mi brazo y me conduce a la sala de estar para intentar darme las sobras de unos pequeños perritos calientes toqueteados por muchos niños con las manos sucias.

Holly: ¿Estás saliendo ya con Tiffy?

Me quedo mirándola, con el vaso de plástico de zumo de frutas tropicales a medio camino de mi boca.

Holly hace su típico gesto con los ojos en blanco, convenciéndome con ello de que continúa siendo la misma de siempre, no una doble más regordeta.

Holly: ¡Vamos! ¡Sois tal para cual!

Miro a mi alrededor nervioso, con la esperanza de que Tiffy no lo haya oído. Pero al parecer también estoy sonriendo. Me vienen fugazmente a la cabeza mis reacciones ante comentarios similares acerca de mí y de Kay: por lo general era el tipo de respuesta que hacía que Kay me acusase de tener fobia al compromiso. Hay que reconocer que esos comentarios rara vez salían de boca de una niña de corta edad precoz con una trenza postiza alrededor del cuello (supongo que se le soltó de la cabeza hace un rato).

Yo: Da la casualidad de que…

Holly: ¡Sí! ¡Lo sabía! ¿Le has dicho que la quieres?

Yo: Es un poco pronto para eso.

Holly: No si llevas un siglo enamorado de ella.

Pausa.

Holly: Lo cual es verdad, por cierto.

Yo, con tacto: No lo tengo claro, Holly. Somos amigos.

Holly: Amigos que se quieren.

Yo: Holly…

Holly: Bueno, ¿le has dicho que te gusta?

Yo: Ella ya lo sabe.

Holly me mira con recelo.

Holly: ¿Seguro, Leon?

Me siento un tanto desconcertado. ¿Seguro? ¿Sí? Los besos fueron una pista evidente, ¿no?

Holly: Se te da fatal transmitir a las personas lo que sientes por ellas. Casi nunca me decías que te caía mejor que el resto de los pacientes. Pero sé de sobra que era así.

Zanja cualquier objeción con un ademán de las manos. Trato de reprimir una sonrisa.

Yo: Bueno, me aseguraré de que se entere.

Holly: Da igual. De todas formas voy a decírselo yo.

Y se esfuma, abriéndose paso como una flecha entre el gentío. Mierda.

Yo: ¡Holly! ¡Holly! ¡No digas…!

Finalmente las encuentro juntas en la cocina. Irrumpo al término de lo que obviamente es una intervención por parte de Holly. Tiffy está agachada escuchándola, sonriendo, con reflejos dorados en su pelo rojo bajo el fuerte resplandor de las luces de la cocina.

Holly: Solo quiero que sepas que es simpático, y que tú eres simpática.

Se pone de puntillas y añade en un susurro teatral:

Holly: Así que eso significa que aquí no va a haber un felpudo.

Tiffy levanta la vista hacia mí con expresión interrogante.

Aprieto los labios mientras algo cálido y tierno se asienta en mi pecho. Doy un paso al frente, atraigo a Tiffy hacia mí y alargo la mano para alborotar el pelo de Holly. Qué niña más extraña y clarividente.

51

Tiffy

Mo y Gerty se pasan por casa por la tarde, una vez que Leon se ha marchado a casa de su madre, y los pongo al tanto del dramático episodio de la noche con una botella de vino muy necesaria. Mo me dedica sus asentimientos de cabeza más empáticos; Gerty, por su parte, se limita a seguir despotricando. Profiere algunos insultos dirigidos a Justin francamente originales. Creo que los tenía reservados para la ocasión apropiada.

—¿Quieres pasar la noche en nuestra casa? —pregunta Mo—. Puedes dormir en mi cama.

—Gracias, pero no, estoy bien —contesto—. No quiero huir. Sé que no tiene intención de agredirme ni nada de eso.

Mo no parece tan convencido.

—Si estás segura... —dice.

—Llámanos cuando quieras y pediremos un taxi para que te recoja —comenta Gerty y apura su vino—. Y dame un toque por la mañana. Me tienes que contar lo del polvo con Leon sin falta.

Me quedo mirándola.

—¡¿Qué?!

—¡Lo sabía! Me lo olía —señala, satisfecha consigo misma.

—Pues, de hecho, no ha pasado nada —le digo y le saco la lengua—. Así que te ha fallado el radar… otra vez.

Ella me mira inquisitivamente.

—Pero hubo desnudez. Y… tocamientos.

—En ese mismo sofá.

Da un respingo como si se hubiera pinchado. Mo y yo nos reímos por lo bajo.

—Bueno —me dice Gerty al tiempo que se sacude los vaqueros de pitillo con cara de desagrado—, hemos quedado con Leon el martes. De modo que nos aseguraremos de bombardearlo a preguntas para comprobar que sus intenciones contigo sean las correctas.

—Un momento, ¿que habéis qué?

—Voy a explicarle cómo van los trámites del caso.

—Y Mo va a acompañarte porque… —Miro a Mo.

—Porque quiero conocer a Leon —responde, sin ningún reparo—. ¿Qué? Los demás ya lo conocen.

—Sí, pero…, pero… —Los miro con recelo—. Es mi compañero de piso.

—Y mi cliente —puntualiza Gerty al coger su bolso de la encimera—. Oye, puede que para ti conocer a Leon haya sido una movida impresionante, pero nosotros podemos mandarle tranquilamente un mensaje y quedar para tomar el *brunch* como la gente normal y corriente.

Me quedo sin argumentos ante eso, lo cual me fastidia. Y dadas las circunstancias, no es que esté precisamente en disposición de reprocharles a mis amigos que sean sobreprotectores: sin eso, sin ellos, probablemente aún seguiría llorando a moco tendido en el apartamento de Justin. A pesar de todo, no estoy segura de estar preparada para la fase de «presentación de amigos» con Leon, y me molesta la intromisión.

Sin embargo, todo queda olvidado al llegar a casa del trabajo el martes y encontrar esta nota en la mesa de centro:

SÍ QUE SUCEDIERON COSAS DESAGRADABLES.
(Mo me ha pedido que te lo recuerde).
Pero superaste dichas cosas, y ahora eres más fuerte
para afrontarlo. (Gerty me ha ordenado que te lo
traslade..., aunque su versión tenía más tacos).
Eres un encanto, y yo jamás te haré daño como él.
(Esta parte es de mi cosecha).
Bss,
Leon

—Me vas a adorar —dice Rachel, asomada de puntillas por detrás de mi muro de macetas para hablar conmigo.

Me froto los ojos. Acabo de colgar el teléfono con Martin, a quien le ha dado por llamarme en vez de cruzar el pasillo. Intuyo que según él eso le hace parecer ocupado e importante..., demasiado ocupado e importante como para mover el culo y venir a hablar conmigo. Con todo, ahora tengo la posibilidad de ver sus llamadas en la pantallita, y si no me queda más remedio que hablar con él puedo hacer muecas a Rachel al mismo tiempo, de modo que tiene sus ventajas.

—¿Por qué? ¿Qué has hecho? ¿Me has comprado un castillo?

Me mira fijamente.

—Es chocante que digas eso.

La miro fijamente a mi vez.

—¿Por? ¿Acaso me has comprado un castillo?

—Obviamente no —dice, reaccionando—, porque, no te lo tomes a mal, pero si pudiera permitirme un castillo primero me compraría uno para mí…, aunque esto efectivamente guarda relación con un castillo.

Cojo mi taza y saco las piernas de debajo de la mesa. Para esta conversación hace falta té. Nos dirigimos a la cocina por el camino de siempre: dando un rodeo por la sala de colores para no pasar junto a las mesas del editor jefe y el director ejecutivo, nos agazapamos detrás de la columna que hay junto a la fotocopiadora para que no nos pille Hana, y llegamos a la cocina desde un ángulo que nos garantiza ver si hay algún directivo de la plantilla merodeando ahí dentro.

—¡Venga! ¡Venga! ¡Suéltalo! —le digo a Rachel cuando nos encontramos a salvo en la cocina.

—Vale. ¿Te acuerdas de ese ilustrador al que le encargué el segundo libro del albañil convertido en diseñador, el que es lord no sé qué?

—Claro. El Ilustre Lord Ilustrador —digo. Así es como lo llamamos Rachel y yo.

—Bien, pues al Ilustre Lord se le ha ocurrido literalmente la solución perfecta para la sesión de fotos de Katherin.

Los de Marketing ahora quieren montar una muestra con los artículos del libro de Katherin. Como los principales canales de comunicación se han mostrado reacios a embarcarse en esto —todavía no acaban de entender en qué medida los comentarios de *youtubers* como Tasha Chai-Latte se traducen en ventas—, vamos a financiar el reportaje y a «sembrar las redes sociales». Tasha nos ha prometido que lo compartirá en su blog y, a poco más de una semana para la fecha del evento, los de Marketing y Comunicación están sufriendo crisis periódicas por la organización de la sesión de fotos.

—¡Es dueño de un castillo galés! —concluye Rachel—. En Gales. Y podemos utilizarlo.

—¿En serio? ¿Gratis?

—Totalmente. Este fin de semana. Y, como está tan lejos en coche, ¡ha dicho que nos dará alojamiento el sábado por la noche! ¡En el mismo castillo! ¡Y lo mejor de todo es que Martin no puede prescindir de mí por ser una simple diseñadora..., ya que el Ilustre Lord Ilustrador ha insistido en que acompañe a Katherin! —Aplaude pletórica—. Y, como es lógico, tú vendrás porque Katherin no moverá un dedo a menos que estés allí para protegerla de los odiosos Martin y Hana. ¡Un fin de semana en un castillo galés! ¡Un fin de semana en un castillo galés!

Le chisto para que se calle. Se ha puesto a cantar a voz en grito y a bailar una especie de danza de castillo (meneando bastante las caderas), y, aunque nos hayamos cerciorado de que no hubiera directivos de la plantilla en la cocina, nunca se sabe cuándo aparecerán. Es como lo que dice la gente sobre los buitres: que siempre están al acecho.

—Ahora solo hay que encontrar modelos que estén dispuestos a trabajar gratis dentro de dos días —prosigue Rachel—. Casi ni me apetece contárselo a Martin. No vaya a ser que empiece a caerle bien o algo así y altere por completo el equilibrio de la oficina.

—¡Cuéntaselo! —digo—. Es una idea genial.

Y así es. Pero Rachel tiene razón. Katherin no irá sin mí, y eso implica pasar un fin de semana entero fuera de casa. Me había hecho muchas ilusiones de poder pasar parte del fin de semana con Leon. Es decir... desnuda.

Rachel enarca una ceja al percatarse de mi expresión.

—¿Seguro? —dice.

—Sí, sí, es genial —contesto rápidamente—. Pasar un fin de semana fuera contigo y con Katherin va a ser la monda. ¡Y encima de visita gratis en un castillo! Fingiré que estoy tanteando el terreno para mi futuro hogar.

Rachel apoya la espalda contra la nevera mientras espera que repose el té sin quitarme el ojo de encima.

—Este chico te gusta de verdad, ¿a que sí?

Me hago la tonta removiendo las bolsitas de té. La verdad es que me gusta muchísimo. Me da un poco de miedo. Un miedo agradable en líneas generales, pero que en el fondo es puro miedo.

—Bueno, pues que te acompañe y así puedes estar con él.

Levanto la vista.

—¿¿Que me acompañe?? ¿Cómo va a colar eso entre los mandamases responsables de los gastos de transporte?

—Recuérdame cómo decías que era ese semental —dice Rachel al tiempo que se aparta para dejarme coger la leche de la nevera—. ¿Alto, moreno, guapo y con una sonrisa sexi y misteriosa?

Solo Rachel podría decir «semental» sin ironía.

—¿Crees que posaría gratis?

Casi escupo mi primer trago de té. Rachel sonríe con malicia y me pasa papel de cocina para arreglarme el desaguisado del pintalabios.

—¿Leon de modelo?

—¿Por qué no?

—Bueno..., porque... —Seguramente le parecería un horror. O..., en realidad, a lo mejor no: le importa tan poco lo que opinen los demás que probablemente le traería sin cuidado que le hicieran fotos y las colgaran en internet.

Pero, si accediera a ello, eso significaría invitarle a pasar un fin de semana juntos fuera de Londres con todas las de la ley..., aunque sea una situación poco convencional. Y eso sin duda alguna parece... serio. Como de una relación. La idea me provoca un nudo en la garganta y un leve pellizco en el estómago. Irritada conmigo misma, me deshago de ese sentimiento.

—Vamos. Pídeselo —insiste Rachel—. Apuesto a que accederá con tal de pasar más tiempo contigo. Y yo lo arreglaré con Martin. Una vez que le dé la noticia sobre este castillo, se pasará días haciéndome la pelota.

Es muy delicado saber exactamente cómo abordar esta conversación. En un primer momento pensé que saldría a colación de manera natural durante la llamada, pero, por extraño que parezca, los castillos y/o hacer de modelo no salen a relucir ni por asomo, y ahora son las ocho menos veinte y solo cuento con un margen de cinco minutos antes de que Leon entre a trabajar.

No obstante, no voy a amilanarme. Desde la noche de la aparición de Justin las cosas han cambiado con Leon; ahora esto va más allá de la tensión sexual y del coqueteo dejando notas en *post-its,* y por alguna razón eso me impone muchísimo. Pensar en él me provoca un incontenible arrebato de euforia mezclado con una especie de pánico agobiante. Pero me figuro que eso probablemente sea una secuela de Justin y, francamente, no pienso permitir que me frene.

—Oye —empiezo a decir, al tiempo que me arrebujo en el cárdigan. Estoy en el balcón; se ha convertido en mi rincón favorito para las llamadas telefónicas nocturnas—. Estás libre este fin de semana, ¿verdad?

—Ajá —responde. Como se está tomando su *cenayuno* en el hospital mientras charlamos, está aún menos conversador que de costumbre, pero intuyo que de hecho será una baza a mi favor en este sentido. Considero que es necesario que escuche atentamente esta propuesta para poder debatirla.

—Mira, tengo que ir a un castillo galés este fin de semana para hacer un reportaje de prendas de punto con Katherin porque la tengo a mi cargo, y, a pesar del hecho de que me pagan una miseria, se da por sentado que trabajaré los fines de semana cuando sea necesario; es lo que hay y punto.

Un momento de silencio.

—Vale… —contesta Leon. No parece mosqueado, lo cual, ahora que lo pienso, no tendría razón de ser: no es que me esté escaqueando, es que tengo que trabajar. Y, si hay alguien que entienda eso, es Leon.

Me relajo un poco.

—Pero tengo muchas ganas de verte —señalo, antes de arrepentirme—. Y a Rachel se le ha ocurrido una idea en principio terrible que en realidad podría ser muy divertida.

—¿Mmm? —dice Leon, con cierto nerviosismo. Ya ha oído hablar de Rachel lo bastante como para saber que sus ideas normalmente llevan aparejadas grandes cantidades de alcohol e indiscreción.

—¿Qué te parecería pasar un fin de semana gratis conmigo en un castillo galés… a cambio de posar con prendas de punto mientras estás allí, para después colgar las fotos en las redes sociales de Butterfingers?

Oigo un sonido ahogado al otro lado del teléfono.

—Te parece una idea pésima —concluyo, notando que me pongo colorada. Hay un largo silencio. No debería haberle propuesto esto bajo ningún concepto: Leon es más de noches tranquilas con vino y buena conversación, no de pavonearse delante de las cámaras.

—Qué va —responde Leon—. Es que estoy... procesándolo.

Me mantengo a la espera para darle tiempo. El intervalo es un martirio, y al poco, justo cuando casi estoy segura del desenlace de esta embarazosa conversación:

—Venga, vale —dice Leon.

Parpadeo incrédula. Zacarías Zorro deambula bajo el balcón y seguidamente pasa un coche de policía con la sirena a todo volumen.

—¿Sí? —exclamo cuando calculo que puede oírme—. ¿Lo harás?

—Me parece que el precio que tengo que pagar es relativamente pequeño con tal de pasar un fin de semana por ahí contigo. Además, el único que posiblemente me tomaría el pelo por ello sería Richie, y él no tiene conexión a internet.

—¿Lo dices en serio?

—¿Tú también vas a posar?

—Uf, seguramente soy demasiado corpulenta en opinión de Martin —contesto moviendo el brazo con un ademán—. Solo iré para hacer de *kathrabina*.

—¿Conoceré al tal Martin que nos cae tan bien? ¿Y para qué has dicho que irás tú?

—Para hacer de *kathrabina*. Perdona, es la palabra que usa Rachel para referirse a mi papel de carabina con Katherin. Y, efectivamente, Martin coordinará todo el tinglado. Como estará al mando, se mostrará especialmente insufrible.

—Genial —dice Leon—. Así podré dedicar el tiempo de las poses a maquinar cómo hundirlo.

OCTUBRE

52

Leon

En fin. Estoy embutido entre dos armaduras, con un jersey de lana, mirando fijamente a un punto a media distancia.

Mi vida ha dado un vuelco extraño con Tiffy. Jamás he temido llevar una vida fuera de lo común, pero últimamente me había... acomodado. Estaba instalado en mis rutinas, como solía decir Kay.

No va a durar mucho con Tiffy alrededor.

Está ayudando a Katherin con nuestro estilismo. Los otros dos modelos parecen chavales de la calle; Martin se los está comiendo con los ojos. Son agradables, pero la conversación se agota tras ponernos al día sobre la edición de *El rey de las tartas* de este año, y ahora mismo estoy contando los minutos hasta que Tiffy venga otra vez a recolocarme el jersey de lana de formas imperceptibles a simple vista que (casi con toda seguridad) son meras excusas para tocarme.

El Ilustre Lord Ilustrador pulula por el plató. Es un agradable caballero de alta alcurnia; su castillo está un poco destartalado, pero cuenta con habitaciones y vistas incomparables, como corresponde, de modo que todo el mundo parece contento.

Excepto Martin. Bromeé con Tiffy sobre mis maquinaciones para hundirlo, pero cuando no está con la baba caída delante de los otros modelos da la impresión de que está urdiendo la mejor manera de empujarme por las almenas. No me lo explico. Ninguno de los presentes está al tanto de lo mío con Tiffy; acordamos que era lo mejor. Pero me cabe la duda de si lo habrá averiguado. En ese caso, no obstante, ¿por qué le ha dado por no quitarme ojo de encima?

Pues nada. Obedezco y miro fijamente en una dirección ligeramente distinta. Cómo agradezco haber salido del apartamento este fin de semana; tenía el mal presentimiento de que Justin aparecería. Lo hará en cualquier momento. Está claro que no se dio por satisfecho cuando se marchó el sábado pasado. Y sin embargo no ha dado señales de vida desde entonces. Ni flores, ni mensajes ni apariciones repentinas dondequiera que se encuentre Tiffy, a pesar de que es imposible que pueda enterarse de dónde está. Me da mala espina. Me preocupa que esté tramando algo y esperando el momento propicio. Ese tipo de hombres no se acobardan con un pequeño susto.

Procuro no bostezar (llevo despierto un siglo, solo he dado pequeñas cabezadas). Desvío la mirada hacia Tiffy. Lleva unas botas militares y unos vaqueros azules desteñidos, está repantigada de lado en una imponente silla al estilo de *Juego de tronos* colocada en el rincón del arsenal y cuya función probablemente no sea la de sentarse en ella. Al girarse se le abre el cárdigan y atisbo fugazmente su piel tersa. Trago saliva. Vuelvo la vista hacia ese punto a media distancia en el que insiste el fotógrafo.

Martin: ¡Vale, hagamos un descanso de veinte minutos!

Aprovecho para huir antes de que me ordene hacer otra cosa que no sea charlar con Tiffy (hasta ahora me he visto obligado a dedicar los descansos a cambiar de sitio armas antiguas, a pasar la aspiradora para quitar alguna que otra pelusa y a echar un vistazo al diminuto rasguño que se ha hecho en el dedo uno de los modelos con pinta de descarriados).

Yo, al aproximarme al trono de Tiffy: ¿Qué mosca le ha picado a ese hombre conmigo?

Tiffy menea la cabeza y balancea las piernas para levantarse.

Tiffy: La verdad es que no tengo ni idea. Es más gilipollas contigo que con los demás, que ya es decir, ¿verdad?

Rachel, cuchicheando detrás de mí: ¡Corred! ¡Largaos! ¡Que viene!

A Tiffy no hay que decírselo dos veces. Me agarra de la mano y tira de mí en dirección al vestíbulo principal (una gigantesca cueva de piedra con tres escalinatas).

Katherin, a voces a la zaga: ¿Vais a dejarme que me las apañe sola con él?

Tiffy: ¡Maldita sea! ¡Haz como si fuera un diputado conservador de los setenta y punto!

Aunque no me vuelvo para ver la reacción de Katherin, alcanzo a oír la carcajada de Rachel. Tiffy tira de mí para meternos en un ornamentado recoveco que da la impresión de que en su época albergaba una estatua, y me besa con fuerza en la boca.

Tiffy: Es insoportable, todo el día sin quitarte ojo de encima. Y me corroen los celos porque los demás también tienen posibilidad de hacerlo.

Me produce una sensación parecida a beber algo caliente: se extiende por mi pecho y me arranca una sonrisa. Como no sé muy bien qué decir, me limito a besarla. Ella empuja mi cuerpo contra la fría pared de piedra, sus manos entrelazadas alrededor de mi cuello.

Tiffy, pegada a mi boca: El fin de semana que viene.

Yo: ¿Mmm?

(Estoy ocupado besándola).

Tiffy: Estaremos solos tú y yo. A solas. En nuestro apartamento. Y si alguien nos interrumpe o te obliga a atender a un chaval de dieciocho años que se ha hecho un rasguño en el dedo, yo personalmente ordenaré ejecutarlos.

Se queda callada.

Tiffy: Perdona. Está claro que todo este entorno palaciego se me está subiendo a la cabeza.

Me aparto, examino su cara. ¿No se lo he dicho? Debo de habérselo dicho.

Tiffy: ¿Qué? ¿Qué pasa?

Yo: El juicio de Richie es el viernes. Lo siento. Después pasaré el fin de semana en casa de mi madre, ¿no te lo dije?

Me embarga un temor que me resulta familiar. Esto dará pie a una desagradable conversación: que si he olvidado comentarle algo, que si estoy trastocando sus planes...

Tiffy: ¡No me digas! ¿En serio?

Se me retuerce el estómago. Hago amago de tirar de ella de nuevo, pero me aparta las manos de un manotazo, con los ojos como platos.

Tiffy: ¡No me lo habías dicho! Leon..., no lo sabía. Lo siento mucho, pero... el lanzamiento del libro de Katherin...

Ahora soy yo el que está desconcertado. ¿Por qué lo siente?

Tiffy: Yo quería ir, pero el viernes es el lanzamiento del libro de Katherin. No me lo puedo creer. ¿Me harás el favor de decirle a Richie que llame cuando yo esté en el apartamento, para poder disculparme como es debido?

Yo: ¿Por qué?

Tiffy, impaciente, pone los ojos en blanco.

Tiffy: ¡Por no poder asistir a la vista de su apelación!

Me quedo mirándola. Parpadeo un poco. Me relajo al comprobar que en realidad no se ha enfadado conmigo.

Yo: En ningún momento esperaba que…

Tiffy: ¿Estás de coña? ¿Pensabas que no tenía pensado ir? ¡Se trata de Richie!

Yo: ¿De verdad tenías ganas de ir?

Tiffy: Sí, Leon. Tenía muchísimas ganas de ir.

Le clavo un dedo en la mejilla.

Tiffy, entre risas: ¡Ay! ¿Y eso a qué viene?

Yo: ¿Eres real? ¿Una mujer de carne y hueso?

Tiffy: Sí, soy real, tonto.

Yo: Lo dudo. ¿Cómo eres tan encantadora, además de guapísima? Eres una fantasía, ¿no? ¿Te convertirás en un ogro al sonar las campanadas de medianoche?

Tiffy: Ya vale. ¡Maldita sea, qué bajo pones el listón! ¿Por qué te extraña que quiera ir al juicio de tu hermano? Él también es mi amigo. De hecho, hablé con él antes que contigo, para que lo sepas.

Yo: Me alegro de que no lo conocieras a él primero. Es mucho más guapo que yo.

Tiffy enarca las cejas.

Tiffy: ¿Conque por eso no mencionaste la fecha de la apelación?

Nervioso, muevo los pies. Pensaba que se lo había dicho. Ella me aprieta el brazo.

Tiffy: No pasa nada, de verdad, era broma.

Pienso en los meses de notas y sobras de cenas, en el tiempo que pasamos sin conocernos. Tengo una sensación muy distinta ahora que la conozco. Es increíble que haya desperdiciado tantísimo tiempo; no solo esos meses, sino el tiempo anterior, los años que he dejado correr, conformándome, esperando.

Yo: No, debería habértelo dicho. Deberíamos definir mejor esto. No podemos seguir confiando en cuadrar días a salto de mata para estar juntos. O en toparnos el uno con el otro por casualidad.

Me quedo callado, sopesando una idea. ¿Y si cambio los turnos para hacer alguno que otro de día? ¿Y si paso una noche a la semana en el apartamento? Al abrir la boca para proponerlo, veo la mirada extrañada y seria, casi nerviosa, de Tiffy, y me quedo helado, con la súbita certeza de que es un despropósito.

Tiffy, en tono alegre, al cabo de unos instantes: ¿Y si ponemos un calendario en la nevera?

Vale. Seguramente sea más apropiado; tiempo al tiempo. Estoy siendo demasiado entusiasta.

Ahora me alegro de no haber dicho nada.

53

Tiffy

Levanto la vista a los altísimos techos, llenos de telarañas. Aquí hace un frío que pela, incluso bajo un edredón, tres mantas y el calor que despide el cuerpo de Rachel a mi izquierda, como si fuera una estufa con forma humana.

La jornada de hoy ha sido muy frustrante. No es habitual tener que pasar ocho horas enteras contemplando a la persona que te gusta. A decir verdad, me he pasado casi todo el día fantaseando con la idea de que el resto de la gente que hay en este castillo se evaporara y nos quedáramos solos Leon y yo, desnudos (el vaporizador también desintegró nuestra ropa), con gran cantidad de sitios excitantes donde disfrutar del sexo.

Está claro que todavía estoy hecha un lío con lo de Justin y, a medida que la cosa progresa con Leon, noto que el «miedo agradable» tiende a ser «puro miedo» con mayor asiduidad. Cuando Leon propuso lo de dedicar más tiempo el uno al otro, por ejemplo, volví a sentir ese tremendo pellizco de pánico. Pero en el fondo, cuando reflexiono, tengo una buenísima corazonada respecto a Leon. Cuando mejor me encuentro me viene a la cabeza. Él me infunde más determinación si cabe para superar lo que ocurrió con Justin porque no quiero cargar con ese peso con Leon. Quiero sentirme liviana y libre como el viento. Y desnuda.

—Basta —mascula Rachel contra su almohada.

—¿El qué? —Si llego a darme cuenta de que estaba despierta, habría expresado esa pequeña reflexión en voz alta.

—Me estás poniendo nerviosa con tu deseo sexual reprimido —dice Rachel, y al darse la vuelta se lleva consigo todo lo que puede del edredón.

Yo me aferro a él y tiro para recuperar un par de centímetros.

—No estoy reprimida.

—Venga ya. Apuesto a que estabas esperando a que me durmiera para poder restregarte contra mi pierna.

Le doy un puntapié con un pie muy frío. Ella da un grito.

—Es imposible que mi deseo sexual reprimido te impida dormir —señalo, dándome por vencida—. De ser así, nadie habría pegado ojo en la época victoriana.

Ella se da la vuelta y me mira con los ojos entrecerrados.

—Qué rarita eres —dice, y me da la espalda de nuevo—. Anda, sal a escondidas y busca a tu novio.

—No es mi novio —replico automáticamente, de la forma que se aprende a partir de los ocho años.

—Tu amigo especial. Tu pretendiente. Tu amigo con derecho a roce. Tu…

—Me voy —mascullo, y la dejo con la palabra en la boca.

Hana está roncando suavemente en la otra cama. La verdad es que dormida aparenta ser una persona bastante agradable, pero, claro, resulta difícil aparentar tener mala leche cuando estás babeando sobre la almohada.

Leon y yo hemos ideado un plan para vernos esta noche. Martin ha tenido la irritante idea de asignar a Leon una habitación doble que comparte con el cámara, con lo cual no podemos acostarnos juntos a hurtadillas. Pero, como Hana y el cámara están profundamente dormidos, nada nos impide escabullirnos e irnos de aventura por el castillo. La idea era descansar un poco y quedar a las tres de la mañana, pero yo estaba demasiado excitada para dormir. De todas formas, mi pinta recién despierta no tiene ni punto de comparación con la imagen que Hollywood nos pretende ofrecer, así que seguramente me ha venido bien quedarme aquí tumbada sin dormir durante horas dándole vueltas a pensamientos inapropiados.

Sin embargo, no había contado con que hiciera este frío de muerte. Me había imaginado en ropa interior y un salto de cama —hasta me compré lencería sexi—, pero ahora mismo llevo puesto un pantalón de pijama de franela, calcetines de lana y tres jerséis, los cuales me niego en redondo a quitarme. Así pues, me pongo un poco de brillo de labios, me sacudo ligeramente el pelo y abro la puerta con cuidado.

Chirría tanto que roza el cliché, pero Hana no se inmuta. Me cuelo por el hueco de la puerta en cuanto dispongo de la anchura justa, la cierro al salir y aprieto los dientes a cada crujido.

Leon y yo hemos quedado en la cocina, porque si alguien nos encuentra allí contamos con una buena excusa (dada la cantidad de galletas que consumo en el trabajo, a nadie le escamará que necesite un tentempié a medianoche).

Cruzo a toda pastilla el pasillo enmoquetado, pendiente de la hilera de habitaciones por si acaso alguien está levantado y me pilla.

Ni un alma. Como he entrado un poco en calor con la carrera y he bajado las escaleras al trote, al llegar a la cocina estoy jadeando ligeramente.

La cocina es el único rincón del castillo donde han puesto un poco de esmero. Ha sido reformada recientemente y, para mi absoluto regocijo, hay un enorme horno tradicional Aga de hierro fundido al fondo. Me pego a él como una chica que se ha topado con un antiguo miembro de One Direction en un club nocturno y no tiene intención de marcharse sin él.

—¿Es normal que esté tan celoso? —dice Leon por detrás de mí.

Vuelvo la cabeza. Está apostado en la puerta, con el pelo repeinado hacia atrás, una camiseta holgada y unos pantalones de deporte.

—Si tu temperatura corporal es más alta que la de este horno, soy toda tuya —contesto; me doy la vuelta para calentarme el trasero y las piernas, y para verlo mejor.

Él recorre la distancia que nos separa con aire despreocupado, sin prisas. A veces despide una sutil seguridad en sí mismo: no hace alarde de ello, pero cuando lo exhibe resulta tremendamente sexi. Al besarme me acaloro aún más.

—¿Has tenido problemas para salir a escondidas? —pregunto al apartarme para echarme el pelo hacia atrás.

—Larry, el cámara, duerme como un tronco —responde Leon, buscando mi boca para besarme lentamente.

Ya tengo el corazón a mil por hora. Siento un leve mareo, como si toda la sangre que normalmente fluye por mi cabeza hubiera decidido alojarse en otros sitios. Con nuestros labios ligeramente entreabiertos, Leon me levanta y me sienta encima de la placa para calentar; lo envuelvo con mis piernas y cruzo los tobillos por detrás de su cuerpo. Él se aprieta contra mí.

Poco a poco voy siendo consciente de cómo el calor que despide el horno Aga cala a través de mis pantalones de pijama de franela y comienza a quemarme el trasero.

—Ayy. Quema —digo, y me dejo caer hacia delante para que Leon me sostenga. Él me coge en brazos, como a un koala, y me deja sobre la encimera al tiempo que comienza a recorrer con sus labios todo mi cuerpo: cuello y pecho, labios de nuevo, cuello, clavícula, labios. Me empieza a dar vueltas la cabeza; apenas puedo pensar. Tantea hasta encontrar el estrecho hueco entre mis jerséis y el pantalón de pijama y, al posar las manos sobre mi piel, el *apenas* se convierte en *nada en absoluto*.

—¿Está feo hacerlo en una superficie donde otros han cocinado? —pregunta Leon sin aliento al apartarse.

—¡Qué va! ¡Es… limpio! Higiénico —digo al tiempo que tiro de él.

—Me alegro —comenta, y de pronto me quedo sin jerséis. Ya no tengo ni pizca de frío. De hecho, podría ir más ligera de ropa. ¿Por qué demonios no me he puesto el salto de cama?

Le quito la camiseta a Leon rápidamente y tiro de la cinturilla de sus pantalones de deporte hasta que también se los quita. Al pegar mi cuerpo contra el suyo se queda inmóvil un momento.

—¿OK? —pregunta con voz ronca. Percibo su contención al formular la pregunta; respondo con otro beso—. ¿Sí? —insiste, con la boca pegada a la mía—. ¿Todo bien?

—Sí. Cállate ya —le digo, y obedece.

Estamos muy cerca. Yo estoy prácticamente desnuda, él está prácticamente desnudo, mi único pensamiento es Leon. Ya está. Está sucediendo. Mi yo victoriano reprimido sexualmente casi se echa a llorar de agradecimiento cuando Leon tira de mis caderas para apretarme contra él, su cuerpo de nuevo entre mis piernas.

Y, seguidamente, afloran los recuerdos.

Me quedo rígida. De primeras no lo nota, y durante tres segundos tremendamente espantosos continúa recorriendo mi cuerpo con sus manos, apretando con fuerza sus labios contra los míos. Me resulta muy difícil describir esta sensación. De pánico, quizá; me quedo completamente paralizada y me siento extrañamente pasiva. Estoy petrificada, bloqueada, y tengo la extraña sensación de que una parte esencial de mí ha desconectado.

Leon ralentiza el movimiento de sus manos hasta que las posa en sendos lados de mi cara. Me levanta la cabeza con delicadeza para que lo mire.

—Eh —dice. Se desenreda de mí justo cuando me pongo a temblar como un flan.

Al parecer no consigo recuperar esa parte de mí. No sé de dónde ha salido esta sensación: estaba a punto de disfrutar del sexo con el que había estado fantaseando la semana entera y al minuto siguiente me ha venido… algo a la memoria. Un cuerpo que no era el de Leon, unas manos que estaban haciendo lo mismo, pero en contra de mi voluntad.

—¿Necesitas espacio, o un abrazo? —pregunta sin más, ahora a un par de palmos de distancia de mí.

—Un abrazo —logro decir.

Me estrecha entre sus brazos al tiempo que alarga la mano hacia los jerséis amontonados sobre la encimera. Me echa uno sobre los hombros y me envuelve con su cuerpo, mi cabeza apoyada contra su pecho. Lo único que delata la impotencia que debe de sentir es el ruido sordo de los latidos de su corazón en mi oreja.

—Lo siento —susurro contra su pecho.

—No tienes por qué —responde—. Nada de disculpas, ¿vale?

Sonrío tímidamente y aprieto los labios contra su piel.

—Vale.

54

Leon

Por lo general, no soy una persona de mal carácter. Normalmente soy afable y no me mosqueo con facilidad. Siempre soy yo el que evita que Richie se enzarce en peleas (generalmente en defensa de una mujer, que puede o no necesitar ayuda). Pero ahora parece que estoy experimentando algo primario, y hago un sumo esfuerzo en mantenerme relajado y atemperar mis movimientos. La postura hostil y la tensión no le harán ningún bien a Tiffy.

Pero tengo ganas de ajustarle las cuentas. En serio. No sé qué le hizo a Tiffy, cuál ha sido concretamente el detonante en esta ocasión, pero, sea lo que sea, le ha afectado hasta tal punto que está temblando de arriba abajo como un gatito que se ha resguardado del frío.

Vuelve en sí y se seca la cara.

Tiffy: Lo sien… Hum… Hola.

Yo: Hola. ¿Quieres un té?

Asiente. No me apetece soltarla, pero seguramente no sea buena idea seguir abrazándola, aunque ella lo espere. Me visto y voy a por el hervidor.

Tiffy: Menudo…

Se queda callada. El agua comienza a hervir con un tenue sonido.

Tiffy: Menudo trago. No tengo la menor idea de lo que ha pasado.

Yo: ¿Has recordado otra cosa? ¿O algo que ya le has comentado a la terapeuta?

Ella niega con la cabeza con el entrecejo fruncido.

Tiffy: No ha sido como un recuerdo, como algo que me ha venido a la cabeza…

Yo: ¿Más bien como la memoria muscular?

Ella alza la vista.

Tiffy: Sí. Exacto.

Sirvo los tés. Abro la nevera para coger la leche y me quedo pasmado. Está llena de bandejas de pequeños *cupcakes* rosas adornados con las letras «F y J» glaseadas.

Tiffy se acerca sin hacer ruido para mirar y me pasa el brazo alrededor de la cintura.

Tiffy: Ooh. Deben de ser para el banquete de bodas que hay cuando nos marchemos.

Yo: ¿Hasta qué punto crees que habrán prestado atención a la cantidad?

Tiffy se ríe. Aunque no lo hace con ganas, sino con cierto aire lastimero, algo es algo.

Tiffy: Es probable que mucho. Aunque hay un montón.

Yo: Demasiados. Calculo que… trescientos.

Tiffy: Nadie invita a trescientas personas a su boda. A menos que sean famosísimos, o indios.

Yo: ¿Se casa algún indio famoso?

Tiffy: El Ilustre Lord Ilustrador no dijo eso explícitamente.

Cojo dos *cupcakes* y le doy uno a Tiffy. Todavía tiene los ojos un poco enrojecidos de llorar, pero ahora sonríe, y se toma el *cupcake* casi de un bocado. Sospecho que necesita azúcar.

Comemos en silencio durante unos instantes y nos movemos para apoyarnos contra el horno el uno junto al otro.

Tiffy: Entonces…, en tu opinión profesional…

Yo: ¿En calidad de enfermero de cuidados paliativos?

Tiffy: En calidad de persona con cierta formación médica…

Oh, no. Estas conversaciones nunca llegan a buen puerto. La gente siempre da por sentado que en la escuela de enfermería nos enseñan toda la medicina habida y por haber en el mundo, y que nos acordamos cinco años después.

Tiffy: ¿Me voy a pasmar de esta manera cada vez que estemos a punto de enrollarnos? Porque, sinceramente, es una idea de lo más deprimente.

Yo, con tacto: Intuyo que no. Puede que simplemente tardes un tiempo en averiguar los detonantes y cómo evitarlos hasta que te sientas más segura.

Ella me mira bruscamente.

Tiffy: Yo no estoy… No quiero que pienses que él…, ya sabes, que alguna vez me hizo daño.

Me gustaría discutir eso. Da la impresión de que le ha hecho bastante daño. Pero como no me corresponde decirlo, ni mucho menos, simplemente voy a por otro *cupcake* y se lo sujeto para que le dé un bocado.

Yo: No estoy haciendo conjeturas. Solo quiero que te sientas mejor.

Tiffy se queda mirándome y, a continuación, de buenas a primeras, me hunde un dedo en la mejilla.

Yo, con un chillido: ¡Eh!

Lo de hundir un dedo en la mejilla es mucho más molesto de lo que yo pensaba cuando se lo hice a ella.

Tiffy: No eres real, ¿verdad? Eres un verdadero encanto.

Yo: Qué va. Soy un viejo gruñón al que le desagrada la mayoría de la gente.

Tiffy: ¿La mayoría?

Yo: Salvo contadas excepciones.

Tiffy: ¿Cómo decides cuáles son las excepciones?

Incómodo, me encojo de hombros.

Tiffy: En serio. Sin bromas. ¿Por qué yo?

Yo: Hum. En fin, supongo que... Hay algunas personas con las que simplemente me encuentro a gusto. No muchas. Pero tú eras una de ellas incluso antes de conocerte personalmente.

Tiffy me mira con la cabeza inclinada a un lado y me sostiene la mirada durante tanto tiempo que me remuevo incómodo, deseando cambiar de tema. Finalmente, se echa hacia delante y me besa lentamente; sabe a azúcar glas.

Tiffy: Valdrá la pena esperar. Ya verás.

Como si lo hubiera puesto en duda alguna vez.

55

Tiffy

M e reclino en mi sillón de despacho y aparto la vista de la pantalla. Llevo muchísimo tiempo mirándola; las fotos del reportaje de prendas de punto en el castillo se han publicado en la sección «Femail» del *Daily Mail*, y me choca. Katherin es oficialmente una celebridad. Es increíble lo deprisa que se han desarrollado los acontecimientos, y tampoco puedo dejar de leer los comentarios de otras mujeres respecto a lo bueno que está Leon en esas fotos. Como es obvio, me consta que está bueno, pero, a pesar de ello, me provoca una sensación horrible y al mismo tiempo cierto gustillo contar con el visto bueno ajeno.

Me pregunto qué impresión le causará a él. Con suerte, le faltará destreza tecnológica para acceder al apartado de opiniones del *Daily Mail,* porque algunos de los comentarios son realmente bastante subidos de tono. Al tratarse de una sección de comentarios en internet, como es natural también hay unos cuantos de tinte racista, y todo desemboca brevemente en una discusión acerca del calentamiento global como conspiración del liberalismo, y sin darme cuenta he entrado en bucle en internet y desperdiciado media hora leyendo opiniones descabelladas de la gente sobre si Trump es un neonazi y si Leon tiene las orejas demasiado grandes.

A la salida del trabajo voy a terapia. Como de costumbre, Lucie se atrinchera en un largo silencio que roza el límite de la incomodidad, y después, aparentemente de manera espontánea, me pongo a contarle cosas espantosas y dolorosas, la mayoría de las cuales me resulta insoportable plantearme. Con qué astucia Justin me hizo creer que tenía mala memoria para poder echarme en cara que siempre me olvidaba de las cosas. Con qué descaro me convenció de que yo había tirado una montaña de ropa cuando en realidad él había escondido en el fondo del armario cosas que no le hacía gracia que me pusiera.

Con qué sutilidad convirtió el sexo en algo que yo le debía, aun cuando había hecho que me sintiera tan triste que no era capaz de pensar con claridad.

Para Lucie, no obstante, es el pan de cada día. Se limita a asentir. O a inclinar la cabeza. O a veces —en casos extremos, cuando digo algo en voz alta que casi duele físicamente al pronunciarlo— responde con un solidario «Sí».

Esta vez me pregunta cómo lo llevo al término de la sesión. Comienzo a soltar el típico rollo —«Oh, ha sido genial, de verdad, muchas gracias»—, como cuando el peluquero te pregunta si te gusta el corte de pelo que te acaba de hacer. Pero como Lucie se queda mirándome largo y tendido sin más, pienso: «¿Cómo lo llevo realmente?». Hace un par de meses ni se me pasaba por la cabeza declinar una invitación de Justin a salir a tomar una copa. Consumía la mayor parte de mi energía mental manteniendo a raya los recuerdos. No estaba dispuesta a reconocer por nada del mundo que me había maltratado. Y ahora, aquí estoy, conversando con Alguien Que No Es Mo sobre que lo ocurrido con Justin no fue culpa mía, y, de hecho, creyéndolo.

Escucho un montón a Kelly Clarkson de camino a casa en el metro. Al ver mi reflejo en el cristal de enfrente, enderezo los hombros y me escudriño a mí misma, igual que en aquel primer trayecto desde el piso de Justin al apartamento. Sí, tengo los ojos un poco llorosos de la terapia, pero esta vez no llevo puestas las gafas de sol.

¿Sabes qué? Estoy orgullosísima de mí misma.

Al llegar al apartamento obtengo la respuesta a la pregunta sobre qué opinará Leon de las fotos de «Femail». Me ha dejado esta nota en la nevera:

No he cocinado. Ahora soy demasiado famoso para eso.
(Es decir, he hecho un pedido en Deliveroo para celebrar el éxito de Katherin/el tuyo. En la nevera hay deliciosa comida tailandesa para ti). Bs

Bueno, da la impresión de que no se le ha subido a la cabeza; algo es algo. Meto la comida tailandesa en el microondas mientras tarareo *Stronger (What Doesn't Kill You)*, y cojo un boli mientras se calienta. Leon trabaja hasta el miércoles y luego se va a casa de su madre; no lo veré antes del juicio de Richie, el viernes. Está ocupado: mañana por la mañana irá a visitar al último Johnny White y tiene previsto coger el primer tren que pueda a Cardiff y regresar con tiempo de sobra para echarse una siesta antes de ir a trabajar. Yo puntualizaría que eso es poco descanso para estar en condiciones, pero, como tengo presente que no está durmiendo bien ni siquiera en casa, igual es mejor que esté de un lado para otro. Por fin ha terminado *La campana de cristal*, señal evidente de que pasa el día despierto, y da la impresión de que prácticamente sobrevive a base de cafeína: por lo general, a estas alturas de mes no andamos tan escasos de café instantáneo.

Soy breve:

Me alegro de que te hayas tomado a bien tu nueva vida de famoso. Yo, por mi parte, ahora me avergüenzo de los celos que tengo de alrededor de cien mujeres de internet que opinan que estás «buenísimo XD», y he llegado a la conclusión de que prefiero, con diferencia, ser la única que puede mirarte.

¡Cruzo los dedos para que Johnny White VIII sea el definitivo! Bss

Cuando leo la respuesta a la tarde siguiente intuyo que Leon está agotado. Lo refleja su letra: está más deslavazada que de costumbre, como si le faltara energía para sujetar con fuerza el boli:

Johnny White VIII no es nuestro hombre. De hecho, es muy desagradable y homófobo. Y me obligó a comerme un montón de rollitos de higo caducados.

Richie te manda saludos. Está bien. Aguantando el tipo. Bs

Hum. Puede que Richie esté aguantando el tipo, pero tengo mis dudas con respecto a Leon.

56

Leon

L lego tarde al trabajo. He estado hablando con Richie durante veinte minutos que en realidad no podía permitirse acerca del síndrome de estrés postraumático. Hacía mucho tiempo que no charlaba con Richie de otra cosa que no fuera el caso, lo cual es curioso, porque la apelación es dentro de tres días. Me parece que Gerty habla tan a menudo con él que le apetecía mucho cambiar de tema.

También le he preguntado qué opina de la orden de alejamiento. En este tema se ha mostrado rotundo: es Tiffy quien ha de tomar la decisión. No estaría bien dar la impresión de que estoy presionándola: he de dejar que ella tome la decisión por sí misma. A pesar de ello, me revienta que el novio sepa dónde vive, pero he de tener presente que no estoy en disposición de opinar.

Ahora llego tardísimo. Me abrocho la camisa mientras salgo del edificio. Soy un experto en salir precipitadamente del apartamento. Todo consiste en afeitarse en unos segundos y privarse del *cenayuno,* lo cual pagaré caro a las once de la noche, cuando las enfermeras del turno de día se hayan comido todas las galletas.

El hombre raro del apartamento 5: ¡Leon!

Levanto la vista mientras la puerta del portal se cierra de un portazo. Es el hombre raro del apartamento 5, el que (según Tiffy) hace aeróbic energético a las siete en punto de la mañana y acumula cajas de plátanos en su plaza de aparcamiento. Me sorprende comprobar que sabe cómo me llamo.

Yo: ¿Sí?

El hombre raro del apartamento 5: ¡Jamás pensé que fueras enfermero!

Yo: Ya. Llego tarde al trabajo, así que...

El hombre raro del apartamento 5 me enseña su teléfono móvil, dando por hecho que alcanzo a ver lo que hay en la pantalla.

El hombre raro, en tono triunfal: ¡Eres famoso!

Yo: ¿Perdón?

El hombre raro: ¡Has salido en el *Daily Mail!* ¡Con un jersey de famoso mariposón!

Yo: «Mariposón» ya no es un término políticamente correcto, hombre raro del apartamento 5. Tengo prisa. ¡Disfrute del resto de «Femail»!

Me largo a toda velocidad. Pensándolo bien, decido no avanzar en mi camino a la fama.

El señor Prior consigue mantenerse despierto para ver las fotos. No tardará en quedarse traspuesto de nuevo, pero, como sé que esto le divertirá, aprovecho la ocasión y le enseño las fotos en la pantalla del teléfono.

Vaya. Catorce mil «me gusta» en una foto en la que aparezco con la mirada perdida en un punto lejano con una camiseta negra y una enorme bufanda de ganchillo. Qué fuerte.

Señor Prior: ¡Muy apuesto, Leon!

Yo: Vaya, gracias.

Señor Prior: A ver, ¿me equivoco al pensar que cierta damisela te persuadió para que te humillaras de esta manera?

Yo: Eh… Hum. Fue idea de Tiffy.

Señor Prior: Ah, la compañera de piso. Y… ¿novia?

Yo: No, no, «novia» no. De momento.

Señor Prior: ¿No? La última vez que hablamos me dio la impresión de que estabais bastante prendados el uno del otro.

Compruebo el gráfico de observaciones del señor Prior con el gesto impasible. Pruebas de función hepática anormales. No tiene buena pinta. Era de esperar, pero, aun así, no tiene buena pinta.

Yo: Pues… sí. Lo estoy. Lo que pasa es que no quiero precipitarme. No creo que ella tampoco quiera.

El señor Prior frunce el entrecejo. Sus ojillos brillantes casi desaparecen bajo los pliegues de sus cejas.

Señor Prior: ¿Puedo darte un consejo, Leon?

Asiento.

Señor Prior: No permitas que tu… reticencia innata te frene. Déjale claro lo que sientes por ella. Al fin y al cabo, eres como un libro cerrado, Leon.

Yo: ¿Un libro cerrado?

Noto que al señor Prior le tiemblan las manos al estirar la colcha y procuro no pensar en los pronósticos.

Señor Prior: Callado. Taciturno. Seguro que ella lo encuentra muy atractivo, pero no permitas que eso levante una barrera entre vosotros. Yo dejé para muy tarde decirle a mi…, yo dejé para muy tarde las cosas, y ahora pienso que ojalá hubiera dicho lo que deseaba sin tapujos mientras tuve la oportunidad. Otro gallo me cantaría. No es que no esté contento con lo que me ha tocado vivir, pero... se desperdicia una cantidad tremenda de tiempo cuando se es joven.

Aquí siempre hay alguien que te da sabios consejos a la primera de cambio. Pero el señor Prior me ha puesto un poco nervioso. Después de lo de Gales sentí que no debía forzar las cosas con Tiffy, pero a lo mejor me estoy conteniendo demasiado. Por lo visto, suelo hacerlo. Ahora pienso que ojalá le hubiese comentado la idea de cambiar al turno de día. De todas formas, sí que fui a un castillo de Gales por ella, y posé con un cárdigan holgado delante de un árbol azotado por el viento. Seguramente eso dice mucho de mis sentimientos, ¿no?

Richie: No eres una persona abierta por naturaleza.

Yo: ¿Cómo que no? Soy..., soy comunicativo. Expresivo. Un libro abierto.

Richie: No se te da mal la típica charla sentimental conmigo, pero eso no cuenta, y normalmente es porque yo tomo la iniciativa. Deberías seguir mi ejemplo, hermanito. A mí no me va el rollo ese del tira y afloja con las mujeres. Entrar a saco sin ceremonias siempre me ha funcionado.

Me encuentro un poco descolocado. Me sentía bien por todo lo de Tiffy, y ahora tengo ansiedad. No debería haberle contado a Richie lo que me ha dicho el señor Prior; debería haberme figurado qué opinaría. Richie ya escribía canciones de amor para cantar serenatas a las niñas en los pasillos del colegio a los diez años.

Yo: Entonces, ¿qué se supone que tengo que hacer?

Richie: Joder, tío, dile abiertamente que te gusta y que quieres formalizar la relación. Está claro que es así, de modo que tampoco es para tanto. Tengo que colgar. Gerty se ha empeñado en que le cuente otra vez los detalles de los diez minutos posteriores a la salida de la discoteca; en serio, me cabe la duda de que esa mujer sea humana.

Yo: Esa mujer es…

Richie: Déjalo, déjalo. No pienso oír ni una palabra en su contra. Iba a decir que me parece fuera de lo común.

Yo: Vale.

Richie: Y un pibón también.

Yo: Oye, no…

Richie se ríe a mandíbula batiente. Me da por sonreír; siempre me contagia el buen humor cuando se ríe así.

Richie: Seré bueno, seré bueno. Pero si me saca de aquí la invitaré a cenar. O igual le pido que se case conmigo.

La sonrisa se me borra un poco. Noto una punzada de inquietud. La apelación es una realidad. A dos días vista. Aunque ni siquiera me he hecho ilusiones ante la perspectiva de que Richie sea declarado inocente, mi mente continúa por esos derroteros en contra de mi voluntad, recreando la escena. Llevándolo a mi casa para que se siente en el puf de estampado de cachemir de Tiffy, bebiendo cerveza, recuperando a mi hermano pequeño.

No encuentro las palabras para expresar lo que deseo decirle. ¿«No te hagas ilusiones»? Por supuesto que se hará ilusiones; yo también he de hacerlo. Ese es el quid de la cuestión. Entonces…, ¿«No te vengas abajo si no sale bien»? Otra tontería. No hay palabras adecuadas para describir la magnitud del problema.

Yo: Hasta el viernes.

Richie: Ese es el libro abierto que conozco y que quiero. Hasta el viernes, hermanito.

57

Tiffy

Comienza el viernes. El gran día.

Leon está en casa de su madre; van a ir juntos al juzgado. Rachel y yo estamos en el apartamento. Mo me va a acompañar al lanzamiento del libro; en vista de todo lo que he hecho por este libro, ni siquiera Martin podría negarse a permitirme llevar acompañante.

Gerty aparece cuando llega Mo para darme un rápido y frío abrazo y hacerme un resumen del caso de Richie con mucha prisa. Ya lleva puesta su ridícula peluca de letrada, como si estuviera recreando una pintura del siglo XVIII.

Mo está monísimo vestido de esmoquin. Me encanta cuando se acicala. Es como ver fotos de cachorritos vestidos de humanos. Está visiblemente incómodo, y noto que se muere de ganas de al menos descalzarse, pero en cuanto hace el mínimo amago de agacharse Gerty le gruñe y él se achanta gimoteando. Parece tremendamente aliviado cuando do Gerty se marcha.

—Solo para tu información, Mo y Gerty están enrollados sin ninguna duda —me dice Rachel al pasarme el cepillo del pelo.

Me quedo mirándola en el espejo. (Este apartamento anda muy escaso de espejos. Deberíamos habernos arreglado en casa de Rachel, que tiene un armario forrado de espejos de pared a pared en el dormitorio por lo que sospecho que serán motivos de índole sexual, pero se niega a dejar que Gerty ponga los pies en su apartamento desde que esta comentó lo descuidado que estaba en la fiesta de cumpleaños de Rachel).

—Mo y Gerty no están enrollados —replico al salir de mi ensimismamiento y coger el cepillo bruscamente. Estoy tratando de domar mi mata de pelo para hacerme un pulcro recogido de uno de nuestros libros de estilismo casero. La autora me prometió que sería fácil, pero llevo quince minutos en el paso dos. Hay veintidós pasos en total y media hora de margen según el reloj.

—Te lo digo yo —insiste Rachel con total naturalidad—. Ya sabes que no se me escapa una.

Reprimo justo a tiempo las ganas de informar a Rachel de que Gerty también opina de sí misma que «no se le escapa una» cuando una amiga se está acostando con alguien. No quiero que esto se convierta en una competición, sobre todo porque todavía no me he acostado con Leon.

—Viven juntos —explico, con la boca llena de horquillas—. Se encuentran más a gusto juntos que antes.

—Solo te sientes así de a gusto estando en bolas con otro —insiste Rachel.

—Eso es absurdo y zafio. De todas formas, estoy casi segura de que Mo es asexual.

Compruebo demasiado tarde que la puerta del cuarto de baño está cerrada. Mo se encuentra en la sala de estar.

Lleva una hora con aire paciente o aburrido, dependiendo de si cree que lo estamos observando.

—Tú quieres pensar eso por el rollo ese de que es como un hermano para ti. Pero de asexual no tiene nada. Le entró a mi amiga Kelly en una fiesta el verano pasado.

—¡Ahora mismo no puedo asimilar esta clase de confidencias! —digo, escupiendo las horquillas. Me he puesto a sujetarlas entre los dientes antes de tiempo. Son para el paso cuatro y todavía estoy hecha un lío con el paso tres.

—Ven aquí —dice Rachel, y suelto un suspiro. Menos mal.

—Me habías dejado colgada con esto —le reprocho mientras coge el cepillo, arregla el destrozo que he hecho hasta ahora y hojea las instrucciones del recogido con una mano.

—¿Si no cómo vas a aprender? —comenta.

Son las diez de la mañana. Me choca ir vestida formal a estas horas de la mañana. No sé por qué, estoy paranoica ante la idea de que el té me salpique en la pechera de mi nuevo vestido de gala, aunque casi seguro que si estuviera tomándome un martini no estaría tan agobiada. Lo que pasa es que me choca beber en taza cuando llevo algo de seda.

Rachel se ha superado: llevo el pelo de lo más suave y brillante, recogido a la altura de la nuca en una serie de ondas misteriosas idénticas a las de la foto. El inconveniente, sin embargo, es que voy enseñando una enorme cantidad de pecho. Al probarme el vestido llevaba el pelo suelto; la verdad es que no me fijé demasiado en la cantidad de piel que quedaba al descubierto con las mangas caídas y el escote en forma de corazón. Pero bueno. Esta también es mi noche:

soy la editora que contrató el libro. Tengo todo el derecho a dar la nota.

Mi alarma suena para recordarme que le dé un toque a Katherin. La llamo, procurando no reparar en que ha rebasado a mi propia madre en mi lista de números más frecuentes.

—¿Estás preparada? —pregunto en cuanto descuelga.

—¡Casi! —dice con voz cantarina—. Acabo de hacerle un rápido ajuste al vestido, y...

—¿Qué ajuste? —pregunto con recelo.

—Oh, bueno, cuando volví a probármelo me di cuenta de que este vestido tan sobrio y soso que eligieron para mí los de Comunicación no me favorece —explica—, así que le he metido un pelín el bajo y el escote.

Abro la boca para echarle un rapapolvo y acto seguido vuelvo a cerrarla. En primer lugar, está claro que el daño ya es irreparable: si ha descosido el dobladillo, el vestido está inservible. Y en segundo lugar, luciré mucho más mi descocado vestido al lado de alguien que también ha optado por enseñar una gran cantidad de piel en un estilo poco profesional.

—Muy bien. Te recogeremos a y media.

—¡Hasta lueguito! —dice, espero que con ironía, aunque tengo mis dudas.

Miro la hora al colgar. Quedan diez minutos. (Debí tener en cuenta el tiempo que tarda Rachel en arreglarse, que siempre equivale como mínimo a un cincuenta por ciento más de lo que calculas. Me echará la culpa a mí por obligarla a peinarme, como es obvio, pero en realidad es porque la autoproclamada reina del *contouring* pasa cuarenta minutos como mínimo realizando sutiles cambios en la forma de sus facciones antes incluso de ponerse manos a la obra con los ojos y los labios).

Estoy a punto de enviarle un mensaje de texto a Leon para ver cómo está cuando suena el teléfono del apartamento.

—¿Qué coño es eso? —grita Rachel desde el baño.

—¡Es el teléfono fijo! —respondo a voces, ya a toda mecha en dirección hacia donde suena (da la impresión de que procede de las inmediaciones de la nevera). Correr a toda mecha no es fácil con este modelito; lleva mucho vuelo, y descalza me engancho el pie con el tul como mínimo en dos ocasiones. Hago una mueca de dolor al darme un tirón en el tobillo malo. Ahora puedo caminar con ese pie, pero se me está resintiendo por esta carrera. Aunque tampoco es que a mi tobillo sano le guste correr.

—¿¿El qué?? —pregunta Mo con retintín.

—El teléfono fijo —repito mientras rebusco entre la increíble cantidad de cosas que hay sobre la encimera de la cocina.

—Perdona, no me habías dicho que estábamos en los noventa —comenta Rachel al fondo, justo cuando localizo el teléfono.

—¿Diga?

—¿Tiffy?

Frunzo el ceño.

—¿Richie? ¿Estás bien?

—Sinceramente, Tiffy —responde—, estoy cagado de miedo. No literalmente, aunque podría ser cuestión de tiempo.

—Sea quien sea, espero que esté disfrutando del último CD de Blur —dice Rachel a voz en grito.

—Un momento. —Voy al dormitorio y cierro la puerta a cal y canto al entrar. Me recojo la falda con dificultad para poder sentarme en el borde de la cama sin que se rasgue nada—. ¿No deberías estar, no sé, en un furgón o algo? ¿Cómo es que me estás llamando? No se les habrá pasado por alto que es el día de tu juicio, ¿verdad?

A estas alturas Gerty y Leon me han contado bastantes historias truculentas como para saber que los presos no siempre consiguen llegar a tiempo al juzgado, debido a los diversos trámites burocráticos que es necesario coordinar en estas circunstancias. Hace unos días trasladaron a Richie a una cárcel de Londres (más lúgubre si cabe) para que estuviera más cerca de la zona del juzgado, pero todavía queda el traslado desde la cárcel hasta allí. Me pone enferma la idea de que todos estos preparativos no sirvan de nada porque alguien haya pasado por alto hacer una llamada a otra persona para gestionar el transporte.

—No, no, la parte del furgón ya está hecha —dice Richie—. Ha sido para troncharse. El caso es que me he pasado cinco horas ahí metido, aunque habría jurado que durante la mitad del tiempo no nos movíamos. No, ahora estoy en el juzgado, en un calabozo. En realidad no se me permite hacer ninguna llamada telefónica, pero la vigilante es una señora irlandesa que dice que le recuerdo a su hijo. Y que tengo una pinta lamentable. Me ha dicho que llame a mi novia, pero, como no tengo, se me ha ocurrido llamarte a ti, pues eres la novia de Leon y eso es un vínculo cercano. Era eso o llamar a Rita, del instituto, con la que me parece que no llegué a romper oficialmente.

—Estás desvariando, Richie —le digo—. ¿Qué pasa? ¿Es por los nervios?

—Lo de «nervios» me hace parecer una señora mayor. Estoy aterrorizado.

—Eso suena mejor. Más a película de miedo. Menos a desmayo porque te aprieta demasiado el corsé.

—Exacto.

—¿Está Gerty ahí?

—Todavía no puedo verla. De todas formas, está ocupada con lo que sea que hacen los abogados. Ahora mismo estoy solo. —Aunque lo dice en tono desenfadado y autocrítico, no hace falta aguzar el oído para percibir el temblor de su voz.

—No estás solo —afirmo rotunda—. Nos tienes a todos nosotros. Y recuerda: la primera vez que hablamos me comentaste que estabas aceptando el hecho de estar en la cárcel. Pues bien, ese es el peor panorama posible. Más de lo que ya has sobrellevado.

—¿Y si vomito en la sala?

—Pues alguien la despejará y llamará al servicio de limpieza, y tú lo retomarás donde lo dejaste. Eso no va a hacer precisamente que los jueces piensen que has cometido un robo a mano armada, ¿no?

Suelta una risita ahogada. Tras un momento de silencio, dice:

—No quiero fallar a Leon. Se ha hecho muchísimas ilusiones. No quiero…, no soportaría fallarle de nuevo. La última vez fue un trago. De verdad, ver su cara fue lo peor.

—Tú jamás le has fallado —replico. El corazón me late desbocado. Esto es importante—. A él le consta que tú no lo hiciste. El…, el sistema os ha fallado a los dos.

—Yo debería haberme aguantado y punto. Haber cumplido mi condena y dejado que entretanto él siguiera adelante con su vida. Todo esto… únicamente le va a complicar la existencia.

—Leon iba a luchar al margen de lo que tú hicieras —señalo—. Bajo ningún concepto iba a permitir que machacaran a su hermano pequeño. Lo que sí le habría dolido es que tú te hubieras dado por vencido.

Da un suspiro entrecortado.

—Eso es bueno —comento—. Respirar. Según tengo entendido, es un buen remedio para los que padecen de los nervios. ¿Tienes sales volátiles?

De nuevo suelta una risita ante el comentario, esta vez un poco menos ahogada.

—¿Me estás llamando gallina? —pregunta Richie.

—Creo firmemente que eres un hombre muy valiente —le digo—. Pero, sí, te estoy llamando gallina. Por si eso te ayuda a recordar lo valiente que eres.

—Ay, eres una buena chica, Tiffy —señala Richie.

—No me hables como si fuera un perro, Richie. Y ahora que con suerte no estás tan verde… ¿podemos retomar lo que acabas de mencionar sobre «la novia de Leon»?

Tras una pausa, dice:

—¿No eres la novia de Leon?

—Todavía no —respondo—. O sea…, bueno, no lo hemos hablado. En teoría solo hemos quedado unas cuantas veces.

—Está loco por ti —dice Richie—. Puede que no lo exprese en voz alta, pero…

Siento una punzada de ansiedad. Yo también estoy loca por Leon. Me paso la mayor parte del día pensando en él, y también parte de la noche. Pero… no sé. La idea de que él desee tener una relación conmigo me agobia mucho.

Al ajustarme el vestido, me pregunto si seré yo la que tiene problemas con los corsés y los nervios. Leon me gusta de verdad. Esto es absurdo. Desde un punto de vista objetivo, me gustaría que fuese mi novio oficialmente, y presentarlo como tal a la gente. A eso es a lo que siempre aspiras cuando estás loco por alguien. Pero…

¿Qué diría Lucie?

Bueno, la verdad es que probablemente no diría nada. Se limitaría a dejarme cavilar sobre el hecho de que este temor infundado a sentirme agobiada casi seguro que tiene que ver con el hecho de que mantuve una relación con un hombre que en realidad jamás me dejó marchar.

—¿Tiffy? —dice Richie—. Creo que debería ponerme en marcha.

—Ay, Dios, sí —contesto al volver a la realidad. No sé cómo me ha dado por preocuparme por poner etiquetas a las relaciones cuando Richie está a punto de entrar en la sala—. Buena suerte, Richie. Ojalá pudiera estar allí.

—Igual nos vemos al otro lado —responde, de nuevo con voz temblorosa—. Y si no... cuida de Leon.

Esta vez no me extraña su petición.

—Lo haré —le digo—. Lo prometo.

58

Leon

Odio este traje. La última vez que me lo puse fue para el primer juicio, y luego, tentado de quemarlo como si estuviera contaminado, lo arrumbé en el armario de casa de mi madre. Me alegro de no haberlo hecho. No puedo permitirme el lujo de quemar trajes cada vez que el sistema judicial fracasa a la hora de hacer justicia. Tal vez esta no sea nuestra última apelación.

Mi madre está llorona y temblorosa. Yo trato por todos los medios de mantener el tipo, pero no aguanto estar en el mismo cuarto que ella. Me resultaría más fácil con cualquier otra persona, pero con mi madre es horrible. Quiero que me dé mimos, no al contrario, y casi me da rabia verla así, a pesar de que al mismo tiempo me entristece.

Echo un vistazo a mi teléfono.

Acabo de hablar con Richie; ha llamado a casa para que le levanten un poco la moral. Lo lleva muy bien. Todos lo vamos a llevar muy bien, pase lo que pase. Mándame un mensaje si hay

algo que pueda hacer. Siempre puedo escaquearme para hablar
por teléfono. Bss. Tiffy

Después de toda una mañana entumecido de miedo, se
me templa el cuerpo durante unos instantes. Me recuerdo
para mis adentros que he tomado la decisión de decirle a Tiffy
sin tapujos cómo me siento y encauzar las cosas para darle un
cariz formal, por ejemplo, conociendo a los padres, etcétera.

Mi madre: ¿Cielo?

Un último vistazo en el espejo. Un Richie más delga-
do, con el pelo más largo, más erguido, me observa fijamente. No consigo quitármelo de la cabeza; no dejo de recordar
su aspecto cuando dictaron su sentencia, la interminable
sarta de disparates acerca de su delito premeditado y a sangre fría, el asombro y el miedo patentes en su mirada.

Mi madre: ¿Leon? ¿Cielo?

Yo: Voy.

Hola de nuevo, sala del tribunal.

Es de lo más corriente. Nada que ver con los asientos
de madera y los techos abovedados de las series de abogados
norteamericanas; nada más que un montón de carpetas encima de las mesas, moqueta y gradas desde las que unos
cuantos abogados y periodistas con cara de aburridos han
acudido a presenciarlo. Uno de los periodistas está buscando un enchufe para cargar su teléfono. Una estudiante de
derecho está examinando la cara posterior de su batido embotellado.

Es curioso. A principios de año me habrían dado ganas
de ponerlos a caldo. «¡Prestad atención, joder! ¡Estáis pre-
senciando cómo destrozan la vida de alguien!». Pero todo

forma parte del peculiar desarrollo de este ritual, y, ahora que sabemos de qué va el juego —ahora que contamos con una abogada que conoce las reglas—, el ritual ya no me despierta tanto interés.

Un hombre arrugado con una larga toga como un personaje de Harry Potter hace su entrada con un funcionario de prisiones y Richie. No va esposado; algo es algo. Sin embargo, tiene tan mal aspecto como suponía. Aunque se ha puesto cachas en los últimos meses al retomar el ejercicio, la combinación de músculo y postura encorvada parece conferirle un aire achaparrado. Prácticamente no reconozco al hermano que entró en el juzgado el año pasado, el que tenía la plena confianza de que si eres inocente te absuelven. El hermano que creció a mi lado, siguiendo mis pasos, contando siempre con mi apoyo.

Me resulta casi imposible mirarlo: es demasiado doloroso ver el miedo reflejado en sus ojos. No sé cómo ni de dónde saco fuerzas para esbozar una sonrisa de ánimo cuando nos mira a mi madre y a mí. Lo meten en un cubículo de cristal y cierran la puerta.

Esperamos. El periodista consigue poner a cargar el teléfono y continúa ojeando lo que parece ser la página oficial de Reuters, a pesar del enorme cartel colgado justo por encima de su cabeza donde se prohíbe el uso de teléfonos móviles. La chica del batido embotellado ahora está quitándose las hebras sueltas de su bufanda de felpa.

Tengo que seguir sonriendo a Richie. Gerty ha venido, vestida con ese ridículo atuendo, y casi pasa desapercibida entre el resto de letrados, a pesar de que la he visto tomando comida china a domicilio en mi cocina. Me pongo en guardia nada más verla. Ahora es un acto reflejo, instintivo. He de recordarme constantemente que está de nuestra parte.

El hombre arrugado con la toga: ¡En pie!

Todo el mundo se levanta. Tres jueces entran en fila en la sala. ¿Es generalizar señalar que literalmente los tres son hombres blancos de mediana edad cuyos zapatos tienen pinta de costar más que el coche de mi madre? Intento aplacar mi creciente rabia mientras se acomodan en sus asientos. Hojean los documentos que tienen delante. Finalmente, levantan la vista hacia Gerty y el abogado de la acusación. Ninguno de ellos mira a mi hermano.

Juez 1: ¿Comenzamos?

59

Tiffy

Katherin es una figura menuda vestida de negro en el escenario. Detrás de ella, aumentada hasta proporciones imponentes, aparece su imagen en primer plano: una pantalla proyecta únicamente sus manos, para que los espectadores puedan ver cómo utiliza la aguja de ganchillo, y las otras dos le enfocan la cara.

Es increíble. Todos los asistentes están embelesados. Vamos demasiado arreglados para un evento diurno dedicado al ganchillo, pero Katherin se empeñó en ir de etiqueta: a pesar de todos sus principios antiburgueses, la puñetera está deseando emperifollarse al menor pretexto. Las mujeres, con trajes de noche, levantan la vista absortas hacia la gigantesca cara de Katherin, inmortalizada en las grandes pantallas bajo el techo abovedado. Los hombres, de esmoquin, se ríen entre dientes con las salidas de Katherin. Hasta sorprendo a una mujer joven con un vestido de satén imitando los movimientos de las manos de Katherin, aunque lo único que tiene en la mano es un minúsculo canapé de queso de cabra, ni rastro de una aguja de ganchillo.

A pesar de todo este entretenimiento absurdo, no dejo de pensar en Richie y en cómo le temblaba la voz por teléfono.

Si me marchara disimuladamente nadie se daría cuenta. Igual estaría un poco fuera de lugar en la sala del tribunal, pero tal vez pueda pasar por mi apartamento de camino y coger ropa para cambiarme en el taxi…

Dios, es increíble que esté planteándome pagar un taxi.

—¡Mira! —cuchichea Rachel de pronto, dándome un codazo en el costado.

—¡Ay! ¿Qué?

—¡Mira! ¡Es Tasha Chai-Latte!

Miro hacia donde apunta con el dedo. Una mujer joven con un discreto vestido de gala lila acaba de abrirse paso entre el gentío con su novio, despampanante, a la zaga. Un hombre de esmoquin con aire intimidatorio los sigue a los dos: seguramente su guardaespaldas.

Rachel tiene razón, no cabe duda de que es ella. Reconozco sus pómulos cincelados de YouTube. A mi pesar, siento un ligero aleteo en el estómago; los famosos son mi gran debilidad.

—¡No puedo creer que haya venido!

—Martin estará pletórico. ¿Crees que le importará que me haga una foto con ella? —pregunta Rachel. En lo alto, las gigantescas versiones de Katherin sonríen a la multitud desde las pantallas y sus manos sujetan en alto un cuadrado de labor terminado.

—Yo en tu caso me preocuparía del gorila de esmoquin.

—¡Está grabando! ¡Mira!

El novio de Tasha Chai-Latte, de una belleza inverosímil, ha sacado de su cartera una cámara de vídeo compacta con pinta de cara y está trasteando los botones. Tasha se examina el pelo y el maquillaje, y se da toquecitos con un dedo en los labios.

—Ay, Dios mío. Va a colgar el evento en su canal de YouTube. ¿Crees que Katherin te mencionará en su discurso de agradecimiento? ¡¡Nos vamos a hacer famosas!!

—Tranquilízate —le digo, y cruzo la mirada con Mo, que ahora mismo está dando cuenta del montón de canapés que ha acumulado mientras los demás están demasiado distraídos con el ganchillo como para aprovechar la comida.

El novio de Tasha levanta la cámara y la enfoca. Ella inmediatamente se deshace en sonrisas, olvidándose por completo del pelo y el maquillaje.

—Acercaos, acercaos —murmura Rachel al tiempo que empuja a Mo en dirección a Tasha. Avanzamos discretamente, como quien no quiere la cosa, hasta detenernos a la altura justa para oírlos.

—¡... mujer increíble! —está diciendo Tasha—. ¿Y a que el sitio es una maravilla? ¡Ay, Dios mío, qué afortunada me siento de estar aquí y poder compartirlo con todos vosotros en directo! Ya sabéis lo que significa para mí apoyar a verdaderos artistas, y eso es precisamente lo que es Katherin.

La multitud rompe en aplausos; Katherin ha terminado su demostración. Tasha indica a su novio con gesto impaciente que grabe otra toma. Supongo que están calentando motores para emitirlo en directo.

—¡Y ahora unos cuantos agradecimientos! —exclama Katherin desde el escenario.

—Ha llegado la hora —cuchichea Rachel con excitación—. Segurísimo que te menciona.

Se me hace un nudo en el estómago. No tengo claro que desee que me mencione: hay un montón de gente en esta sala, aparte de unos cuantos millones más que no tardarán en verlo a través del canal de YouTube de Tasha Chai-Latte. Me tiro un poco hacia arriba del escote.

No obstante, no había necesidad de preocuparse. Katherin comienza dando las gracias a su retahíla de amistades y familiares, que resulta ser tan larga que roza lo absurdo (no puedo evitar preguntarme si está de guasa: sería típico de ella). El público deja de prestar atención; la gente empieza a moverse de aquí para allá en busca de *prosecco* y piscolabis.

—Y por último —anuncia Katherin en tono grandilocuente—, hay dos personas que he tenido que dejar para el final.

Pues no puede tratarse de mí. Serán sus padres o algo así. Rachel me mira desilusionada y acto seguido se fija en Tasha y su novio, que están grabando todo con gesto concentrado.

—Dos personas sin las cuales este libro jamás habría sido una realidad —continúa Katherin—. Han trabajado mucho para publicar *Engánchate al ganchillo*. Y, por encima de todo, apostaron por mí desde el principio, mucho antes de que tuviera la suerte de congregar a tantísima gente en mis eventos.

Rachel y yo giramos la cabeza para mirarnos.

—No seré yo —susurra Rachel, súbitamente hecha un manojo de nervios—. La mayoría de las veces ni siquiera recuerda mi nombre.

—Tiffy y Rachel, editora y diseñadora respectivamente de mis libros durante los últimos tres años, son las que han propiciado mi éxito —dice Katherin en tono rimbombante. El público aplaude—. No tengo palabras para agradecerles que hayan realizado la mejor edición y presentación posible de mi libro. ¡Rachel! ¡Tiffy! ¿Podéis subir aquí, por favor? Tengo algo para vosotras.

Nos quedamos mirándonos boquiabiertas. Me parece que Rachel está hiperventilando. En mi vida he lamentado la elección de un atuendo tanto como ahora. No tengo más remedio que subir al escenario delante de mil personas con un modelito que prácticamente solo me tapa los pezones.

Pero, conforme nos encaminamos a trompicones hacia allí —en lo cual tardamos lo nuestro, ya que nos encontrábamos bastante atrás—, no puedo evitar fijarme en la sonrisa de Katherin en las pantallas gigantes. De hecho, parece casi emocionada. Dios. En cierto modo me siento como una farsante. A ver, he trabajado prácticamente a tiempo completo en el libro de Katherin durante los últimos meses, pero también he refunfuñado mucho, y la verdad es que, para empezar, no le pagué gran cosa.

Me planto en el escenario sin ser del todo consciente de lo que está ocurriendo. Katherin me besa en la mejilla y me entrega un enorme ramo de lirios.

—Pensabais que me había olvidado de vosotras, ¿verdad? —me susurra al oído, con una sonrisa descarada—. La fama todavía no se me ha subido tanto a la cabeza.

El público está aplaudiendo y el sonido retumba en el techo hasta que no logro discernir de dónde procede. Sonrío con la esperanza de que la mera fuerza de voluntad sea suficiente como adhesivo para la pechera de mi vestido. Las luces te deslumbran cuando estás aquí arriba: cada vez que parpadeo veo las estrellas, y todo me parece muy blanco y brillante o negro y en penumbra, como si alguien hubiera desajustado el contraste.

Creo que por eso no me percato realmente del alboroto hasta que alcanza las primeras filas del público, retumbando entre la multitud, haciendo que la gente gire la cabeza y grite al tambalearse como si los hubieran empujado. Finalmente una figura se abre paso a empellones y sube de un salto al escenario.

No veo con nitidez; los focos me queman los ojos, los lirios oscilan delante de mí mientras intento sujetar bien el ramo de flores y me planteo cómo voy a bajar del escenario con estos zapatos sin posibilidad de agarrarme al pasamanos.

No obstante, reconozco la voz. Y, una vez constatado eso, todo lo demás desaparece.

—¿Me deja el micrófono? —dice Justin, porque, cómo no, aunque parezca increíble, aunque parezca imposible, es la figura que se ha abierto paso entre la multitud—. Quiero decir algo.

Katherin le pasa el micrófono sin pensárselo dos veces. En el último momento me mira frunciendo el ceño, pero Justin ya lo tiene en sus manos. Así es Justin: consigue lo que se propone.

Él se vuelve hacia mí.

—Tiffy Moore —dice—, mírame.

Tiene razón: no lo estoy mirando. Como si me estuviera manejando con hilos, giro bruscamente la cabeza y nos miramos a los ojos. Ahí está. La mandíbula prominente, la barba pulcramente recortada, los hombros fornidos bajo la chaqueta del esmoquin. La mirada de ternura clavada en mi cara como si fuese la única chica de la sala. No se aprecia el menor rastro del hombre sobre el que he estado hablando en la terapia, el que me hizo daño. Este hombre es un sueño hecho realidad.

—Tiffy Moore —repite. Todo parece desubicado, como si me hubiera adentrado en mi mundo paralelo de *Dos vidas en un instante* y de repente mi otra vida, en la que no necesitaba ni quería a Justin, amenaza con abandonarme sin dejar rastro—. Me siento perdido sin ti.

Hay una pausa. Un silencio opresivo, angustioso, retumbante, como la prolongada nota suelta que suena en los oídos cuando cesa la música.

A continuación Justin se postra sobre una rodilla.

Súbitamente me doy cuenta de la reacción del público —de sus arrullos y exclamaciones de asombro— y me fijo en las caras que me rodean en el escenario: la de Rachel contraída por la conmoción, la de Katherin boquiabierta. Me muero de ganas de echar a correr, aunque sospecho que, aunque me resultara posible armarme de valor, mis piernas paralizadas no responderían a mis órdenes. Es como si todos los que nos encontramos en el escenario estuviéramos representando algún tipo de escena.

—Por favor —comienzo a decir. ¿Por qué he empezado suplicándole? Hago amago de pronunciar la frase, pero él me interrumpe.

—Eres la mujer de mi vida —declara. Habla en voz baja, pero se transmite bien por el micrófono—. Ahora lo sé. No me explico cómo perdí la fe en nuestra relación. Tú eres más de lo que podría desear. —Inclina la cabeza, un gesto que a mí me resultaba irresistible—. Me consta que no te merezco. Me consta que no te llego a la suela del zapato, pero...

Algo se tensa en mi interior como si estuviera a punto de quebrarse. Recuerdo a Gerty decir que Justin sabe perfectamente cómo manipularme, y ahí está: el Justin que me conquistó al principio.

—Tiffany Moore —dice—, ¿quieres casarte conmigo?

Hay algo en su mirada…, siempre me cautivó su mirada. A medida que el silencio se prolonga y tensa me da la impresión de que me oprime la garganta. La sensación de estar en dos sitios a la vez, de ser dos personas a la vez, es tan patente que es casi como estar adormilada y atrapada entre la realidad y el sueño. Aquí está Justin, suplicándome. El Justin al que siempre quise. El Justin que conocí al principio, por el que aguanté infinidad de peleas y rupturas, por el que siempre creí que valía la pena luchar para recuperarlo.

Abro la boca y hablo, pero sin el micrófono mi voz se apaga detrás de los lirios. Ni siquiera yo oigo mi respuesta.

—¡Ha dicho que sí! —exclama a voz en grito Justin al tiempo que se pone de pie y extiende los brazos de par en par—. ¡Ha dicho que sí!

El público rompe en una ovación. Hay un ruido infernal. Las luces me deslumbran; Justin se abalanza sobre mí para abrazarme con fuerza, su boca contra mi pelo, y ni siquiera me resulta extraño, me provoca la misma sensación de siempre: la firmeza de su cuerpo contra el mío, su calor, una sensación espantosa y totalmente familiar.

60

Leon

Señora Constantine: Señora Wilson, en calidad de primera testigo pericial, ¿sería tan amable de explicar al tribunal cuál es su área de especialidad?

Señora Wilson: Soy experta en procesamiento, análisis y mejora de sistemas de videovigilancia. Llevo en esta profesión quince años. Trabajo para la principal empresa de peritaje de sistemas de videovigilancia del Reino Unido; fue mi equipo el que realizó el tratamiento y montaje del metraje [señala hacia la pantalla].

Señora Constantine: Muchas gracias, señora Wilson. Y según su experiencia a la hora de examinar cintas de sistemas de videovigilancia, ¿qué puede decirnos de estas dos breves grabaciones que hemos visto hoy?

Señora Wilson: Bastante. Para empezar, no aparece el mismo individuo.

Señora Constantine: ¿De veras? Parece totalmente convencida de ello.

Señora Wilson: Sí, sin ninguna duda. De entrada, fíjense en el color de la capucha en las imágenes ampliadas. Solo una de las capuchas es negra. Se distingue por la tonalidad en que aparece, ¿ven? El color negro es más denso.

Señora Constantine: ¿Pueden mostrarnos imágenes de ambas en la pantalla, por favor? Gracias.

Señora Wilson: Además, ¡fíjense en cómo caminan! Es una aceptable imitación, de acuerdo, pero es evidente que el primer individuo está pe…, está borracho, señorías. Fíjense en cómo camina haciendo eses. Casi tropieza con el expositor. El siguiente tipo camina mucho más erguido y no titubea en absoluto a la hora de sacar la navaja. ¡El primer tipo estuvo a punto de tirar las cervezas!

Señora Constantine: Y con la nueva grabación de las cámaras de seguridad de la puerta del Aldi podemos apreciar los característicos… andares haciendo eses con mayor nitidez.

Señora Wilson: Efectivamente.

Señora Constantine: Y del primer grupo que vemos aparecer instantes después del primer individuo, al que hemos identificado como el señor Twomey…, ¿le sería posible identificar a cualquiera de esos individuos como el hombre armado con la navaja en la tienda de 24 horas?

Señor Turner, a los jueces: Señorías, esto son meras especulaciones.

Juez Whaite: No ha lugar. La señora Constantine se atiene a las valoraciones de su testigo.

Señora Constantine: Señora Wilson, según esta grabación, ¿podría alguno de estos hombres ser el hombre de la tienda de 24 horas?

Señora Wilson: Efectivamente. El tipo de la derecha. Lleva puesta la capucha, y aquí no aparece imitando los andares, pero fíjense en cómo se le hunde el hombro cada vez que da un paso con el pie izquierdo. Fíjense en cómo se frota el hombro: el mismo gesto que hace el tipo de la tienda de 24 horas antes de sacar la navaja.

Señor Turner: El tema que nos ocupa es valorar un recurso contra la condena del señor Twomey. ¿Qué relevancia tiene implicar a un individuo imposible de identificar?

Juez Whaite: Entiendo su observación, señor Turner. Bien, señora Constantine, ¿tiene más preguntas que sean pertinentes para el caso que nos ocupa?

Señora Constantine: No, señoría. Confío en la posibilidad de retomar este asunto más adelante, si se reabre este caso.

El abogado de la acusación, el señor Turner, se lleva la mano a la boca para toser. Gerty lo fulmina con la mirada. Recuerdo cómo intimidó el señor Turner a Richie en el anterior juicio. Lo tachó de matón, de delincuente violento, de niñato que siempre se salía con la suya. Observo cómo empalidece ahora bajo el escrutinio de Gerty. Para mi satisfacción, el señor Turner no es inmune al poder de las miradas asesinas de Gerty, ni siquiera ataviado con toga y peluca.

Cruzo la mirada con Richie y, por primera vez en toda la mañana, esbozo una sonrisa de corazón.

Salgo a la calle en el receso y enciendo el teléfono. El corazón no me late más deprisa de lo habitual exactamente, sino… con más fuerza. Con más ímpetu. Tengo la sensación de que todo cobra intensidad: al comprarme un café, sabe más fuerte; al despejarse el cielo, el sol brilla resplandeciente. No doy crédito a lo bien que están yendo las cosas ahí dentro. Gerty está lanzadísima: cada cosa que dice es de lo más… concluyente. Los jueces continúan asintiendo. La primera vez el juez no asintió en ningún momento.

He imaginado esto infinidad de veces, y ahora lo estoy viviendo. Me da la sensación de estar soñando despierto.

Tengo unos cuantos mensajes de Tiffy. Me dispongo a contestarle brevemente, con las palmas sudorosas, casi temiendo que al escribir y mandar el mensaje lo gafe. Ojalá pudiera llamarla. En vez de eso, echo un vistazo a la página de Facebook de Tasha Chai-Latte; según Tiffy, está grabando el lanzamiento del libro. En su página ya hay colgado un vídeo con miles de visitas; a juzgar por el techo abovedado que aparece en la imagen de presentación, da la impresión de que es del lanzamiento.

Me pongo a verlo, sentado en el banco de la puerta del edificio de los juzgados, ignorando al enjambre de *paparazzi* que esperan ahí con la esperanza de conseguir una foto de alguien por la que puedan sacar tajada.

Es el discurso de agradecimiento de Katherin. Sonrío mientras menciona a Tiffy. Según ella, los editores nunca consiguen mucho reconocimiento, y menos aún los diseñadores; me fijo en la sonrisa radiante de Rachel al subir al escenario con Tiffy.

La cámara se mueve bruscamente. Alguien se está abriendo paso a empujones hacia la parte de delante. Al saltar al escenario reparo en quién es.

Noto un súbito, espantoso y martirizante impulso de marcharme del juzgado para ir a Islington. Me pongo derecho con la vista clavada en el diminuto vídeo que se está reproduciendo en mi pantalla.

El vídeo se corta cuando ella dice que sí.

Es asombrosa la horrible sensación que me embarga. Quizá nunca eres consciente de lo que sientes por alguien hasta que acepta casarse con otro.

61

Tiffy

Justin me saca del escenario en dirección a los bastidores. Me dejo llevar porque por encima de todo quiero huir del ruido y las luces y el gentío, pero nada más cruzar el telón me zafo de su mano de un tirón. Tengo la muñeca dolorida; me tenía firmemente agarrada. Nos encontramos en un estrecho pasillo de paredes negras al lado del escenario donde no hay nadie, salvo un hombre vestido de negro con un *walkie-talkie* y un montón de cables a sus pies.

—¿Tiffy? —dice Justin. La vulnerabilidad que refleja su voz es totalmente falsa, lo percibo.

—¿Qué coño…? —comienzo a protestar. Estoy hecha un flan; me cuesta mantenerme de pie, especialmente con estos tacones altos—. ¿A santo de qué ha venido eso?

—¿Cómo que a qué ha venido eso? —Se acerca a mí de nuevo.

Rachel irrumpe a través de la cortina que hay detrás de nosotros y se quita los zapatos de una patada.

—Tiff… ¡Tiffy!

Me giro hacia ella mientras viene corriendo a mi encuentro y dejo que me abrace con fuerza. Justin se queda mirándonos con los ojos entrecerrados: percibo en esa mirada que está maquinando algo, de modo que hundo la cabeza en la espesa mata de pelo trenzado de Rachel y trato con todas mis fuerzas de no llorar.

—¿Tiffy? —Alguien más me llama. Es Mo. No consigo ver dónde se encuentra.

—Tus amigos han venido a felicitarte —comenta Justin en tono benévolo, pero con los hombros rígidos y tensos.

—¿Mo? —le llamo. Aparece por detrás de Justin, tras cruzar las cortinas que nos separan de las bambalinas; se ha quitado la chaqueta y está despeinado, como si hubiera estado corriendo.

En un instante, le tengo a mi lado. Alcanzo a oír por detrás a Katherin en el escenario tratando de retomar el tema de *Engánchate al ganchillo* con valentía.

Justin nos observa a los tres. Rachel todavía me tiene agarrada; me acurruco contra ella al levantar la vista hacia Justin.

—Sabes que no he dicho que sí —afirmo categóricamente.

Él pone cara de sorpresa.

—¿Qué quieres decir? —pregunta.

Niego con la cabeza. Sé de qué va esto: recuerdo esta sensación, la agobiante sensación de injusticia.

—No puedes hacerme creer algo que sé que no es cierto.

Hay un fugaz brillo en su mirada; a lo mejor está pensando: «Ya lo he hecho un montón de veces».

—Ya no —prosigo—. ¿Y sabes cómo se llama lo que tú haces? Se llama manipulación. Decirme que las cosas no son como yo las veo es una forma de maltrato.

Esto lo descoloca. No estoy segura de si Rachel o Mo reparan en ello, pero yo noto que acusa el golpe. La Tiffy que él conoce jamás habría empleado términos como «manipulación» y «maltrato». Al verle flaquear siento una súbita descarga de adrenalina de arriba abajo, parecida a la sensación de estar apostada al borde de una vía cuando un tren pasa a toda velocidad.

—Has dicho que sí —afirma. La luz del escenario se filtra entre las cortinas de detrás, proyectando un largo haz amarillo sobre las facciones en penumbra de Justin—. ¡Te he oído! Y... sí que quieres casarte conmigo, ¿a que sí, Tiffy? Estamos hechos el uno para el otro.

Hace amago de cogerme de la mano. No cabe duda de que todo esto es un numerito. Doy un paso atrás y, veloz como una flecha, Rachel se adelanta y le da un manotazo para que se aparte.

Él no hace el menor movimiento. Dice en tono bajo y dolido:

—¿A qué viene eso?

—No te atrevas a tocarla —sisea Rachel.

—Creo que deberías irte, Justin —interviene Mo.

—¿De qué va todo esto, Tiffy? —me pregunta Justin, en tono todavía suave—. ¿Están tus amigos enfadados conmigo porque rompimos? —Continúa intentando aproximarse a mí, apenas unos centímetros, pero Rachel me tiene bien agarrada, y, con Mo pegado al otro lado, somos un bloque.

—¿Te puedo preguntar una cosa? —digo de repente.

—Por supuesto —responde Justin.

El tío de negro a cargo del sonido nos mira con gesto irritado.

—Aquí detrás no pueden estar —nos advierte mientras el público rompe en una ovación al otro lado.

Le ignoro, y mantengo la vista fija en Justin.

—¿Cómo sabías que hoy estaría aquí?

—¿A qué te refieres? Han anunciado este evento en todas partes, Tiffy. Era imposible conectarse a internet y pasarlo por alto.

—Pero ¿cómo sabías que yo precisamente estaría aquí? Es más, ¿cómo sabías que estaba trabajando en este libro?

Sé que he acertado de lleno. Lo noto en la vacilación que refleja su mirada. Se mete el dedo en el cuello de la camisa para aflojárselo.

—¿Y cómo sabías que estaría en la presentación de aquel libro en Shoreditch? ¿Y cómo sabías que estaría en aquel crucero?

Está desconcertado; resopla y me lanza la primera mirada desagradable y desdeñosa de la noche. Ya vamos más encaminados: este es el Justin que he comenzado a recordar.

Por un momento, titubea, y seguidamente opta por sonreír como si nada.

—Tu compañero Martin me ha estado dando chivatazos —contesta, avergonzado, como un niño travieso al que pillan con las manos en la masa. Con gesto tierno, travieso, ingenuo—. Como él sabía lo mucho que me importas, me ha echado un cable para que volvamos.

—Estás de broma —suelta Rachel. La miro; tiene la mirada enardecida e impone más de lo que jamás lo ha hecho hasta ahora, que ya es decir.

—¿Cómo es posible que conozcas a Martin? —pregunto, sin dar crédito.

—¡Silencio! —dice entre dientes el tío de sonido. Todos hacemos caso omiso.

—Nos conocimos la noche de la salida con tus compañeros, ¿no te acuerdas? —dice Justin—. ¿Qué más da? ¿No podemos ir a un sitio más tranquilo los dos solos, Tiffy?

Yo no me acuerdo de la salida con mis compañeros de trabajo. Me perdí la mayoría de ellas porque a Justin nunca le apetecía ir, y no le apetecía que yo fuera sin él.

—No quiero ir a ningún sitio contigo, Justin —contesto. Respiro hondo y entrecortadamente—. Y no quiero casarme contigo. Quiero que me dejes en paz.

Me he imaginado diciendo esto infinidad de veces. Siempre pensé que él pondría un gesto dolido, quizá retrocediendo de asombro, o que se taparía la boca. Me lo imaginaba llorando e intentando acercarse a mí; hasta temía que pudiera intentar sujetarme y no dejarme marchar.

Pero solo parece perplejo. Irritado. Tal vez un poco mosqueado, como si de alguna manera le hubiera dado a entender todo lo contrario y fuera injusto.

—No lo dices en serio —empieza a decir.

—Oh, vaya que sí —afirma Mo. Su tono es amable, pero muy firme.

—No puede hablar más en serio —añade Rachel.

—No —replica Justin al tiempo que niega con la cabeza—. No estás dando una oportunidad a lo nuestro.

—¿Una oportunidad? —Casi me da por reír—. Volví contigo una y otra vez. Has tenido tantas oportunidades que he perdido la cuenta. No quiero volver a verte en mi vida.

Frunce el ceño.

—En aquel bar de Shoreditch dijiste que podríamos hablar en un par de meses. Me he ceñido a tus reglas —señala, con los brazos extendidos—. Estamos en octubre, ¿no?

—En un par de meses pueden cambiar muchas cosas. He reflexionado mucho. He... hecho memoria.

Ahí está otra vez: un atisbo casi temeroso en su mirada. Él alarga la mano hacia mí por última vez y en esta ocasión Rachel le da una bofetada.

—Yo no lo podría haber expresado mejor —masculla Mo, y tira de nosotras para situarnos entre la maraña de cables en la oscuridad mientras Justin, con los ojos como platos de asombro, se tambalea hacia atrás.

—Tú. Largo —ordena con firmeza el furioso tío de sonido a Justin al identificarlo como el principal causante de todo el alboroto. Da un paso al frente y obliga a Justin a retroceder.

Este recupera el equilibrio y alarga la mano en señal de advertencia al tío de sonido. Gira la cabeza fugazmente para localizar la salida y a continuación se vuelve para mirarme.

Por un momento soy ajena a la presencia de Mo y Rachel a mi lado y del tío de sonido que está con nosotros. Únicamente soy consciente de mí y de Justin con su corpulento cuerpo vestido de esmoquin en este espacio asfixiante y oscuro, y me siento agobiada, como si me faltara el aire. No pasan más de un par de segundos, pero en cierto modo es peor que todo lo que acaba de suceder junto.

Entonces Justin sale con estrépito por entre las cortinas en dirección a las bambalinas; me vengo abajo, temblorosa, entre los brazos de Rachel y Mo. Se ha ido. Se acabó. Pero ha dejado tras él esa desesperada falta de aliento y, al aferrarme a los brazos de Rachel y Mo con dedos temblorosos, de pronto siento el miedo enfermizo a no ser capaz de librarme de él jamás, sin importar la cantidad de veces que lo vea marcharse.

62

Leon

S oy incapaz de pensar. Soy incapaz de hacer nada. No sé cómo me recompongo y vuelvo a la sala del tribunal, pero la sensación de ensoñación le confiere un halo de irrealidad a todo. Sonrío a Richie con gesto autómata. Noto el brillo de sus ojos, la esperanza dibujada en su rostro. No consigo sentir nada.

Es probable que se deba a la conmoción. Enseguida me recuperaré y volveré a concentrarme en la vista. Es increíble que algo haya conseguido distraerme de esto. De repente estoy furioso con Tiffy por haber elegido precisamente el día de hoy para dejarme plantado y volver con Justin, e inevitablemente me viene a la cabeza mi madre, cómo siempre retomaba la relación con aquellos hombres al margen de lo que Richie y yo opináramos.

En el fondo de mi cabeza algo me recuerda que mi madre no deseaba estar con aquellos hombres. Simplemente creía que no le quedaba otra. Creía que no valía nada si estaba sola.

Pero Tiffy no estaba sola. Tenía a Mo, a Gerty, a Rachel. A mí.

Richie. Pienso en Richie. Me necesita a su lado, y de ninguna manera voy a volver a perderlo… también.

Gerty está recapitulando. Consigo escucharla de milagro: es tan buena que no tienes más remedio que atender a sus argumentos. Después, con una singular ausencia de ceremonias, la vista concluye. Todos nos ponemos en pie. Los jueces se retiran. Vuelven a llevarse a Richie a dondequiera que estuviera y él mira hacia atrás fugazmente con expresión anhelante. Recorremos el edificio de los juzgados en silencio, Gerty tecleando en su teléfono, mi madre haciendo crujir sus nudillos sin cesar.

Mi madre me mira de reojo cuando llegamos a la entrada.

Mi madre: ¿Lee? ¿Qué pasa?

Entonces Gerty contiene el aliento. Se tapa la boca. Al echar un vistazo con la mirada apagada compruebo que está viendo el vídeo colgado en Facebook.

Gerty: Ay, Dios mío.

Mi madre, en guardia: ¿Qué ha pasado?

Yo: Tiffy.

Mi madre: ¿Tu novia? ¿Qué ha hecho?

Gerty: No es posible.

Yo: Pues sí. Esas cosas pasan. La gente vuelve. Cuesta desprenderse de lo que conoces. No es culpa suya. Pero esas cosas pasan.

El silencio de Gerty es muy elocuente. De pronto me muero de ganas de salir de aquí.

Yo: No emitirán el veredicto durante el fin de semana, ¿verdad?

Gerty: No, la semana que viene. Te llamaré cuando…

Yo: Gracias.

Y me marcho.

Camino sin parar. No puedo llorar; tengo la garganta seca y los ojos irritados. Seguro que en parte se debe al temor por Richie, pero en lo único que puedo pensar es en Justin, con los brazos extendidos, aullando: «¡Ha dicho que sí!» a la multitud enfervorecida.

Visualizo todas las escenas. Las interminables notas, Brighton, la noche que tomamos crujiente de chocolate juntos en el sofá, el trayecto a la fiesta de Holly, los besos apoyados contra el horno de hierro… Se me revuelven las tripas al recordar cómo su cuerpo se quedó helado al acordarse de él, pero me obligo a ser duro. No quiero compadecerme de ella. De momento únicamente deseo sentirme traicionado.

Sin embargo, es superior a mí. No consigo dejar de pensar en cómo le fallaban las rodillas.

Ah, ya estamos. Aquí están las lágrimas. Sabía que sería cuestión de tiempo.

63

Tiffy

El olor de los lirios es asfixiante. Mo está sujetando el ramo a mi lado mientras continuamos abrazados en la oscuridad, con las flores apretadas contra mi vestido, manchando de polen el tejido de seda. Al bajar la vista hacia las manchas noto que estoy tan nerviosa que la falda de mi vestido está temblando.

No recuerdo qué ha dicho exactamente Justin al marcharse. De hecho, ya no me apetece recordar gran parte de la conversación que acabamos de mantener. Tal vez todo haya sido un episodio surrealista y en realidad todavía estoy de pie entre el gentío, preguntándome si Katherin me mencionará en su discurso de agradecimiento y si esos rollitos que hay en aquella bandeja de canapés son de pato o de pollo.

—¿Y..., y si todavía merodea por ahí? —pregunto en un hilo de voz a Rachel, señalando hacia las cortinas negras por las que ha salido Justin.

—Mo, hazte cargo de esto —dice Rachel; creo que «esto» hace alusión a mí. Ella se interna entre bastidores mientras en el escenario Katherin se despide con una clamorosa ovación del público.

Mo obedece y me sujeta del codo.

—No pasa nada —susurra. No dice nada más, se limita a guardar uno de esos silencios suyos reconfortantes que tanto me gustan. En el mundo del otro lado de estas cortinas oscuras la multitud continúa aplaudiendo: aquí, el sonido amortiguado suena como la lluvia cayendo con fuerza sobre el asfalto.

—Está totalmente prohibido estar aquí —insiste el tío de sonido, exasperado, cuando Rachel vuelve a entrar. Da un paso atrás cuando ella se vuelve para mirarlo. No puedo culparle. Rachel ha adoptado su expresión de combate, y es aterradora.

Sin mediar palabra, pasa por delante de él como una exhalación con la falda remangada para sortear los cables.

—No hay rastro del zumbado de tu ex —me dice al llegar a mi lado.

Katherin irrumpe de repente desde el escenario; casi tropieza con Mo.

—Caramba —comenta—, ha sido bastante dramático, ¿no? —Me da unas palmaditas con gesto maternal—. ¿Estás bien? Supongo que ese muchacho era...

—El exnovio acosador de Tiffy —la interrumpe Rachel—. Y hablando de acoso: creo que tenemos que darle un tirón de orejas a Martin...

—Ahora no —suplico, y me aferro al brazo de Rachel—. Quédate conmigo un momento, ¿vale?

Se le ablanda el semblante.

—Vale. ¿Me das permiso para colgarle de los huevos en otro momento?

—Hecho. Puf.

—Es increíble que haya estado informando a ese…, a ese cerdo de todos tus movimientos. Deberías denunciarlo, Tiffy.

—Desde luego, deberías solicitar una orden de alejamiento —dice Mo en voz baja.

—¿Contra Martin? Podría enrarecer el ambiente en el trabajo —señalo débilmente.

Mo hace una mueca.

—Ya sabes a quién me refería.

—¿Podemos irnos ya de este… cuarto oscuro? —pregunto.

—Buena idea —dice Katherin. Discretamente, sin que lo vea Rachel, el tío de sonido asiente y pone los ojos en blanco—. Será mejor que vaya a alternar; oye, ¿por qué no os lleváis mi limusina?

—¿Perdona? —dice Rachel, observándola atónita.

Katherin parece avergonzada.

—No fue idea mía ni mucho menos. Me la consiguió el equipo de Comunicación de Butterfingers. Está aparcada en la misma puerta. Podéis llevárosla, ni muerta permitiría que me vieran en un cacharro de esos, jamás me dejarían volver a poner los pies en el Club de los Viejos Socialistas.

—Gracias —dice Mo, y yo asomo por un instante del ofuscamiento del pánico y me quedo muda de asombro ante la idea de que la responsable de Comunicación haya pagado por una limusina. Es famosa por lo ahorrativa que es.

—Pues ahora solo tenemos que largarnos abriéndonos paso entre el gentío —comenta Rachel, con una mueca de desaliento.

—Pero antes tienes que llamar a la policía para denunciar a Justin por acoso —me insiste Mo—. Y tienes que darles parte de todo. De todas las demás ocasiones, de las flores, de Martin...

Medio gruño, medio gimoteo. Mo me frota la espalda.

—Tiffy, hazlo —dice Rachel, y me tiende su teléfono.

Avanzo entre la multitud como si fuera otra persona. La gente no para de darme palmaditas en la espalda, sonreír y abordarme. Al principio trato de aclarárselo a todo el que se acerca —«No he dicho que sí, no voy a casarme, no es mi novio»—, pero como no pueden o no quieren oírme, a medida que nos aproximamos a la puerta, dejo de intentarlo.

La limusina de Katherin está aparcada a la vuelta de la esquina. No es una limusina corriente: es una limusina extralarga. Esto es ridículo. Seguramente la responsable de Comunicación tiene intención de pedirle a Katherin un gran favor por muy poco dinero.

—Hola, perdone —le dice Rachel por la ventanilla al chófer de la limusina haciendo gala del dulce tono que emplea para camelarse a los camareros—. Katherin nos ha prestado su limusina.

Esto da pie a una larga conversación. Como seguramente cabía esperar, el chófer de la limusina no está dispuesto a tragarse por las buenas que Katherin nos ha prestado el coche. Tras una breve llamada telefónica a la propia Katherin y el regreso de la expresión de combate de Rachel, nos subimos por fin a la limusina..., gracias a Dios. Estoy tiritando, a pesar de llevar la chaqueta de Mo sobre los hombros.

Por dentro es aún más ostentosa que por fuera. Tiene largos asientos, un minibar, dos pantallas de televisión y equipo de música.

—Joder —comenta Rachel—. Esto es una pasada. Cualquiera diría que no pueden pagarme más del salario mínimo, ¿no?

Nos quedamos sentados en silencio mientras el chófer arranca.

—Bueno —continúa Rachel—, me parece que todos coincidimos en que el día ha dado un vuelco inesperado.

Por alguna razón eso es la gota que colma el vaso. Me echo a llorar, me llevo las manos a la cara, apoyo la cabeza sobre la lujosa tapicería gris y dejo que los sollozos sacudan mi cuerpo como una cría. Mo me da un solidario apretoncito en el brazo.

Suena un zumbido.

—¿Todo el mundo bien ahí atrás? —dice en voz alta el chófer—. ¡Parece que alguien está sufriendo un ataque de asma!

—¡Todo bien! —exclama Rachel mientras yo jadeo y lloro a moco tendido, atragantada por los sollozos—. A mi amiga la acaba de arrinconar su perturbado exnovio delante de mil espectadores y ha hecho que pareciera que estaba dispuesta a casarse con él, y ahora ella está teniendo una reacción perfectamente comprensible.

Hay un silencio.

—Caramba —dice el chófer—. Los clínex están debajo del minibar.

Al llegar a casa llamo por teléfono a Leon, pero no responde. A pesar de la tremenda locura de día, en el fondo me muero de ganas de conocer más detalles de lo que me dijo en su último y escueto mensaje: «La cosa va bien en el juzgado». ¿Cómo de bien? ¿Ha terminado? ¿Cuándo emitirán el fallo de Richie?

Me muero de ganas de hablar con él. Concretamente, me apetece acurrucarme contra el hombro de Leon, aspirar su maravilloso aroma, dejar que me acaricie la cintura como siempre hace y *después* hablar con él.

Esto es increíble. Lo de Justin es increíble. El hecho de que me haya puesto en esa tesitura, delante de toda aquella gente... ¿Qué se pensaba, que iba a salirse con la suya como si tal cosa porque yo accedería a sus deseos?

En realidad, antes tal vez lo hubiera hecho. Dios, eso me pone enferma.

El detalle de que haya recurrido a Martin para seguirme la pista hace que toda esta historia tome un cariz alarmante: la cantidad de extraños encuentros en los que me tomó por loca por pensar que eran algo más que fortuitos. Todo cuidadosamente planificado y calculado. Pero ¿con qué propósito? Si me quería, me tenía. Yo era suya; habría hecho cualquier cosa por él. ¿Por qué llegó a esos extremos para luego intentar convencerme de que volviera con él? Es de lo más... disparatado. Innecesariamente doloroso.

Rachel no ha podido venirse con nosotros a mi apartamento; esta noche hace de canguro con su sobrina —va a pasar de cuidar a una mocosa llorona a otra—, pero Mo me ha prometido que me hará compañía, lo cual es todo un detalle por su parte. Me siento un poco culpable porque la verdad es que, ahora mismo, lo que deseo es estar con Leon.

Casi me sorprende lo claro que lo tengo. Deseo estar con Leon. Necesito que esté aquí conmigo, con sus movimientos nerviosos, su sonrisa y su facilidad para consolarme. Después de la locura de hoy, comprendo de repente con sorprendente nitidez que si el «miedo agradable» a veces se convierte en «puro miedo» mientras aprendo a volver a mantener una relación, ¿qué más da? Maldita sea, si me dejo vencer por ese temor, si permito que Justin me amedrente con respecto a Leon, entonces sí que sale ganando.

Y vale la pena sentir cierto temor por Leon. Desde luego que vale la pena. Cojo el teléfono y vuelvo a llamarlo.

64

Leon

Tres llamadas perdidas de Tiffy.

No puedo hablar con ella. No me apetece escuchar sus explicaciones. Continúo caminando sin rumbo: a lo mejor en círculos, porque me da la impresión de estar pasando por un montón de Starbucks muy parecidos. En esta parte de Londres se respira un ambiente cutre y dickensiano: calles empedradas y ladrillo ennegrecido por la contaminación, retazos alargados de cielo entre ventanas mugrientas. No hace falta caminar demasiado, sin embargo, para acabar en el resplandeciente mundo azul pálido de la City. Al doblar una esquina me topo de frente conmigo mismo, reflejado como en un espejo en la sede acristalada de alguna firma de finanzas.

Tengo un aspecto lamentable. Hecho unos zorros con este traje arrugado; nunca me han sentado bien los trajes. Debería haberme esmerado más al arreglarme; a lo mejor he perjudicado la imagen de Richie. Bastante tiene con mi madre, cuyo concepto de ir arreglada es ponerse unas botas de caña de tacón ligeramente más alto.

Me detengo, sorprendido por la maldad de ese pensamiento. Es cruel y cargado de prejuicios. No me agrada que se me haya pasado por la cabeza. He recorrido un largo camino para perdonar a mi madre... o eso pensaba. Pero ahora mismo me llena de ira solo pensar en ella.

Lo que pasa es que hoy estoy lleno de ira. Lleno de ira por haberme conformado con que los jueces hayan atendido el recurso de mi hermano, cuando para empezar nunca debería haberlo custodiado hasta allí un funcionario de prisiones. Lleno de ira porque me han cogido desprevenido mientras me preocupaba por explicar a Tiffy cómo me siento, y por no haberlo hecho a tiempo, y porque me ha tomado la delantera un hombre que le complica la existencia, pero al que sin duda se le dan bien los gestos románticos a lo grande. Nadie duda cómo se siente ahora *Justin*. Desde luego que no.

Lo cierto es que pensaba que ella no volvería con él. Pero, claro, es lo que siempre se piensa, y luego siempre sucede.

Miro el teléfono: el nombre de Tiffy aparece en la pantalla. Me ha mandado un mensaje. Me resulta insoportable abrirlo, pero, como no puedo resistir la tentación, apago el teléfono.

Barajo la idea de irme a casa, pero está a rebosar de cosas de Tiffy. Su olor, la ropa que le he visto puesta, el vacío de su ausencia. Y en cualquier momento regresará del evento: dispone del apartamento esta noche y el fin de semana, de modo que eso queda descartado. Como es obvio, puedo pasar la noche en casa de mi madre, pero curiosamente me da la impresión de estar tan furioso con ella como con Tiffy. Además, no puedo soportar la idea de pasar la noche en el antiguo cuarto que compartía con Richie. No puedo estar donde esté Tiffy, no puedo estar donde no esté Richie.

No tengo adónde ir. Ningún lugar es mi casa. Solo puedo seguir caminando.

Ojalá nunca hubiera decidido compartir piso. Ojalá nunca hubiera abierto las puertas de mi vida de esa manera y permitido que alguien entrara y la llenara. Me iba estupendamente: me sentía seguro, me las arreglaba. Ahora mi apartamento no es mío, es *nuestro,* y cuando se marche lo único que tendré presente es la falta de crujiente de chocolate, de libros de albañiles y ese maldito puf con estampado de cachemir. Será otro espacio con un vacío patente. Precisamente lo que no deseaba.

A lo mejor todavía estoy a tiempo de evitar que comparta su vida con él. Aceptar una proposición de matrimonio no implica necesariamente que vayan a casarse; tampoco es que ella tuviera elección, con toda esa gente delante, ¿no? Siento que me invade un peligroso sentimiento de esperanza, y hago lo posible por reprimirlo. Me recuerdo para mis adentros que es imposible salvar a las personas: las personas solo pueden salvarse a sí mismas. Lo más que puedes hacer es ayudarlas cuando están preparadas.

Debería comer. No me acuerdo de cuándo comí por última vez. ¿Anoche? Me da la impresión de que hace siglos. Ahora que soy consciente de que tengo hambre, me dan retortijones en el estómago.

Entro rápidamente en Starbucks. Paso por delante de dos chicas que están viendo el vídeo de Tasha Chai-Latte donde Justin aparece declarándose a Tiffy. Me tomo un té con mucha leche y una tostada bastante cara con mucha mantequilla con la vista clavada en la pared.

Cuando el camarero que se pone a recoger la mesa me mira con curiosidad y lástima, caigo en la cuenta de que estoy llorando otra vez. En vista de que no puedo parar, no me corto. Al final, sin embargo, la gente se está dando cuenta, y me pongo en marcha de nuevo, solo.

Más caminata. Estos zapatos de vestir me están haciendo ampollas en los talones. Pienso con añoranza en los zapatos gastados que me pongo para trabajar, lo bien que se amoldan a mis pies, y al cabo de quince minutos o así es evidente que ya no estoy caminando sin rumbo, sino que me dirijo a un lugar. En el hospital siempre hay sitio para otro enfermero.

65

Tiffy

M e está llamando Gerty. Descuelgo sin pararme a pensar: es un acto reflejo.

—¿Sí? —Mi voz posee un deje monótono que me extraña incluso a mí.

—¿Qué coño te ocurre, Tiffany? ¿Qué coño te ocurre?

El *shock* me hace llorar otra vez.

—Pásamela —me ordena Mo. Levanto la vista hacia él cuando me quita el móvil de las manos y contengo el aliento al ver su expresión. Parece muy enfadado. Mo jamás se enfada—. ¿Qué demonios estás haciendo? —exclama—. ¡No me digas! ¿Conque has visto un vídeo? ¿Y no se te ha ocurrido preguntar a Tiffy qué sucedió? ¿Concederle a tu mejor amiga el beneficio de la duda antes de gritarle por teléfono?

Pongo los ojos como platos. ¿Un vídeo? Mierda. ¿Qué vídeo?

Y entonces caigo en la cuenta. Tasha Chai-Latte ha grabado todo el numerito. Supuestamente lo organizó Martin, lo cual significa que Justin estaría al tanto. No me extraña que pusiera tanto empeño en asegurarse de que todo el mundo escuchara mi «respuesta» a su gran pregunta: era necesario para grabarlo.

Martin también nos vio juntos a Leon y a mí en el castillo de Gales, justo después de que Justin comenzara a sospechar cuando se presentó de improviso en mi apartamento y pilló a Leon con la toalla.

—Mo —digo con impaciencia—, pregúntale a Gerty dónde está Leon.

—Llámalo otra vez.

—Tiff, el teléfono sigue apagado —dice Mo con delicadeza.

—¡Insiste! —exclamo al tiempo que camino sin cesar del sofá a la cocina. El corazón me late con tanta fuerza que tengo la sensación de que algo intenta colarse entre mis costillas. No soporto la idea de que Leon haya visto ese vídeo y piense que Justin y yo nos hemos prometido. No lo soporto.

—Su teléfono continúa apagado —señala Mo, con mi móvil pegado al oído.

—Prueba a llamarlo desde el tuyo. A lo mejor está viendo mis llamadas. Seguramente me odia.

—Cómo va a odiarte, Tiffy —dice Mo.

—Pues Gerty sí.

Mo entrecierra los ojos.

—Gerty es propensa a emitir juicios. Está trabajando en ello.

—Y Leon no me conoce a fondo como para saber que jamás le haría esto —replico, entrelazando las manos—. Él sabe que estaba enganchada a Justin, seguramente lo único que piensa es que... Ay, Dios. —Me atraganto.

—Sea lo que sea lo que piense, tiene arreglo —me asegura Mo—. Lo único que hay que hacer es esperar a que esté preparado para hablar. Para él el día también ha sido un trago con lo del juicio de Richie.

—¡Lo sé! —exclamo—. ¡Lo sé! ¿Acaso piensas que no entiendo lo importante que este día era para él?

Mo se queda callado. Me froto la cara.

—Lo siento. No debería pagarla contigo. Te has portado fenomenal. Lo que pasa es que estoy enfadada conmigo misma.

—¿Por qué? —pregunta Mo.

—Porque… ¡maldita sea, porque salí con él!

—¿Con Justin?

—No estoy diciendo que tenga la culpa de lo que ha pasado hoy. Me consta que no es así, pero irremediablemente pienso que si él no me hubiera localizado, si yo hubiera tenido más entereza…, jamás habríamos llegado a este punto. O sea, joder, ninguna de tus exnovias pretende que te cases con ella y se vale de eso para romper tu actual relación, ¿no? No es que actualmente tengas una relación, pero ya sabes a qué me refiero.

—Pues… —dice Mo.

Levanto la vista hacia él y vuelvo a secarme los ojos. Estoy llorando como esas veces en las que los ojos no se te llegan a secar del todo, sino que siguen derramando lágrimas sin cesar.

—No me lo digas. Tú y Gerty.

—¿Lo intuías? —pregunta Mo, con gesto incómodo.

—Rachel sí. Su radar es mucho mejor que el de Gerty, pero no se lo digas…, o mejor, díselo, ¿qué más da si se molesta? —respondo en tono desabrido.

—Está llamando —dice Mo, tendiéndome el teléfono.

—No quiero hablar con ella.

—¿Respondo yo?

—Haz lo que te dé la gana. Es tu novia.

Mo se me queda mirando mientras me siento de nuevo en el sofá con las piernas temblorosas. Es obvio que me estoy comportando como una niñata, pero ahora mismo el hecho de que Mo se haya liado con Gerty me sienta como si estuviera poniéndose de su parte. Yo quiero que Mo esté de mi parte. Tengo ganas de echarle la bronca a Gerty. Ella ha tenido ocasión de decirle a Leon que yo jamás le haría algo así; antes de dar nada por sentado debería haberlo confirmado conmigo, y no ha sido así.

—No localiza a Leon —me dice Mo al cabo de unos instantes—. Tiene muchas ganas de hablar contigo, Tiffy. Quiere pedirte perdón.

Niego con la cabeza. No estoy dispuesta a dar mi brazo a torcer por el mero hecho de que desee disculparse.

—Ha exigido que Richie tenga derecho a una llamada telefónica cuando llegue a la cárcel —explica Mo tras una pausa para escuchar. Alcanzo a oír la voz de Gerty al otro lado del teléfono, metálica y temerosa—. Dice que le contará lo que realmente ha sucedido para que él aproveche la llamada para intentar localizar a Leon en su móvil; la primera noche tienes libertad para llamar a cualquier número. Es probable que no lo ingresen ni procesen hasta tarde, tal vez incluso hasta mañana por la mañana, pero aun así es nuestra mejor baza para trasladarle el mensaje a Leon por si no vuelve a casa.

—¿¿Mañana por la mañana?? Si todavía es poco más de mediodía.

Mo parece afligido.

—Creo que de momento es nuestra mejor baza.

La verdad es que es absurdo que un hombre detenido con posibilidad de hacer una única llamada telefónica sea la mejor opción para localizar a alguien.

—Leon tiene el teléfono apagado —digo con desgana—. No responderá.

—Recobrará la sensatez y lo encenderá, Tiffy —replica Mo, sin despegar el teléfono del oído—. No querrá perderse una llamada de Richie.

Me siento en el balcón, arrebujada en dos mantas. Una de ellas es la de Brixton, la que normalmente tenemos colocada en la cama; con la que Leon me arropó aquella noche en que Justin se presentó en el apartamento y lo amenazó.

Me consta que Leon cree que he vuelto con Justin. He superado la fase de pánico desesperado, y ahora considero que él debería haber confiado más en mí, joder.

No es que me esté bien merecido, supongo, porque efectivamente le di muchas oportunidades a Justin: Leon está al corriente de eso. Pero... bajo ningún concepto habría empezado a salir con Leon si no hubiera sentido que esta vez era diferente; si no hubiera estado realmente preparada para pasar página a ese capítulo de mi vida. Le he puesto mucho empeño. Todo ese tiempo desenterrando los peores recuerdos, las interminables conversaciones con Mo, la terapia... Le he puesto verdadero empeño. Pero me figuro que Leon ha considerado que estaba demasiado rota para recomponerme.

Gerty me llama por teléfono más o menos cada diez minutos; sigo sin responder. Me conoce desde hace ocho años. Si estoy enfadada con Leon por no confiar en mí y él me conoce desde hace menos de un año, estoy como mínimo ocho veces más enfadada con Gerty.

Arranco las esmirriadas hojas amarillentas de la única maceta que tenemos en el balcón y tomo la firme decisión de ignorar el hecho de que Justin sabe dónde vivo. Cómo se habrá enterado. Probablemente a través de Martin: es bastante fácil conseguir mi dirección teniendo acceso a mi mesa de despacho y a las nóminas que los de Recursos Humanos van dejando por ahí.

Joder. Sabía que había un motivo por el que no me gustaba ese hombre.

Bajo la vista hacia mi teléfono mientras vibra sin cesar sobre nuestra pequeña y desvencijada mesa de terraza. El tablero está cubierto de cacas de pájaros y esa densa mugre polvorienta y pegajosa que se impregna en todo lo que permanece a la intemperie durante cualquier periodo de tiempo en Londres. El nombre de Gerty aparece iluminado en la pantalla de mi teléfono, y esta vez descuelgo con un arranque de ira.

—¿Qué? —digo.

—Soy lo peor —contesta Gerty atropelladamente—. No puedo creer que me haya comportado así. En ningún momento debería haber dado por sentado que volverías con Justin. Lo siento muchísimo.

Me quedo en silencio, atónita. Gerty y yo hemos discutido cantidad de veces, pero jamás se ha disculpado enseguida como ahora, por iniciativa propia.

—Debería haber creído que serías capaz. Creo firmemente que eres capaz.

—¿De qué? —pregunto, a falta de una respuesta mejor, más borde.

—De cortar con Justin.

—Ah. Eso.

—Tiffy, ¿estás bien? —pregunta Gerty.

—Bueno, la verdad es que no —respondo al tiempo que noto que me tiembla el labio inferior. Me lo muerdo con fuerza—. Supongo que no...

—Richie no ha llamado aún. Ya sabes cómo son estas cosas, Tiffy, puede que ni siquiera lo trasladen del calabozo a Wandsworth hasta medianoche. Y el funcionamiento de esa cárcel es bastante caótico, así que no quiero que te hagas ilusiones de que le concedan permiso para hacer una llamada telefónica siquiera, y mucho menos la llamada legal que me han prometido. Pero si hablo con él se lo contaré todo. Le pediré que hable con Leon.

Miro la hora en la pantalla: todavía son las ocho de la tarde; es increíble lo agónicamente despacio que transcurre el tiempo.

—Estoy muy cabreada contigo —le digo a Gerty, porque me consta que no lo parezco. Solo parezco triste, y cansada, y como si necesitara a mi mejor amiga.

—Totalmente. Yo también. Indignada. Soy lo peor. Y, si te sirve de consuelo, Mo tampoco me dirige la palabra.

—Eso no me sirve de consuelo —digo de mala gana—. No quiero que seas una paria.

—¿Una qué? ¿Es algún tipo de postre?

—Una paria. Una persona *non grata*. Una marginada.

—Ah, no te preocupes, me he resignado a una vida de penurias. Me está bien empleado.

Nos quedamos en un cordial silencio durante unos instantes. Busco en mi interior ese sentimiento de ira hacia ella de nuevo, pero por lo visto se ha disipado.

—Odio a Justin con toda mi alma —digo, abatida—. ¿Sabes qué? Creo que ha hecho esto sobre todo para meter cizaña entre Leon y yo. Dudo mucho que en realidad tuviese intención de casarse conmigo. Una vez seguro de recuperarme, habría vuelto a dejarme tirada.

—Merece ser castrado —afirma Gerty con rotundidad—. Lo único que ha hecho es hacerte sufrir. En varias ocasiones he deseado activamente que se muriera.

—¡Gerty!

—No hacía falta ser un lince para ser consciente de lo que sucedía —comenta—. Para ser testigo de cómo te iba minando la personalidad. Era angustioso.

Manoseo la manta de Brixton.

—Toda esta movida ha hecho que me dé cuenta de que… Leon me gusta de verdad, Gerty. Me gusta *de verdad*. —Me sorbo la nariz y me seco los ojos—. Ojalá al menos me hubiera preguntado si realmente había aceptado su proposición. Y…, y…, aunque hubiera aceptado…, ojalá no se hubiera dado por vencido sin más.

—Ha pasado medio día. Está conmocionado, y agotado después de la vista en el juzgado. Lleva meses obsesionado con este día. Justin, como siempre, tiene un espantoso don de la oportunidad. Ten un poco de paciencia; confío en que te des cuenta de que Leon recapacitará.

Niego con la cabeza.

—No lo sé. Lo dudo.

—Ten fe, Tiffy. Al fin y al cabo, ¿no es lo que le estás pidiendo a él?

66

Leon

Vago de un pabellón a otro como un alma en pena. ¿Cómo voy a ser capaz de concentrarme para sacar sangre de una vena cuando hasta respirar me supone un esfuerzo? No obstante, me resulta fácil; bendita rutina. He aquí algo que soy capaz de hacer. Leon, enfermero, parco en palabras pero digno de confianza.

Al cabo de unas horas caigo en la cuenta de que estoy dando vueltas alrededor del pabellón Coral. Evitándolo.

El señor Prior está allí, moribundo.

Finalmente el médico residente de servicio dice que es preciso validar una dosis de morfina en el pabellón Coral. Así pues, se acabó lo de escurrir el bulto. Allá voy. Pasillos de un blanco grisáceo, desnudos y arañados, los cuales me conozco al dedillo, tal vez mejor que las paredes de mi propia casa.

Me detengo. Hay un hombre en la entrada del pabellón con los antebrazos apoyados en las rodillas, la vista clavada en el suelo. Me extraña ver a alguien aquí a estas horas de la madrugada; no hay visitas durante los turnos de noche. Es muy mayor, con el pelo canoso. Me suena.

Conozco esa postura: es la postura de un hombre que está armándose de valor. Yo he adoptado esa postura suficientes veces en la entrada de las salas de visitas de la cárcel como para reconocerla.

La bombilla tarda un pelín en encendérseme: prácticamente no pienso, me limito a moverme con el piloto automático. Pero ese hombre canoso y cabizbajo es Johnny White VI, de Brighton. Me parece surrealista. J. W. VI es un hombre que pertenece a mi otra vida. La que llena Tiffy. Pero aquí está. Parece que después de todo localicé al Johnny del señor Prior, a pesar de que él ha tardado cierto tiempo en reconocerlo.

Debería sentirme satisfecho, pero no puedo.

Me fijo en él. A los noventa y dos años, ha dado con el paradero del señor Prior, se ha puesto sus mejores galas y se ha desplazado al norte desde la costa. Todo por un hombre al que amó hace una eternidad. Está ahí sentado, con la cabeza gacha como rezando, haciendo acopio de valor para enfrentarse a lo que dejó atrás.

Al señor Prior le quedan días de vida. Posiblemente horas. Al mirar a Johnny White noto como si me asestaran un puñetazo en el vientre. Joder, a buenas horas aparece.

Johnny White levanta la vista y me ve. No cruzamos una palabra. El silencio se prolonga por el pasillo.

Johnny White: ¿Ha muerto?

La voz le sale ronca, ahogada.

Yo: No. No llega demasiado tarde.

Pero la verdad es que no es así. ¿Hasta qué punto le ha resultado doloroso desplazarse hasta aquí a sabiendas de que era simplemente para despedirse?

Johnny White: He tardado un tiempo en dar con él. Después de tu visita.

Yo: Debería haber dicho algo.

Johnny White: Sí.

Mira al suelo de nuevo. Doy un paso al frente, tiendo un puente en el silencio y tomo asiento a su lado. Examinamos el linóleo arañado el uno junto al otro. Esto no es cosa mía. Esta no es mi historia. Pero... Johnny White en ese asiento de plástico, cabizbajo, encarna la imagen de lo que significa rendirse.

Johnny White: No quiero entrar. Precisamente estaba barajando la idea de marcharme cuando te he visto.

Yo: Se ha desplazado hasta aquí. Ahora solo es cuestión de cruzar esa puerta.

Él levanta la cabeza como si le pesara.

Johnny White: ¿Estás seguro de que desea verme?

Yo: Puede que no se encuentre consciente, señor White. Pero, aun así, estoy convencido de que se encontrará mejor en su compañía.

Johnny White se pone de pie, se estira los pantalones del traje y aprieta su mandíbula de contorno hollywoodiense.

Johnny White: En fin, más vale tarde que nunca.

Sin mirarme, empuja sin más la puerta de doble hoja para pasar. Me quedo mirando cómo se balancea a su paso.

De estar en su situación, yo soy de ese tipo de hombres que jamás cruzarían esa puerta. ¿Y acaso se consigue algo con eso?

Me levanto. Hora de ponerme en marcha.

Yo, al médico residente: La enfermera de servicio validará la morfina. Yo no estoy de servicio.

El médico residente: Me extrañaba que no llevases puesto el uniforme. ¿Qué demonios haces aquí si no estás de servicio? ¡Vete a casa!

Yo: Sí. Buena idea.

Son las dos de la madrugada; la quietud y la oscuridad reinan en Londres. Enciendo el teléfono mientras corro, con el corazón a mil por hora en la garganta, para coger el autobús.

Infinidad de llamadas perdidas y mensajes. Me quedo mirándolos, perplejo. No sé por dónde empezar. No obstante, no hay necesidad de ello, porque nada más encender el teléfono cobra vida con un zumbido de un número desconocido de Londres.

Yo: ¿Diga?

Tengo la voz trémula.

Richie: Joder, menos mal. El guarda se está poniendo de lo más pesado. Llevo diez minutos llamándote. Como no lo cogías, no he tenido más remedio que dar una larga explicación insistiendo en que era mi única llamada. Por cierto, tenemos saldo para unos cinco minutos.

Yo: ¿Estás bien?

Richie: ¿¿Que si estoy bien?? Estoy muy bien, capullo, aparte de estar cabreadísimo contigo… y con Gerty.

Yo: ¿Cómo?

Richie: Tiffy no dijo que sí. El zumbado ese, Justin, respondió por ella, ¿no te diste cuenta?

Me paro en seco cuando aún quedan unos diez metros hasta la parada del autobús. No… lo asimilo. Parpadeo. Trago saliva. Siento ligeras náuseas.

Richie: Como te lo digo. Gerty la llamó por teléfono y la puso de vuelta y media por volver con Justin, y después

Mo le echó la bronca a Gerty. Le dijo que era una pésima amiga por no haber confiado lo suficiente en Tiffy como para al menos corroborarlo antes de dar por hecho que había vuelto con él.

Recupero la voz.

Yo: ¿Está bien Tiffy?

Richie: Estaría mucho mejor si pudiera hablar contigo, tío.

Yo: Ya iba de camino, pero…

Richie: ¿Sí?

Yo: Sí. He recibido la visita del Fantasma de las Navidades Futuras.

Richie, confundido: Un poco pronto para ese tipo de cosas, ¿no?

Yo: Bueno, ya sabes lo que dicen. Que cada año se adelantan más.

Me apoyo contra la marquesina del autobús. Me siento aturdido y a la vez angustiado. ¿En qué estaba pensando? Venir aquí, desperdiciar todo este tiempo…

Yo, a destiempo y presa del pánico: ¿Está a salvo Tiffy?

Richie: Justin todavía anda suelto, si es a eso a lo que te refieres. Pero su amigo Mo está con ella, y según Gerty a él le da la impresión de que Justin no dará señales de vida durante un tiempo: se lamerá las heridas e ideará otro plan. Suele maquinarlo todo; es de esa calaña, según Mo. ¿Sabes que el muy gilipollas estaba utilizando a Martin, el compañero de Tiffy, para sonsacarle información sobre sus idas y venidas?

Yo: ¿A Martin? Y… Ay, joder.

Richie: La cosa era malmeter entre vosotros dos, tío. Conseguir que esa *youtuber* lo grabara todo para asegurarse de que lo vieras.

Yo: No…, no me explico cómo lo he dado por sentado sin más.

Richie: Eh, hermanito, ve a arreglarlo y punto, ¿vale? Y ponla al corriente de mamá.

Yo: ¿De qué la voy a poner al corriente?

Richie: No me hace falta ser terapeuta para deducir que el hecho de que hayas dejado tirada a mamá con Gerty en el juzgado y que no hayas vuelto a su casa ha tenido algo que ver con todo esto. Mira, lo pillo, tío: los dos tenemos problemas con mamá.

El autobús se acerca.

Yo: No… sé exactamente qué relevancia tiene esto.

Richie: El mero hecho de que mamá siempre volviera con los hombres que la trataban como una mierda, o que encontrara a otra versión del mismo tío, no significa que Tiffy sea igual.

Yo, en el acto: No fue culpa de mamá. La maltrataron. La manipularon.

Richie: Ya, ya lo sé, siempre dices lo mismo. Pero eso no facilita las cosas en absoluto cuando tienes doce años, ¿no?

Yo: Piensas que…

Richie: Oye, tengo que colgar. Pero ve a decirle a Tiffy que lo sientes, que la has cagado, que te crio una madre soltera maltratada y que prácticamente tuviste que hacerte cargo de tu hermano pequeño sin ayuda de nadie. En principio bastaría para arreglarlo.

Yo: Eso es un poco… como chantaje emocional, ¿no? Además, ¿le hará gracia que la compare con mamá?

Richie: De acuerdo. Muy bien. Hazlo a tu manera. Arréglalo para recuperarla y punto, porque esa mujer es lo mejor que te ha pasado en la vida. ¿De acuerdo?

67

Tiffy

Nos hemos olvidado por completo de comer, y ahora son las dos y media de la madrugada y acabo de darme cuenta de que tengo hambre. Mo ha ido a por comida para llevar. Me ha dejado en el balcón con una gran copa de vino tinto y un bol aún más grande de tentempiés que ha cogido del armario, los cuales seguramente eran de Leon, pero qué más da: si piensa que soy capaz de casarme con otro por las buenas, lo mismo da que piense que voy por la vida saqueando tentempiés.

A estas alturas no estoy segura de con quién estoy enfadada. Llevo tanto tiempo sentada aquí que las piernas me dan calambres; en este rato he analizado prácticamente todas las emociones que he experimentado y ahora todas están hechas un batiburrillo en un gran pozo de miseria. Lo único que tengo totalmente claro es que desearía no haber conocido a Justin en mi vida.

Mi teléfono suena.

Me está llamando Leon.

Llevo toda la noche esperando ver ese nombre. Me da un vuelco el corazón. ¿Habrá hablado con Richie?

—¿Sí?

—Hola. —Su voz suena apagada y curiosamente extraña. Es como si se le hubiera agotado la energía.

Me mantengo a la espera de que diga algo más mientras contemplo el movimiento del tráfico abajo, dejando que los faros delanteros tracen vetas amarillentas dentro de mis ojos.

—Llevo en la mano un enorme ramo de flores —dice.

Me quedo callada.

—Me parecía que necesitaba un símbolo tangible para la envergadura de mi disculpa —continúa Leon—. Pero, como he caído en la cuenta de que Justin también te regaló un enorme ramo de flores (de hecho, mucho más bonitas y caras), he pensado que lo de las flores no es tan buena idea. Después he decidido irme derecho a casa a decírtelo personalmente. Pero al llegar aquí me he dado cuenta de que dejé la llave en casa de mi madre porque en principio iba a pasar la noche allí. De modo que no tenía más remedio que llamar a la puerta, cosa que he pensado que probablemente te asustaría, dado que tienes un exnovio pirado con el que lidiar.

Observo cómo pasa un coche tras otro. Tal vez sea esta la vez que más tiempo he oído hablar a Leon de carrerilla.

—Entonces, ¿dónde estás ahora? —pregunto finalmente.

—Levanta la vista. En la acera de enfrente, delante de la panadería.

Ahora lo veo. Su silueta se perfila contra la reluciente luz amarilla del rótulo de la panadería, con el teléfono pegado al oído, sujetando con el otro brazo un ramo de flores. Va trajeado; claro, no se habrá cambiado al salir del juzgado.

—Me figuro que estarás muy dolida —comenta. La ternura de su tono hace que me derrita.

Me echo a llorar de nuevo.

—Lo siento mucho, Tiffy. En ningún momento debería haber sacado conclusiones precipitadas. Hoy me necesitabas y te he fallado.

—Pues sí que te necesitaba —digo, sollozando—. Mo, Gerty y Rachel son geniales y los adoro y me han ayudado muchísimo, pero te necesitaba a ti. Me hiciste sentir como si no importara lo que había ocurrido con Justin. Que realmente te preocupabas por mí a pesar de todo.

—Así es. Y no importa. —Está cruzando a la acera de este lado de la calle. Atisbo su cara, el suave y acusado contorno de sus pómulos, la delicada curva de sus labios. Tiene la vista levantada hacia mí—. Todo el mundo insistía en que te perdería si no te decía lo que sentía, y después entró en escena Justin, el rey de los gestos románticos...

—¿Románticos? —farfullo—. ¿Románticos? ¡A mí qué me importan los malditos gestos románticos! ¿Para qué? ¡Ya los tuve, y fue una mierda!

—Lo sé —dice Leon—. Tienes razón. Debería haber sido consciente de ello.

—Y me gustaba que no forzases las cosas... ¡Me da pánico la idea de comprometerme en una relación seria! ¡Fíjate lo duro que ha sido salir de la última!

—Ah —contesta Leon—. Ya. Eso es..., ya, entiendo. —Masculla algo que suena como «Maldito Richie».

—Ahora alcanzo a oírte sin el teléfono, ¿sabes? —digo alzando el tono de voz por encima del ruido del tráfico—. Además, estoy disfrutando bastante del pretexto para gritar.

Él cuelga y retrocede un poco.

—Pues entonces, ¡gritemos! —exclama.

Arqueo una ceja, aparto todas las mantas, el vino y los tentempiés, y me asomo a la barandilla.

—Vaya —comenta Leon bajando el tono de voz, de modo que apenas consigo oír las palabras—. Estás despampanante.

Al bajar la vista compruebo con cierta sorpresa que todavía llevo puesto el vestido caído de hombros de la fiesta. A saber cómo llevo el pelo, y seguro que mi maquillaje está como mínimo dos centímetros por debajo de esta mañana, pero el vestido es francamente espectacular.

—¡No seas tan amable! —grito—. ¡Quiero estar enfadada contigo!

—¡Sí! ¡De acuerdo! A voces —exclama Leon, y acto seguido se aprieta el nudo de la corbata y se abotona el cuello de la camisa como si estuviera preparándose.

—¡No pienso volver con Justin en la vida! —grito, y a continuación, como me sienta bien, lo repito—: ¡No pienso volver con Justin en la vida, joder!

Salta la alarma de un coche en las inmediaciones y, aunque sé que es una coincidencia, me agrada bastante: ahora lo único que necesito es que maúlle un gato y que se vuelquen unos cuantos cubos de basura. Respiro hondo y abro la boca para seguir dando voces, pero me quedo callada. Leon ha levantado una mano.

—¿Puedo decir una cosa? —pregunta en voz alta—. O sea, ¿puedo decir a voces una cosa?

Un conductor aminora la velocidad al pasar y observa con gran interés cómo nos gritamos el uno al otro con dos pisos de por medio. En ese momento me da por pensar que probablemente sea la primera vez que Leon ha dado voces en la calle. Cierro la boca, un poco desconcertada, y acto seguido asiento.

—¡La he jodido! —dice Leon a voz en cuello. Carraspea y trata de elevar el tono de voz—. Me asusté. Sé que no vale como excusa, pero todo esto me da miedo. El juicio, tú, lo nuestro... No llevo bien los cambios. Me pongo...

Titubea, como si se hubiera quedado sin palabras, y noto una cálida sensación en el pecho.

—¿Como un flan? —sugiero.

A la luz de la farola veo que sus labios esbozan una sonrisa ladeada.

—Sí. Muy atinado. —Carraspea de nuevo y se acerca al balcón—. A veces sencillamente me resulta más fácil seguir tal y como estaba antes de conocerte. Más a salvo. Pero... fíjate en lo que has sido capaz de hacer. Lo valiente que has sido. Y así es como quiero ser yo. ¿Vale?

Apoyo las manos en la barandilla y lo miro.

—Cómo te enrollas ahí abajo, Leon Twomey —digo en voz alta.

—¡Por lo visto en situaciones de emergencia me vuelvo bastante locuaz! —grita.

Me echo a reír.

—Ahora no vayas a cambiar demasiado. Me gusta cómo eres.

Él sonríe con picardía. Le favorece ir despeinado y trajeado con ese punto de dejadez; de pronto me muero de ganas de besarlo.

—Bueno, Tiffy Moore, tú también me gustas.

—¿Cómo dices? —digo, con la mano ahuecada sobre mi oreja.

—¡Me gustas muchísimo! —grita a los cuatro vientos.

Una ventana se abre de golpe por encima de mí con un chasquido.

—¡Por favor! —grita el hombre raro del apartamento 5—. ¡Estoy intentando dormir! ¿Cómo se supone que voy a madrugar para practicar aeroyoga si no pego ojo en toda la noche?

—¡Aeroyoga! —articulo con los labios en dirección a Leon, pletórica. ¡Llevo preguntándome qué hacía cada mañana desde el primer día en que me mudé aquí!

—No dejes que la fama se te suba a la cabeza, Leon —le advierte el hombre raro del apartamento 5, y acto seguido hace amago de cerrar la ventana.

—¡Espere! —grito.

Él baja la vista hacia mí.

—¿Y tú quién eres?

—Soy su otra vecina. ¡Hola!

—Ah, ¿eres la novia de Leon?

Vacilo y seguidamente sonrío.

—Sí —afirmo con rotundidad, y oigo un tenue «hurra» a ras de calle—. Y quiero hacerle una pregunta.

Él se limita a mirarme fijamente con una expresión similar a la de un hombre a la espera de ver la siguiente ocurrencia de una niña.

—¿Qué hace con tantos plátanos? Ya sabe…, los plátanos de las cajas vacías que almacena en su plaza de aparcamiento.

Para mi sorpresa, esboza una amplia sonrisa medio desdentada. Parece bastante agradable al sonreír.

—¡Los destilo! ¡Me encanta la sidra!

Y, sin mediar palabra, cierra la ventana bruscamente.

Leon y yo nos quedamos mirándonos y nos da la risita tonta al mismo tiempo. Poco después rompo a reír a carcajadas y se me saltan las lágrimas; me aprieto la barriga, desternillándome, resollando y con la cara desencajada.

—¡Aeroyoga! —oigo que cuchichea Leon, aprovechando un intervalo en el ruido del tráfico—. ¡Sidra de plátano!

—No te oigo —digo sin levantar la voz por temor a volver a desatar la ira del hombre raro del apartamento 5—. Acércate más.

Leon mira a su alrededor y retrocede unos pasos.

—¡Cógelo! —exclama con un murmullo teatral y me lanza el ramo. Sale despedido de canto por los aires y en el camino se desprenden hojas y algún que otro crisantemo, pero, al abalanzarme peligrosamente hacia la barandilla con un chillido algo estridente, consigo cogerlo.

Tras sujetar firmemente las flores y dejarlas encima de la mesa, veo que Leon ha desaparecido. Desconcertada, me asomo al balcón.

—¿Dónde te has metido?

—¡Un, dos, tres! —dice una voz procedente de las inmediaciones.

—¿Un, dos, tres?

—Al escondite inglés. ¡Sin mover las manos!

—Ni mover los pies. ¡Esto no va a ninguna parte!

Está trepando por la bajante. Rompo a carcajadas de nuevo.

—¿¿Pero qué haces??

—¡Acercarme más!

—No te tenía por un trepador de cañerías —comento, y me echo a temblar cuando alarga la mano buscando otro punto de agarre y toma impulso para subir un poco más.

—Yo tampoco —señala, y gira la cabeza para mirarme mientras tantea con el pie izquierdo buscando apoyo—. Está claro que sacas lo mejor de mí.

Ahora se encuentra a menos de un metro; la bajante pasa justo por nuestro balcón y casi puede alcanzar la barandilla.

—¡Eh! ¿Esos son mis tentempiés? —pregunta al alargar la mano, tanteando para agarrarse.

Me limito a lanzarle una mirada asesina.

—En fin…, me parece justo —añade—. ¿Me echas una mano?

—Esto es de locos —le digo, pero me acerco a ayudarle de todos modos.

Él levanta un pie con cuidado y a continuación el otro hasta que se queda colgando con las manos enganchadas en la barandilla del balcón.

—Ay, Dios mío —digo. Estoy demasiado aterrorizada para mirarlo, pero no puedo apartar los ojos, concretamente porque entonces me distraeré si se suelta, y esa perspectiva es mucho peor que verlo ahí colgado, tanteando para encontrar un apoyo para el pie en el borde inferior de la barandilla.

Toma impulso para trepar; le echo un cable en el último tirón, agarrándolo de la mano para que salte al otro lado.

—¡Listo! —exclama y se sacude la ropa. Se queda inmóvil unos instantes, sin aliento, y me mira.

—Hola —digo, de pronto un poco avergonzada por mi aparatoso vestido.

—Lo siento mucho —susurra Leon al tiempo que extiende los brazos para abrazarme.

Me acurruco contra él. Su traje huele a otoño, despide ese olor a naturaleza que se pega al pelo en esta época del año. El resto despide el olor característico de Leon, tal y como deseo; al estrecharme entre sus brazos cierro los ojos y lo aspiro, sintiendo la solidez de su cuerpo contra el mío.

Mo aparece en el umbral con una bolsa de plástico de Something Fishy con *fish and chips*. Me sobresalto ligeramente porque ni siquiera lo había oído entrar, pero acurrucada en los brazos de Leon la idea de que Justin se presente en el apartamento me resulta muchísimo menos aterradora.

—Oh —dice Mo al vernos—. Me tomaré mis *fish and chips* en otro sitio, ¿os parece?

68

Leon

Yo: Seguramente no es el momento oportuno.

Tiffy: Espero sinceramente que estés de coña.

Yo: No estoy de coña, pero desde luego espero que me digas que me equivoco.

Tiffy: Te equivocas. Ahora es el momento perfecto. Estamos a solas, en nuestro apartamento, juntos. Literalmente no podemos estar mejor.

Nos quedamos mirándonos el uno al otro. Ella todavía lleva puesto ese despampanante vestido. Da la impresión de que se le resbalará por los hombros y se le caerá al suelo al mínimo tirón. Me muero de ganas de comprobarlo. No obstante, me controlo: según dice, está preparada, pero el día no ha sido como para darse un revolcón arrancándose la ropa, sino tal vez para sufrir el martirio de quedarse con la ropa puesta durante un rato.

Tiffy: ¿Nos vamos a la cama?

Esa voz… tal cual Richie la describió. Grave y sensual. Mucho más sensual cuando dice cosas como «cama», por cierto.

Nos quedamos de pie frente a frente junto a los pies de la cama de nuevo. Me inclino para estrechar su cara entre mis manos y besarla. Noto que su cuerpo se derrite pegado al mío mientras nos besamos, noto que su tensión se mitiga, y al apartarme percibo el matiz ardiente de su mirada latente bajo el azul de sus ojos. Me desato de deseo al instante, en cuanto nuestros labios se rozan, y el mero hecho de posar las manos en sus hombros desnudos me supone un enorme esfuerzo.

Ella alarga la mano para aflojarme la corbata y quitarme la chaqueta. Me desabrocha la camisa lentamente, besándome al compás de los movimientos de sus dedos. A pesar de los besos, todavía media cierto espacio entre nosotros, como si estuviéramos manteniendo una respetuosa distancia.

Tiffy se da la vuelta y se sujeta el pelo para que le baje la cremallera del vestido. En vez de eso, le sujeto del pelo y tiro un poco al tiempo que lo enredo alrededor de mi muñeca, y ella gime. Ese sonido me supera. Salvo la distancia que nos separa, me pongo a besarla por los hombros, voy subiendo por el cuello hasta la raíz del pelo y me aprieto contra ella lo máximo posible hasta que ella se despega para bajarse la cremallera.

Tiffy: Leon. Céntrate. El vestido.

Sujeto la cremallera que tiene entre los dedos y se la bajo despacio, más despacio de lo que desea. Se rebulle de impaciencia. Recula contra mí hasta que mis piernas topan con la cama y volvemos a quedarnos pegados como lapas, piel al descubierto y seda.

Finalmente el vestido cae al suelo. Es una escena casi cinematográfica: el fugaz resplandor de la seda y ahí está, con ropa interior negra y nada más. Ella se da la vuelta, aún con la mirada ardiente, y la sujeto para contemplarla.

Tiffy, sonriendo: Siempre haces eso.

Yo: ¿El qué?

Tiffy: Mirarme de esa manera. Cuando… me quito algo.

Yo: Quiero verlo todo. Es demasiado importante como para andarse con prisas.

Tiffy, insoportablemente sexi, enarca una ceja.

Tiffy: ¿Sin prisas?

Recorre con los dedos la cinturilla de mis calzoncillos. Mete la mano dentro, a un pelo de donde deseo que esté.

Tiffy: Vas a lamentar haber dicho eso, Leon.

Ya lo estoy lamentando, en cuanto pronuncia mi nombre. Sus dedos recorren mi bajo vientre y, a continuación, con una lentitud insoportable, se posan sobre la hebilla de mi cinturón. Cuando me baja la cremallera me quito los pantalones del traje y los calcetines, consciente de cómo sus ojos me siguen como los de un gato. Al hacer amago de tirar de ella hacia mí de nuevo, me planta una mano con firmeza en el pecho.

Tiffy, con voz ronca: A la cama.

Esa distancia que nos separa vuelve durante un instante; automáticamente nos colocamos en nuestros respectivos lados de la cama. Ella a la izquierda, yo a la derecha. Nos observamos mutuamente mientras nos tapamos.

Yo me tiendo de costado, mirándola. Su pelo se extiende sobre la almohada y, aunque está tapada con el edredón, siento lo desnuda que está, lo mucho de ella que hay para tocar. Pongo la mano en el espacio que nos separa. Ella me la coge, rebasando la línea que habíamos marcado en febrero; me besa los dedos y seguidamente los desliza entre sus labios, y de pronto ese espacio desaparece y la tengo pegada a mí, donde debería estar, piel contra piel, sin un milímetro de distancia de por medio.

69

Tiffy

Ya me has visto desnuda. Has sido perverso conmigo. Y todavía sigues mirándome de esa forma.

Su sonrisa adopta ese precioso mohín ladeado, el que me conquistó hace tantas semanas en Brighton.

—Tiffany Moore —dice—. Tengo la firme intención de continuar mirándote de esta manera durante muchas lunas.

—¡Muchas lunas!

Asiente con aire solemne.

—Qué comentario más encantador, ingenioso e inconcreto por tu parte.

—Bueno, algo me decía que la insinuación de un compromiso a largo plazo provocaría que te echaras al monte.

Reflexiono sobre ello mientras coloco la cabeza contra su pecho.

—Entiendo lo que quieres decir, pero de hecho me parece que lo que has provocado es que curiosamente me reconforte y regodee.

Él no dice nada; se limita a besarme en la coronilla.

—Además, no sería capaz de correr sin parar hasta el monte más cercano.

—¿Y a la colina más cercana?

—Oye —digo, dándome la vuelta para apoyarme sobre los codos—, no tengo interés en correr hasta ninguna colina. Me gusta el plan de las muchas lunas. Me parece... ¡Eh! ¿Me estás escuchando o no?

—¿Sí? —dice Leon al tiempo que levanta la vista—. Perdona. Has conseguido distraerme incluso de ti misma.

—Y yo que pensaba que era imposible distraerte.

Me besa mientras con la mano traza círculos sobre mi pecho.

—Claro. Imposible de distraer —repite—. Y *tú* eres...

Ya no puedo pensar con claridad.

—¿Cualquier cosa en tus manos?

—Iba a decir «Tremendamente fácil de distraer».

—Esta vez estoy haciéndome la dura.

Hace algo con la mano que nadie ha hecho hasta la fecha. No tengo ni idea de lo que está pasando, pero al parecer tiene que ver con su pulgar, mi pezón y unos cinco mil lametones ardientes.

—Te lo recordaré dentro de diez minutos —dice Leon, y me besa el cuello de arriba abajo.

—Eres un engreído.

—Soy feliz.

Lo aparto para mirarlo. Noto que las mejillas comienzan a dolerme, y creo que realmente se debe a tanta sonrisa. Cuando se lo cuente a Rachel, sé perfectamente lo que hará: meterse el dedo en la boca y fingir que va a vomitar. Pero es cierto; a pesar de todo lo ocurrido hoy, me siento tremenda y abrumadoramente feliz.

Él enarca las cejas.

—¿Ninguna salida ingeniosa?

Jadeo cuando sus dedos acarician mi piel con movimientos que no consigo identificar.

—Precisamente estoy pensando en una… Dame solo un… momento…

Mientras Leon está en la ducha, escribo nuestra lista de tareas para el día siguiente y la pego en la nevera. Reza así:

1. Procurar por todos los medios no pensar en el veredicto de los jueces.
2. Pedir una orden de alejamiento.
3. Hablar con Mo y Gerty sobre…, bueno, sobre Mo y Gerty.
4. Comprar leche.

Me muevo inquieta, esperando que aparezca, y al final desisto y cojo el teléfono. Tendré que aguantarme y aguzar el oído hasta que deje de correr el agua en la ducha.

—¿Sí? —contesta Gerty con voz amortiguada al otro lado de la línea.

—¡Hola!

—Ay, menos mal —dice Gerty, y casi alcanzo a oírla recostándose sobre las almohadas de nuevo—. ¿Leon y tú habéis hecho las paces?

—Sí, hemos hecho las paces —respondo.

—Ah, ¿y te has acostado con él?

Sonrío con picardía.

—Has recuperado el radar.

—Entonces, ¿no lo he echado todo a perder?

—No lo has echado todo a perder. Aunque, para que quede claro, en todo caso habría sido Justin el que lo habría echado todo a perder, no tú.

—Dios, qué comprensiva. ¿Te sientes segura?

—Sí, mamá, me siento segura. ¿Mo y tú habéis empleado también métodos seguros cuando habéis hecho las paces esta mañana? —pregunto en tono empalagoso.

—Para —dice Gerty—. Ya está bastante feo que yo piense en el pene de Mo; tú no tienes por qué hacerlo también.

Me río.

—¿Tomamos café mañana, los tres solos? Tengo ganas de que me contéis cómo os enrollasteis. Por encima, y sin detalles relacionados con el pene.

—¿Y hablamos de cómo conseguir una orden de alejamiento? —sugiere Gerty.

—¿Es Tiffy? —oigo preguntar a Mo al fondo.

—Qué detalle que oiga lo de «orden de alejamiento» y piense en mí —comento con cierta desazón por el cambio de tema—. Pero, sí. Deberíamos hablar de eso.

—¿Has tomado precauciones?

—¿Es que hemos retomado el tema de los anticonceptivos?

—Tiffy. —Gerty nunca ha aguantado mis dotes evasivas—. ¿Te sientes segura en el apartamento?

—Con Leon sí.

—Vale. Me alegro. Pero, de todas formas, es preciso que hablemos de cómo solicitar medidas cautelares de alejamiento para protegerte antes de la vista.

—¿Una...? Un momento, ¿hay una vista?

—Dale tiempo a la pobre para pensar —dice Mo al fondo—. ¡Me alegro de que Leon y tú hayáis hecho las paces, Tiffy! —exclama.

—Gracias, Mo.

—¿Te he fastidiado el subidón? —pregunta Gerty.

—Un pelín. Pero no pasa nada. Todavía tengo pendiente llamar a Rachel.

—Eso, vete a comentar todos los detalles sórdidos con Rachel —señala Gerty—. Para el café de mañana, mándanos un mensaje con el sitio y la hora.

—Hasta luego —digo. Al colgar aguzo el oído.

El grifo de la ducha continúa abierto. Llamo a Rachel.

—¿Sexo? —dice al descolgar.

Me echo a reír.

—No, gracias, estoy pillada.

—¡¡Lo sabía!! ¿Habéis hecho las paces?

—Y más cosas —digo en un tono exageradamente sexi.

—¡Cuenta, cuenta!

—Te lo contaré con pelos y señales el lunes. De momento… he descubierto que no he sacado suficiente partido de mis tetas a lo largo de toda mi vida de adulta.

—Ah, sí —comenta Rachel en tono sabiondo—. Es un problema generalizado. ¿Sabes que hay…?

—¡Chsss! —Ha cesado el ruido de la ducha—. ¡Tengo que colgar!

—¡No me dejes tirada de esta manera! ¡Iba a contarte todos los pormenores de los pezones!

—A Leon le va a extrañar mucho que haya llamado por teléfono a mis mejores amigos después de acostarme con él —susurro—. Aún es pronto. Todavía tengo que aparentar que soy normal.

—Muy bien, pero voy a concertar una reunión de dos horas para el lunes por la mañana. Asunto: el ABC de las tetas.

Cuelgo e instantes después Leon entra tan campante liado en una toalla, el pelo repeinado hacia atrás, los hombros salpicados de brillantes gotitas de agua, y se detiene para examinar mi lista de tareas.

—Parece factible —señala y abre la puerta de la nevera para coger el zumo de naranja—. ¿Cómo están Gerty y Rachel?

—¿Qué?

Él me sonríe mirándome por encima de su hombro.

—¿Quieres que me vuelva a quitar de en medio? En vista de que Gerty estaría con Mo, me figuraba que solo tendría que darte tiempo para dos llamadas.

Noto que me pongo colorada.

—Eh, yo… Eh…

Se inclina, con el zumo de naranja en la mano, y me besa en los labios.

—No pasa nada —dice—. Tengo intención de permanecer totalmente ajeno a tus confidencias con Rachel.

—Cuando termine de darle los detalles pensará que eres un dios entre los hombres —comento, relajándome, y cojo el zumo de naranja.

Leon hace una mueca de dolor.

—¿Será capaz de volver a mirarme a la cara?

—Claro. Aunque es probable que opte por fijarse en otra cosa.

70

Leon

El fin de semana llega y transcurre en un torbellino de placer inconfesable. Tiffy apenas se separa de mí salvo para ir a tomar café con Gerty y Mo. Yo estaba en lo cierto al sospechar que tendríamos que lidiar con unos cuantos bajones; el sábado por la mañana se vino abajo brevemente al asaltarla un mal recuerdo, pero ya estoy aprendiendo a ayudarla a recomponerse. Me da bastante satisfacción.

Sin duda está más nerviosa de lo que aparenta por lo de Justin: urdió una elaborada excusa relacionada con comprar crema de leche para convencerme de que fuera a recogerla a la cafetería y acompañarla a casa. Cuanto antes consigamos que se tramite esa orden de alejamiento, mejor. En su ausencia puse una cadena en la puerta y arreglé la puerta del balcón, por hacer algo.

Como libro el lunes, acompaño a Tiffy al metro y después me preparo un elaborado salteado de morcilla y espinacas.

No me sienta bien quedarme solo. Es curioso: normalmente disfruto mucho de la soledad. Pero, cuando Tiffy no está, noto su ausencia como si me faltara un diente.

Finalmente, tras un rato caminando de un lado a otro sin mirar en dirección a mi teléfono, llamo a mi madre.

Mi madre: ¿Leon? Cielo, ¿estás bien?

Yo: Hola, mamá. Estoy bien. Perdona por dejarte tirada así el viernes.

Mi madre: No pasa nada. Todos estábamos disgustados, y con lo de la boda de tu nueva novia con ese tipo… ¡Oh, Lee, debes de estar destrozado!

Ah, claro… ¿Quién habrá puesto al corriente a mi madre?

Yo: Fue un malentendido. Tiffy tiene un exnovio que…, esto…, le complica la existencia. Fue cosa de él. En realidad ella no aceptó la proposición; simplemente él intento ponerla entre la espada y la pared.

Oigo un dramático grito ahogado al estilo de los culebrones al otro lado del teléfono. Trato por todos los medios de no mosquearme.

Mi madre: ¡Pobrecita!

Yo: Sí, bueno, se encuentra bien.

Mi madre: ¿Has ido en busca de él?

Yo: ¿Cómo?

Mi madre: ¡Del ex! ¡Después de todo lo que le ha hecho a tu Tiffy!

Yo: ¿Qué… estás insinuando, mamá?

Decido no darle opción a responder.

Yo: Estamos tramitando una solicitud de orden de alejamiento.

Mi madre: Ah, claro, son estupendas.

Un silencio incómodo. ¿Por qué se me hacen tan cuesta arriba estas conversaciones?

Mi madre: Leon.

Espero. Me muevo inquieto. Bajo la vista al suelo.

Mi madre: Leon, estoy segura de que tu Tiffy no tiene nada que ver conmigo.

Yo: ¿Qué?

Mi madre: Tú siempre lo llevaste de maravilla, no como Richie, con sus gritos y huidas y todo eso, pero me consta que odiabas a los hombres con los que salía. A ver, yo también los odiaba, pero a ti te cayeron mal desde el principio. Sé que di..., sé que di un pésimo ejemplo.

Me siento tremenda y profundamente violento.

Yo: Mamá, no pasa nada.

Mi madre: De verdad que ahora estoy en ello, Lee.

Yo: Lo sé. Y no fue culpa tuya.

Mi madre: ¿Sabes que casi lo creo?

Pausa. Reflexiono.

Yo casi lo creo también. Quién lo iba a decir: si repites algo cierto las suficientes veces y le pones el suficiente empeño, puede acabar calando.

Yo: Te quiero, mamá.

Mi madre: Oh, cielo, yo también te quiero. Y recuperaremos a nuestro Richie, y cuidaremos de él como siempre hemos hecho, ¿a que sí?

—Yo: Efectivamente. Como siempre.

Todavía es lunes. Los lunes se me hacen interminables. Odio los días que libro; ¿qué hace la gente en sus días libres? No dejo de pensar en el juicio, en el hospital, en Justin, en el juicio, en el hospital, en Justin. Incluso los cálidos pensamientos que me inspira Tiffy ahora tienen dificultades para mantenerme a flote.

Yo: Hola, Gerty, soy Leon.

Gerty: Leon, no hay novedades. Los jueces no nos han llamado para comunicarnos el veredicto. Si los jueces nos llaman para comunicarnos el veredicto, te avisaré y lo sabrás. No hace falta que me llames para preguntar.

Yo: De acuerdo. Claro, perdona.

Gerty, transigiendo: Supongo que será mañana.

Yo: Mañana.

Gerty: Es como hoy, pero un día más.

Yo: Hoy, pero un día más. Sí.

Gerty: ¿No tienes algún *hobby* o algo por el estilo?

Yo: La verdad es que no. Por lo general, prácticamente me paso la vida trabajando.

Gerty: Bueno, vives con Tiffy. Seguro que allí tenéis gran cantidad de material de lectura relacionado con los *hobbies*. Ponte a leer un libro sobre ganchillo o cómo construir cosas con cartón o algo por el estilo.

Yo: Gracias, Gerty.

Gerty: De nada. Y deja de llamarme, estoy muy ocupada.

Cuelga. Por muchas veces que haya pasado por esto, todavía me quedo un poco cortado cuando lo hace.

71

Tiffy

Es increíble que Martin haya tenido la desfachatez de venir a trabajar. Yo siempre lo he considerado un cobarde, pero, de hecho, parece que la que más nerviosa está de los dos ante la perspectiva de vernos las caras soy yo. Es como... hablar con Justin por medio de un abogado, cosa que francamente me da un miedo espantoso, por mucho que le diga a Leon que me encuentro fenomenal. Martin, por su parte, se pavonea por ahí como de costumbre, fanfarroneando sobre el éxito de la fiesta. Supongo que seguramente no se ha enterado de que ya estoy al tanto.

Reparo en que todavía no ha mencionado lo de la proposición de matrimonio. No lo ha comentado nadie de la oficina. Rachel colgó una nota para comunicar que en realidad yo no estaba prometida, lo cual al menos me ha librado de una mañana de felicitaciones.

Rachel [10:06]: Podría acercarme sin más, darle una patada en los huevos y asunto zanjado.

Tiffany [10:07]: Qué tentador.

Tiffany [10:10]: No sé por qué soy tan cobardica. Ayer tenía esta conversación totalmente ensayada en mi cabeza. En serio, tenía previsto soltarle unas pullas ingeniosísimas. Y ahora me he quedado en blanco y estoy algo asustada.

Rachel [10:11]: ¿Qué crees que opinaría Alguien Que No Es Mo?

Tiffany [10:14]: ¿Lucie? Supongo que me diría que es lógico que esté asustada después de lo ocurrido el viernes. Y que hablar con Martin es más o menos como plantar cara a Justin.

Rachel [10:15]: Vale, entiendo tu punto de vista, con la salvedad de que... Martin es Martin. Martin el mindundi, mezquino y malicioso. El que me da puntapiés en la silla y te menosprecia en las reuniones y le lame el culo a la responsable de Comunicación como si se tratara de la cara de Megan Fox.

Tiffany [10:16]: Tienes razón. ¿Cómo es posible que Martin me imponga?

Rachel [10:17]: ¿Quieres que te acompañe?

Tiffany [10:19]: ¿Parecería patético si te dijera que sí?

Rachel [10:20]: Me alegrarías el día.

Tiffany [10:21]: Entonces sí. Por favor.

Esperamos a que acabe la reunión matinal del equipo. Aprieto los dientes mientras Martin recibe todas las felicitaciones por la fiesta. Soy el centro de varias miradas de curiosidad, pero nadie saca el tema. De todas formas, me sonrojo de vergüenza. Me revienta que todos los presentes en la sala se hayan enterado del drama de mi exnovio. Apuesto a que todos están haciendo conjeturas descabelladas acerca de la ruptura de mi compromiso y que ni uno ha atinado.

Rachel me agarra de la mano, me la aprieta con fuerza y seguidamente me da un empujoncito en dirección a Martin mientras este coge su libreta y sus papeles.

—Martin, ¿podemos hablar? —digo.

—No es un momento muy oportuno, Tiffy —responde, dándose aires de persona muy importante que rara vez tiene tiempo para reuniones improvisadas.

—Martin, compañero, o entras en esta sala de reuniones con nosotras o pasamos a mi plan, que era darte una patada en los huevos aquí mismo, delante de todo el mundo —tercia Rachel.

Mi ansiedad desaparece al ver el miedo reflejado fugazmente en su cara. Es penoso. Como intuye que nos hemos enterado, se está acobardando. De pronto me muero de ganas de escuchar el rollo que se inventa para salir del paso.

Rachel lo custodia hasta la única sala de reuniones con puerta que hay disponible y la cierra al entrar. Se apoya contra ella, con los brazos cruzados.

—¿De qué va esto? —pregunta Martin.

—¿Por qué no te atreves a aventurar una respuesta, Martin? —digo. Sorprendentemente, me sale un tono ligero y agradable.

—No tengo ni remota idea —suelta como un gallito—. ¿Hay algún problema?

—De haberlo, ¿cuánto tardará Justin en enterarse? —pregunto.

Martin me mira a los ojos. Parece un gato arrinconado.

—No sé lo que... —titubea.

—Justin me lo ha dicho. Es así de voluble.

Martin flaquea.

—Mira, estaba intentando echarte un cable —dice—. En febrero se puso en contacto con nosotros interesado en el apartamento, dijo que te estaba ayudando a encontrar piso y acordamos que te ofreceríamos la habitación libre por quinientas libras al mes.

¿¿En febrero?? Maldita sea.

—¿Cómo es posible que te conociera?

—Somos amigos de Facebook desde hace siglos. Creo que me añadió cuando empezasteis a salir en plan formal; por entonces me figuré que él sentía curiosidad por los tíos con los que trabajas, que era de esos con instinto protector, ya sabes. Colgué el anuncio del apartamento ahí y así es como nos pusimos en contacto.

—¿Cuánto te ofreció?

—Dijo que él pagaría la diferencia —responde Martin—. A Hana y a mí nos pareció un detalle por su parte.

—Oh, típico de Justin —masullo entre dientes.

—Y después, como no alquilaste la habitación, me dio la impresión de que se quedó hecho polvo. Ya estábamos chateando cuando se presentó para hablar del arreglo del piso, y luego me preguntó si podía escribirle de vez en cuando, solo para ponerle al tanto de cómo te encontrabas y en qué andabas metida, para quedarse tranquilo.

—¿Y no te dio, no sé, mal rollo? —pregunta Rachel.

—¡No! —Martin niega con la cabeza—. No me dio mal rollo. Y él no iba a pagarme ni nada; la única vez que acepté su dinero fue para conseguir que Tasha Chai-Latte asistiera al evento y lo grabara, ¿vale?

—¿Que aceptaste su dinero para acosar a Tiffy? —dice Rachel, visiblemente indignada.

Martin se encoge.

—Un momento. —Levanto las manos—. Retrocede hasta el principio. Él te pidió que lo mantuvieras informado de mis movimientos de vez en cuando. ¿De modo que es así como se enteró de que yo asistiría a aquella presentación del libro en Shoreditch, y de que estaría en el crucero?

—Supongo que sí —dice Martin. Se balancea de atrás adelante como un niño que necesita ir al lavabo y empieza a darme un poco de lástima, pero inmediatamente aplaco ese sentimiento porque lo único que me hace mantener el aplomo en esta conversación es la indignación.

—¿Y el viaje a Gales para la sesión de fotos? —pregunto.

Martin comienza a sudar a mares.

—Pues..., eh..., me llamó por teléfono cuando le mandé un mensaje para ponerlo al tanto de dónde estarías...

Me da un escalofrío. Es tan siniestro que me dan ganas de ir a ducharme en el acto.

—... Y me preguntó por el tío que iría contigo para posar. Yo le di la descripción física que tú me habías dado. Él no dijo ni mu, y parecía bastante disgustado. Me dijo lo mucho que te seguía queriendo y que conocía a ese tío y que lo echaría todo a perder...

—De modo que te pasaste todo el fin de semana entrometiéndote.

—¡Pensaba que le estaba haciendo un favor!

—Pues la cagaste de todos modos, porque nos escabullimos y nos lo montamos en la cocina a las tres de la mañana, ¡¡ja!! —digo.

—Estás corriendo el riesgo de perder tu autoridad si sigues por ahí, Tiffy —comenta Rachel.

—Vale, vale. Y bien, ¿fuiste con el soplo a Justin cuando regresamos?

—Sí. No le hizo mucha gracia cómo había gestionado yo las cosas. De repente me sentí muy mal, ¿sabes? Como si no hubiera hecho lo suficiente.

—Vaya, este hombre no tiene desperdicio —dice Rachel para sus adentros.

—El caso es que luego quiso planificar a lo grande su declaración. Todo fue muy romántico.

—Especialmente la parte en la que te pagó para que consiguieras que Tasha Chai-Latte lo grabara —señalo.

—¡Dijo que quería que lo viera el mundo entero! —objeta Martin.

—Quería que lo viera Leon. ¿Cuánto costó eso? Debería haberme dado cuenta de que era imposible que el presupuesto del libro diera para tanto.

—Quince mil —dice Martin, avergonzado—. Y dos mil para mí por organizarlo.

—¿Diecisiete mil libras? —exclama Rachel a voz en grito—. ¡Madre mía!

—Y un pequeño sobrante con el que alquilé esa limusina para Katherin, por si con ello la convencía de que concediera esa entrevista a Piers Morgan. Es que... me figuré que Justin te quería de verdad —explica Martin.

—De eso nada —estallo—. En realidad te traía sin cuidado. Solo pretendías caerle bien a Justin. Él surte ese efecto en mucha gente. ¿Se ha puesto en contacto contigo desde que se me declaró?

Martin, nervioso, niega con la cabeza.

—En vista de cómo te marchaste de la fiesta, supuse que no había salido precisamente como él esperaba. ¿Crees que se habrá cabreado conmigo?

—¿Que si creo...? —respiro hondo—. Martin. Me importa un bledo si Justin se ha cabreado contigo. En breve llevaré a Justin ante los tribunales por acoso u hostigamiento, una vez que mi abogada se decante por una de esas opciones.

Martin se pone más pálido si cabe de lo que normalmente está, que ya es decir. Me extraña no poder ver la pizarra blanca a través de él.

—Entonces, ¿estarías dispuesto a testificar? —pregunto rápidamente.

—¿Qué? ¡No!

—¿Y eso?

—Bueno, es…, sería muy violento para mí, y es un momento verdaderamente importante en el trabajo…

—Eres un hombre muy pusilánime, Martin —señalo.

Parpadea. Le tiembla un poco el labio.

—Lo pensaré —dice finalmente.

—Vale. Nos vemos en los tribunales, Martin.

Salgo de la sala con aire altivo con Rachel a la zaga, y de camino a mi mesa me siento eufórica, sobre todo porque Rachel está tarareando en voz baja pero sin duda alguna *Eye of the Tiger* mientras cruzamos la oficina.

El mundo parece un lugar algo mejor tras el enfrentamiento con Martin. Me siento más erguida y concluyo que no me avergüenzo de lo ocurrido en la fiesta. Mi exnovio se me declaró y yo le di calabazas… ¿Y? No tiene nada de malo. De hecho, Ruby me choca los cinco en silencio cuando voy de camino al baño a media tarde, y con las canciones de «chicas al poder» que está mandándome Rachel cada quince minutos comienzo a sentirme bastante… empoderada con toda esta historia.

He de hacer un sumo esfuerzo en concentrarme en el trabajo, pero al final lo consigo: estoy documentándome sobre una nueva tendencia de glaseados de *cupcakes* cuando recibo la llamada. Casi automáticamente soy consciente de que siempre recordaré este sitio web de boquillas para mangas pasteleras. Se trata de una de esas llamadas.

—¿Tiffy? —dice Leon.

—¿Sí?

—Tiffy…

—Leon, ¿estás bien? —El corazón me late con fuerza.

—Ha salido.

—Ha…

—Richie.

—Ay, Dios mío. Repítelo.

—Richie ha salido. Lo han declarado inocente.

Doy tal grito que hasta el último de los presentes en la oficina se queda mirándome. Hago una mueca y tapo el teléfono un momento.

—¡A un amigo le ha tocado la lotería! —articulo con los labios en dirección a Francine, la cotilla que tengo más a mano, y dejo que corra la voz de esa noticia en concreto. Si no atajo esto de raíz todos pensarán que he vuelto a comprometerme.

—Leon, ni siquiera… ¡Estaba convencida de que sería mañana!

—Igual que yo. Igual que Gerty.

—Entonces…, ¿ya está… fuera? ¿En la calle? ¡Dios, no me imagino a Richie en la calle! Por cierto, ¿qué pinta tiene?

Leon se echa a reír, y su risa me provoca mariposas en el estómago.

—Esta tarde estará en casa. Podrás conocerlo por fin.

—Esto es increíble.

—Ya. La verdad es que no… Sigo pensando que es un sueño.

—Ni siquiera sé qué decir. ¿Dónde estás? —pregunto, dando botes en la silla.

—En el trabajo.

—¿No librabas hoy?

—No sabía dónde meterme. ¿Quieres pasarte por aquí cuando termines? Si te pilla demasiado lejos, no te preocupes, llegaré a casa para las siete. Es que se me ha ocurrido...

—Estaré allí a las cinco y media.

—De hecho, debería ir a recogerte...

—Puedo ir sola. En serio; he tenido un buen día. No hay problema. ¡Nos vemos a las cinco y media!

72

Leon

Deambulo por los pabellones consultando partes médicos, administrando fluidos. Charlo con los pacientes y me resulta asombroso ser capaz de aparentar normalidad y comentar cualquier otra cosa que no sea el hecho de que mi hermano por fin va a volver a casa.

A casa.

Richie va a volver a casa.

Aparto ese pensamiento, igual que siempre he tenido que hacer: mi mente se obsesiona con Richie y luego se sobresalta, como cuando tocas algo caliente, porque jamás me he permitido terminar de hilar ese pensamiento. Me resultaba demasiado doloroso. Demasiado esperanzador.

Salvo que ahora es real. Será real, en cuestión de horas.

Él conocerá a Tiffy. Charlarán tal y como lo hacen por teléfono, solo que cara a cara, en mi sofá. Es literalmente demasiado bueno para ser cierto. Hasta que recuerdo que de entrada en ningún momento debería haber sido encarcelado, por supuesto, pero ni siquiera esa idea puede ensombrecer mi euforia.

Cuando estoy en la cocina del hospital preparándome un té, oigo mi nombre en repetidas ocasiones y cada vez más fuerte.

Tiffy: ¡Leon! ¡Leon! ¡Leon!

Me doy la vuelta justo a tiempo. Ella se abalanza sobre mí con el pelo empapado por la lluvia, las mejillas sonrosadas y una gran sonrisa.

Yo: ¡Hey!

Tiffy, muy pegada a mi oreja: ¡Leon, Leon, Leon!

Yo: ¡Ay!

Tiffy: Perdona, perdona. Es que…

Yo: ¿¿Estás llorando??

Tiffy: ¿Cómo? Qué va.

Yo: Ya te digo. Eres increíble.

Ella parpadea, extrañada, con los ojos brillantes por las lágrimas de felicidad.

Yo: Si ni siquiera conoces a Richie.

Se engancha a mi brazo y tira de mí hacia el hervidor justo cuando el agua se pone a hervir.

Tiffy: Bueno, te conozco a ti, y Richie es tu hermano pequeño.

Yo: Te advierto que no es tan pequeño.

Tiffy se acerca al armario de las tazas, saca dos y a continuación hurga entre las bolsitas de té y vierte el agua como si llevara años trajinando en esta cocina.

Tiffy: Y, de todas formas, me da la sensación de que conozco a Richie. Hemos hablado cientos de veces. No hace falta coincidir personalmente con alguien para conocerlo.

Yo: Mira por dónde…

Tiffy: ¿Dónde vamos?

Yo: Ven y punto. Quiero enseñarte una cosa.

Tiffy: ¡El té! ¡El té!

Me detengo y espero mientras vierte la leche con una lentitud insoportable. Ella me lanza una miradita descarada por encima del hombro; me dan ganas de desnudarla en el acto.

Yo: ¿Estamos listos?

Tiffy: Vale. Listos.

Me da una taza y la cojo, junto con la mano que me tiende. Casi todo el mundo con quien nos cruzamos por el pasillo dice: «¡Oh, hola, Tiffy!», o «¡Debes de ser Tiffy!», o «¡Ay, Dios mío, entonces es verdad que Leon tiene novia!», pero estoy tan de buen humor que no me mosqueo.

Sujeto a Tiffy cuando se dispone a abrir la puerta del pabellón Coral.

Yo: Espera, primero mira por el cristal.

Ambos nos acercamos.

Johnny White no se ha despegado de él desde el fin de semana. La mano apergaminada y con manchas de sol del señor Prior, aunque está dormido, descansa sobre la palma de Johnny White. Han pasado tres días enteros juntos, lo cual ha superado las expectativas de J. W.

Siempre merece la pena cruzar esa puerta.

Tiffy: ¿Johnny White VI era el auténtico Johnny White? ¡Qué fuerte! ¿Se ha lanzado alguna especie de anuncio? ¿Un elixir en el desayuno de todo el mundo? ¿Un cupón dorado en la caja de cereales?

La beso con ahínco en la boca. Por detrás, un médico residente le comenta a otro: «¡Increíble! ¡Siempre tuve claro que a Leon no le gustaba nadie que no tuviera una enfermedad terminal!».

Yo: Me parece que simplemente es un buen día, Tiffy.

Tiffy: Bueno, más vale tarde que nunca.

73

Tiffy

A ver, ¿qué tal estoy?

—Tranquila —dice Leon, tendido en la cama con un brazo debajo de la cabeza—. Richie ya te adora.

—¡Voy a conocer a un miembro de tu familia! —replico—. Quiero causar buena impresión. Quiero estar… elegante, guapa y original, y tal vez parecerme un poco a Sookie en las primeras temporadas de *Las chicas Gilmore*.

—No tengo ni idea de lo que estás hablando.

Resoplo.

—Estupendo. ¡Mo!

—¿Sí? —dice Mo desde la sala de estar.

—¿Puedes decirme si este conjunto me da un aire moderno y sofisticado, o desfasado y ñoño, por favor?

—Si te lo estás planteando, descarta ese conjunto —dice Gerty.

Pongo los ojos en blanco.

—¡A ti no te he preguntado! ¡De todas formas no te gusta nada mi ropa!

—Eso no es verdad, hay cosas que me gustan, solo que no tu manera de combinarlas.

—Estás ideal —comenta Leon con una sonrisa. Hoy tiene una expresión totalmente distinta, como si alguien le hubiera dado a algún interruptor cuya existencia yo desconocía por completo y ahora todo brillara más.

—No, Gerty tiene razón —digo y me quito el vestido cruzado para ponerme mis vaqueros de pitillo verdes favoritos y un jersey de punto suelto—. Me estoy esmerando demasiado.

—Te estás esmerando en la justa medida —señala Leon mientras salto a la pata coja para subirme los vaqueros.

—¿Hay alguna frase que pudiera decir esta tarde con la que no estuvieras de acuerdo automáticamente?

Él entrecierra los ojos.

—Una adivinanza —dice—. La respuesta es no, pero contestar eso significaría que me contradigo.

—¡Está de acuerdo con todo lo que digo, y encima es muy inteligente! —Avanzo a gatas sobre la cama, me siento a horcajadas sobre él y lo beso, dejando que mi cuerpo se funda con el suyo. Cuando me incorporo para ponerme el top, refunfuña y me sujeta; yo sonrío y le doy un manotazo—. Incluso tú tienes que reconocer que este conjunto no es apropiado —señalo.

El portero automático suena tres veces, y Leon se levanta de un salto tan deprisa que casi me tira de la cama.

—¡Perdona! —exclama de espaldas al enfilar hacia la puerta. Oigo a Mo o Gerty descolgar el telefonillo para abrir.

Me da un vuelco el corazón mientras me pongo el jersey a toda prisa y me atuso el pelo. Me quedo a la espera de oír la voz de Richie en nuestra puerta y les concedo a él y a Leon el momento que han estado esperando.

En vez de eso, oigo a Justin.

—Quiero hablar contigo —dice.

—Oh. Hola, Justin —dice Leon.

En ese momento me doy cuenta de que ya me estoy arrebujando en mis propios brazos y pegándome al armario para que nadie que se asome al apartamento me vea en la puerta del dormitorio; de repente me dan ganas de chillar. No tiene derecho a venir aquí y hacerme esto. Quiero que desaparezca, de una vez por todas, no solo de mi vida, sino también de mi cabeza. Estoy harta de esconderme detrás de las puertas y de estar asustada.

Pues obviamente no lo estoy, porque, aunque uno no se sobrepone a estos trances tan rápidamente, en este momento estoy hasta las narices y voy a aprovechar este arranque de furia y confianza ciega. Salgo de la habitación.

Justin está apostado en la entrada, imponente, musculoso y visiblemente enfadado.

—Justin —digo al tiempo que avanzo para colocarme al lado de Leon y a pocos pasos de Justin. Apoyo una mano en la puerta, lista para cerrarla de un portazo.

—He venido a hablar con Leon —se limita a decir Justin. Ni siquiera se digna mirarme.

Automáticamente pierdo por completo la seguridad en mí misma y doy un paso atrás a mi pesar.

—Si te estás planteado declararte a mí también, la respuesta es no —dice Leon en tono amable. Justin aprieta los puños ante la broma; se echa hacia delante, en guardia, la mirada enfurecida. Me estremezco.

—Cuidado con ese pie, Justin —dice Gerty de pronto por detrás de mí—. Como hagas el menor intento de ponerlo en este apartamento, tu abogado y yo tendremos mucho más de lo que hablar.

Observo que el comentario hace mella en Justin, lo veo sopesar la situación.

—No recuerdo que tus amigos se entrometieran tanto cuando estábamos juntos, Tiffy. —Escupe las palabras, y el corazón me aporrea el pecho. Creo que está borracho. Esto pinta mal.

—Oh, nos habría gustado —tercia Mo.

Respiro hondo y entrecortadamente.

—Dejarme fue lo mejor que jamás hiciste por mí, Justin —digo, haciendo lo posible por mantenerme tan erguida como él al otro lado de la puerta—. Hemos terminado. Se acabó. Déjame en paz.

—No hemos terminado —replica furioso.

—He solicitado una orden de alejamiento —suelto sin darle tiempo a añadir nada más.

—Venga ya —dice Justin en tono de burla—. Vamos, Tiffy, deja de comportarte como una niñata.

Le doy con la puerta en las narices con tanto ímpetu que todo el mundo se sobresalta, incluida yo.

—¡Joder! —brama Justin al otro lado de la puerta, y después se pone a aporrearla y a zarandear con fuerza el picaporte.

Dejo escapar un leve gemido a mi pesar y retrocedo. No puedo creer que acabe de darle con la puerta en las narices a Justin.

—Policía —articula con los labios Leon mirándonos.

Gerty coge su teléfono y marca el número mientras alarga la otra mano para apretarme los dedos con fuerza. Mo se aposta a mi lado al instante y se queda pegado a mí mientras veo que Leon echa la cadena y se deja caer pesadamente contra la puerta.

—Esto es una puta locura —digo con voz débil—. No puedo creer que esto esté pasando.

—¡¡Dejadme entrar!! —brama Justin desde el otro lado de la puerta.

—Policía —dice Gerty por teléfono.

Cuando Justin se pone a aporrear la puerta con ambos puños, me viene a la cabeza que dejó el dedo pulsado en el timbre hace muchas semanas, que no se dio por vencido hasta que Leon abrió la puerta. Trago saliva. Cada golpazo se me antoja más fuerte que el anterior, hasta que me da la impresión de que me revientan los tímpanos. Tengo los ojos llorosos; Gerty y Mo prácticamente me mantienen en pie. Lástima que el aplomo me haya durado tan poco. Mientras Justin vocifera y da rienda suelta a su ira al otro lado de la puerta, observo a Leon, con el gesto serio y desencajado, buscando con la mirada otros medios para atrincherarnos. Gerty, a mi izquierda, responde a las preguntas que le hacen por teléfono.

Y entonces, de repente, la locura y el ruido cesan. Leon nos mira con gesto interrogante y echa un vistazo al picaporte: la puerta continúa cerrada a cal y canto.

—¿Por qué ha parado? —pregunto al tiempo que le estrujo la mano a Gerty con tanta fuerza que los dedos se me ponen blancos.

—Ha dejado de aporrear la puerta —dice Gerty por teléfono. Oigo cómo le responde una voz metálica—. Dice que puede que esté tratando de encontrar la manera de echar la puerta abajo. Deberíamos meternos en otra habitación. Apártate de la puerta, Leon.

—Espera —susurra Leon, aguzando el oído para enterarse de lo que sucede en la planta.

Esboza una sonrisa maliciosa. Nos hace una seña para que nos acerquemos; vacilante, con las piernas temblorosas, dejo que Mo me acompañe hasta la puerta. Gerty se queda rezagada, hablando en voz baja por teléfono.

—Te encantaría la cárcel, Justin —dice una voz agradable con un inconfundible acento al otro lado de la puerta—. Ya te digo. Allí hay mogollón de tíos como tú.

—¡Richie! —susurro—. Pero... no debe... —Acabamos de sacar a Richie de la cárcel. Una pelea con Justin no acabará bien para Richie, aunque a corto plazo consiga sacarlo del edificio.

—Buena observación —señala Leon, con los ojos como platos. Cuando se dispone a abrir la puerta me fijo en que las manos también le tiemblan ligeramente. A juzgar por el sonido de sus voces, da la impresión de que Richie se encuentra cerca de la puerta y Justin más lejos, cerca de las escaleras, pero aun así. Me seco los ojos con fuerza. No quiero que Justin perciba el efecto que surte en mí. No quiero otorgarle ese poder.

Justin se abalanza hacia nosotros cuando Leon abre la puerta de repente, pero Richie le da un empujón tan campante y Justin se estampa contra la pared soltando improperios; entretanto Richie entra y Leon cierra la puerta a toda prisa. Transcurre en un par de segundos; apenas me da tiempo a fijarme en la expresión de Justin al arremeter contra mí, desesperado por entrar a toda costa. ¿¿Qué le ha pasado?? Jamás fue así. Jamás fue violento. Siempre controlaba perfectamente su ira; maquinaba sus castigos con astucia y crueldad. Esto es un arrebato a la desesperada.

—Un tío simpático, tu ex —me dice Richie con un guiño—. Se le ha ido la pinza por completo. Por la mañana lamentará haber dado tantos puñetazos en la puerta, te lo digo yo. —Deja caer un juego de llaves encima del aparador: seguramente así ha conseguido entrar en el edificio sin llamar al portero automático.

Parpadeo unas cuantas veces y lo observo detenidamente. Con razón Justin se quedó callado cuando Richie apareció en la planta. Es imponente. Un metro noventa y cinco como mínimo y una complexión musculosa que solo se consigue cuando no tienes a qué dedicar el tiempo salvo al ejercicio. Tiene el pelo oscuro y cortado al rape; los tatuajes le cubren los antebrazos y otro le serpentea por el escote y le asoma por el cuello de su camisa de vestir, junto con un cordón que apuesto a que es igual que el de Leon. Tiene los mismos ojos marrón oscuro y también la mirada pensativa de Leon, aunque con una expresión algo más pícara.

—La policía estará aquí en diez minutos —dice Gerty en tono sereno—. Hola, Richie, ¿cómo estás?

—Destrozado por enterarme de que tienes novio —contesta Richie y le da una palmadita en el hombro a Mo con una sonrisa. Juraría que Mo se hunde un par de dedos en la moqueta—. ¡Te debo una cena!

—Ah, por mí no te cortes —se apresura a decir Mo.

Richie se lanza a abrazar a Leon con tal ímpetu que alcanzo a oír el topetazo de sus cuerpos.

—No os preocupéis por ese gilipollas —nos dice a ambos al apartarse. Al otro lado de la puerta, Justin lanza algo; sea lo que sea se estampa contra la pared y doy un respingo. Estoy temblando de arriba abajo (no he dejado de hacerlo desde que he oído su voz), pero cuando Richie me sonríe con toda naturalidad y simpatía me recuerda a la sonrisa ladeada de Leon: una sonrisa cariñosa, de las que automáticamente hacen que te sientas más a gusto—. Encantado de conocerte en persona, Tiffy —añade—. Y gracias por cuidar de mi hermano.

—Me parece que esto no cuenta —logro contestar, haciendo una seña hacia la puerta, que se zarandea en el marco.

Richie agita la mano con un ademán.

—En serio, como consiga entrar, tendrá que vérselas con Leon y conmigo..., y... Perdona, tío, no nos han presentado.

—Mo —dice Mo, con el aire patente del tipo de hombre que se apoltrona en una silla y se gana la vida hablando y que de pronto se ve envuelto en un fregado que podría ponerlo en una situación de desventaja.

—Y con Tiffy y conmigo —señala Gerty—. ¿Esto qué es? ¿La Edad Media? Seguro que se me da mejor dar puñetazos que a Leon.

—¡Dejadme entrar, joder! —dice Justin a grito pelado al otro lado de la puerta.

—Para colmo, está borracho —comenta Richie alegremente, y a continuación carga con el sillón, nos aparta y lo deja caer delante de la puerta—. Listo. Ya no tenemos por qué quedarnos aquí como pasmarotes, ¿no? Lee, ¿el balcón sigue estando donde siempre?

—Eh..., sí —titubea Leon, que parece algo impactado. Se ha movido para ocupar el sitio de Mo a mi lado; me pego a su mano mientras me acaricia la espalda y dejo que esa sensación me infunda valor de nuevo. Cada vez que Justin da voces o aporrea la puerta, tiemblo, pero, ahora que Richie está aquí haciendo pesas con los muebles y que Leon me tiene rodeada con el brazo, el temblor ya no va acompañado de miedo y ofuscamiento absoluto, lo cual me reconforta.

Richie nos conduce a todos al balcón y cierra la puerta de cristal. Prácticamente no cabe un alfiler; Gerty se pega a Mo en un rincón y yo me coloco delante de Leon en el otro, dejando a Richie la mayor parte del espacio, lo cual es precisamente lo que necesita. Él inhala y exhala profundamente con una sonrisa radiante mientras contempla las vistas desde el balcón.

—¡Londres! —exclama, extendiendo los brazos de par en par—. He echado de menos esto. ¡Qué maravilla!

Al fondo del apartamento, la puerta traquetea sin cesar. Leon me abraza con fuerza, hunde la cara en mi pelo y me tranquiliza con su cálido aliento contra mi pecho.

—Y hasta contamos con vistas privilegiadas para cuando llegue la policía —comenta Richie al tiempo que se gira para hacerme un guiño—. No pensaba que los volvería a ver tan pronto, todo sea dicho.

—Lo siento —digo, abatida.

—Ni mucho menos —replica Richie en tono firme en el mismo instante en que Leon niega con la cabeza pegada a mi pelo.

—No te disculpes, Tiffy —añade Mo. Hasta Gerty pone los ojos en blanco con gesto cariñoso.

Los observo a todos, hechos una piña conmigo en el balcón. Me sirve de cierto consuelo, aunque dudo que algo pueda servirme de verdadero consuelo ahora mismo. Cierro los ojos, me acurruco contra Leon, me concentro en la respiración, tal y como me aconsejó Lucie, y procuro imaginar que el estruendo es solo eso: ruido y nada más. Cesará en cualquier momento. Mientras respiro hondo, arrebujada en los brazos de Leon, siento que me invade una nueva certidumbre. Ni siquiera Justin puede durar para siempre.

74

Leon

La policía se lleva a Justin. Básicamente está echando espumarajos por la boca. Lo que ha sucedido se ve a simple vista: un hombre que siempre ha tenido el control lo ha perdido. Pero, como dice Gerty, esto acelerará los trámites de la orden de alejamiento.

Examinamos la puerta. La madera tiene muescas por las patadas y se ha descascarillado la pintura por los puñetazos. También hay sangre. Al verla, Tiffy aparta la vista. Me pregunto qué sensación le provocará ver eso después de todo por lo que ha pasado. Sabiendo que quiso a ese hombre y que él, a su manera, también la quiso.

Menos mal que Richie está aquí. Esta noche está eufórico. Mientras Richie se pone a contar otra de sus anécdotas acerca de hasta dónde era capaz de llegar el Pardillo para ser el primero en utilizar la máquina de pesas, me fijo en que Tiffy ha recuperado el rubor en las mejillas, ha enderezado los hombros, sus labios esbozan una sonrisa. Mejor. Yo también me estoy relajando con cada indicio de mejora. Me resultaba insoportable verla así, sobresaltada, llorando, amedrentada. Ni siquiera presenciar cómo Justin ha sido custodiado por un agente de policía ha bastado para aplacar mi ira.

Pero ahora, tres horas después del drama policial, estamos desperdigados por la sala de estar tal y como imaginaba. A simple vista, casi nadie se daría cuenta de que en la tarde que llevo esperando un año se ha producido la breve interrupción de un hombre furioso que ha intentado irrumpir por la fuerza. Tiffy y yo nos hemos adjudicado el puf. Gerty, recostada sobre Mo, tiene el sitio de honor en el sofá. Richie preside la habitación desde el sillón, que no está colocado exactamente en su sitio desde que lo movió para atrancar la puerta, sino que se halla en un punto intermedio entre el vestíbulo y la sala de estar.

Richie: Lo vi venir, ya te digo.

Gerty: Pero ¿cuándo? Porque yo también lo vi venir, pero no creo que pudieras habértelo olido desde…

Richie: En cuanto Leon me dijo que una mujer iba a dormir en su cama cuando él no estuviera.

Gerty: Anda ya.

Richie, abiertamente: ¡Vamos! Es imposible compartir cama sin compartir nada más, ya me entiendes.

Gerty: ¿Y Kay?

Richie hace un ademán desdeñoso con la mano.

Richie: Puaj. Kay.

Tiffy: Oye, dejad…

Richie: Bueno, no es que no fuera maja, pero nunca encajó con Leon.

Yo, a Gerty y Mo: ¿Y vosotros qué pensasteis al principio?

Tiffy: Por Dios, no les preguntes eso.

Gerty, inmediatamente: Nos pareció una pésima idea.

Mo: Ten en cuenta que podría haberse tratado de cualquiera.

Gerty: Podrías haber sido un pervertido asqueroso, por ejemplo.

Richie suelta una carcajada y coge otra cerveza. No ha probado una gota de alcohol en once meses. Barajo la posibilidad de decirle que su tolerancia ya no será como antes, después me planteo cómo reaccionará Richie ante esta observación (casi seguro que bebiendo más para demostrarme lo contrario) y decido dejarlo correr.

Mo: Hasta intentamos sobornar a Tiffy para que no lo hiciera…

Gerty: A lo cual se negó, como es obvio…

Mo: Y como después nos dimos cuenta de que era una forma de alejarse de Justin, no nos quedó más remedio que dejar que lo hiciera a su manera.

Richie: ¿Y no visteis venir lo de Tiffy y Leon?

Mo: No. La verdad es que no nos parecía que Tiffy estuviera preparada para liarse con un tío como Leon todavía.

Yo: ¿Un tío cómo?

Richie: ¿Guapo a rabiar?

Yo: ¿Larguirucho? ¿Con orejas de soplillo?

Tiffy, con ironía: Se refiere a un tío que no fuera un psicópata.

Mo: Bueno, sí. Se tarda mucho tiempo en desvincularse de relaciones de ese tipo…

Gerty, en tono enérgico: Ni mencionar a Justin.

Mo: Lo siento. Solo trataba de explicar lo bien que lo gestionó Tiffy. Lo duro que le ha debido de resultar pasar página antes de que se convirtiera en un patrón.

Richie y yo nos cruzamos la mirada. Me viene a la cabeza mi madre.

Gerty pone los ojos en blanco.

Gerty: De verdad. Salir con un terapeuta es un horror, por cierto. Este hombre no se toma nada a la ligera.

Tiffy: ¿Y tú sí?

Gerty le da un puntapié a Tiffy a modo de réplica.

Tiffy, agarrándole el pie para tirar: De esto precisamente es de lo que queremos enterarnos. ¡Al final no me contaste los detalles de lo tuyo con Mo! ¿Cómo fue? ¿Cuándo? Excluyendo los mencionados pormenores relacionados con el pene.

Richie: ¿Eh?

Yo: Sígueles la corriente y punto. Es mejor que escuches las bromas privadas como el que oye llover. Al final les encontrarás algo de sentido.

Tiffy: Ya verás cuando conozcas a Rachel. Se le dan como a nadie las bromas privadas inoportunas.

Richie: Parece que encaja con mi prototipo de chica.

Tiffy se queda pensativa ante el comentario; yo enarco las cejas a modo de advertencia. No es buena idea emparejar a Richie. Por mucho que quiera a mi hermano, suele romper corazones.

Yo: Seguid. ¿Mo, Gerty?

Mo a Gerty: Cuéntalo tú.

Tiffy: No, no. Gerty dará una versión como si estuviera leyendo en voz alta en el juzgado; Mo, danos la versión romántica de los acontecimientos, por favor.

Mo mira de reojo a Gerty para ver hasta qué punto se ha mosqueado; menos mal que se ha trincado tres copas de vino y se conforma con lanzarle una mirada asesina a Tiffy.

Mo: Bueno, empezó cuando nos fuimos a vivir juntos.

Gerty: Aunque por lo visto Mo estaba enamorado de mí desde hacía siglos.

Mo le lanza una mirada ligeramente molesto.

Mo: Y yo le gusto a Gerty desde hace más de un año, según comentó.

Gerty: ¡En *petit comité!*

Tiffy carraspea con impaciencia.

Tiffy: ¿Y estáis pillados el uno por el otro? ¿Durmiendo en la misma cama y todo eso?

Se hace un silencio algo evasivo; Mo, incómodo, baja la vista. Tiffy sonríe a Gerty y le da un apretón en la mano.

Richie: En fin, al parecer no tengo más remedio que buscarme una compañera de piso, ¿no?

SEPTIEMBRE

Dos años después

Epílogo

Tiffy

Al llegar a casa del trabajo me encuentro una nota en la puerta del apartamento. No es que me extrañe el hecho en sí, pero por regla general Leon y yo procuramos mantener nuestras notas de puertas para adentro. Para no anunciar a los cuatro vientos nuestras rarezas a los vecinos, vaya.

Aviso: gesto romántico inminente.
(Tranquila, es muy barato).

Suelto una carcajada y giro la llave en la cerradura. El apartamento está igual que siempre: abarrotado, lleno de colorines, y me siento como en casa. Hasta que no dejo caer el bolso en el hueco que hay junto a la puerta no veo la siguiente nota pegada en la pared:

Paso uno: vístete para la aventura. Por favor, combina prendas del armario.

Desconcertada, me quedo mirando la nota. Esto es una excentricidad incluso tratándose de Leon. Me quito el abrigo y la bufanda y los dejo en el respaldo del sofá. (Ahora es un sofá cama, que apenas cabe en la sala de estar incluso después de haber sacrificado la tele, pero nada será un hogar a menos que disponga de una cama para que Richie se quede a dormir).

En el paño interior de la puerta del armario hay una nota doblada y pegada con cinta adhesiva. El anverso reza:

¿Llevas ya puesto algo típico de tu estilo?

O sea, sí, pero como es un conjunto para trabajar tiene un toque más normal que de costumbre (por ejemplo, procuro cerciorarme de que al menos dos prendas no desentonen del todo en la escala de colores). Revuelvo en el armario en busca de algo que sea apropiadamente «aventurero», sea lo que sea lo que eso signifique.

Me fijo en el vestido azul y blanco que me compré hace un par de años. El que Leon llama el vestido de *Los Cinco*. Es poco práctico para los días de frío, pero con mis medias tupidas grises y el impermeable amarillo de Oxfam...

Una vez vestida, despego la nota de la puerta del armario y leo el mensaje del interior:

Hola de nuevo. Apuesto a que estás preciosa.

Si no te importa, tienes que coger unas cuántas cosas más antes de lanzarte a la aventura. La primera está en el sitio donde nos conocimos. (No te preocupes, está impermeabilizada).

Sonrío y me dirijo al baño, ahora con más prisa. ¿Qué estará tramando Leon? ¿Dónde se supone que voy? Ahora que llevo puesto el vestido para las aventuras, se me ha pasado el bajón del final de la jornada laboral —probablemente Leon intuía que me sentiría mejor poniéndome algo alegre— y noto en el estómago una creciente y burbujeante sensación de mareo.

Hay un sobre colgado de la alcachofa de la ducha, cuidadosa y pulcramente envuelto en papel film. Hay un *post-it* pegado encima:

No me leas todavía, por favor.
Lo siguiente que necesitas está en el sitio donde nos besamos por primera vez. (Bueno, no exactamente en el mismo sitio, ya que hemos cambiado el sofá, pero, por favor, pásalo por alto en aras del gesto romántico).

Es otro sobre, metido entre los cojines del sofá. Este reza: «Ábreme», de modo que sigo las instrucciones. Dentro hay un billete de tren de Londres a Brighton. Frunzo el ceño, absolutamente desconcertada. ¿Por qué Brighton? No hemos ido desde que estuvimos juntos allí, cuando estábamos buscando a Johnny White.

Detrás del billete hay una nota:

Lo último que necesitas lo ha puesto a buen recaudo Bobby. Te está esperando.

Bobby es el hombre al que antes llamábamos el hombre raro del apartamento 5. Ahora es un amigo de confianza que gracias a Dios se ha dado cuenta de que es imposible hacer sidra con plátanos y se ha pasado a la sidra de manzana, más tradicional. Está muy rica y siempre me provoca resacas espantosas.

Subo los escalones de dos en dos y llamo a su puerta, moviendo los pies con impaciencia.

Él abre la puerta con su pantalón de pijama favorito (el año pasado le zurcí el agujero. Estaba tomando un cariz indecente. Pero, como lo remendé con un retal de algodón de cuadros que encontré por ahí, continúa teniendo una pinta igual de rara que antes).

—¡Tiffany! —exclama, y acto seguido desaparece y me deja plantada en la puerta. Estiro el cuello. Al poco aparece con una cajita de cartón con un *post-it* pegado—. ¡Aquí tienes! —dice, con una sonrisa de oreja a oreja—. ¡Hala!

—Gracias… —digo, examinando la caja.

Una vez en Brighton, ve a la playa que hay junto al espigón. Reconocerás el sitio al verlo.

Es el viaje en tren más insoportable de mi vida. Me pica la curiosidad. Prácticamente no dejo de rebullirme. Al llegar a Brighton ha oscurecido, pero no me cuesta orientarme hasta el paseo marítimo; camino tan deprisa en dirección al espigón que voy casi al trote, cosa que únicamente hago en circunstancias extremas, por lo que debo de estar realmente emocionada.

Entiendo a lo que se refería Leon nada más llegar. Era imposible pasarlo por alto.

Hay una butaca en los guijarros, a unos treinta metros del mar. Está cubierta de mantas de colorines y rodeada de docenas de velas esparcidas entre las piedras.

Me tapo la boca. La velocidad de mis pulsaciones se triplica. Mientras avanzo dando traspiés entre los guijarros busco con la mirada a Leon, pero no hay rastro de él: no hay un alma en toda la playa.

La nota que hay encima de la butaca está pillada con una caracola grande:

Siéntate, abrígate bien y abre el sobre cuando estés lista. Luego la caja.

Retiro el papel film y rasgo el sobre nada más sentarme. Para mi sorpresa, la letra es de Gerty:

Querida Tiffy:
Leon nos ha embarcado a Mo y a mí para echarle una mano con este disparate porque según él valoras nuestras opiniones. Sospecho que en realidad es porque está un poco asustado y no quiere hacer esto solo. No obstante, no se lo tendré en cuenta. Es bueno que un hombre muestre un poco de humildad.
Tiffany, nunca te hemos visto tan feliz como ahora. Te lo mereces; te has ganado a pulso esa felicidad. Pero no tiene nada de malo decir que Leon ha contribuido a eso.
Lo queremos, Tiffy. Él te conviene de la manera que solamente podría hacerlo un hombre muy bueno.
La decisión es tuya, por supuesto, pero él quería que lo tuvieras presente: cuenta con nuestra bendición.
Un beso,
Mo y Gerty
P. D.: Me pidió que te dijera que no le ha solicitado el beneplácito a tu padre, pues eso es «un poco rancio y

patriarcal», pero que está «bastante convencido de que Brian está de acuerdo».

Me río temblorosamente y me seco las lágrimas de las mejillas. Mi padre adora a Leon. Lo llama «hijo» en encuentros sociales embarazosos desde hace por lo menos un año.

Me tiemblan las manos al coger la caja de cartón. Tardo un rato angustioso en despegar la cinta adhesiva, pero cuando consigo levantar la tapa me echo a llorar a lágrima viva.

Dentro hay un anillo en un lecho de papel de seda con los colores del arcoíris. Es precioso: *vintage,* un poco torcido, con una piedra de ámbar ovalada en el centro.

Y hay una última nota:

Tiffany Rose Moore del apartamento 3, Madeira House, Stockwell: ¿quieres casarte conmigo?

Tómate tu tiempo para pensarlo. Estoy en la posada Bunny Hop, habitación 6, por si tienes ganas de verme.

Te quiero,

Leon

Cuando me recompongo, cuando mis hombros dejan de temblar por el llanto de felicidad, me seco los ojos y me sueno la nariz, me encamino por la playa en dirección a la cálida luz de la posada Bunny Hop.

Él me está esperando en la cama de la habitación 6, sentado con las piernas cruzadas, en ascuas. Está nervioso.

Me abalanzo sobre él de un salto. El suelta una especie de *uf* de felicidad al tumbarlo sobre la cama.

—¿Y bien? —pregunta al cabo de unos instantes al tiempo que me aparta el pelo de la cara para mirarme.

—Leon Twomey —digo—, eres el único capaz de idear una forma de declararte que no implique la necesidad de estar presente. —Le beso con fuerza—. Sí. Total y absolutamente.

—¿Seguro? —pregunta y se echa hacia atrás para poder mirarme con atención.

—Seguro.

—¿De verdad?

—De verdad.

—¿No te parece demasiado?

—¡Maldita sea, Leon! —exclamo, exasperada. Giro la cabeza y cojo el papel del hotel que hay encima de la mesilla de noche:

SÍ. Me encantaría casarme contigo.

Ahora que está por escrito no hay lugar a dudas y probablemente sea vinculante en un tribunal de justicia, pero consúltaselo a Gerty porque me lo acabo de inventar sobre la marcha. Bss

Agito la nota por debajo de su nariz para que pille la indirecta y después la guardo en el bolsillo de su camisa. Él tira de mí y pega los labios a mi coronilla. Noto que está esbozando su inconfundible sonrisa ladeada, y todo me parece demasiado bueno, como si fuera imposible que nos lo mereciéramos, como si estuviéramos acaparando demasiada felicidad y no dejásemos suficiente para los demás.

—Esta es la parte en la que encendemos la tele y ha estallado una guerra nuclear —comento y me giro para tenderme a su lado.

Él sonríe.

—No lo creo. La cosa no funciona así. A veces hay finales felices.

—¡Vaya, qué derroche de optimismo! Normalmente ese es mi rollo, no el tuyo.

—No estoy seguro de qué lo ha provocado. ¿El reciente compromiso matrimonial? ¿El futuro halagüeño? ¿El amor de mi vida en mis brazos? No lo tengo claro.

Me río entre dientes, pego la nariz contra su pecho y aspiro.

—Hueles a casa —comento al cabo de unos instantes.

—Tú eres mi casa —dice él sin más—. La cama, el apartamento…

Hace una pausa, como siempre que trata de encontrar suficientes palabras para expresar algo importante.

—Yo nunca me sentí como en casa hasta que llegaste allí, Tiffy.

Agradecimientos

En primer lugar quisiera dar las gracias a la increíble Tanera Simons, que apostó por Tiffy y Leon antes que nadie y propició el periodo más desenfrenado y maravilloso de mi vida. En segundo lugar, a Mary Darby, Emma Winter, Kristina Egan y Sheila David por todo lo que han hecho para sacar a la luz *Piso para dos*. Soy muy afortunada de sentirme como en casa en Darley Anderson Agency.

Puede que os parezca mentira después de conocer a Martin y Hana, pero en realidad el sector editorial está lleno de personas francamente maravillosas, y concretamente las que han hecho posible *Piso para dos* son increíbles. A Emily Yau y Christine Kopprasch, mis extraordinarias editoras de Quercus y Flatiron: gracias por conseguir que este libro sea infinitamente mejor con vuestro trabajo de edición, y por el sinfín de cosas que habéis hecho para sacar el máximo partido de la novela. Gracias a Jon Butler, Cassie Browne, Bethan Ferguson, Hannah Robinson, Hannah Winter, Charlotte Webb, Rita Winter y al resto del maravilloso equipo de Quercus que tanto ha contribuido a hacer realidad este libro. Y gracias a mis maravillosos agentes internacionales por apostar por Tiffy y Leon desde el principio y contribuir a que esta experiencia haya sido un sueño inimaginable.

Mis siguientes agradecimientos son para Libby, por ser mi musa; Nups, por ser mi sostén, por lidiar con el moho del inodoro conmigo y por decirme (con gran énfasis) que este libro era único; y para Pooja, por ser una amiga generosa y maravillosa, por su gran entrega y sus sabios consejos. Gracias a Gabby, Helen, Gary, Holly y Rhys por leer los primeros borradores, y por sus brillantes ideas y noches locas en el Adventure Bar, y a Rebecca Lewis-Oakes por echarme un buen rapapolvo cuando me daba demasiado miedo plantear preguntas. ¡Perdona por utilizar el nombre de Justin, Rebecca!

A mi maravillosa familia, y también a la fabulosa familia Hodgson: gracias por estar siempre ahí y por entusiasmaros tanto con *Piso para dos.* A mis padres, gracias por vuestro apoyo incondicional y por colmar mi vida de amor y libros. Y a Tom, gracias por tu ayuda con los detalles. Te quiero y me acuerdo de ti todos los días.

A Sam. Esta es la parte más difícil porque me siento igual que Leon: no encuentro las palabras para expresar algo de tanta magnitud. Gracias por tu paciencia, tu amabilidad, tu entusiasmo vital por todo lo que aporta la vida, y gracias por leer y reír cuando más importaba. Este libro está dedicado a ti, pero en realidad no es únicamente para ti, sino también por ti.

Por último, mi enorme agradecimiento a todos los lectores que eligieron este libro y a todos los libreros que contribuyeron a propiciarlo. Os transmito mi enorme gratitud y respeto por ello.